古典文獻研究輯刊

十七編

曾永義 主編

第 **12** 冊

三國兩晉貶謫文化與文學

羅昌繁 著

國家圖書館出版品預行編目資料

三國兩晉貶謫文化與文學／羅昌繁 著 — 初版 — 新北市：花
木蘭文化事業有限公司，2018〔民107〕
目 4+260 面；19×26 公分
（古典文學研究輯刊 十七編；第 12 冊）
ISBN 978-986-485-329-8（精裝）
1. 三國文學 2. 文學評論
820.8   107001702

ISBN-978-986-485-329-8

古典文學研究輯刊
十七編　第十二冊　　　　　　ISBN：978-986-485-329-8

三國兩晉貶謫文化與文學

作　　者　羅昌繁
主　　編　曾永義
總 編 輯　杜潔祥
副總編輯　楊嘉樂
編　　輯　許郁翎、王筑　美術編輯　陳逸婷
出　　版　花木蘭文化事業有限公司
發 行 人　高小娟
聯絡地址　235 新北市中和區中安街七二號十三樓
　　　　　電話：02-2923-1455 ／傳眞：02-2923-1452
網　　址　http://www.huamulan.tw 信箱 hml810518@gmail.com
印　　刷　普羅文化出版廣告事業
初　　版　2018 年 3 月
全書字數　229676 字
定　　價　十七編 26 冊（精裝）新台幣 50,000 元　　版權所有·請勿翻印

三國兩晉貶謫文化與文學

羅昌繁　著

作者簡介

羅昌繁，男，1984 年 10 月生，土家族，湖北五峰人。2008 年獲得華中師範大學雙學士學位（漢語言文學、心理學）、2011 年獲得華中師範大學碩士學位（中國古典文獻學）、2014 年獲得武漢大學博士學位（中國古代文學）。2016 年於華中師範大學博士後（中國古典文獻學）出站。現爲華中師範大學文學院教師，研究方向主要爲古典文獻學、漢魏六朝唐宋文學。至 2017 年，發表論文近 30 篇，主持國家社科基金青年項目、中國博士後基金等項目。

提　　要

　　本書首章概述三國兩晉貶謫事件，尾章綜述其體現的時代文化精神，其他諸章依次擷取各朝具有代表性的貶謫案例，結合時代、群體、政權特徵考察案例背後的文化、政治與文學生態。士人貶謫方面，以仕途蹇躓的曹植、虞翻、潘岳等人爲例，考察他們貶謫前後創作活動與人格心態的變化，探賾他們由此形成的文化心態與獨立人格精神的範式意義，附及部分作品編年考訂。此外，還考察了蜀漢諸起廢貶案例，它們反映了諸葛亮公平刑政的作風與對蜀地清議之風的控制。發掘了由吳入晉的「二陸」文學中家族意識、鄉曲之思與東吳「二宮構爭」的潛在聯繫，分析了東吳孫晧強權下的士人流貶與政權衰亡的關係。並索解了東晉諸例士人之貶與門閥士族勢力彰顯的關係。帝王宗室貶謫方面，以廢貶的西晉諸多帝王宗室爲例，考索金墉城嬗變爲專門幽禁廢主的代名詞的原因。並通過比對桓溫與桓玄父子先後舉兵向闕大施貶黜的史事，論述東晉士族專兵對皇權統治的嚴重影響。要之，全書從貶謫視域揭橥出三國兩晉士人與帝王宗室在偏霸、暴政、黨爭、易代、門閥政治等背景下的生存實態與別樣命運，以及在貶謫文化史、文學史上的相應意義。

目
次

圖表目錄

引　言

　　在中國歷史上，貶謫與貶謫文學是一個十分重要且獨特的文化現象。說起貶謫文化與文學，大都不會首先想到三國兩晉時期，而會想到戰國、西漢或唐宋時期，因爲屈原、賈誼、韓、柳、歐、蘇等貶謫文化名人早已深入人心。元和、元祐兩大時期的貶謫文學已經有相當數量的成果問世，尤其是元和時期的貶謫文學，已經被深入細緻剖析過。三國兩晉時期雖不是貶謫的高峰期，但也應在貶謫文化史與文學史上佔有一席地位，其貶謫文化史的地位尤爲重要。

　　古代謫臣的悲情意緒往往源於士人謫居生活的生命沉淪。宋人周輝《清波雜志》有「逐客」條云：「放臣逐客，一旦棄置遠外，其憂悲憔悴之歎，發於詩什，特爲酸楚，極有不能自遣者。」〔註1〕古人被貶後通過筆端來傾訴、宣洩心中不快，這是符合「物不平則鳴」的情感表達規律的。「文學是人類獨有的符號創造的世界，它作爲文化動物——人的精神生存的特殊家園，對於調節情感、意志和理性之間的衝突和張力，消解內心生活的障礙，維持身與心、個人與社會之間的健康均衡關係，培育和滋養健全完滿的人性，均具有不可替代的作用。」〔註2〕古代謫臣對於自己的療救，往往就是通過詩詞曲賦這些筆下產物。

　　明人王世貞《藝苑卮言》之「文人九厄」說有云：

〔註1〕　劉永翔《清波雜志校注》，中華書局，1994年，第138頁。
〔註2〕　葉舒憲《文學與治療——關於文學功能的人類學研究》，載《中國比較文學》，1998年第2期。

古人云:「詩能窮人。」究其質情,誠有合者。今夫貧老愁病,流竄滯留,人所不謂佳者也,然而入詩則佳。富貴榮顯,人所謂佳者也,然而入詩則不佳,是一合也。泄造化之秘,則真宰默仇;擅人群之譽,則眾心未厭。故呻占推啄,幾於伐性之斧;豪吟縱揮,自傳爰書之竹,矛刃起於兔鋒,羅網布於雁池,是二合也。循覽往匠,良少完終,爲之愴然以慨,肅然以恐。曩與同人戲爲文章九命:一曰貧困,二曰嫌忌,三曰玷缺,四曰僻寒,五曰流竄,六曰刑辱,七曰夭折,八曰無終,九曰無後。……五流貶:流徙則屈原、呂不韋、馬融、蔡邕、虞翻、顧譚……楊慎;貶竄則賈誼、杜審言……杜甫……韓愈、柳宗元、李紳、白居易、劉禹錫……李商隱、溫庭筠……歐陽修、蘇軾、蘇轍、黃庭堅……陸游……王慎中輩,俱所不免。窮則窮矣,然山川之勝,與精神有相發者。〔註3〕

這「文人九厄」中,其中流貶(貶竄)即是一種貶謫,它強調的是對「罪臣」人身自由的控制,著重體現爲謫臣在地理位置上的遷移。上述一連串名字,大都是文學史上響噹噹的大家,似乎中國文學史就是一部貶謫文學史。爲官被貶是士人個體的不幸,即王世貞所云「人所不謂佳者」,但士人被貶,往往留有各種抒發情感的篇什,令讀者爲之動情,爲之慨歎,眞可謂是詩家不幸詩歌幸。

一、貶謫文化與文學研究概況

貶謫文化與文學研究自從上世紀 80 年代肇興以來,產生了一系列研究成果。

從貶謫文學研究的時間與刊發成果數量來看,以《中國知網》爲例,從1981 年到現在〔註4〕,題目中含有「貶謫」二字的共有 405 篇文章〔註5〕(包括少數書評、課例鑒賞等),其中,2000 年以來,知網收錄的論文有 378 篇(包括少數書評、課例鑒賞等),佔了總數的 93%,而從 1981 年到 2000 年之間僅

〔註3〕 羅仲鼎《藝苑卮言校注》,齊魯書社,1992 年,第 389～404 頁。
〔註4〕 檢索《中國知網》的時間爲 2014 年 3 月 17 日。
〔註5〕 此外,《中國知網》收錄的題目中含有「遷謫」二字的文章有 67 篇,其中從2007 年到時下有 24 篇,「遷謫」概念的運用遠不如「貶謫」頻率高,且有越來越少的傾向。

有 27 篇，約占 7%。尤其是從 2006 年到時下的 7 年多時間，有 296 篇文章刊發，約占 73%，即近 7 年所刊發的文章佔了整個 33 年貶謫文學研究的 73%。上述統計可能與實際存世成果非絕對吻合，但大致可以看出貶謫文學研究方興未艾，正成興旺趨勢。在貶謫文學研究所涉朝代方面，主要以唐宋爲主。據有關統計，「在研究對象上，對唐宋貶謫文人與文學的研究佔了 99%。如果再細分的話，唐宋部分又集中在元和、元祐兩個時期，約占研究論文的 80%」〔註6〕。此統計大致不錯。可見，貶謫文學研究在朝代考察方面仍顯薄弱，還有較大的拓展空間。

　　關於貶謫文化與文學研究的單篇論文主要集中在唐宋時期及屈原、賈誼等個案研究上，基本無關三國兩晉時期，所以此處不列諸單篇論文的詳細目錄。就筆者目見所及，以「貶謫」爲主題的博士論文有 7 篇〔註7〕，碩士論文有 36 篇。博士論文目錄如下：

　　高良荃《宋初四朝官員貶謫研究》（山東大學博士學位論文，指導教師：王育濟教授，2003 年）；楊世利《北宋官員政治型貶降與敘復研究——以中央官員爲中心的考察》（河南大學博士學位論文，指導教師：賈玉英教授，2008 年）；張英《唐宋貶謫詞研究》（蘇州大學博士學位論文，指導教師：楊海明教授，2009 年）；張瑋儀《元祐遷謫詩作與生命安頓》（臺灣成功大學博士學位論文，指導教師：張高評教授，2009 年）；吳增輝《北宋中後期貶謫與文學》（復旦大學博士學位論文，指導教師：王水照教授，2011 年）；嚴宇樂《蘇軾、蘇轍、蘇過貶謫嶺南時期心態與作品研究》（復旦大學博士學位論文，指導教師：王水照教授，2012 年）；趙忠敏《宋代謫官與文學》（浙江大學博士學位論文，指導教師：沈松勤教授，2013 年）。諸篇博士論文皆以唐宋士人爲考察對象。

　　36 篇碩士論文中，除了兩篇有關明代楊慎，一篇有關南朝江淹，還有一篇以《唐前貶謫文學研究》爲題，其他全部是以唐宋士人爲研究對象。龔思《唐前貶謫文學研究》（陝西師範大學碩士學位論文，指導教師：劉生良教授，2013 年）一文，分時段對唐前貶謫文學進行了浮光掠影式的概述。

〔註6〕　劉慶華《三十年貶謫文學研究的繁榮與落寞》，載《湖北社會科學》，2011 年第 5 期。

〔註7〕　此處未計尚永亮先生的博士學位論文《元和五大詩人與貶謫文學考論》，該文納入下面的專著統計。

目前，關於貶謫文化與文學研究的著作如下：

（一）尙永亮《元和五大詩人與貶謫文學考論》，臺北文津出版社，1993 年。

（二）尙永亮《貶謫文化與貶謫文學——以中唐元和五大詩人之貶及其創作
爲中心》，蘭州大學出版社，2004 年。

（三）王運濤《中國古代貶謫文化與經典文學傳播研究》，吉林文史出版社，
2005 年。

（四）鄭芳祥《出處死生：蘇軾貶謫嶺南文學作品主題研究》，巴蜀書社，2006
年。

（五）尙永亮主撰《唐五代逐臣與貶謫文學研究》，武漢大學出版社，2007 年。

（六）龔玉蘭《貶謫時期的柳宗元研究》，鳳凰出版社，2010 年。

以上六部著作，四部論唐（其中尙著第二部乃第一部的修訂版），一部論
宋，還有一部帶有總論性質，皆未涉魏晉。王運濤《中國古代貶謫文化與經
典文學傳播研究》一書的前半部分總論謫臣的心態與文學表現及人格思想
等，所佔比例不足全書 20%（全書 186 頁），是書主要以明代小說的傳播研究
爲主，而關於貶謫文化的論述乏善可陳。鄭芳祥（臺灣學者）《出處死生：蘇
軾貶謫嶺南文學作品主題研究》與龔玉蘭《貶謫時期的柳宗元研究》兩書，
分別以蘇軾與柳宗元作爲研究對象，屬於貶謫文學的個案考察，對兩人的貶
謫生涯都做了細緻深入的探討。上述著作中，無疑以尙永亮先生的貶謫文化
與文學研究最爲集中深入，可以說尙先生開拓了貶謫文化與文學研究領域〔註
8〕。《貶謫文化與貶謫文學——以中唐元和五大詩人之貶及其創作爲中心》一
書，以元和時期的韓愈、柳宗元、劉禹錫、元稹、白居易五人爲中心，對中
唐時期的貶謫文學進行了深入系統的研究。由尙先生主撰的《唐五代逐臣與
貶謫文學研究》，將考察範圍擴展至整個唐五代，是國內外第一部涉及整朝的
貶謫文學研究專著，該書既對貶謫制度進行了總體考察，又對初、盛、中、
晚四唐及五代進行了分時段研究，眞正做到了宏觀把握與微觀深入相結合，
對貶謫文化與文學的分朝代研究起著重要的範式意義。

總的來說，目前有關貶謫主題的研究主要集中在古代文學學科層面，語
言學、文學理論等其他學科領域對貶謫的關注較少。就整個貶謫文學史來說，
貶謫文學研究總體呈現出涉及朝代不廣、研究對象不足的特點。

〔註 8〕 王兆鵬《一篇博士論文 一個研究領域 尚永亮先生〈貶謫文化與貶謫文學〉讀
後》，載《博覽群書》，2003 年第 12 期。

二、本書相關概念的界定

關於貶謫時間，本書主要限定在三國兩晉。需要特別說明，有關貶謫時間的限定，其中三國時期不以正式立國爲起點，而是略微提前，從所知最早的東吳陸績被孫權貶至鬱林（208）算起，直至東晉劉毅因戰敗被貶（410）爲止，總計約兩百年時間。如謝靈運（385～433）、范曄（398～445）跨越東晉與劉宋兩朝的士人，因爲主要創作在劉宋時期，且貶謫事蹟也發生在劉宋，文學史與史學史一般將其當作南朝宋的文學家、歷史學家進行研究，所以謝靈運、范曄等不在本書考察範圍內。

所謂貶謫主要有兩層含義，一是降品、降秩，二是出外，前者重在品秩的降低，後者重在爲官地點由中央向地方遷移。三國兩晉時期的貶謫情況，主要有中央官員的降品降秩，或既降品降秩又外遷，還有地方官員含有貶謫意味的調動等情形。所謂貶謫對於貶謫對象而言都具有強制性與被迫性，所以自請免官或自請出外者一般不在考察範圍內，如陶淵明（約 365～427）因爲厭惡官場而辭官歸隱，本書不予考察。需要說明的是，嚴格說來，貶謫與免官（罷黜）、流放內涵有異，貶黜範疇既包含貶謫，也包含免官。本書對於免官多闕而不論，但部分貶謫事件中涉及與免黜、流放現象相關的，亦擇而論之，此視情況而定。一般在行文用詞時，指降品、降秩、出外時用貶謫，指貶免兼有時則用貶黜。有時或統稱貶謫或貶黜時，則指不強調具體的貶謫或貶黜行爲，而主要強調懲處之義。

本書所謂貶謫對象，除了傳統的士人、武將以外，還包括廢主廢后與被貶宗室。貶謫文學研究傳統中，未將帝后納入考察範圍，是因爲貶謫是指君主對臣子的懲罰性措施。但三國兩晉時期出現了多起權臣廢主上貶宗室事件，這是帶有篡逆性質的權臣對廢主與被貶宗室的一種懲罰性措施，與傳統貶謫概念有異。然而，這種權臣廢主現象與傳統的貶謫概念又有相似之處，權臣廢主以後，昔日的君主榮耀不在，其身份也由君主變爲臣子，因此對他們的幽囚或外遷等行爲，也就有了貶謫意味。所以本書把廢主棄后納入考察範圍，於此特別說明。

此外，關於世族、士族、勢族三個概念的用法，學界有觀點認爲「世族與士族本意是相通的，亦可互用」〔註9〕，本書不強調其細微區別，一律統一用士族。

〔註9〕 孫立群《世族、士族與勢族》，載《歷史教學》，1997 年第 2 期。

　　文化是歷史現象、社會現象、思維方式、意識形態等的綜合體，它是一個內涵豐厚、外延廣寬的多維概念，很難對其進行精確定義。廣義而言，政治、文學等亦屬文化範疇。本書無意於對文化、文學等概念進行規範與定義，而是著力探討與貶謫有關的政治、文學等諸層面的關係及影響，強調的是貶謫作爲文化現象的時代特殊影響性、傳統繼承性，以及與文學層面的相關性。

三、本書選題意義與創新之處

　　三國兩晉是自成一體的歷史單元，期間的政治環境未發生根本性的深刻改變。此時產生了「建安風骨」〔註10〕這個在中國文學史上具有重要意義的詩歌情感表達範式，在中國文化史上也呈現出「魏晉風度」這樣的獨特景觀。若從貶謫視域來考察三國兩晉，我們能挖掘出一些有意義的問題。

　　葛劍雄先生說：

　　　　人類總是要尋找最適宜的地方從事生產和生活。在人口還不太
　　　多、社會生產力還不夠高的情況下，一個政權儘管可以佔據很大的
　　　領土，但它能夠開發的地區總是有限的。它的開發重點只能集中在
　　　原來有較好基礎，自然條件優越、距首都又不太遠的那些地方。所
　　　以在清朝以前的那些統一王朝，儘管幅員廣大，但在開發邊遠地區
　　　和落後地區方面的貢獻往往還不如分裂、分治政權。〔註11〕

　　正如葛先生所說，大一統的王朝可能在開發邊遠地區的貢獻還不如分治政權。三國兩晉相對來說是分治政權，探討此時貶謫事件形成的地方文化影響，顯得格外有意義。因爲貶謫會產生地理位置上的遷移，貶所一般又是偏遠之地，謫臣的到來必定很大程度上給當地的文化輸入新的血液，這一點在漢末中原文化未曾大規模南移時顯得尤爲突出。所以探討諸如虞翻的嶺南之貶就有特殊且重要的意義。

　　從貶謫視域探討士人與文學，會對士人心態與文學，以及其他相關的文學問題有另一個角度的認識。三國兩晉作爲亂世，士人的性命之虞遠勝後代，其與大一統的漢唐王朝自然有較大不同。此時以九品中正制爲主的選官制度

〔註10〕建安雖爲漢獻帝劉協的年號，但一般文學史上都將建安文學納入魏晉文學範
　　　疇來考察。

〔註11〕葛劍雄《統一與分裂：中國歷史的啟示》（新版），商務印書館，2013年，第
　　　188～189頁。

與後世的科舉選拔也有大不同，加之玄學、佛學、道教的興起、輸入、發展，以及南北經濟發展的不平衡，這些時代背景與大一統王朝迥異，被貶士人心態與後世唐宋時期的被貶士人當有不同。探討三國兩晉時期的貶謫事件、貶謫地域、貶謫類型、士人心態等，無疑也具有重要價值。

　　目前〔註12〕沒有發現以三國兩晉貶謫文學為題的單篇論文或著作出現。不過，魏晉文學中，曹植、張華、潘岳研究是其中重點。如曹植在曹丕即位後被遷封多次，實際上是一種被貶，其相關文學研究在已有的曹植研究中有所涉及，歷來論者多把曹植的生活分為前後兩個時期，前期作品多述建功立業之心，後期多是悲情的身世遭遇之歎。就曹植的被貶生涯與相關作品來看，如此劃分不無道理，但卻較為籠統而未細緻深入，如從被貶的具體年限、所處地理位置等因素來綜合考慮，曹植研究應有新的突破。除曹植之外，張華、潘岳研究相對留下的空白更多，尤其少見專門從貶謫角度來對二人進行探討的成果，因此這兩人也有值得探討的必要。本書著重分析曹植的生命沉淪與心理苦悶，並對其部分遊仙詩、棄婦詩與賦文的編年提出合理新見，對其貶謫文化史與文學史上的模式意義進行深入討論。此外，本書還對張華、潘岳的部分作品編年也作出合理推測。

　　從謫臣身份而言，除了曹植、張華、潘岳三位謫臣在魏晉文學史上留下相對較多的作品，其他三國兩晉謫臣留存的文學作品少之又少，無法進行深入系統的研究。不過此一時期部分謫臣雖然沒有文學作品傳世，但卻在貶謫文化史與文學史上具有重要意義，這一點主要體現在虞翻身上。虞翻在整個貶謫文化史上的意義重大，此前學界對其研究皆集中在《易》學成就方面，未見有人從貶謫視域來專門論述虞翻，因此本書重點論述。

　　士人之貶是貶謫的主體，所謂貶謫，一般指士人之貶，主要是上對下的一種懲罰性措施，這常常是指皇帝對臣子的貶謫，也指權臣對其下屬的貶謫。但三國兩晉時期權臣當道，帝后宗室被廢被貶所在多有，這與唐宋等朝有大不同。三國兩晉的權臣，往往會援引世人稱頌的「伊尹放太甲」故事，或者「霍光廢昌邑王」故事，來對帝王進行廢立，這是這段亂世時期極具特色的歷史事件。君主被廢，身份發生改變，也就有了貶黜意味。比如曹芳被廢為齊王幽於金墉城；晉惠帝司馬衷被廢，雖被尊為太上皇，實際被囚金墉城；晉廢帝司馬奕降為海西公後被遷置吳縣。這些帝王被廢，是下對上的一種有

―――――――――――――――――――――――
〔註12〕指 2014 年 3 月之前。

違儒家綱常的行爲。史家在記載皇帝被廢之後的貶謫時，也會用到「貶」這一字眼，如《晉書·元四王傳》：「奕後入纂大業，桓溫廢之，復爲東海王，既而貶爲海西公。」〔註13〕又如《晉書·廢帝孝庚皇后傳》：「帝廢爲海西公，追貶後日海西公夫人。」〔註14〕所以，帝后之廢貶，也是可以納入貶謫範圍的。關於宗室被貶，如曹植，是士人，亦爲宗室，他的被貶與後世一般士人之貶有同有異。所以，本書除了對被貶主體士人進行探討外，還另闢一徑，對帝后宗室之貶進行相關探討，這是一個全新的貶謫研究課題，以期能夠挖掘一些有意義的問題，得出一些有價值的結論。

此外，三國兩晉時期的貶謫制度不完善，貶謫往往帶有隨意性。長期被貶者存在，時貶時起者也不少，貶謫似無一定規律。貶謫與流徙往往聯繫緊密，此時的流徙制度史載不多，所以此時的貶謫制度研究也就極爲缺乏。本書期望能從統計所有三國兩晉時期的士人貶謫情況出發，對貶謫制度與規律進行一些拓展研究。

呂思勉《兩晉南北朝史》云「晉、南北朝史事，端緒最繁，而其間犖犖大端，爲後人所亟欲知者，或仍不免於缺略。」〔註15〕史實繁雜、闕略是三國兩晉南北朝這段亂世所共有的特徵。探討三國兩晉貶謫文化與文學有兩大難點，一是此時的貶謫制度在發軔階段，所以無法對相關制度進行系統深入的考察。二是相關文獻散佚太甚，對於絕大多數作家的生平與作品難以全面把握。比如蜀漢、東吳的文學作品傳世極少，以蜀漢詩歌爲例，《先秦漢魏晉南北朝詩》僅僅收錄了費禕的數句詩歌而已。所以，文學作品的大量亡佚增加了探討貶謫士人文學創作的難度。又以東晉爲例，東晉貶謫士人流傳的作品很少，也讓探討貶謫與文學的難度增大，而只能將政治、歷史等研究角度納入考慮範圍。

四、本書研究思路與方法

具體來說，本書寫作步驟如下：

首先，閱讀《三國志》《晉書》《資治通鑑》《華陽國志》《世說新語》等史料，熟悉三國兩晉貶謫事件的相關歷史事件，力求以竭澤而漁式的態度統

〔註13〕房玄齡等《晉書·元四王傳》，中華書局，1974年，第1726頁。
〔註14〕房玄齡等《晉書·廢帝孝庚皇后傳》，中華書局，1974年，第979頁。
〔註15〕呂思勉《兩晉南北朝史》（新版），上海古籍出版社，2005年，第9頁。

計這一時期所有的貶謫事件，然後製作《三國兩晉貶謫事件年表》（即本書附錄），這是全書寫作的基礎，只有打牢基礎，釐清史實線索，才能使全書的論證不至於成為鑿空之論；其次，通過閱讀《全三國文》《全晉文》《先秦漢魏晉南北朝詩》等所收相關作品，以及相關作家的別集，對相關作品進行大致編年。這一環節是難點、重點，對於探討士人貶謫與文學創作有重要意義。對於作品的具體考辨與編年，所得成果將融入全書的論述之中，著重體現在對曹植、張華、潘岳等人的考論上。具體考論秉承「採銅於山」的原則，從具體文獻出發，爭取論之有據，用材料說話；最後，對相關章節進行整合修改，以至定稿。這裡擬定的相關步驟並不會完全相互獨立，而是互相滲透參照，相關步驟大致是依次逐步完成，但也會根據實際撰寫情況有所調整。

至於研究方法，本書涉及文獻比勘，文獻分析，分類統計，個案研究與整體研究相結合等。

總之，本書分時期對三國兩晉五朝的貶謫事件、相關歷史事件進行勾勒，對相關作品進行辨正或編年。通過對三國兩晉士人與帝王宗室之貶的探討，以冀對這一時期的貶謫事件與當時文學、文化的關係有全面而又清晰的認識，同時努力將這段時期的貶謫事件造成的文化與文學影響盡可能多地揭櫫出來。

第一章　三國兩晉選官、職官、爵位、流徙制度與貶謫事件

　　源遠流長的中華歷史，王朝更替，興衰浮沉，有治世亦有亂世，毫無疑問，三國當屬亂世，西晉宗室爭權導致戰亂頻現，東晉雖偏安一隅，但也時有北伐戰事與權臣交攻，本書從貶謫視域出發，對這大爭之世下的文化與文學進行考察。在具體探討三國兩晉貶謫事件之前，有必要對此一時期的貶謫制度與貶謫概況予以概觀。然而單就貶謫制度而言，此時還在發軔階段，遠不如唐宋時期的貶謫制度相對成熟，更不如明清時期貶謫制度已臻完善。加之年代浸遠，三國兩晉時期的文獻亡佚過多，要找到有關貶謫制度的隻言片語都顯得尤爲困難，史料奇缺導致無法對其進行系統深入闡釋。但是貶謫與選官制度、職官制度、特別是流徙刑罰制度有關，這裡對此進行必要的背景概述。本章在略述三國兩晉時期的選官、職官、爵位、流徙刑制度以後，再對三國兩晉各朝貶謫情況進行總體考察。

第一節　三國兩晉選官、職官、爵位、流徙制度概述

　　貶謫的主要對象是負罪官員，因而步入仕途是貶謫的前提，這就涉及選官制度。職官制度是有關國家官員權責範圍、地位品秩的界定，它與降秩降品有著直接關係。爵位制度涉及宗室或功臣爵位等級的升降。至於流徙刑罰，更與官員外放有著緊密聯繫。下面主要針對三國兩晉時期的選官、職官、爵位、流徙等制度進行概述。

一、選官、職官、爵位制度〔註1〕

三國鼎立的形式成於漢末，因此其選官、職官、爵位制度多賡續舊制，但具體而言，國各有制，三國內部又各有差異。如所熟知，在科舉制產生之前，官方選舉用人制度乃九品中正制（又稱九品官人法）。這種選官制度創始於曹魏，它上承兩漢察舉，下開隋唐科舉。在魏晉南北朝時期，九品中正制在人才選拔方面起到過重要作用。

曹操時期，曹魏實行的主要是唯才是舉的選才任官方法，這對短期內獲得大量優秀人才有著積極意義。曹丕及以後時期，九品中正制開始成為主要選官方法。中正官品第人物，主要根據品德、才學、家世。這種新的選官制度，對於新貴才學之士的重視是值得肯定的，同時又保證了世家豪族的入仕之便。曹魏代漢，無論是中央官制，還是地方官制，都是緊承漢制。曹魏於三國中人口最多，國家機構部門最為完善，對漢末官制的承襲也最為完備。中央官制方面，曹操時期，曹操通過在自己的藩國改革官制，逐步建國廢漢，最終在曹丕時期完全取代漢制，此時尚書省、中書省、侍中寺、秘書監、九卿等成為中央官制的大體構成。地方官制方面，仍然主要實行州郡縣三級官制。曹操在世，自握兵權，後來曹魏掌握兵權的主要是大將軍、大司馬，曹仁、曹休、曹真、曹爽、司馬懿、司馬師、司馬昭等就曾任大將軍或大司馬，統掌曹魏兵權。

蜀漢奉漢為正統，則承漢制，於三國中自成一體。蜀漢選官、職官制度〔註2〕，主要是重品行、輕出身，這是沿襲了東漢察舉徵辟舊制，其職官品秩也承漢制。總的來說，中央朝廷實行臺閣體制，劉備任漢中王時就設有尚書臺。蜀漢建國以後及劉禪時期，諸葛亮以丞相錄尚書省，總攬軍政，以致於蜀漢

〔註1〕 歷來論三國兩晉選官、職官、爵位制度者大都將此時段納入兩漢或魏晉南北朝進行統論。錢儀吉《三國會要》（上海古籍出版社，1991年）與楊晨《三國會要》（中華書局，1956年）二書中有關選舉、職官、封爵的文獻彙編可資參照。有關兩晉的職官制度，可參見《晉書·職官志》（中華書局，1974年）。關於三國兩晉的爵位制度，還可參見王安泰《再造封建——魏晉南北朝的爵制與政治秩序》（「國立」臺灣大學出版中心，2013年）。案：此書原為作者同名博士論文（指導教師：陳弱水、甘懷真教授。「國立」臺灣大學博士論文，2010年）出版。

〔註2〕 參見羅開玉《蜀漢職官制度研究》，載《四川文物》，2004年第5期；洪武雄《蜀漢政治制度史考論·緒篇·蜀漢職官考論》，臺北：文津出版社，2008年，第2～12頁。

相權過大，從諸葛亮廢貶李平、廖立，即可窺斑知豹。蜀漢後期，丞相之名取消，以大將軍或大司馬錄尚書省名義掌管朝政。由於蜀漢是外來集團，爲了確保自身集團的利益，造成了官宦子弟入仕便捷的實情，紈綺子弟多平庸無能，這樣最終導致蜀漢一朝後繼無人。蜀漢還有文官武稱、高位低職的傾向。蜀漢時期，將軍成爲一種加銜，文官多加將軍二字。此外，蜀漢國小人少，具有精簡機構、削罷贅職的特點，許多高位官員卻沒有相應職權。此時中央官制由丞相（僅諸葛亮時期置）、三公、列卿、尚書臺等構成。地方官制也實行州郡縣三級官制。蜀漢前期，中都護名義上統內外軍事，如李平名爲中都護，實權卻在諸葛亮手中。後期蔣琬、費禕、姜維等皆任大將軍，相繼握蜀兵權。

東吳既承漢制，又借鑒了曹魏的九品中正制〔註3〕。孫吳肇建江東時，江南世家大族開始輔佐孫吳，從此有著世襲入仕的特點，顧、陸、朱、張等豪族都位居要職，這很大程度上得益於九品中正制的實行。該制的實行還兼顧到了淮泗集團、流寓集團的仕宦利益。東吳中央官制主要由丞相（一度分左右）、三公（不常置）、九卿（前期無）、尚書省、中書省、門下省、御史臺等構成。地方官制，與魏蜀一樣也實行州郡縣三級官制。掌握兵權的主要是大都督、大將軍、上大將軍、大司馬等，他們入朝領政，出外統軍。前期周瑜、魯肅、呂蒙、陸遜曾任大都督或上大將軍，後期諸葛恪、孫峻、孫綝、丁奉、陸抗等曾任大將軍或鎮軍大將軍，掌東吳兵權。

魏鼎移晉，晉承魏制，選官、職官等制度亦紹續曹魏。九品中正制在西晉時期漸趨成熟，門閥如林的東晉士族入仕便利，得以延續家族輝煌，這也是得利於九品中正制的實施。兩晉官制在沿襲魏制的基礎上又有變動。此時中央官制主要由丞相、八公（太宰、太傅、太保、太尉、司徒、司空、大司馬、大將軍）、尚書臺、中書省、門下省等構成，以丞相或司徒等名義加錄尚書事領朝政。地方官制方面，實行諸侯分封制和州郡縣制兩種。西晉時期，諸侯王握有兵權，這是八王之亂的緣由之一。東晉門閥士族相繼擅權，因此相應的豪族也掌有兵權。如王敦、庾亮、桓溫、謝安、桓玄等皆有兵權。兩晉時期，地方刺史等地方官往往被加假節、持節、使持節等，云持節都督某州或某數州軍事，掌握地方軍政。此制常常造成地方官員權勢過重，威脅中央朝廷，東晉桓氏父子舉兵向闕即爲明證。

〔註 3〕　參見張旭華《東吳九品中正制初探》，載《鄭州大學學報》（哲學社會科學版），2001 年第 1 期。

　　總的來說，三國兩晉選官制度以九品中正制爲主，獎忠義、聘隱逸也是選官的來源，九品中正制的實施令這一時期的官吏任免權較爲集中於中央朝廷，但此時的地方州郡長官仍然有部分自闢僚屬的權力。尤其是兩晉時期，高官權臣開府儀同三司，可以自己辟選僚屬。三國職官制度是直承漢制，兩晉職官制度又是沿襲曹魏舊制，所以說三國兩晉時期的職官制度與漢末職官制度聯繫緊密，承中有變。

　　此外，因爲部分宗室、功臣的貶謫涉及爵位的變動，故三國兩晉爵位制度也需瞭解。概之，此時爵位可世襲。曹魏唯宗室、遜位的漢獻帝劉協及後代所封王爵有封地，此時分爲王、公、侯、伯、子、男、縣侯、鄉侯與都鄉侯、亭侯與都亭侯、關內侯共十等爵。蜀漢與東吳皆置王、侯二等爵，皇子封王，功臣封侯，一般均無邑、祿。西晉置有王、公、侯、伯、子、男、開國郡公、開國縣公、開國郡侯、開國縣侯、開國侯、開國伯、開國子、開國男、鄉侯、亭侯、關內侯、關外侯共十八級爵位，其中五等爵專封宗室，諸侯王與公侯伯子男皆有實權，可以專制其國。東晉則沿襲了西晉爵制，並稍有調整，如人數、食邑等皆有所縮減。

二、流徙刑制度

　　由於貶謫對象往往被遷置僻遠遐荒之地，形同流放，因此流貶成爲貶謫的代名詞，說明貶謫與流徙刑罰有緊密聯繫。與三國兩晉貶謫制度相似，此時的流徙制度同樣未能被深入研究。主要原因是文獻亡佚太甚，且一般認爲此時流徙刑罰還未正式成立。

　　關於三國兩晉的流徙制度，史載不多。在上世紀 90 年代，流人文化專家李興盛先生做過一些探討：「有關三國的文獻資料，幾乎沒有一種言及該代的流放制度。即使一些流人傳記，也很少涉及。不僅減死罪一等改爲流徙的記載不見了，而且有關流放者管理措施的記載也基本不見了。也就是說，就流放制度而言，不論升級的記載，或者一般的記載，都不見了。」〔註 4〕而兩晉時期的流人制度，亦如此。「這期間，兩晉政權與十六國各國內部充滿了複雜的鬥爭，各國之間也展開了頻繁而激烈的混戰。這種分裂混亂的形勢使我國流人史繼續走向低谷。」〔註 5〕可見史籍乏載增加了探討此時段流徙刑罰的難度。

〔註 4〕　李興盛《中國流人史》，黑龍江人民出版社，1996 年，第 93 頁。
〔註 5〕　李興盛《中國流人史》，黑龍江人民出版社，1996 年，第 112 頁。

　　不過，到了本世紀，臺灣學者陳俊強教授對此時段的流徙制度進行了拓深研究，其《三國兩晉南朝的流徙刑——流刑前史》〔註6〕一文提出了若干合理論證，使我們對三國兩晉的流徙刑罰制度有了新的認識：

（一）流徙地：流徙地的選擇與犯行的嚴重性密切相關，重罪遠徙，謀反罪尤其如此。六朝遠徙以交州、廣州等嶺南地區為首選，其次是揚州、江州等地。

（二）流徙年限：流徙遐荒之地，終身不得返鄉，極少數遇赦而歸。

（三）流人境遇：遠徙蠻荒，生活潦倒，家屬並無強制同行的規定。

（四）流徙性質：非正刑，屬代刑性質，是皇帝給予死刑犯或重罪牽連犯的一種寬宥措施。

　　上述乃陳文對三國兩晉時期的流徙制度所作的一番前所未有的探究。由於流徙與貶謫有相似性，都有地理位置的遷移，因此就貶謫地域的探討來說，貶謫同樣也具有與流徙相似的特點，重罪遠徙，罪輕近貶。對於流徙地點，陳文還有遺漏之處，本章將在下一節進行補充。

第二節　三國兩晉貶謫事件的定量分析

　　相比唐宋元明清有相對成熟的貶謫制度可依，考察三國兩晉時期的貶謫事件顯得難度較大，且相關貶謫事件在史籍中的記載大都簡明扼要，往往數句或一句話，甚至一兩個字就將貶謫一事帶過，因此大部分貶謫的詳細過程無法明晰。不過，本節的寫作基於在對三國兩晉流貶事件進行全面掌握〔註7〕的基礎之上，我們從這些貶謫事件的統計中，是可以瞭解這段大爭之世的貶謫概況的。下面分別從貶謫人次與對象、貶謫地域、貶謫緣由幾個方面，對這一時期的貶謫事件進行定量分析。

一、貶謫人次與對象

　　三國兩晉共約兩百年，就貶謫而言，這兩百年間，哪些時段是高峰期？哪些時段是低谷期？出現高峰與低谷的背後原因又是什麼？還有，三國兩晉

〔註6〕陳俊強《三國兩晉南朝的流徙刑——流刑前史》，載《「國立」政治大學歷史學報》，2003年，總第20期。

〔註7〕本節關於三國兩晉時期貶謫事件的具體統計，數據來源於本書末尾之附錄「三國兩晉貶謫事件年表」。

共五朝，各朝的貶謫人次大概是多少？要回答這些問題，必須對此時的貶謫事件進行全面的定量分析。

由於史料闕略，部分貶謫事件不被傳世史籍所載，本節所統計數據並不能完全代表當時的實際情況，但就概率而言，從這些數據可以大致瞭解當時各朝貶謫概況。本書從現存最早的東吳陸績被貶鬱林（208）算起，直至東晉劉毅因戰敗被貶（410）為止，總計 203 年，將這 203 年基本平均分為 10 段，每段 20 年，其中最後一段為 23 年。通過對這十段的貶謫次數進行統計〔註8〕，所得數據如下：

表 1-1　三國兩晉貶謫事件分朝分段人次統計表

時段／人次／朝代	一 208～227	二 228～247	三 248～267	四 268～287	五 288～307	六 308～327	七 328～347	八 348～367	九 368～387	十 388～410	分朝總次數
曹　魏	12	8	17								37
蜀　漢	7	6	2								15
東　吳	7	9	30	14							60
西　晉			7	26	42	5					80
東　晉						10	8	8	10	18	54
時間段總次數	26	23	56	40	42	15	8	8	10	18	246

通過表 1-1 的統計，可知三國兩晉五朝中，貶謫事件的發生人次從多到少依次為：西晉（80 次）＞東吳（60 次）＞東晉（54 次）＞曹魏（37 次）＞蜀漢（15 次）。因為各朝國祚時間有長有短，為了增強比較各朝貶謫事件的科學性，下面對各朝年均貶謫人次進行換算〔註9〕，所得數據從高到低如下：

〔註8〕 統計數據時，有極少數特殊情況作如下處理：一人多次被貶者一般計多次，如曹植多次被貶，史料較詳，則計多次，又如蜀漢來敏被貶廢多次，《三國志·蜀書·來敏傳》云「前後數貶削」（中華書局，1982 年，第 1025 頁），未明確具體次數，此類計一次；多人因為同一年內同一事件被貶者計多次，如曹魏「夏侯玄代司馬師政變」（254）導致李豐、張緝、蘇鑠、樂敦、劉寶賢多人家屬被流貶，則分別計之，家屬被流貶，不明人數，則計一次。數人同時被貶，且皆為較為重要士人，則分別計之，如東吳樓玄、樓據父子被貶（275），則計二次；多人因為同一事件被貶，但不在同一年內，也計多次，如東吳「二宮構爭」持續多年，前後數批人被貶，分別計之；極少數被貶時間不確定，只能繫於一定範圍者，如來敏被貶在 223～234 間，下表分別在 208～227 與 228～247 兩個時間段內皆計一次。總的來說，所謂次數主要指被貶人次，如此在統計上方不致於誤差太大。

〔註9〕 此處換算年均貶謫人次，所依據各朝統治時間與文末「三國兩晉貶謫事件年表」中統計數據時所依據各朝統治時間一致，即三國不以正式立國時間為起點，而是適當提前，具體可參見文末附表。

表1-2　三國兩晉年均貶謫人次統計表

	西　晉	東　吳	曹　魏	東　晉	蜀　漢
貶謫總人次	80	60	37	54	15
朝代統治時間	51	72	49	103	48
年均貶謫人次	1.57	0.83	0.76	0.52	0.31

綜合表1-1與表1-2的數據統計，顯而易見，西晉一朝年均貶謫人次最多，次之是東吳與曹魏，兩朝年均貶謫人次相仿，再次之是東晉，年均貶謫人次最少的是蜀漢。爲何會出現這樣的情況呢？通過深入分析，我們可以對三國兩晉的貶謫事件有更爲清楚的瞭解。

首先看西晉一朝，該朝統治時間爲265～316，貶謫事件主要集中在表1-1中的第四與第五時間段。其中第四時段內，爲晉孝武帝司馬炎統治時期（265～290）。此時西晉黨爭不斷，齊王司馬攸爭嗣也與黨爭混在一起，朝中圍繞爭嗣問題出現了多次政治鬥爭，黨爭與爭嗣政治鬥爭致使諸人被貶，山濤、羊祜、司馬亮、賈充、楊肇、潘岳、司馬攸、曹志、王濟、羊琇、張華等人，他們的貶謫或與黨爭有關，尤與爭嗣有關。而第五時段內，正是西晉「八王之亂」發生的時期（291～306），此時司馬炎去世，繼任的惠帝司馬衷癡呆無能，出現外戚楊駿與皇后賈南風之爭，由此引發了長達16年的諸侯王爭權。「八王之亂」中，諸王輪番掌權，掌權者對爭權失敗者實施貶謫，由此發生了諸多貶謫事件，此時被貶的主要有廢帝廢后、宗室及其相關士人。如惠帝司馬衷、羊皇后羊獻容、賈后賈南風、愍懷太子司馬遹與諸子、吳王司馬晏、東萊王司馬蕤、趙王司馬倫與諸子、齊王司馬冏與諸子、長沙王司馬乂、西陽郡王司馬羕、成都王司馬穎、廢太子司馬覃等宗室都因「八王之亂」被貶，而捲入諸王爭權的諸多士人也受牽連被誅，相關親屬被貶，如張華之子張輿、裴頠二子裴嵩、裴該、陸機（減死徙邊，遇赦止）等都曾被貶。概之，西晉前期涉及爭嗣問題的黨爭事件與西晉後期的「八王之亂」導致了此朝貶謫事件頻發，因此西晉年均貶謫人次得以高居三國兩晉各朝之首。

其次看東吳與曹魏兩朝，這兩朝的貶謫事件僅次於西晉，兩朝貶謫人次相差不大。

先看東吳一朝，東吳統治時間爲208～280，從表1-1不難看出，第三與第四時段內，東吳貶謫事件發生較多。第三時段內，此時的東吳發生了「二

宮構爭」與權臣輪番秉政。孫權晚年，從赤烏五年（242）到赤烏十三年（250），
圍繞繼嗣問題，孫權之子太子孫和、魯王孫霸兩個集團互相傾軋，發展成黨
爭事態，此謂「二宮構爭」。「二宮構爭」中發生了多起貶謫事件，如孫和被
廢貶，顧譚、顧承、張休、姚信、陳恂、朱據、屈晃、楊穆等都是因爲「二
宮構爭」被貶，貶謫集中在赤烏七年（244）、赤烏十一年（248）、赤烏十三
年（250）這三年，尤其是赤烏七年，顧譚、顧承、張休、姚信、陳恂等親附
太子孫和的諸人，一時俱被貶謫交州，成爲東吳史上最爲著名的士人群體貶
謫案例。孫權去世到孫皓即位的 12 年期間（252～264），政柄頻移，權臣輪
番掌權，先後有諸葛恪、孫峻、孫綝、濮陽興諸人輪番握控朝廷，帝王宗室
成了此時的主要貶謫對象，如琅琊王孫休、齊王孫奮、皇帝孫亮、全公主孫
魯班諸人被貶，還有與之相關的滕牧、全尚等人被貶，這些都是權臣秉政時
期發生的權臣廢主或謀誅權臣失敗而產生的貶謫案例。而第四時段內多貶謫
事件的原因主要是吳末帝孫皓即位期間（264～280）暴虐昏聵，諸多直臣被
免或被殺，家屬遭流貶，如徐紹家屬、王蕃家屬、樓玄與樓據、繆禕、薛瑩、
萬彧子弟、丁溫家屬、韋昭家屬、陸凱家屬、賀邵家屬等。概之，東吳孫權
晚年的「二宮構爭」與孫權去世後的權臣秉政期間，以及孫皓在位期間，是
東吳貶謫發生的三個高峰期。

再看曹魏一朝，其統治時間爲 215～264，表 1-1 中的第一與第三時段內
發生的貶謫事件相對較多。其中前一時段內，主要是曹丕即位期間對直臣與
宗室的貶謫。曹丕在位期間（220～226），面對直臣的勸諫，他少了幾分虛懷
納諫的風範，鮑勳、蘇則、盧毓諸人，都是因爲忤曹丕之意被貶的，而此時
曹魏實行苛禁宗室的政策，宗室被貶以曹植爲典型。陳壽評曰：「文帝天資文
藻，下筆成章，博聞強識，才藝兼該；若加之曠大之度，勵以公平之誠，邁
志存道，克廣德心，則古之賢主，何遠之有哉！」〔註10〕此時直臣、宗室被
貶頻現，極能體現曹丕無「曠大之度」。後一時段，主要集中在「高平陵政變」
（249）與「夏侯玄代司馬師政變」（254）造成的貶謫事件。「高平陵政變」
嗣後，曹爽集團被司馬氏集團大力打壓，夏侯玄、張蕃、夏侯霸子皆被貶謫，
「夏侯玄代司馬師政變」失敗以後，司馬氏集團再次對曹氏集團大力制裁，
李豐、張緝、蘇鑠、樂敦、劉寶賢等人家屬以及許允被遠徙樂浪郡，並且張
皇后與皇帝曹芳先後被廢。概之，曹丕在位時的直臣、宗室被貶，以及後期

〔註10〕陳壽《三國志‧魏書‧文帝紀》，中華書局，1982 年，第 89 頁。

的兩次曹氏與司馬氏爭權政變造成的諸人被流貶，成爲曹魏一朝貶謫事件的主體構成。

再次看東晉一朝，東晉統治時間爲 317～420，從表 1-1 中可以看出，除了東晉末年的貶謫事件相對較多，其他時期起伏不大，且末年的貶謫事件頻率也並沒有與此前有很大差異，基本可以說整個東晉王朝的貶謫事件走向較爲平穩。表 1-1 是以 20 年爲時間段來統計東晉一朝的貶謫事件，如果縮小時間段，假設以每 10 年爲一個時間段進行考察的話，那麼東晉末年的貶謫事件相對較多就會更爲明顯。整個東晉前期、中期的貶謫事件相對穩定，爲何東晉末年貶謫事件相對較多？這有其自身原因，主要是由於桓玄篡晉造成的帝王廢貶與較多的相關宗室、士人被廢貶，如晉安帝司馬德宗被廢貶，宗室司馬道子、司馬恢之、司馬允之、司馬遵等被貶殺或降爵，還有毛遁、王誕等士人及王國寶家屬等被流貶。東晉前中期貶謫事件相對平穩，這與當時的門閥政治有很大關係，王、庾、桓、謝等門閥士族相繼握權，基本平均約 20 餘年，這期間政治勢力角逐相對平衡。就現存史料看，前期貶謫事件多與王敦有關，中期貶謫事件多與桓溫有關，末期貶謫事件多與桓玄有關，東晉百年間，與這三人直接相關的貶謫事件總數約爲整個東晉貶謫事件的一半，如果把間接與其相關的貶謫事件計算在內會更多。這三人有一個共同點，即都爲擁兵自重的權臣，他們三人都曾舉兵向闕威脅建康朝廷，從而造成諸多貶謫，尤其是桓氏父子，導致帝王與宗室以及士人諸多人物被貶。

最後來看蜀漢一朝，蜀漢在三國兩晉五朝中的貶謫事件最少，主要集中在前期諸葛亮嚴峻秉政時，此時獲罪被貶的有廖立、李平、孟光、來敏等，以及趙雲因戰被貶等，整個蜀漢共 15 人次貶謫，其中 8 次與諸葛亮有關，足見其治蜀較嚴。此外，後期宦官黃皓專權時，也發生了一些因不附黃皓被貶的事件，如羅憲、陳壽被貶。蜀漢一國發生的貶謫事件相對較少，除了國家政務機構相對精簡、官員相對較少以外，還有一個重要原因是史料闕略所致。眾所周知，蜀漢不設史官〔註 11〕，陳壽自行採擷的《三國志・蜀書》所載內容相對較少，加之取材精審、行文簡潔，部分貶謫事件可能被漏記。

〔註11〕陳壽於《三國志・蜀書・後主傳》評曰：「國不置史，注記無官，是以行事多遺，災異靡書。諸葛亮雖達於爲政，凡此之類，猶有未周焉。」（中華書局，1982 年，第 902 頁）部分人認爲蜀漢置史官，如夏仁波《蜀「國不置史，注記無官」質疑》，載《貴州師大學報》（社會科學版），1986 年第 4 期。不過大部分人認爲蜀漢不置史官，至少蜀漢的修史工作或記史官職不如曹魏、東吳兩國成熟是可以肯定的。

上面通過對三國兩晉時期分朝分段考察貶謫事件人次，已經對此時的貶謫事件有了大致瞭解，下面主要從貶謫對象的角度對此時的貶謫事件進行探討。

三國兩晉時期，就貶謫施動者來說，即施貶主體，一般以皇帝詔令名義行使，京官、地方官、宗室一般由皇帝名義實施貶謫，具體由尚書省吏部（吏曹、選部）官員負責遷調。但權臣廢主時，是由權臣行使對帝王的廢貶，此時多以皇太后的名義行使權力。三國兩晉時期，少數有自闢僚屬權力的官員可以對下屬官員進行貶謫，如阮裕爲王敦主簿，知其有篡逆之意，遂酣飲廢職，王敦謂裕徒有虛名，出爲溧陽令。就貶謫受動者，即就被貶對象的身份而言，主要是士人、武將、宗室〔註12〕公主、廢主廢后，以及士人家屬。毫無疑問，士人、武將是被貶的主體，宗室與廢主廢后等也是此時被貶的對象，尤其是宗室遭貶者較多。接下來對此時的貶謫對象身份進行統計〔註13〕。

表1-3　三國兩晉貶謫事件之貶謫對象身份統計表

數目　　身份 朝代	士　人	武　將	宗室 公主	廢主 廢后	士人 家屬	其　他	分朝 總計
曹　魏	11		6	3	7		27
蜀　漢	9	1				1	11

〔註12〕 本書所謂宗室，指與皇族有較近血緣關係的男性成員。

〔註13〕 關於少數特殊貶謫對象的身份統計作如下處理：君主之廢妃納入廢后計，宗室妃、子皆計入宗室，如曹彪妃、子，計入宗室，不明人數則計一次。如果既是宗室，又屬士人或武將之列的，則以宗室計之，如曹植列入宗室。宗室一般與皇帝同姓，但《三國志·魏書·諸夏侯曹傳》將曹氏與夏侯氏視爲同宗，歷來夏侯氏也被視爲宗室，本表從之；易代之際的前朝廢主列入新朝廢主類，如劉協列入曹魏廢主計，曹奐列入西晉廢主計。新朝對前朝宗室的貶謫，一般計入士人之列，如西晉時對曹志（曹植子）的貶謫，以士人計，但如孫韶、孫匡本爲武將，入西晉後被貶爲伏波將軍，以武將計；既爲士人，又帶兵者，視情況計之，本表統計武將主要是因戰敗被貶，或者與領兵活動有關被貶，所以如果是因武事或帶兵等被貶，則以武將計之，否則以士人計之，如羊祜，在朝廷賈充排出中央，以士人計，又與東吳陸抗交戰失敗被貶，以武將計，分別以士人、武將計，共計二次。又名士殷浩，北伐失敗，被桓溫奏免，則計士人、武將各一次。士人被殺，家屬遭流，一般不明人數，故士人家屬遭流貶計一次，如韋昭家屬被流貶，則計一次；本表是對被貶身份的統計，多次被貶者計一次，如曹植被貶多次，但身份都是宗室，所以計一次。極少數身份無考者，列入其他類，如東吳武將甘寧子甘瑰以罪徙會稽，甘瑰身份不明，列入其他類。

東 吳	22	1	11	3	7	4	48
西 晉	27	5	22	4	1	2	61
東 晉	17	18	10	2	1	1	49
身份總計	86	25	49	12	16	8	196

　　從表 1-3 可以看出，從被貶身份而言，三國兩晉時期，士人被貶的最多，其次是宗室，武將再次之，這三類人員構成了此時被貶的主體。此外，士人被殺，家屬遭流貶的情況也不少，至於廢主廢后，在這一段時間出現得較爲頻繁。下面聯繫朝代與被貶者身份對貶謫事件進行分析。

　　戰火頻仍的三國時期，按常理而言，就曹魏來說武將因戰被貶的情況應該有，但未發現相關記載。蜀漢一國沒有廢主廢后與宗室被貶的例子，這是與其他諸朝有較大區別的地方，主要原因有二：一是劉備子嗣不如曹操、孫權眾多，因此宗室總人數相對較少；二是蜀漢國內沒有出現權臣廢主、政變及較大的內亂事件，因此沒有造成相關貶謫，其他曹魏、東吳、西晉、東晉都出現過權臣廢主、政變及宗室內亂，因此造成了諸例廢主廢后與宗室被貶的事件。東吳的宗室公主這一類中，含有參與政變的全公主孫魯班被貶，這是此時五朝中唯一被貶的公主。西晉被貶對象中，被貶宗室與被貶士人數目相差不大，由此可見「八王之亂」對西晉宗室的巨大影響。西晉被貶武將主要分爲兩種：一是西晉滅吳時因戰敗被貶者，如羊祜、楊肇，皆因與東吳陸抗交戰失敗被貶；二是西晉滅吳後對原東吳武將的貶謫，如孫韶、孫匡皆在東吳被平定後遭貶。東晉武將被貶者較多，主要是由此時叛亂、北伐等戰事導致的貶謫。而東晉士人被貶的相對較少，可能與此時玄風大暢，士人仕進之心相對較輕有關。總的來說，三國兩晉時期，宗室被貶與廢主廢后的多次出現，體現了此段亂世的獨特政治背景。

　　以上從貶謫對象的身份角度對三國兩晉貶謫事件進行了概述，下面從貶官屬性來看此時的貶謫事件。無論是士人還是武將，從官員屬性來看，可大致分爲京官與地方官，下面對被貶士人、武將、宗室進行統計〔註 14〕，以期瞭解被貶的京官、地方官的大致比例。

〔註14〕部分宗室兼任官職，亦納入統計中，宗室僅知爵位、身無官職記載的則不計。

表 1-4　三國兩晉貶官屬性統計表

人次　　屬性 朝代	京　官	地方官	總　　計
曹　魏	5	4	9
蜀　漢	8	2	10
東　吳	19	2	21
西　晉	27	10	37
東　晉	18	19	37
總　　計	77	37	114

　　從表 1-4 的統計來看，三國兩晉的貶謫事件，大多為京官降秩或外貶，所佔比例接近七成，地方官的貶謫大約占三成。曹魏的京官與地方官貶謫事件基本相仿。蜀漢則大多是京官外貶或降秩，主要體現了諸葛亮嚴峻執政的風格。東吳也大都是京官外遷，尤其是「二宮構爭」造成了朝中眾多親附太子孫和的官員被外貶。西晉的京官被貶也佔了較大比例，主要是黨爭傾軋造成的朝臣被排在外，如山濤、羊祜、潘岳等，以及如賈充貶外未成者（任愷、庾純等力推其鎮邊，荀勖獻計，充得留不出），此外還有因為齊王司馬攸爭嗣而被貶的，如張華被出外，羊琇、王濟等被降秩留京。東晉一朝，京官與地方官被貶比例基本各半，主要是權臣入京對宗室的外貶、如桓氏父子提兵儇闕，對宗室大加貶黜。此時地方官貶謫主要是地方長官對自選僚屬的貶謫，如王敦對掾屬的貶謫，還有因內亂戰敗被貶、北伐戰敗被貶等諸多情形。

　　綜上，通過對三國兩晉貶謫事件中貶謫人次、身份、官員屬性等方面的統計，我們大致熟悉了此時各朝的貶謫概況與諸貶謫事件的發生背景，基本明晰了此時貶謫對象的身份構成，從他們的身份中，大致能瞭解這段歷史的政治背景特點。需要說明的是，由於史料闕略與統計方法並非絕對科學，統計結果可能會與歷史真實產生誤差，但統計所得大致結果與原因背景分析應該說與真實歷史是相符的。

二、貶謫地域

　　貶謫中除了降秩，還有地理位置上的遷移，主要是京官外任或地方官遷移他處。那麼三國兩晉貶謫事件中，各朝的貶謫對象一般被貶到什麼地方呢？

哪些地域是較爲集中的貶所呢？要回答這些問題，需要對被貶地域進行索解。下面對三國兩晉貶謫事件中的貶謫地域〔註15〕進行統計：

表1-5　曹魏貶謫事件之貶謫地域統計表

古地名	平原郡	東郡	東平國	河間郡	魏郡	章武郡	山陽國	陳留國	梁國	武威郡	西域	樂浪郡	金墉
對應今地	山東德州	山東菏澤	山東泰安	河北滄州	河北邯鄲	河北廊坊	河南焦作	河南開封	河南商丘	甘肅武威	新疆甘肅等地	朝鮮平壤等地	洛陽以東
次數	2	2	1	2	1	1	1	1	1	1	1	2	1

表1-6　蜀漢貶謫事件之貶謫地域統計表

古地名	江陽郡	漢嘉郡	越巂郡	汶山郡	梓潼郡	巴東郡	永昌郡
對應今地	四川瀘州	四川雅安	四川西昌	四川阿壩	四川梓潼	重慶東部	雲南保山
次數							

表1-7　東吳貶謫事件之貶謫地域〔註16〕統計表

古地名	交州	會稽郡	新都郡	臨海郡	吳興郡	零陵郡	衡陽郡	桂陽郡	長沙郡	豫章郡	廬陵郡	臨川郡	建安郡	吳郡	丹陽郡	江夏郡
對應今地	兩廣與越南等地	浙江紹興	浙江淳安	浙江台州	浙江湖州	湖南永州	湖南衡陽	湖南桂陽	湖南長沙	江西南昌	江西吉安	江西撫州	福建建甌	江蘇蘇州	安徽宣城	湖北鄂州
次數	16	5	2	2	1	2	1	1	1	3	2	1	6	2	2	1

〔註15〕此處主要統計外貶或地方調動，降秩留京者不計，但廢主廢后宗室被幽囚金墉城者單獨計之。關於三國兩晉的行政區劃，主要爲州郡（或王國）縣三級，且有變化，此處以郡（或王國）爲主要統計單位，少數無法確定的地域不以郡國爲單位，如西域。統計主要依據譚其驤主編《中國歷史地圖集》（中國地圖出版社，1996年），該書中三國皆以262年的行政區劃爲準，曹魏分12州90餘郡，蜀漢有1州20餘郡，東吳有3州30餘郡，其中荊州、揚州曹魏與東吳並建，實際上總共14州。西晉行政區域以州郡（或王國）縣爲三級，該書以281年的行政區劃爲準，分19州171郡。東晉也爲州郡縣三級，該書以382年的行政區劃爲準，分8州80餘郡。錄古地名時依據古籍所載，如尋陽，今一般作潯陽，以當時作尋陽爲準。

〔註16〕東吳南部廣大地區都屬交州，東吳曾經兩度從交州分置廣州，區域不定。《三國志・吳書》等記載東吳貶謫事件時，常云流貶交州或廣州或南州，未明確記載被貶州郡名，有時也明確記載流貶交州交趾郡、交州蒼梧郡等，此處統計時，全部以交州計。

表1-8　西晉貶謫事件之貶謫地域統計表

古地名	河內郡	潁川郡	河南郡	弋陽郡	頓丘郡	順陽郡	安平國	趙國	魏郡	章武國	范陽國	京兆郡	始平郡	漢中郡	南郡	上庸郡	遼東國	昌黎郡	帶方郡	齊國	武威郡	譙郡	新安郡	南海郡	蜀郡	興古郡	金塘
對應今地	河南沁陽	河南許昌	河南洛陽	河南潢川	河南清豐	河南淅川	河北冀州	河北邢臺	河北邯鄲等	河北廊坊	河北涿州	陝西西安	陝西興平	陝西漢中	湖北荊州	湖北十堰	遼寧遼陽	遼寧錦州	朝鮮黃海道	山東淄博	甘肅武威	安徽亳州	浙江淳安	廣東廣州	四川成都	雲南彌勒	洛陽以東
次數	4	2	2	1	1	1	1	1	1	1	1	1	1	1	4	1	2	2	2	1	1	2	1	1	1	1	10

表1-9　東晉貶謫事件之貶謫地域統計表

古地名	豫章郡	尋陽郡	廬陵郡	安成郡	廣州	交州	長沙郡	衡陽郡	桂陽郡	新安郡	東陽郡	吳興郡	廣陵郡	琅琊國	吳郡	晉陵郡	丹陽郡	榮陽郡	晉安郡	襄陽郡
對應今地	江西南昌	江西九江	江西吉安	江西新餘	廣東廣州	廣西越南	湖南長沙	湖南衡陽	湖南桂陽	浙江淳安	浙江金華	浙江餘杭	江蘇揚州	江蘇徐州	江蘇蘇州	江蘇鎮江	安徽宣城	河南鄭州	福建閩侯	湖北襄陽
次數	6	2	1	1	5	2	2	2	2	3	2	1	1	1	1	1	1	1	1	1

　　稽核以上數據統計，從表1-5到表1-9這五份表格中，大致可以看清三國兩晉各朝的貶謫地域概況。從表1-5可知曹魏的貶謫事件中，今山東省是當時首選的貶謫地域，其次是河北與河南，這三個省份成為當時曹魏大部分貶謫事件的貶所。山東省之所以在這份統計中排列第一，主要是現存文獻對曹植、曹彪等宗室的貶謫記載相對詳多，他們或相關親屬被貶山東者較多，從而提高了此份統計中的數據比重。如果按照當時的實際情況來看，河南河北當是曹魏貶謫事件最為集中的地域，因為曹魏都城位於今河南，京官外貶一般就近選擇貶所，所以河南河北是首選之地。而西域或樂浪郡等絕域之地，是當時謀反大罪的最佳貶謫場所，鄧艾遭鍾會等誣陷謀反，妻、孫皆遠徙西域，「夏侯玄代司馬師政變」中的相關人員被遠徙樂浪，正是由於犯了謀反重罪，所以流貶力度大。

　　表1-6體現了蜀漢的貶謫地域較為均衡，此時一般就近選擇離成都不遠的地方作為貶所。這主要是當時諸葛亮嚴峻行政，只是將與之爭權的李平以及清議亂群的孟光、來敏等驅逐出政治中樞，並沒有將他們遠貶，也許諸葛亮還有重新啓用這些人的打算，當諸葛亮去世的消息傳至貶所，廖立垂涕，李平激憤而卒，似乎說明了諸葛亮對他們的處罰只是依法懲治，而並沒有特意

打壓之意。蜀漢最遠的貶所是現在的雲南保山，這也是當時離成都最遠的一個郡，被貶保山的費詩，是由於上書勸止劉備進位漢中王忤旨被遠貶，說明了劉備在稱王之時對持有非議之人的打擊力度是很大的，如此遠貶應該是持有以儆效尤的目的。

從表 1-7 可知，東吳把兩廣地區作爲首選的貶謫地域，這一特點很明顯。尤其是「二宮構爭」造成的士人遠貶嶺南，以及孫晧對直臣的絕域遠貶，嶺南地區因此成爲東吳貶謫事件中的貶所集中營。除了嶺南地區，浙江、湖南、江西三省由於離建業較近，也常被選作貶所，尤其是浙江紹興地區，成爲東吳較爲著名的貶所。而稍遠的福建建甌地區，也是頻迎遷客的場所。從此表中還可得知，東吳很少將罪犯貶謫到長江中上游以及長江沿岸地區，因爲這裡與曹魏、蜀漢都比較接近，這樣的處理很可能是爲了防止罪犯外逃出境。

表 1-8 說明了西晉的貶謫地域是五朝之中最多的，因爲此時已經完成了三國統一，國家版圖在五朝中最爲廣袤。此時的貶所選擇較爲分散，離都城較近的河南河北依然是最佳貶所選擇地，其次是陝西、湖北等相對偏遠的地區，而在曹魏開樂浪之徙先例後，此時的東北絕域帶方郡，也前後接收過一些罪犯。司馬繇因爲專行誅賞，被兄司馬澹屢構於太宰司馬亮，因此遠徙帶方，還有「八王之亂」中，裴嵩、裴該坐父裴頠，也被遠徙帶方，這兩例貶謫的處罰力度似乎過重。嶺南地區在東吳頻迎遷客之後，在西晉一朝卻顯得相對寂靜。甘肅武威與雲南彌勒也是堪比絕域的貶所，宗室司馬順哭晉武帝受禪代魏被遠貶武威，體現了君主對非議自己的異己打擊力度之大，也體現了晉武帝對自己合法統治權的重視，這一貶謫事件與劉備遠貶費詩有異曲同工之妙。張輿因坐父張華之罪被遠徙雲南，這與裴頠二子所面臨的情況相似，說明了「八王之亂」不僅將裴頠、張華等士人予以血腥誅殺，並且對其家屬也實施了殘酷的遠貶，體現了「八王之亂」那段腥風血雨的歷史。此時最爲突出的貶所就是金墉城，這個幽禁廢主廢后與宗室的場所，因爲「八王之亂」而留名青史，並且其文化意蘊也因這一場宗室內亂而發生了大變。

表 1-9 的統計，說明了嶺南地區在東晉又成了實施貶謫的最佳場所，主要是桓玄篡晉時將部分宗室遠貶此地。而離建康較近的南昌、九江等地，也成了朝廷處罰罪犯的常用地域。湖南與浙江、江蘇與江西地區一樣，是罪官經常被貶之地。除此之外，東晉朝廷同樣很少將罪犯貶至與北方少數民族政權交界的地帶，也應該是防止罪犯北逸。

三、貶謫緣由

前面在對貶謫事件的對象與地域探討過程中，已經大致涉及了對貶謫緣由的介紹，下面對此作進一步探討。三國兩晉的貶謫事件，就貶謫緣由來看，可主要分為：黨爭政爭、直諫犯顏、議政亂群、宗室內亂、權臣廢主貶宗、君主壓迫同宗、政變謀反、不事上司、武將士人犯罪、宗室犯罪、戰敗、易代等幾類，下面分別進行統計[註17]。

表 1-10　三國兩晉貶謫事件之貶謫緣由統計表

次數/事由　朝代	黨爭政爭	直諫犯顏	議政亂群	宗室內亂	權臣廢主貶宗	君主壓迫同宗	政變謀反	不事上司	武將士人犯罪	宗室犯罪	戰敗	易代	其他原因	總計次數
曹魏		5			2	7	12	1		2		1	3	33
蜀漢	2	1	5				1	2			1			12
東吳	13	9	3		4	6	5		7				1	48
西晉	14	5		17	5		1	1		3	3	5	5	59
東晉	13	1			10		2	9	1		7		5	48
總計次數	42	21	8	17	21	13	21	13	8	5	11	6	14	200

從表 1-10 中，能夠大致明白三國兩晉每朝的貶謫事件緣由為何。曹魏由於政變謀反事件被貶者最多，主要是曹氏與司馬氏爭權所致，「高平陵政變」與「夏侯玄代司馬師政變」是造成此時貶謫頻現的主要事件。曹丕、曹叡對宗室的打壓也是該朝貶謫事件的主要構成因素。蜀漢在諸葛亮的嚴峻行政之下，發生了數次因言獲罪的貶謫事件，說明了蜀漢對於非政議政的輿論控制較為嚴格。東吳「二宮構爭」造成的黨爭傾軋貶謫事件較多，而此朝的君主壓迫部分同宗歸根結底也是由於「二宮構爭」，孫晧即位後，追究孫和、孫霸舊隙（指二宮構爭），流貶孫霸二子孫基、孫壹。除此之外，孫晧還對孫休四子予以貶謫，這是對叔父之子的打壓，目的是鞏固自己的皇位。東吳的直諫犯顏主要發生在孫權與孫晧兩位君主身上，前有虞翻、陸績作為代表，後有

〔註17〕此處黨爭、政爭主要指士人之間的結黨傾軋或政治鬥爭；直諫犯顏指直臣勸諫君主怒君被貶，直臣家屬被流貶列入直諫犯顏類；宗室內亂指宗室之間的鬥爭，「八王之亂」中的士人被殺，家屬遭流者計入宗室內亂；武將士人宗室犯罪指一般罪行，比如居喪違禮等，不包括謀反，謀反單獨統計；戰敗包括三國交攻戰爭、東晉北伐戰爭等；易代包括廢前朝君主，貶前朝宗室，或宗室哭禪被貶，如司馬順哭晉代魏。

王蕃、陸凱作爲代表。西晉黨爭造成的貶謫較多，不少士人因爲牽涉齊王司馬攸爭嗣的黨爭而被貶黜，而此時的「八王之亂」更是導致宗室貶謫頻發。東晉門閥士族爭權造成了較多的出排中央的貶謫事件，此時門閥士族掌權之後對君主宗室的廢貶較爲明顯，以桓氏父子爲主。此朝如王敦、桓溫等權臣自關的清正之士面對主官不臣之心多有勸諫而被貶，如劉胤、阮裕、謝琨因諫王敦被貶，習鑿齒因諫桓溫被貶，這些不事上司的案例從側面體現了東晉士族與皇權之間的鬥爭較爲激烈。

綜合而言，上述貶謫緣由中只有直諫犯顏、議論亂群、武將與士人犯罪、宗室犯罪、戰敗這五類屬於罪有應得，它們所佔比例近三成。其中直諫犯顏並非由於眞正做了違反法律的實質行爲，議論亂群也是因言獲罪，這兩類犯罪性質不算惡劣；而無罪遭貶的主要有權臣廢主貶宗、君主壓迫同宗、不事上司、易代四種情形，這些無罪被貶者占近三成，其中被貶成員絕大多數都是廢主與宗室。還有約四成的貶謫性質無謂好壞，它們的產生主要是由於權力之爭，包括政變謀反、宗室內亂、黨爭與政爭失利。政變謀反看似罪有應得，實質是集團之間的利益之爭，宗室內亂與黨爭、政爭的性質亦如此，因爲各方交攻都是爲了一己私利。所以這四成遭貶者既算不上無罪遭貶，亦算不上罪有應得。總的來說，三國兩晉時期眞正有罪遭貶者約占三成，無罪遭貶者亦占三成，還有約四成被貶者乃權力之爭的犧牲品。

第三節　三國兩晉貶謫事件的特點

由於貶謫制度在三國兩晉時期還處於發軔階段，所以此時的貶謫事件沒有相對完善的制度可依，貶謫顯得較爲隨意。並且國分五朝，情況各異。可是，我們從整體考察這一時期的貶謫事件，也能歸納出一定的特點與規律。

其一、此時無罪遭貶謫者多爲廢主或宗室。由於三國兩晉政治相對混亂，君主壓迫同宗、權臣廢主以及易代等造成的君主、宗室被貶情形較多。關於廢主宗室的貶謫，其中兩晉較爲突出，西晉多宗室內亂造成的貶謫，東晉多門閥士族掌權造成的貶謫，兩朝眞正的貶謫施動者分別是掌權宗室與士族權臣。唐宋及以後很少有如此高頻的宗室內亂導致的權力更替，也再沒有出現過如此集中的士族專權對皇族的貶謫。這兩類貶謫事件中折射出的主弱臣強的現實，是三國兩晉時期的一大特色。

其二、此時相當數量的被貶者在性質上無謂好壞。由黨爭與政爭失利、宗室內亂、政變謀反造成的貶謫事件較多，它們都是權力之爭的結果，諸例貶謫顯現了這段亂世的政治背景與貶謫的時代特色。

其三、權臣自貶僚屬。三國兩晉時期的部分權臣可以開府選官，他們對僚屬有貶黜的權力，王敦、桓溫就是這類貶謫施動者的重要代表人物。這是具有時代特色的貶謫，唐宋及以後貶謫事件中很少有這一類情況發生。

其四、實施貶謫時注重行政區域的控制力。前已述及，三國東晉的貶謫事件在貶所地域的選擇上，一般不將貶官貶謫至與鄰國接壤之地。這主要是出於對貶所與貶官的控制力考慮，邊境地區的控制力相對薄弱，爲了防止貶官外逃，在實施貶謫的貶所選擇上，即使是遠徙，也選擇離鄰國較遠距離的一方。曹魏的西域、樂浪之遠徙，蜀漢的永昌之徙，以及東吳、東晉的嶺南之徙，都是出於此因。三國交界的地方未見有相關貶謫人員出現，就很能說明這一貶謫規律。後代大一統王朝，如唐、元、明、清在廣袤的國土上遠徙貶官，對於貶所控制力的考慮就不如三國兩晉這麼明顯。

其五、對於牽涉謀反重罪的流貶力度較大。三國兩晉時期的流徙刑作爲代刑，主要是針對免死罪犯的，此時若犯了謀反重罪，主要當事人員一般是誅殺不赦，而相關親屬也都遠貶絕域。曹魏的西域、樂浪遠徙即體現了這一規律。

其六、對於非議君主合法統治權的貶謫力度較大。認爲君主不應即位的觀點雖然不如謀反罪如此嚴重，但君主對這一類行爲的處罰力度是較大的。對於非謀反罪行的處罰，一般的京官外遷就近選擇貶所，很少遠謫絕域。但對於非議君主合法統治權的人的貶謫一般較爲嚴厲，曹植、司馬順、費詩等都曾面臨嚴厲的處罰。在曹丕即位後的頭兩年內，曹植受到的打壓最爲嚴酷，幾次有性命之虞，其中原因除了曹丕對曹植曾經的爭嗣進行猜忌打壓，還有一個重要原因就是曹植哭魏代漢。而宗室司馬順哭晉武帝受禪代魏被遠貶到甘肅武威，費詩勸諫劉備勿稱王被貶雲南保山，這都是極爲嚴厲的貶謫。

其七、被廢的外謫官員往往終身未還。由於三國兩晉的流徙刑罰對流徙人員控制較爲嚴苛，一經形成的流貶往往是終身不還。此時的被貶士人一旦被廢爲庶人，大都卒於貶所，如曹魏杜恕、蜀漢廖立、李平等。唐宋及以後，貶謫制度更加完善，有量移等恩赦制度的存在，謫官被外貶以後還有回京的機會，這是與三國兩晉時期有較大區別的。

第二章　曹魏貶謫文化與文學

　　三國之中，曹魏人口最多，國力最強。就現存史料來看，記載曹魏的最多，但發生在曹魏的貶謫事件並不是最多的，而是少於東吳，多於蜀漢。綜合而言，曹魏的貶謫事件主要可分為三類：一是宗室遭忌被貶，二是直臣勸諫被貶，三是因政變獲罪的士人親屬遭流，此外還有其他因罪被貶被流的事件。三國之中，曹魏文化最為昌盛，就文學成就來說，曹魏也遠勝於蜀漢與東吳。眾所周知，曹魏文學成就最高的屬「三曹」與「七子」，他們是建安文學的代表作家，其中曹植流傳作品最多，生活軌跡也較為坎坷。曹丕為帝之後，對宗室實行嚴苛的幽禁政策，其中最為人熟知的就是對曹植的幽貶。曹植的一生，由於政治身份的改變，前後際遇迥異，使其成為貶謫文化史、文學史上極為重要的人物，因此本章以較多篇幅對其在貶謫文化史、文學史方面的模式意義進行探討。此外，曹魏貶謫史上，杜恕也是值得關注的人，他被廢徙的原因似乎並不像史書所載那樣簡單，本章對其深層原因進行合理推測，並簡論其貶後著述體現的曹魏政治史上反法尊儒的思想意義。由「高平陵政變」與「夏侯玄代司馬師政變」所引起的樂浪遠徙，開啟了中國流貶史上遠徙東北絕域的先例，其在流貶文化史上也有相應意義，本章亦擇而論之。

第一節　曹植之貶的模式意義

　　曹植（192～232），字子建，乃曹操第四子，曹丕同母弟。這位才高八斗的「建安之傑」已被論述繁夥，根據曹植生活遭遇的不同，論者基本都分為前後兩期而論〔註1〕。對於後期，多強調曹植在曹丕、曹叡兩位皇帝的監視之

〔註 1〕論者一般對曹植生平分為前後兩期，或以曹丕被立為太子為界，或以曹操去世為界，或以曹丕稱帝為界。

下進行的幽憤創作，這一說法確有道理。但學界論述曹植後期創作時，只是大致強調後期的憂愁憤慨，或僅將後期分為黃初、太和兩個時期來論述其生存與創作。這樣的論述不夠深入，忽略了曹植貶謫生活具體時段的生命沉淪與心理變化。畢竟曹植的貶謫生活長達 12 年有餘，且現存作品較多，單純把貶謫生涯分為黃初、太和兩個時期似乎太過簡單。本章既強調整體貶謫生活境遇的大環境，又重視考察貶謫生活期間不同的小環境，擬從貶謫視域對曹植做更加深入的研究。

一、曹植之貶概述

根據《三國志・陳思王植傳》與張可禮《三曹年譜》及當下部分有關曹植事蹟的考辨文章，筆者首先將曹植的貶謫生活大致臚列如下：

> 黃初元年（220）四月，曹丕即魏王位，曹植就國臨淄鄄城（建安十九年（214）封臨淄侯，居鄴未就國，建安二十二年（217），增植邑五千，並前萬戶）。

> 黃初元年（220）十月，曹丕稱帝。

> 黃初二年（221）正月，監國謁者灌均希指，奏「植醉酒悖慢，劫脅使者」。召罪入京師，因其母卞太后干預，貶安鄉侯，改封鄄城侯。七月附近，東郡太守王機、防輔吏倉輯等誣告曹植，又獲罪入京都，復以卞太后得解。〔註2〕

> 黃初三年（222）四月，立曹植為鄄城王，邑二千五百戶。

> 黃初四年（223）五月，曹植與白馬王曹彪、任城王曹彰朝京都。六月，任城王卒於京都。七月，曹植與白馬王曹彪還國，欲同路東歸，監國謁者不許。八月，曹植歸鄄城，徙封雍丘王。為監官誣告。

> 黃初六年（225）十二月，曹丕過雍丘，幸植宮，增戶五百。

> 黃初七年（226）五月，曹丕卒，曹叡即位。

> 太和元年（227）四月，曹植徙封濬儀。

> 太和二年（228）十月，曹植復還雍丘。前後兩次上表求自試。

〔註2〕 關於曹植黃初初年間獲罪事由，參見邢培順《曹植黃初初年獲罪事由探隱》，載《濱州學院學報》，2010 年第 1 期。該文對黃初二年曹植兩次獲罪之事的考辨較為清楚，故本節將二事繫於此年。

太和三年（229）十二月，曹植徙封東阿王。

太和五年（231）七月，曹植上表求存問親戚，陳審舉之義。

太和六年（232）正月，曹植與諸王入朝。二月，被封為陳王，邑三千五百戶。曹植求獨見曹叡，希冀試用，終不能得，還。十一月，曹植卒。

曹植「十一年中而三徙都」〔註3〕，貶謫地點不斷更換，如下表所示：

表 2-1　曹植貶謫分期表

分期	黃初時期（220 年 4 月～226 年 5 月）		太和時期（226 年 6 月～232 年 11 月）			
被貶時間	220 年 4 月	223 年 8 月	227 年 4 月	228 年 10 月	229 年 12 月	232 年 2 月
被貶地點	鄄城	雍丘	浚儀	雍丘	東阿	在東阿，未赴陳
今地點	山東鄄城	河南杞縣	河南開封	河南杞縣	山東陽谷	河南淮陽

下面用圖來表示曹植貶謫地點的前後變更：

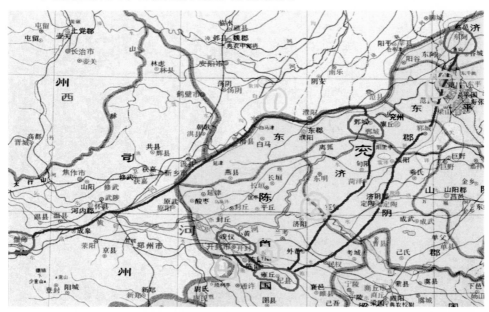

圖 2-1　曹魏司州、兗州區域圖〔註4〕

〔註 3〕　陳壽《三國志‧魏書‧陳思王植傳》云十一年，應從曹丕 220 年即帝位後的第二年開始算起。

　　可見，在曹植 12 年的貶謫生涯內，貶所都集中在司州、兗州兩地，這幾
處貶所大致在今河南、山東兩省交界區域。12 年內，曹植往來於諸貶所與京
都洛陽（上圖左下角偃師偏西處）之間。相比那些動輒遠徙數千里的謫臣，
曹植之貶並不算僻遠。黃初元年（220）四月，曹植被貶鄄城，此地臨黃河，
他有可能是從洛陽順流而下至鄄城。黃初四年（223）八月，曹植徙封雍丘，
於是從鄄城赴居西南雍丘。在曹叡即位後的第二年，即太和元年（227）四月，
曹植又徙封濬儀，此地離雍丘不遠，在雍丘偏西北方。太和二年（228）十月，
曹植又復還雍丘。太和三年（229）十二月，曹植徙封東阿，從此直至去世，
曹植都在東阿度過，東阿也是曹植貶所中離都城最遠之地。

　　嚴格而言，曹植之貶並非始於曹丕稱帝的黃初時期，而在黃初改元之前
曹丕為魏王時，曹植即被遣至藩國鄄城。曹丕為魏王到曹丕為帝期間約半年
時間，謂延康時期，大都歸入黃初時期來討論。大致來說，曹植貶謫生活可
分為黃初時期與太和時期，黃初時期（包括之前延康元年的半年）共持續了 6
年又 1 個月，太和時期共持續了 6 年又 5 個月，所以說曹植的貶謫生活共計
12 年半左右。

　　由於曹植曾經幾乎被曹操立為嗣子，所以他成了曹丕的眼中釘。黃初元
年（220）四月，曹丕即王位之後，就立即對昔日的植黨人員丁儀、丁廙等予
以誅殺，並且把各諸侯王遣至藩國。這一舉措目的無疑是繼續削弱諸侯王的
勢力，防止他們蓄勢篡權。曹丕還在各諸侯王身邊安排了監國謁者，所謂監
國謁者的職責是名為諸侯國內監管國事，實為抉發諸侯王不法事蹟向皇帝報
告。曹植身邊的監國謁者在其貶謫生活中扮演了重要的鷹犬角色。黃初元年
至四年（220～223），曹植可謂處境艱難，終日惶恐，是其一生中最為艱難的
時期。曹丕即位初期對諸侯王的打壓很嚴酷，此期間曹植兩次獲罪，幾乎殞
命。曹丕即位的第二年（221），曹植就被監國謁者灌均上奏，因罪入京師，
在卞太后的干預之下，曹植躲過一死。想必經過這一次驚險之旅，曹植是心
有餘悸的。不過曹植一向有任性妄為的性格，所以並沒有在這次危險之後完
全噤口。在回到藩國之後，曹植又被東郡太守王機、防輔吏倉輯等人誣告，
再次獲罪入京都，復以卞太后得解。這一次又幾乎受戮，應該給曹植造成了
很大震懾。黃初四年（223），曹植與曹彰等入京師，曹彰暴卒於京都，這給

〔註 4〕 此圖載於譚其驤主編《中國歷史地圖集》（中國地圖出版社，1996 年）之「三
　　　　國曹魏」部分，乃景元三年（262）地理分佈圖，與曹植生活時期地名一致。

曹植極大的震撼，因為曹彰的暴死乃曹丕特意毒害。歸藩國時又不被允許與曹彪同路，在這一年還國之後，曹植又被監官誣告，具體原因不詳。黃初四年以後，史書沒有關於曹植有獲罪事蹟的記載，想必從此之後，曹植在曹丕統治期內再也不敢有所悖慢了。黃初六年（225），曹丕路過雍丘看望曹植，想必是對其提防有所放鬆，也是對其克己慎行、守法遵紀生活的認可。黃初七年（226）曹丕卒，曹植終於結束了為兄長所猜忌的貶謫生活。

曹叡即位，曹植此時乃其在世的唯一叔父。太和時期，曹植雖然也過著藩國幽囚般的生活，但比起之前黃初時期的處境要稍好，未見有史料記載曹植有獲罪遭罰之事。這一時期，曹植的建功立業之心又抬頭了，前後數次陳表自試，曹叡只是以禮婉拒。曹叡對叔父曹植基本是以禮相待，並且在曹植去世的那一年還封其為陳王。在曹植去世數年後，曹叡下詔曰：「陳思王昔雖有過失，既克己慎行，以補前闕，且自少至終，篇籍不離於手，誠難能也。其收黃初中諸奏植罪狀，公卿已下議尚書、秘書、中書三府、大鴻臚者皆削除之。」〔註5〕曹叡把黃初時期奏劾曹植的罪狀等都削除，目的可能是為了隱瞞曹丕當年對諸侯王的迫害，是為了曹丕名聲考慮，同時也算是對叔父曹植的一種認可與緬懷。

總的來說，曹植在黃初時期被迫害程度較深，幾次有性命之虞，在太和時期相對受到禮遇。大致理清了曹植的貶謫生活概況以後，下面將對其貶謫生活中的心路歷程與詩文創作進行細緻考察。

二、曹植的生命沉淪與作品風格轉向

據趙幼文先生的《曹植集校注》〔註6〕，曹植現存作品 230 餘篇（首），是建安時代作品存世數量最多的作家。曹植後期作品的題材、體裁、風格等，需要緊密聯繫其貶謫生活的大環境來談，但同時又不可將貶謫生活的大環境一概而論，因為貶謫期間曹植所處的小環境與心態變化又各有不同，故對曹植後期作品的分析需要格外細緻，要做到宏觀審視與微觀剖析相結合。情緒

〔註5〕　陳壽《三國志・魏書・陳思王植傳》，中華書局，1982 年，第 576 頁。
〔註6〕　趙幼文先生的《曹植集校注》（人民文學出版社，1984 年），以大致編年方式
　　　　對曹植詩文進行校評，是目前關於曹植作品最好的整理校注本。本節對曹植
　　　　作品的引用皆依據此本，對作品的數量、編年等統計界定，也主要依據此本，
　　　　另外適當參考張可禮《三曹年譜》（齊魯書社，1983 年）。不過兩書皆有不足，
　　　　本節對於部分作品的編年有異議，詳見書中考述。

心理學中，恐懼、悲傷、焦慮、憤怒等情緒有不同的明細定義，合理利用這些概念，有利於把握曹植的細膩心理與作品風格。

曹植的貶謫生活可分為黃初和太和兩大時期，具體而言，其生命沉淪又可分為四個階段。可以黃初四年（223）七八月為界，將黃初時期分為前中後三個階段，加之太和時期一共四個階段。曹植的心理苦悶是隨其生命沉淪而變化的，貶謫時期的主導心理苦悶也可相應分為四個時期，即優生恐懼期、悲憤高潮期、悲憤沉潛期、憂愁哀傷期。下面以表明晰分期：

表 2-2　曹植之貶的生命沉淪與心理苦悶分期表

時間（月份為陰曆）	生命沉淪分期	心理苦悶分期	持續時間
220 年 4 月～223 年 6 月	黃初前期	優生恐懼期	3 年又 2 月
233 年 7、8 月	黃初中期〔註 7〕	悲憤高潮期	2 個月
223 年 9 月～226 年 5 月	黃初後期	悲憤沉潛期	2 年又 8 月
226 年 6 月～232 年 11 月	太和時期	憂愁哀傷期	6 年又 5 月

從曹丕即魏王位至黃初四年（223）六月朝京都，這三年兩個月，是曹植生命沉淪的第一階段，即黃初前期。此一階段，性命之虞如達摩克利斯之劍時刻懸掛在曹植頭上。這一時期，心驚膽顫，終日惶恐成為曹植的真實心理寫照，他首先考慮的是如何自保。黃初元年（220）曹丕即帝位，曹植以《慶文帝受禪表》表示拳拳慶賀之意。此時所作的《魏德論》《魏德論謳》更是對曹丕稱讚有加，可謂極盡歌功頌德之能事。曹植的這一舉措，主要是要表達甘心為臣，以此自保。需要提及的是，趙幼文《曹植集校注》把曹植《上先帝賜鎧甲表》《獻文帝馬錶》《上銀鞍表》三表繫於黃初六年冬，恐有不妥。黃初前期，曹丕對其迫害最深，而到了黃初六年，曹丕見曹植確無不臣之心，放鬆了警惕，所以東征途中過雍丘幸植宮，表達和好之意，若曹植此時有獻戰具之舉，倒反而襯出曹丕迫害之意，因此這三篇上表繫於黃初前期較為合理。

曹丕即位後對宗室進行嚴酷迫害，諸侯王生存環境較為惡劣，「魏氏諸侯，陋同匹夫」〔註 8〕。陳壽於《三國志‧魏書‧武文世王公傳》評曰：「魏

〔註 7〕　一般來說，前中後三期的時間長短都差不多，但本節為了便於論述，所謂黃初中期主要指悲憤高潮期，持續時間相對較短。所謂具體持續時間，雖有時間段提出，亦無法絕對化，只是相對而言。

〔註 8〕　陳壽《三國志‧魏書‧陳思王植傳》，中華書局，1982 年，第 577 頁。

氏王公，既徒有國土之名，而無社稷之實，又禁防壅隔，同於囹圄；位號靡定，大小歲易；骨肉之恩乖，常棣之義廢。爲法之弊，一至於此乎！」〔註9〕「禁防壅隔，同於囹圄」，這是一種畫地爲牢的幽囚生活。裴注引《袁子》亦曰：

> 魏興，承大亂之後，民人損減，不可則以古始。於是封建侯王，皆使寄地，空名而無其實。王國使有老兵百餘人，以衛其國。雖有王侯之號，而乃儕爲匹夫。縣隔千里之外，無朝聘之儀，鄰國無會同之制。諸侯遊獵不得過三十里，又爲設防輔監國之官以伺察之。王侯皆思爲布衣而不能得。既違宗國藩屏之義，又虧親戚骨肉之恩。〔註10〕

宋人張方平《宗室論·皇族試用》如此評價：「曹氏裁制藩戚，最爲無道，至於隔其兄弟吉凶之問，禁其婚媾慶弔之禮，上不得預朝覲，下不得交人事，離恩絕義，斷棄天常。能者被拘，才者不試，故曹植自比圈牢之養物，求一效死之地而不得。」〔註11〕諸侯王無朝聘禮儀，無會同制度，就連遊獵也不能越過規定範圍，並且還得在監國官員的監視之下生活，可見諸侯王生活確如囚犯，即使想成爲布衣生活也不能如願，這樣的生活苦悶可想而知。此外，被曹操善待的何晏，由於此前「服飾擬於太子，故文帝特憎之……故黃初時無所事任。及明帝立，頗爲冗官」〔註12〕，足見曹丕對這位無血緣關係的兄弟也是防範有加的。囹圄般的貶謫生活是我們考察曹植生命沉淪與心理苦悶的大背景。曹丕因爲猜忌諸王，對諸王大加貶削，實行監控統治。曾經的承嗣之爭使曹植成爲曹丕最爲疑忌的對象。在曹植生命沉淪的第一階段，恐懼成了這一時期他苦悶心理的主導情緒。

黃初二年（221），應是曹植一生中最爲難熬的夢魘時期，此時他的死亡恐懼尤爲嚴重。這一年曹植面臨了謫居生活中的第一次大災難，即因監國謁者灌均希指，奏「植醉酒悖慢，劫脅使者」〔註13〕，曹植被召入京師，在母親卞太后的干預下被貶安鄉侯，後改封鄄城侯。這一事件的發生，令曹植性命堪虞，一片驚懼之意籠罩在曹植心頭。《謝初封安鄉侯表》云：

〔註9〕　陳壽《三國志·魏書·武文世王公傳》，中華書局，1982年，第591頁。

〔註10〕　陳壽《三國志·魏書·武文世王公傳》，中華書局，1982年，第591～592頁。

〔註11〕　曾棗莊、劉琳等《全宋文》，上海辭書出版社、安徽教育出版社，2006年，第38冊，70～71頁。

〔註12〕　陳壽《三國志·魏書·何晏傳》，中華書局，1982年，第292頁。

〔註13〕　陳壽《三國志·魏書·陳思王植傳》，中華書局，1982年，第561頁。

臣抱罪即道，憂惶恐怖，不知刑罪當所限齊。陛下哀愍臣身，不聽有司所執，待之過厚，即日於延津受安鄉侯印綬。奉詔之日，且懼且悲，懼於不修，始違憲法，悲於不慎，速此貶退。上增陛下垂念，下遺太后見憂。臣自知罪深責重，受恩無量，精魂飛散，亡軀殞命。〔註14〕

面對曹丕的不誅之恩，曹植感激涕零。上述百來字的謝表中，竟然接連出現「憂惶恐怖」「且懼且悲」「罪深責重」「精魂飛散」「亡軀殞命」諸多表示惶恐的詞語，曹植之懼可想而知。情緒心理學告訴我們，恐懼是由於面臨危險而引起的一種消極情緒，尤其是面對死亡會產生一種極端的恐懼情緒，比起一般的恐懼，死亡恐懼產生的焦慮與不安要強烈得多。《寫灌均上事令》記載曹植為了時刻提醒自己勿再犯罪，下令書寫灌均所上奏章，置於坐旁，「孤欲朝夕諷詠，以自警戒也」〔註15〕，可見惶恐之深。

同年，東郡太守王機、防輔吏倉輯等人誣告曹植，他又一次獲罪入京，復以卞太后得解，這是貶謫期間曹植第二次與死神接近。後來曹植在《黃初六年令》回憶此時的生活情境是「身輕於鴻毛，而謗重於太山」〔註16〕，言自己身家性命輕於鴻毛，而王機、倉輯誣告譭謗卻重於泰山，真可謂生命不能承受之重。黃初三年（222），立曹植為鄄城王，邑二千五百戶。由鄄城侯變為鄄城王，名為升爵，其實質並沒有改變，仍然是禁足囹圄般的生活。

有一條史料值得注意，即黃初三年（222）九月，曹丕詔曰：「夫婦人與政，亂之本也。自今以後，群臣不得奏事太后，后族之家不得當輔政之任，又不得橫受茅土之爵；以此詔傳後世，若有背違，天下共誅之。」〔註17〕曹丕頒發此詔的原因鮮見有人論及，如果聯繫曹植前後兩次因為卞太后的干預而避免被殺的事實來看，此詔的頒佈無疑是一定程度上針對卞太后而言的。由於接連兩次獲罪幾乎被殺，給曹植心靈必定帶來巨大的創傷，使其戰戰兢兢，如履薄冰。加之曹丕禁止婦人參政詔令的頒發，使曹植少了一份可以依靠的屏障。根據馬斯洛需要層次理論，生理、安全需要屬於最基本的需要，人身安全是這一時期曹植最為需要的。為了全身保命，曹植不得不盡量安分

〔註14〕趙幼文《曹植集校注》，人民文學出版社，1984年，第237頁。

〔註15〕趙幼文《曹植集校注》，人民文學出版社，1984年，第241頁。

〔註16〕趙幼文《曹植集校注》，人民文學出版社，1984年，第338頁。

〔註17〕陳壽《三國志‧魏書‧文帝紀》，中華書局，1982年，第80頁。

守己。因此在黃初二年（221）七月以後，曹植的生活狀況是《黃初六年令》中這樣的記載：「形影相守，出入二載」。這一時期，「機等吹毛求瑕，千端萬緒，然終無可言者」〔註18〕，可見任憑王機等挖空心思誣陷，曹植也是盡量做到警惕自誠，必定緘口結舌，不越雷池一步。

從黃初二年（221）被王機、倉輯誣告，到黃初四年（223）五月，曹植與白馬王曹彪、任城王曹彰朝京都之前，這近兩年，曹植幽囚獨處，生死莫測，迫害憤恨的陰影揮之不去，深恐巨憂時常縈繞在腦海之中。這期間，曹植動輒得咎，只能噤若寒蟬，很少寫有關時事與寄託較明的詩文，他希心莊老，創作了一系列遊仙詩〔註19〕。學界基本公認曹植的遊仙詩都作於貶謫時期，但具體作於貶謫期間的哪一段卻沒有定論，據趙幼文《曹植集校注》的繫年，有五首繫於黃初二年至四年間，一首繫於黃初四年至五年間，另有六首繫於太和三年（229）以後。這種繫年沒有確鑿的證據，較爲牽強〔註20〕。筆者認爲，曹植的遊仙詩（至少大部分遊仙詩）應該繫年於黃初二年七月（221）被王機、倉輯誣告，到黃初四年（223）五月曹植朝京都之前的近兩年內，即曹植所謂「出入二載」期。主要原因如下：

其一，所謂物不平則鳴，曹植在「形影相守」的惡劣環境下，在避禍意識的支配下，不能明顯地表達自己的憤慨，只能間接爲之。遊仙詩的含蓄特色成爲曹植首選的創作體裁。在經歷了兩次幾乎殞命的驚險之後，曹植的死亡意識驟升，避禍意識增多，生命憂慮時刻存在。所以他「形影相守」，過著離群索居的生活，這一「出入二載」時期是其最爲小心翼翼的日子。這樣的環境之下，一個人的心理最容易服膺老莊，這也是遊仙詩最易滋長的時期。

其二，曹丕即位到黃初二年（221）七月之前，此時曹植任性而爲的性格還較爲直露，兩次被監察官員抓住把柄可以證明這一點，這一時期的曹植雖然性命堪憂，但其處世思想基本沒有轉入老莊哲學，仍以儒家思想爲主，所以不太可能創作遊仙詩。而黃初四年七八月，曹植歸鄄城以後，逐步進入了

〔註18〕　趙幼文《曹植集校注》，人民文學出版社，1984 年，第 338 頁。

〔註19〕　陳飛之《再論曹植的遊仙詩》（載《廣西師範大學學報》（社會科學版），1991 年第 2 期）認爲曹植遊仙詩主要不是受道教思想影響，而是受屈原與楚巫文化的影響，可備一說。

〔註20〕　關於曹植遊仙詩的繫年，陳飛之《應該正確評價曹植的遊仙詩》（載《文學評論》，1983 年第 1 期）言在曹植後期。張士驄《關於遊仙詩的淵源及其他》（載《文學評論》，1987 年第 6 期）認爲作於黃初初年。兩說均有不足。

悲憤沉潛期,即本節所謂的黃初後期,這時曹植思想已經較之前平靜許多,
其不羈性格也有很大收斂。此時曹植對於之前監官的誣告有表達不滿的詩
文,同時詠懷寄託可以相對直白一點,不必像前兩年那樣含蓄拘謹,所以黃
初後期也似無創作遊仙詩的必要。到了太和時期,曹植的事功意識再次高揚,
這一階段顯露的是急於求試而不得的不遇心態,更不太可能創作遊仙詩。另
外,還有一條較為有力的證據,即作於黃初四年(223)七月的《贈白馬王彪》
之七云:「苦辛何慮思?天命信可疑!虛無求列仙,松子久吾欺」〔註21〕,此
處曹植似乎領悟到求仙乃虛妄不實之事,謂仙人赤松子等傳說欺騙自己很久
了。說明曹植在這之前的一段時間內應該是迷戀老莊,寫過不少遊仙詩。所
以遊仙詩最大可能是創作於「出入二載」期。

　　曹植的遊仙詩是他精神受到沉重打擊,身心受到嚴重摧殘之後的產物,
是在求仙長生的內容中寄託詠懷意旨。這些遊仙詩理應創作於黃初二年(221)
七月以後到黃初四年(223)五月朝京都之前。優生自保期間,曹植創作的一
系列遊仙詩,是以極為委婉曲折的方式來表達自己的苦悶心理,這是一種自
我調節與自我療救。諸多遊仙詩中很明顯地體現了曹植嚮往自由的心理:《仙
人篇》云「韓終與王喬,邀我於天衢;萬里不足步,輕舉凌太虛;飛騰逾景
雲,高風吹我軀」〔註22〕;《遊仙》云「翱翔九天上,騁轡遠行遊」〔註23〕;
《苦思行》云「中有耆年一隱士,鬚髮皆皓然。策杖從吾遊。教我要忘言」〔註
24〕;《五遊詠》云「九州不足步,願得凌雲翔。逍遙八紘外,遊目歷遐荒」〔註
25〕。曹植反覆吟詠渴望遨遊九天、舉凌太虛,無非是人身自由受到限制的一
種反應。寄託老莊,創作遊仙詩,既不致於讓監官抓住把柄,又能適當地抒
發心中的鬱悶,是他優生自保心理的一種外顯表徵。

　　黃初四年(223)五月,曹植與曹彪、曹彰等被召入京都洛陽朝觀,這是
一件令諸王欣喜的事情,因為此前規定諸侯王無朝聘禮儀,無會同制度,藩
王入京是出於皇帝的格外恩典。曹植對於這次進京也較為欣喜,《責躬應詔詩
表》云「前奉詔書,臣等絕朝,心離志絕,自分黃耈永無復執圭之望。不圖
聖詔,猥垂齒召。至止之日,馳心輦轂。」足見其踴躍積極的心態。然而曹

〔註21〕 趙幼文《曹植集校注》,人民文學出版社,1984年,第300頁。
〔註22〕 趙幼文《曹植集校注》,人民文學出版社,1984年,第263頁。
〔註23〕 趙幼文《曹植集校注》,人民文學出版社,1984年,第265頁。
〔註24〕 趙幼文《曹植集校注》,人民文學出版社,1984年,第316頁。
〔註25〕 趙幼文《曹植集校注》,人民文學出版社,1984年,第401頁。

植的積極卻換來了不得朝覲的詔令，即所謂「僻處西館，未奉闕廷。踊躍之懷，瞻望反側」〔註26〕，「嘉詔未賜，朝覲莫從」〔註27〕。於是曹植上疏讚揚曹丕功德，並有《責躬》《應詔》詩呈曹丕，先檢討昔日罪過，且顯憂懼悲愴以博取同情，又主動請纓，希望能參與政治，即「願蒙矢石，建旗東嶽，庶立毫釐，微功自贖。危軀授命，知足免戾，甘赴江湘，奮戈吳越」〔註28〕。猜忌心理很重的曹丕當然是婉拒了曹植的請纓。此次赴京，曹植眾人應該是與曹丕有過短暫會晤，不過在京停留時間不長就要返歸藩國。曹植本著赴京面陳苦悶、希冀啓用的目的，卻事與願違。

　　這次曹植與諸王在京停留期間，京都發生了一件大事，即當年六月曹彰暴卒於京都。有關曹彰的死，《世說新語‧尤悔》如是記載：

　　　　魏文帝忌弟任城王驍壯。因在下太后合共圍棋，並啖棗，文帝以毒置諸棗蒂中。自選可食者而進，王弗悟，遂雜進之。既中毒，太后索水救之。帝預敕左右毀瓶罐，太后徒跣趨井，無以汲。須臾，遂卒。

　　　　復欲害東阿，太后曰：「汝已殺我任城，不得復殺我東阿。」〔註29〕

　　這一記載的真實性無法考實，但一向驍勇的曹彰暴卒無疑屬非正常死亡，其暴卒對於曹植應該是有震懾意味的。黃初四年（223）七月，在返歸藩國的途中，曹植曹彪希望能同路，但不被監國謁者允許。此前曹彰的死讓曹植特別悲痛，加之不被允許與曹彪同歸，曹植特別憤慨，百感交集，遂憤而成篇，名《贈白馬王彪》，這是一篇相當酣暢痛快的組詩，標誌著曹植進入了悲憤高潮期，即本節所謂其生命沉淪的第二階段，是為黃初中期。

　　試看《贈白馬王彪》其二：

　　　　太谷何寥廓，山樹鬱蒼蒼。霖雨泥我途，流潦浩縱橫。

　　　　中逵絕無軌，改轍登高岡。修阪造雲日，我馬玄以黃。〔註30〕

　　詩中的「寥廓」「蒼蒼」「縱橫」「高岡」「雲日」都體現了一種強大的威壓感，似乎給人一種泰山壓頂的感覺，這間接反映了曹植心中承受的巨大政治壓力。《三國志‧魏書‧文帝紀》載「任城王彰薨於京都，⋯⋯是月大雨，

〔註26〕趙幼文《曹植集校注》，人民文學出版社，1984年，第269頁。
〔註27〕趙幼文《曹植集校注》，人民文學出版社，1984年，第276頁。
〔註28〕趙幼文《曹植集校注》，人民文學出版社，1984年，第270頁。
〔註29〕余嘉錫《世說新語箋疏》，中華書局，1983年，第895頁。
〔註30〕趙幼文《曹植集校注》，人民文學出版社，1984年，第296頁。

伊、洛溢流，殺人民，壞廬宅」〔註31〕。曹植與曹彪歸國時，正遇到大雨淋漓的泥途之苦，此乃天災。且曹植「馬玄以黃」，玄黃來自《詩經·國風·卷耳》「陟彼高崗，我馬玄黃」〔註32〕，後代指馬病弱貌。加之曹彰的暴斃屬於人禍，故曹植面對的是天災、人禍、馬病。試想，在監官的監視之下，與身邊的病馬行走在坎坷泥濘的道路上，且懷有喪兄之痛，還不能與其弟同行同宿，曹植能不悲憤異常嗎？！

其三：

> 玄黃猶能進，我思鬱以紆。鬱紆將難進，親愛在離居。
>
> 本圖相與偕，中更不克俱。鴟梟鳴衡軛，豺狼當路衢。
>
> 蒼蠅間白黑，讒巧令親疏。欲還絕無蹊，攬轡止踟躕。〔註33〕

情緒心理學告訴我們，憤怒與其他消極情緒如悲傷、焦慮等不同，憤怒往往具有明確的對抗性，往往含有對他人或他物的責備。曹植的憤怒主要是對監官們的憎恨，所以用各種令人厭惡的動物來比喻他們。這首詩中，曹植直抒胸臆，將對監官的憤怒與憎恨表現出來，用「鴟梟」「豺狼」「蒼蠅」等比喻監官為勢利小人，更用「讒」「當」「間」「鳴」等字，將他們混淆是非，以讒言巧語挑撥離間的醜惡行徑刻畫無遺，真可謂痛極無隱語。

其五：

> 太息將何為？天命與我違。奈何念同生，一往形不歸。
>
> 孤魂翔故域，靈柩寄京師。存者忽復過，亡沒身自衰。
>
> 人生處一世，去若朝露晞。年在桑榆間，影響不能追。
>
> 自顧非金石，咄唶令心悲。〔註34〕

曹植在這裡直接表達對曹彰之死的悲痛與哀悼，試想親兄弟一同前往京師，返歸時卻少了一人，其「孤魂」「靈柩」仍停留在京師，而存者也可能即將不久於人世，巨大政治壓力下的死生之戚營造了濃鬱的死亡意識，使曹植喟歎人生苦短。

〔註31〕陳壽《三國志·魏書·文帝紀》，中華書局，1982年，第83頁。
〔註32〕鄭玄、孔穎達等《毛詩正義》，《十三經注疏》本，中華書局，1980年，第278頁。
〔註33〕趙幼文《曹植集校注》，人民文學出版社，1984年，第296～297頁。
〔註34〕趙幼文《曹植集校注》，人民文學出版社，1984年，第298頁。

其七：

　　變故在斯須，百年誰能持。離別永無會，執手將何時？

　　王其愛玉體，俱享黃髮期。收淚即長路，援筆從此辭。〔註35〕

組詩的最後，曹植放聲長號，感生死離別。吟唱離歌之苦後，馬上又要回藩地過圈牢養物的生活，這滿腔悲憤何人能懂？！

　　總的來說，《贈白馬王彪》這組詩中，驚恐、悲傷、憤怒、無奈等心情交織在一起，刻骨的悲愴感是曹植憤懣的極限反映，是其情感大爆發的結果，是其嚮往自由的高聲吶喊。方東樹云：「此詩氣體高峻雄深，直書見事，直書目前，直書胸臆，沉鬱頓挫，淋漓悲壯。」〔註36〕這種飽含血淚、感人肺腑的詩句，千載之後，仍能令讀者扼腕墮淚。

　　《九愁賦》也可算作憤怒至極的體現。趙幼文《曹植集校注》將《九愁賦》繫於進京之前，恐有不妥。赴京之前屬於曹植「形影相守，出入二載」時期，為了自保，不太可能創作出顯己貞亮、譴責監官的《九愁賦》。賦文云：

　　……踐南畿之末境，越引領之徘徊。……恨時王之謬聽，受奸枉之虛詞，揚天威以臨下，忽放臣而不疑。登高陵而反顧，心懷愁而荒悴，念先寵之既隆，哀後施之不遂。雖危亡之不豫，亮無遠君之心。……以忠言而見黜，信無負於時王。俗參差而不齊，豈毀譽之可同。競昏瞀以營私，害予身之奉公。共朋黨而妒賢，俾予濟乎長江。嗟大化之移易，悲性命之攸遭。愁慊慊而繼懷，怛慘慘而情挽。曠年載而不回，長去君兮悠遠。……知犯君之招咎，恥干媚而求親。顧旋復之無軌，長自棄於遐濱。與麋鹿以為群，宿林藪之葳蕤。野蕭條而極望，曠千里而無人。民生期於必死，何自苦以終身！寧作清水之沉泥，不為濁路之飛塵。踐蹊隧之危阻，登岑嶔之高岑。見失群之離獸，覿偏棲之孤禽。懷憤激以切痛，苦回忍之在心。愁戚戚其無為，遊綠林而逍遙。臨白水以悲嘯，猿驚聽而失條。亮無怨而棄逐，乃餘行之所招。〔註37〕

〔註35〕　趙幼文《曹植集校注》，人民文學出版社，1984 年，第 300 頁。

〔註36〕　河北師範學院中文系古典文學教研組編《三曹資料彙編》，中華書局，1980 年，第 215 頁。

〔註37〕　趙幼文《曹植集校注》，人民文學出版社，1984 年，第 252～253 頁。

此賦感情悲憤淒咽，是遭讒受誣的憤怒體現。泣血之歎與顫慄之痛充盈全文，文中對小人的憎恨，對自己命運不公的陳述甚為明顯。「曠年載而不回，長去君兮悠遠」「長自棄於遐濱」，說明了曹植被貶京都時間已經較長，所以從時間上可以推斷應非黃初前期。且據考「踐南畿之末境」之「南畿」乃指雍丘〔註38〕。賦中又有「與麋鹿以為群，宿林藪之威蕤。野蕭條而極望，曠千里而無人」，從地點大致可知在荒涼的雍丘之地。黃初四年（223）八月，曹植歸鄄城，徙封雍丘王，旋即又被監官誣告。因此，此賦極有可能是作於赴雍丘之後不久，時間應該在黃初四年（223）八月附近，這一篇賦作也可以看作是悲憤高潮時的吶喊。

黃初四年（223）八月，曹植徙封雍丘王，從鄄城遷到雍丘，算是離京都又近了許多。從此，曹植進入了生命沉淪的第三階段，即本節所謂黃初後期。黃初後期，曹植的生活較為平靜，曹植本傳等都沒有這一時期他犯事的記載。曹植《黃初六年令》云：「及到雍，又為監官所舉，亦以紛若，於今復三年矣。然卒歸不能有病於孤者，信心足以貫於神明也。」〔註39〕說明這近三年（約兩年又八九個月）內，曹植循規蹈矩，沒有再讓監官抓住把柄進行奏劾。

經過黃初四年（223）七八月寫下《贈白馬王彪》《九愁賦》表達極度悲憤以後，曹植逐漸轉入了悲憤沉潛期。所謂悲憤沉潛期，指曹植的悲憤逐漸深藏不露，轉向內心的自我哀歎，這是絕望之後的餘悸期與麻木期。行為主義心理學中有一個極為著名的理論叫習得性無助（Learned helplessness），是指個體在經歷了無法逃避的危機或不愉快的情境以後，產生的一種絕望與無奈的心理狀態，個體因此會時常以悲傷、焦慮等情緒消極地面對生活，沒有意志去戰勝困境。同樣，曹植在經歷了幾次嚴酷打擊而傾訴無果的情境下，也會有類似的消極心態。我們可以把他在憤懣至極時寫下《贈白馬王彪》《九愁賦》視為轉捩點，從此以後，曹植進入了一種習得性無助狀態。社會心理學中也有一個貝勃定律，認為當個體經歷了強烈的刺激後，如果再對其施與刺激，那麼個體對於後來的刺激反應不會如之前那麼強烈。黃初二年（221），曹植經歷過兩次死亡恐懼的直接威脅。黃初四年（223），任城王曹彰的暴斃又給曹植極大的震懾感。因此，曹植在黃初四年（223）徙封雍丘王以後，如果再有類似的打擊，他受到的恐懼當不會如之前那麼強烈。不過，此前一度

〔註38〕趙幼文《曹植集校注》，人民文學出版社，1984年，第254頁。
〔註39〕趙幼文《曹植集校注》，人民文學出版社，1984年，第338頁。

的嚴厲打擊與殘酷迫害所造成的陰影並沒有完全消失，只不過黃初後期外界的壓力相比漸小，此時的曹植已經學會在圈養幽禁環境中過著相對麻木的生活。

另外，行為主義心理學有正懲罰與負懲罰兩個概念。正懲罰是指當個體做出一個行為後，出現懲罰物，以後個體就會減少相同或類似的行為。負懲罰則是當個體做出特定行為後，他所喜歡的東西就不會出現，這也會減少個體以後再做相同或類似行為的頻率。曹植出現了犯罪違規之舉，被監官奏劾，甚至召入京師問罪，貶爵、減邑等都是一種正懲罰，這些正懲罰會減少曹植今後犯罪違規的頻率。曹植在黃初四年（223）五月赴京上表希冀啓用，曹丕沒有同意，且那時曹彰的暴卒很可能是曹丕故意殺雞儆猴，應該給曹植很大的震懾力，因此之後的黃初後期，即使他內心望君垂顧，也只是若隱若無地含蓄表達，再也沒有直白上表曹丕請求希冀重用。

黃初後期，即曹植生命沉淪的第三階段，他的優生之嗟頻率少於黃初前期，程度也淺了許多。此時的他仍望君垂憐，悲憤沉潛，詩文中體現的更多是悲傷與焦慮，是一種孑然獨處，倍感孤獨的被棄感。所以此時創作了較多的棄婦詩（思婦詩），如《浮萍篇》《七哀》《種葛篇》等。《浮萍篇》一詩以浮萍起興，以結髮夫妻為比，以女子的口吻，通過寫女子今昔生活的前後對比來表現其傷心與悵惘。雖寄託隱晦，但「無端獲罪尤」「何意今摧頹，曠若商與參」的詩句，視為隱射曹植本人與曹丕的關係是說得通的。「行雲有返期，君恩倘中還」〔註 40〕，此處「君」既可指女子丈夫，還可指君主曹丕，可謂是期望曹丕能悔悟的申訴。《種葛篇》亦有同樣的立意，且「昔為同池魚，今為商與參」的詩句，同樣以商、參二星為喻，因為商星在東，參星在西，此出彼沒，永不相見，以此自比與兄長曹丕永不能見。「往古皆歡遇，我獨困於今。棄置委天命，悠悠安可任」〔註 41〕，更是直接把自己的孤獨與無奈表現出來，這種隨緣認命的思想較為符合黃初後期曹植的處境。而《七哀》：「君若清路塵，妾若濁水泥。浮沉各異勢，會合何時諧？願為西南風，長逝入君懷。君懷良不開，賤妾當何依」〔註 42〕，通過鮮明的對比，曲折婉轉的哀歎，將濃厚的哀戚與傷痛呈現出來，寄望能重新得到曹丕眷顧。元末明初的劉履

〔註 40〕趙幼文《曹植集校注》，人民文學出版社，1984 年，第 311 頁。
〔註 41〕趙幼文《曹植集校注》，人民文學出版社，1984 年，第 315 頁。
〔註 42〕趙幼文《曹植集校注》，人民文學出版社，1984 年，第 313 頁。

評此詩云:「子建與文帝同母骨肉,今乃浮沉異勢,不相親與,故特以孤妾自喻,而切切哀慮也。」〔註43〕

這些隱曲深沉的棄婦詩(思婦詩),無一不是在比興寄託中透射出一種孤獨感與被棄感,對骨肉和諧的期望是曹植此時的迫切願望。人本主義心理學認為,「孤獨是由人所期望的社會交往數量和質量與實際的社會交往數量和質量之間的差異所導致的內心感受。」〔註44〕而且認為孤獨感的產生受社會情境的影響很大,如果長期孤獨會導致消極預期或悲觀預期。曹植在謫居生活期間,與親友交往甚少,所處環境使其孤獨感倍增。臨去世前一年,其《求通親親表》云「每四節之會,塊然獨處,左右唯僕隸,所對惟妻子」〔註45〕,這是其謫居孤獨生活的真實寫照。長期處於這樣的生活環境,曹植也會產生悲觀消極的事功心理預期,所以這一時期的自請試用並不明顯。在悲憤沉潛期,曹植的被棄感與孤獨感尤為強烈,故而這一時期的棄婦詩(思婦詩)較多。情緒心理學告訴我們,悲傷與焦慮等消極情緒具有內向性,它們一般不像憤怒一樣具有較為明確的對抗性,它們大都是一種潛藏的反應。悲傷大都是對發生過的不幸的一種傷感反應,焦慮亦是對不幸或失敗感到擔心和不安,或是對未經確認和未發生事件的壓力感、憂懼感。形同楚囚的謫居生活使曹植沒有歸屬感,因此會在孤獨的同時產生濃厚的悲傷情緒。而曾經的嚴酷打擊所造成的陰影與痛苦經驗,又使曹植憂懼類似的情境再現,所以曹植還會焦慮。

也許是曹植這些棄婦詩(思婦詩)的悲愴淒清起到了效果,從而一定程度感動了曹丕。加之曹植在近兩年的謫居生活內比較低調穩重未犯事,曹丕應基本相信曹植確無奪權之心,兩人關係有所緩和。所以黃初六年(225)十二月,曹丕東征路過雍丘時幸植宮,增食邑五百戶,賞賜良多。對於曹丕的到來,曹植顯得很高興,「今皇帝遙過鄙國,曠然大赦,與孤更始,欣笑和樂以歡孤,隕涕諮嗟以悼孤」。曹丕幸藩國,曹植正可以借機面陳自己的意願,那就是在藩國自樂其樂,以盡餘生。《黃初六年令》又云:「故欲修吾往業,守吾初志。欲使皇帝恩在摩天,使孤心常存入地,將以全陛下厚德,究孤犬

〔註43〕 河北師範學院中文系古典文學教研組編《三曹資料彙編》,中華書局,1980年,第121頁。

〔註44〕 〔美〕伯格(Jerry M. Burger)著,陳會昌等譯《人格心理學》(第7版),中國輕工業出版社,2010年,第215頁。

〔註45〕 趙幼文《曹植集校注》,人民文學出版社,1984年,第437頁。

馬之年，此難能也，然固欲行眾人之所難。……故爲此令，著於宮門，欲使左右共觀志焉。」〔註46〕曹植此時仍然表現出願意在藩國度過餘生的願望，主要還是爲了避免曹丕的猜忌。之所以如此，很大可能是因爲曹植在這次會晤曹丕以後，感覺曹丕對其並沒有召回京都或重新啓用的意思，只是予以暫時安撫，所以他寧願繼續表現出願意在藩國度過餘生的意願。

黃初七年（226）五月，曹丕病卒，這離探望曹植不到半年時間，黃初後期的曹丕對曹植的政治打壓大大減輕，曹植所受的政治「緊箍咒」漸鬆，曹丕的去世使曹植面臨的政治壓力頓小，其生命沉淪中的悲憤沉潛期也至此結束。

曹叡踐位，曹植迎來了生命沉淪的第四階段，即太和時期的憂愁哀傷期。相比之前的生命沉淪，這一沉淪期較長，長達六年有餘，直至曹植去世。曹植是一個具有強烈儒家事功意識的人，黃初時期，由於強大的政治壓力，這一心理沒有被很明顯地表現出來，而是若隱若現、時起時伏地浮現在曹植心頭。但是一旦政治環境好轉，他又開始萌發參政意識。行爲主義心理學有消退這個概念，是指已經形成的條件反射由於不再受到刺激，其反應強度或頻率會漸趨於減弱甚至消失，這稱爲條件反射的消退。我們可以把曹丕對曹植的政治打壓看作是一種刺激，把曹植隱藏事功意識看作是一種反射，在不斷的刺激之下，條件反射就會形成，即不斷的政治壓力會使曹植隱藏事功意識，但是一旦這種刺激消失或基本消失，那麼相應的條件反射也會消退，即曹植隱藏事功意識也會消退，那麼他就會重新燃起輔君匡國的願望。再者，馬斯洛需求層次理論認爲，一旦滿足了生理、安全、尊重等基本需要以後，人就有一種自我實現的需要。曹叡即位，曹植所面臨的境遇有較大的好轉，此時無性命之虞，所以從自我實現的需要來看，此時的曹植也希望能夠建功立業以實現書名竹帛的心願。

曹叡即位伊始，就選用鍾繇、華歆、曹休、王朗、陳群、曹眞、司馬懿等爲輔政大臣，曹植見此，馬上積極進行議論品評，作《輔臣論》七首，對這七人讚頌有加。試想若在黃初時期，曹植斷不敢有此議論時政、時人的做法，此舉說明政治環境變得相對寬鬆，同時也透露出曹植欲積極施展政治抱負的願望。

太和元年（227）四月，曹植徙封濬儀。在太和二年（228）四月京都洛陽發生了一件事情，《三國志·魏書·明帝紀》裴松之注引《魏略》云「是時

〔註46〕趙幼文《曹植集校注》，人民文學出版社，1984年，第338頁。

訛言，云帝已崩，從駕群臣迎立雍丘王植。京師自卞太后群公皆懼。及帝還，皆私查顏色。卞太后悲喜，欲推始言者，帝曰：『天下皆言，將何所推？』〔註47〕，即當時謠傳曹叡卒，群臣欲迎立曹植。針對此謠言，曹植作有《當牆欲高行》，云「龍欲昇天須浮雲，人之仕進待中人，眾口可以鑠金。讒言三至，慈母不親。憒憒俗間，不辨偽真。願欲披心自說陳。君門以九重，道遠河無津」〔註48〕，他力陳被讒之苦，這是對時下政治謠言的自我辯解。此時他還作《怨歌行》以自辯：

> 爲君既不易，爲臣良獨難。忠信事不顯，乃有見疑患。
>
> 周公佐成王，金滕功不刊。推心輔王室，二叔反流言。
>
> 待罪居東國，泣涕常流連。皇靈大動變，震雷風且寒。
>
> 拔樹偃秋稼，天威不可干。素服開金滕，感悟求其端。
>
> 公旦事既顯，成王乃哀歎。吾欲竟此曲，此曲悲且長。
>
> 今日樂相樂，別後莫相忘。〔註49〕

此詩寓意甚明，以周公自比，以周成王比曹叡，表達自己被猜忌的事實。「待罪居東國，泣涕常流連」，這裡待罪居東國的不僅指征戎未歸的周公，還代指曹植自己，因爲曹植貶所位於京都洛陽之東。詩中「泣涕常流連」表明了曹植貶謫生活的悲涼處境與遭人誣陷的無辜心情。曹植爲何辯解？一來此時曹植確無爲帝之野心，有的只是參與政治以施展才華的報國之志。二來作爲此謠言的牽涉主體，面臨殺頭之罪時爲了自保，曹植也不得不出來辯解。幸虧曹叡未對此事進行深究細核，曹植算是躲過一劫。

半年以後，即太和二年（228）年十月，曹植上疏求自試，寫下了著名的《求自試表》，是文云：

> 臣聞士之生世，入則事父，出則事君。……而位竊東藩，爵在上列……退念古之受爵祿者，有異於此。皆以功勤濟國，輔主惠民。今臣無德可述，無功可紀，若此終年，無益國朝，將掛風人彼己之譏。……雖賢不乏世，宿將舊卒猶習戰也。竊不自量，志在效命，

〔註47〕 案：此處云「雍丘王植」，時曹植仍封濬儀，尚未還雍丘。也可能是曹植封雍丘王，但居濬儀，後還雍丘，其雍丘王名號未變。

〔註48〕 趙幼文《曹植集校注》，人民文學出版社，1984年，第366頁。

〔註49〕 趙幼文《曹植集校注》，人民文學出版社，1984年，第362頁。

庶立毛髮之功，以報所受之恩。若使陛下出不世之詔，效臣錐刀之
用，使得西屬大將軍，當一校之隊；若東屬大司馬，統偏師之任，
必乘危蹈險，騁舟奮驪，突刃觸鋒，為士卒先。雖未能擒權馘亮，
庶將虜其雄率，殲其醜類。必效須臾之捷，以滅終身之愧，使名掛
史筆，事列朝榮（策）。雖身份蜀境，首懸吳闕，猶生之年也。如微
才弗試，沒世無聞，徒榮其軀而豐其體，生無益於事，死無損於數，
虛荷上位而忝重祿，禽息鳥視，終於白首，此徒圈牢之養物，非臣
之所志也。流聞東軍失備，師徒小衄，輟食忘餐，奮袂攘袵，撫劍
東顧，而心已馳於吳會矣！……而臣敢陳聞於陛下者，誠與國分形
同氣，憂患共之者也。冀以塵霧之微，補益山海；熒燭末光，增輝
日月。是以敢冒其醜而獻其忠，必知為朝士所笑。聖主不以人廢言，
伏惟陛下少垂神聽，臣則幸矣！〔註50〕

　　曹植此表，洋洋灑灑，徜徉恣肆。全文主要表達了自己爵位與功勞不相
稱，願與國同休戚，志在效命疆場，以軍功名垂青史的願望。文中，曹植恐
虛度年華而無尺寸之功，有著慷慨赴死的決心，他希望曹叡有伯樂般的慧眼，
能夠賞識啟用自己。此時的曹植，相比撰寫《輔臣論》時，其建功立業之心
更加急切。從黃初時期的基本緘口不言，到太和元年的品評時人，再到太和
二年的上疏求試，這意味著政治環境的鬆動令曹植的事功意識越來越強烈。
對於曹植的毛遂自薦，曹叡予以婉拒。此表所上的結果是疑不見用，所以曹
植接連又云：

夫爵祿者，非虛張者也，有功德然後應之，當矣。無功而爵厚，
無德而祿重，或人以為榮，而壯夫以為恥。故太上立德，其次立功，
蓋功德者所以垂名也。名者不滅，士之所利，故孔子有夕死之論，
孟軻有棄生之義。彼一聖一賢，豈不願久生哉？志或有不展也。是
用喟然求試，必立功也。嗚呼！言之未用，欲使後之君子知吾意者
也。〔註51〕

曹植云「欲使後之君子知吾意」，是想特地表明自己求自試別無他意，再三申
明自己受恩有過，希冀立功名垂青史。在上表求自試被拒之後，曹植必定感

〔註50〕　趙幼文《曹植集校注》，人民文學出版社，1984年，第368～371頁。案：事
　　　　列朝榮，「榮」乃形誤，當為「策」。
〔註51〕　陳壽《三國志·魏書·陳思王植傳》，中華書局，1982年，第569頁。

歎懷才不遇。曹植的上表引起了當時部分臣子的譏諷，即《求自試表》所云「爲朝士所笑」，所以曹植作《鰕鉏篇》予以回擊。

上疏求自試令曹叡看見了曹植急切的建功立業心理，尤其是他建立軍功的願望格外強烈，軍功二字往往與兵權二字相連，曹叡也畏懼這位長於軍中有帶兵才能、且曾經幾乎繼承曹魏嗣統的叔父掌有兵權，加上之前還有過迎其爲帝的謠言，因此對其猜忌日重。在次年（229）十二月，曹叡下詔將曹植遷徙到更遠的東阿。曹叡的詔令值得琢磨，曹植《轉封東阿王謝表》云「奉詔：太皇太后念雍丘下濕少桑，欲轉東阿，當合王意！可遣人按行，知可居不」〔註 52〕，可見曹叡可能借卞太后之意對曹植實施貶謫，認爲雍丘之地貧瘠，所以轉徙東阿，且帶有試探性語氣，這一做法無疑較爲聰明。曹植果真很想離開雍丘嗎？恐怕未必。曹植本就不太重物質生活，本傳云其弱冠之前就「性簡易，不治威儀。輿馬服飾，不尚華麗」。〔註 53〕且曹植前妻曾因穿戴華麗而被曹操賜死〔註 54〕，想必曹植也會謹記曹操「雅性節儉，不好華麗」〔註 55〕的生活原則。又曹植此謝表還云「臣在雍丘，劬勞五年，左右罷殆，居業向定，園果萬株，枝條始茂，私情區區，實所重棄。然桑田無業，左右貧窮，食裁糊口，形有裸露。」〔註 56〕雍丘荒涼貧瘠，曹植在雍丘辛苦經營五年，使「園果萬株，枝條始茂」，雖桑田不利，但糊口養家當不是問題。所以曹植內心也許有不太想離開的想法，但既有詔令，轉徙東阿沃土之地也確實更有利於養家，因此也就勉強行之，如此離京都就更遠了。

求自試不僅沒有成功，且被遷更遠的東阿，曹植內心的懷才不遇當越發強烈。名詩《美女篇》的具體寫作時間難以考實，但大致應該在轉徙東阿前後，且在徙東阿之後的可能性更大。該詩云：

美女妖且閒，採桑歧路間。柔條紛冉冉，落葉何翩翩。

攘袖見素手，皓腕約金環。頭上金爵釵，腰佩翠琅玕。

明珠交玉體，珊瑚間木難。羅衣何飄飄，輕裾隨風還。

〔註 52〕趙幼文《曹植集校注》，人民文學出版社，1984 年，第 390 頁。

〔註 53〕陳壽《三國志‧魏書‧陳思王植傳》，中華書局，1982 年，第 557 頁。

〔註 54〕事見《三國志‧魏書‧崔琰傳》裴注引《世語》。

〔註 55〕陳壽《三國志‧魏書‧武帝紀》裴注引《魏書》，中華書局，1982 年，第 54 頁。

〔註 56〕趙幼文《曹植集校注》，人民文學出版社，1984 年，第 390 頁。

顧盼遺光彩，長嘯氣若蘭。行徒用息駕，休者以忘餐。

借問女安居，乃在城南端。青樓臨大路，高門結重關。

容華耀朝日，誰不希令顏。媒氏何所營，玉帛不時安。

佳人慕高義，求賢良獨難。眾人徒嗷嗷，安知彼所觀？

盛年處房室，中夜起長歎。〔註57〕

該詩大用比興，託美女以自抒不遇心態，歷代評點此詩者多有論述，毋庸再引。由於比興手法的運用，該詩象徵性與隱喻性增強，但正因如此也就增大了考察該詩具體寫作背景與時間的難度。雖說分析詩歌不能完全將其中所涉及的地點人物與現實等同，但好用比興的詩歌，其地點人物一般都有一定的生活原型，並非完全憑空想像。曹植遷東阿之前所作的《遷都賦序》云「余初封平原，轉出臨淄，中命鄄城，遂徙雍丘，改邑浚儀，而末將適於東阿。號則六易，居實三遷，連遇瘠土，衣食不繼」〔註58〕，由此可見曹植在遷東阿之前，所處的謫居環境基本都是貧瘠荒涼之地，而東阿確實是沃土。詩中「採桑歧路間」，當不是指「桑田無業」的雍丘，而是《社頌序》中所謂「桑則天下之甲第」〔註59〕的沃土東阿。且從美女穿著打扮與居住場所看也非一般寒女，應為王室懿親。所以從地點與人物來看，極有可能是居東阿的曹植自比。「盛年處房室，中夜起長歎」，歎的不僅是美女的年華易逝，更是曹植自己的生命荒廢。該詩表達了一種強烈的憂愁哀傷，可謂太和時期曹植苦悶心理的最好寫照，因此《美女篇》也成了歷代論曹植懷才難施時引用頻率極高的詩篇，基本成了曹植懷才不遇的代名詞。

太和四年（230）六月，曹植生母卞太后去世，其心情當是一落千丈。在曹植的貶謫歷程中，卞太后扮演了極為重要的庇護角色，曾經幾次干預曹丕對曹植的陷害，對其兄弟關係進行調節，她的去世必定令曹植悲痛不已，《卞太后誄》就是悲傷哀悼其母時的筆下產物。卞太后卒後約一個月，曹魏集團發動了征伐蜀國的行動。

〔註57〕趙幼文《曹植集校注》，人民文學出版社，1984 年，第 384～385 頁。案：木齋教授將此詩繫年於建安二十二年（217），即曹植被貶之前，此說較為牽強。參見木齋、李恒《論建安二十二年：曹植的人生轉折——兼析〈美女篇〉、〈蟬賦〉、〈節遊賦〉》，載《河北師範大學學報》（哲學社會科學版），2012 年第 3 期。

〔註58〕趙幼文《曹植集校注》，人民文學出版社，1984 年，第 392 頁。

〔註59〕趙幼文《曹植集校注》，人民文學出版社，1984 年，第 427 頁。

太和年間，曹魏集團多次謀議征伐蜀國，唯有在太和四年（230）七月詔令主動征蜀。《三國志・魏書・明帝紀》載「秋七月，武宣卞後祔葬於高陵。詔大司馬曹眞、大將軍司馬宣王伐蜀⋯⋯九月，大雨，伊、洛、河、漢水溢，詔眞等班師」〔註60〕，聽聞征伐蜀國，此時遠在東阿的曹植應有主動請纓的想法，所以《征蜀論》當作於此時。曹植的請纓必定會被婉拒，所以他的報國心理又一次受挫。《白馬篇》〔註61〕大概就是在被拒之後的作品。因爲《白馬篇》極寫遊俠的武藝高強與爲國慷慨赴死的忠勇精神，傳達出一種欲戰沙場的豪情與壯志，比較符合此時曹植憂國的請纓心態。所以說，《美女篇》與《白馬篇》名爲寫美女與遊俠，實則自況，它們皆應爲太和時期曹植謫居東阿時的心理投射，故這兩首詩作於太和四年的可能性較大。

藩王在各地的生活受到限制，不能擅自往來，必定使親情疏遠。所以太和五年（231）七月，曹植上《求通親親表》，反對當時限制藩王活動的法制，又借機表達參政意願，是文云：

> ⋯⋯臣伏自惟省，豈無錐刀之用。及觀陛下之所拔授，若以臣爲異姓，竊自料度，不後於朝士矣！若得辭遠遊，戴武弁，⋯⋯趣得一號，安宅京室。執鞭珥筆，出從華蓋，入侍輦轂，承答聖問，拾遺左右，乃臣丹情之至願，不離於夢想者也。⋯⋯每四節之會，塊然獨處，左右唯僕隸，所對惟妻子，高談無所與陳，發義無所與展。未嘗不聞樂而拊心，臨觴而歎息也。⋯⋯〔註62〕

曹植於此又提出自己無錐刀之用的實情，期望能夠入京輔君。其塊然獨處的境遇，深刻反映出當時曹魏集團對藩王生活實行監控幽囚的殘酷。也許是曹植的直抒胸臆與眞摯情感打動了曹叡，他推諉下吏，並糾正了部分對藩王過於苛責的法制，還於一個月後詔諸王入朝。不過曹叡對於曹植的自試之請捨而不答，所以他接連又上《陳審舉表》云：

> ⋯⋯臣生乎亂，長乎軍，又數承教於武皇帝，伏見行師用兵之

〔註60〕 陳壽《三國志・魏書・明帝紀》，中華書局，1982年，第97頁。
〔註61〕 現今眾多通代文學史（如袁行霈《中國文學史》、章培恒、駱玉明《中國文學史》）以及斷代文學史（如徐公持《魏晉文學史》）等，都認爲《白馬篇》屬於曹植前期作品，卻未作相應考論。但眾多關於曹植生平的年譜等未將《白馬篇》繫年。趙幼文將此詩繫於太和時期是有道理的。陶春林、馬晶《曹植〈白馬篇〉對魏晉南北朝遊俠及遊俠詩的導向作用》（載《江淮論壇》，2007年第4期）一文支持趙幼文先生的觀點。
〔註62〕 趙幼文《曹植集校注》，人民文學出版社，1984年，第437頁。

要，不必取孫吳而暗與之合。竊揆之於心，常願得一奉朝覲，排金
門，蹈玉陛，列有職之臣，賜須史之問，使臣得一散所懷，抒舒蘊
積，死不恨矣！……願得策馬執鞭，首當塵露，撮風後之奇，接孫
吳之要，追慕卜商，起予左右，效命先驅，畢命輪轂，雖無大益，
冀有小補，然天高聽遠，情不上通，徒獨望青雲而拊心，仰高天而
歎息耳！……〔註63〕

曹植再次主動請纓，希望能帶兵打仗，策馬揚鞭，效命疆場，此心甚爲強烈，
言即使能夠如願，「死不恨矣」，眞可謂言辭懇切。曹植心中蘊積太多，這蘊
積就是懷才難施，是面對蜀國侵魏時自己不能出絲毫之力的無奈。稍前《求
通親親表》中有「臨觴而歎息」，這裡又有「仰高天而歎息」，無論是推杯舉
觴，還是仰天長歎，這一聲聲歎惋，是曹植極爲無奈的心理吶喊。對於曹植
的屢次請纓，曹叡當然不會答允，這次也是以褒獎之詞委婉拒絕。這篇《陳
審舉表》也是曹植現存的在生命最後階段表明自己求試心願的文章。

　　是年冬，曹植入朝，多次表達想單獨朝覲曹叡的願望，希冀得以試用，
但都沒能如願，不過曹叡封其爲陳王也算是一種撫慰。請纓無望的曹植只能
又返歸東阿，在東阿他度過了人生的最後時光。曹植在世的最後大半年內，
一直都是絕望悵惘的，直至鬱鬱而終。且最後大半年撰寫的作品大都是公文
性質的謝表，沒有較爲明顯寄託深遠的篇什。

　　整個太和時期，曹植的心理苦悶都是以憂愁哀傷爲主的，他多次請求自
試而不得，策功垂名的願望最終也沒能實現。根據心理學中的歸因理論，一
般人在解釋別人行爲時，傾向於性格歸因（即強調內因）；在解釋自己行爲時，
傾向於情景歸因（即強調外因）。同樣，曹植在請求自試未果時，也會傾向於
將原因歸爲外因，即時運不濟與曹叡等人的不支持。依照曹植仁厚的秉性，
他哀而不怒，傷而不憤，無論是黃初還是太和時期，曹植對曹丕、曹叡兩位
君主都是尊敬有加的，他自認才高，只是缺少機會而已，一旦給予自己機會，
即能立業建功，所以他更傾向於是時運不濟導致自己懷才難施。

　　縱觀曹植的貶謫生涯，黃初前期，強烈的政治打壓使曹植性命堪虞，所
以他憂生恐懼，此一時主要靠遊仙詩寄託詠懷；黃初中期，由於之前監官的
誣陷、以及曹彰的暴卒、外加不被允許與兄弟同歸藩國的嚴苛條件，導致曹
植悲憤至極，寫下了《贈白馬王彪》與《九愁賦》等，表達憤懣難忍；在短

〔註63〕趙幼文《曹植集校注》，人民文學出版社，1984年，第445～446頁。

暫的悲憤高潮期以後，黃初後期，他轉向了內心的潛藏，悲傷與焦慮等消極情緒成爲此時的主導情緒，所以此時他主要以棄婦詩表達孤獨感與被棄感；太和時期，曹植重燃事功意識，期望積極輔君匡國，屢次請求自試，但曹叡一直婉拒，此時曹植心理主要是由壯志難酬導致的憂愁哀傷，他寫作了《美女篇》《白馬篇》來表達強烈的生命荒廢感。總的來說，曹植的生命體驗與心路歷程，綜合了幽囚感、怨別感、被棄感、孤獨感、漂泊感、生命荒廢感等等，綜其貶謫生活，其生命沉淪導致的苦悶心理都融入了作品之中。

所謂作品風格，是作家作品整體上具有的獨特鮮明的風貌與格調，兼有作品思想內容與藝術形式兩方面的特徵。作品風格除了受到作家主體的主觀影響，還很大程度上受到客觀環境的影響。由貶謫生活導致的曹植作品風格的轉變，前人多有述及，大都把曹植生活分爲前後兩期進行對比，前期充滿浪漫情調，有一種樂觀昂揚的風格，後期由於生存環境的巨變，具有了明顯的憂鬱悲涼風格。此說不誤，但稍顯寬泛與籠統，忽略了貶謫時期不同階段的生命沉淪造成的不同作品風格。概言之，曹植後期貶謫生活期間的文學作品，前後相繼呈現出三種不同的風格，依次爲黃初前期的優游自適、黃初中期的憤慨激昂、黃初後期與太和時期的哀婉悱惻。由於學界對曹植作品風格的具體引證分析已多，這裡無意再述，僅就其不同時期的作品風格作大致描述。

黃初前期，曹植處於優生恐懼期，遊仙詩乃此一時期的主要作品，因此遊仙詩的風格大致可以代表其黃初前期的作品風格。曹植通過遊仙詩來曲折隱約地表達嚮往自由的心向。遊仙寄慨在曹植這裡，不僅僅是求仙長生，更重要的是渴求自由。此時遊仙詩中好用「太虛」「九天」「凌雲」「翱翔」「逍遙」「遠遊」「高風」「仙人」「乘龍」「登陟」「金石」「延壽」等詞匯，充滿了優游自適的風貌。這種寓渴望自由與歌詠長生的寄託感懷，是其優生恐懼期間的一種自我解脫與療救，很大程度上開啓了文人遊仙詩的詠懷傳統，也一定程度上促成了阮籍等人詠懷詩與郭璞等人遊仙詩中現實意義的產生。本節所謂黃初中期時間不長，此時主要有《贈白馬王彪》與《九愁賦》等作品，數量不多，卻足以代表此時曹植的憤慨不平心理。「鴟梟」「豺狼」「蒼蠅」「怨」「恨」「悲」等詞匯的頻現，將遊仙詩中的飄逸虛無一掃而光，從而體現了曹植貶謫生活中最爲憤懣的生活面貌。然而曹植本性仁厚，加之巨大的優生壓力，憤怒的心理狀態也是短暫的，所以作品中的憤慨激昂也不算太多；黃初後期與太和時期，曹植優生壓力頓小，作品相對較多。由於請求自試的屢次

落空，曹植吟歎生命急促，流年荒廢。此一時期他的作品以棄婦（思婦）主題爲主，「憂」「傷」「戚」「歎」等字頻現，體現了曹植內心的焦慮與悲傷，將其怨而不怒的沉潛情緒表現出來。曹植借助棄婦的口吻抒發懷才不遇的生命荒廢感，作品主要呈現出哀婉悱惻的風貌。前人多云曹植後期作品有憂鬱悲涼風格，主要是針對此一時期而言。曹植棄婦詩是對詩騷傳統的繼承，同時又有很大的新變，著重體現在聯繫自身遭際，突出心理感受的描寫，將文人棄婦詩提升到了新的高度。

這裡無意否定曹植後期作品哀婉悲涼的整體風格，也無意用環境決定論來誇大貶謫生活中生命沉淪對曹植創作的刺激，而是要強調生命沉淪的階段、程度與作品內容、風格的緊密相關性。傑出的文學家作品風格並非單一，風格具有穩定性，但同時又不能囿於穩定，需要有變易與創新，惡劣的客觀環境很大程度玉成了曹植作品風格的多樣性。曹植才高見忌，遭遇舛厄，正印證了憂患出詩人、逆境出詩人的經典概括。廢錮12年，肉體折磨與精神摧殘並存，曹植文學創作從前期的客觀世界觀照轉向了後期內心世界的自我觀照，注重揭示內心苦悶世界，充分體現了生命沉淪中的巨大身心哀痛，悲劇色彩濃厚，因此能感人至深。

曹植是建安文學的代表作家之一，探討曹植作品的風格，無疑有利於「建安風骨」這一美學內涵的挖掘。所以根據曹植作品的風格來看，筆者認爲應該重新審視「建安風骨」〔註 64〕的內涵。文學史上久成定讞，認爲「建安風骨」體現的是一種俊爽剛健風格，此說主要是經過唐人陳子昂的闡釋而逐漸形成的，若以此涵義來定義「建安風骨」的話，那麼就不能說曹植是「建安風骨」的代表作家。因爲無論從作品內容看，還是從作品風格看，曹植詩文都與陳子昂所謂的「建安風骨」有較大偏差。從內容來看，「建安風骨」重在反映社會離亂現實，曹植作品卻大都屬於內心情感的深層挖掘，而從藝術風格來言，曹植作品呈現的也大都是哀婉悲涼的風貌，這也不太符合俊爽剛健的風格。所以，我們可以說曹植是建安文學的代表作家，卻不能說他是「建安風骨」的代表作家。

〔註 64〕木齋教授《論風骨的內涵及建安風骨的漸次形成》（載《山東師範大學學報》（人文社會科學版），2006 年第 3 期）一文，不同意歷來對建安風骨內涵的定義，富有啓發意義。

三、曹植之貶的文化史意義

中國歷史上，爭嗣〔註 65〕又被稱爲奪嗣、奪宗、奪嫡等，名異而實同，都是統治集團內部同宗成員爲了繼承嗣統而進行的爭鬥。君主世襲制度下，由誰承嗣關涉國家權力變更，與政局及國運走向息息相關。明人夏良勝《中庸衍義》云：「三代以先，配嫡奪嗣以致禍者，不可勝紀。舉幽王者，西周之所以亡也；舉景王者，東周之所以亂也。」〔註 66〕爭嗣情形從上古三代就不乏其例，直至明清亦有之，往往導致或亡或亂的結局。若從現存爭嗣事件的發生時間、史料記載的翔實程度、爭嗣確立的代際關係模式、以及爭嗣造成的文化影響等因素來綜合考察，我們可將曹丕、曹植之爭視爲爭嗣中具有原型模式意義的典型案例。

（一）「二曹爭嗣」與爭嗣文化的母題模式

這裡所謂「二曹爭嗣」，著重強調爭奪嗣統的整個過程，包括曹操在世時「二曹」相互鬥爭，曹丕即位後對曹植的打壓，以及曹丕之子曹叡即位後對曹植的繼續防範，爭嗣的結束以曹植去世爲標識。史上雖有人認爲曹植無意爭嗣，但他確有參與爭嗣的歷史眞實。爭嗣並不僅是兩個或更多當事人的鬥爭，更是他們背後集團之間的利益博弈。「二曹爭嗣」亦如此。

「二曹爭嗣」之前，三代秦漢這一漫長時期內，爲史所載的著名爭嗣事件主要有：西周宜臼與伯服之爭；戰國晉奚齊與重耳、申生之爭；秦二世胡亥與扶蘇之爭；漢文帝劉恒與淮南屬王劉長之爭、漢武帝劉徹與廢太子臨江王劉榮之爭等。比之上述諸事件，「二曹爭嗣」有其特殊影響性。究其原因，除了與「二曹」自身的文學史地位有關，還與「二曹爭嗣」案例產生的文化影響有關。

由於君主立嗣係關錯綜複雜的利益集團之間的博弈，所以歷代君主擇嗣都面臨各種勢力角逐，導致猶豫不決。曹操作爲曹氏家族的掌舵人，雖未稱帝，但實爲魏國肇國之人，可以君主視之。雄才大略的曹操也曾在立嗣問題上舉棋不定。《三國志》載鄧哀王曹沖早夭，曹操哀傷過度時對曹丕說：「此我之不幸，而汝曹之幸也。」〔註67〕曹丕亦自謂「若使倉舒在，我亦無天下」

〔註65〕 爭嗣，又云奪嗣、奪宗、奪嫡等，無論是配嫡（庶子）奪嗣還是同嫡奪嗣，實質都是爲了繼承嗣統，所以本節不嚴格區分嫡庶身份，重點強調奪嗣之實。
〔註66〕 夏良勝《中庸衍義》，影印文淵閣《四庫全書》本，臺灣商務印書館，1986年，第715冊，第455頁。
〔註67〕 陳壽《三國志·魏書·武文世王公傳》，中華書局，1982年，第580頁。

〔註68〕。曹沖字倉舒，既非嫡出，又非長子。曹操這種明確寄望曹沖之舉不合傳統。曹植之所以「幾為太子者數矣」〔註69〕，也是因為曹操在嫡長子繼承制的傳統下偏向唯才是舉所致。曹沖與曹植都是早慧大才，皆較曹丕年少，又都曾使曹操屬意。曹操擇嗣的猶豫使得諸子都有機會繼承父業，這給「二曹爭嗣」創造了條件，也給日後曹丕對諸兄弟的打壓留下了禍根。現代心理學研究認為：「如果父母把孩子們明確地區分為好的壞的，……那麼羨慕就會在孩子們的關係中起到決定性的作用，……在這樣的家庭體系中，兄弟姐妹之間尤其容易產生毫不認同的關係，也就是否定彼此的關係。」〔註70〕現代心理學還認為，「同產者之間的敵視」〔註71〕確實存在，尤其是多存在於權力家庭或階層。據此，曹操生前對曹植的偏愛，易致曹丕對曹植生羨慕、嫉妒之心。加之曹植與曹丕曾有爭嗣經歷，所以後來曹丕對曹植的打壓具有報復心理與防範功用。

　　君主的立嗣態度直接關係其子嗣間的和睦程度。一般而言，君主若明確遵循嫡長子繼承制，基本可杜絕眾子覬覦之心，反之則易產生爭嗣局面。而且，爭嗣問題容易發生在開國初期的第二代或第三代子嗣身上。這樣的例子數見不鮮：秦二世胡亥與扶蘇之爭、漢惠帝劉盈與劉如意之爭、魏文帝曹丕與曹植之爭、東吳孫和與孫霸之爭（又稱「二宮構爭」）、隋煬帝楊廣與楊勇之爭、唐初「玄武門之變」、宋初「燭影斧聲」的傳聞、明初靖難之役、清初康熙時「九子奪嫡」等。這其中，宋太宗趙光義與明成祖朱棣屬於歷史上爭嗣的少數案例，涉及父死子繼與兄終弟及繼承制的差異。從上述諸多爭嗣事件可以歸納出一個重要結論，那就是國初統治者立嗣態度尤為重要。肇國者往往有篳路藍縷之功，深知江山來之不易，故而不肯輕易擇嗣，然而這也容易造成諸子爭嗣現象。

　　曹操立嗣雖經長期猶豫，但最終還是選擇了嫡長子曹丕繼承大業。即便如此，也未使爭嗣完全結束。曹丕即位後對諸王實施打壓，尤其是對曹植壓迫甚深，仍然可以看作是爭嗣的延續，這種延續直到曹叡太和時期曹植去世

〔註68〕陳壽《三國志‧魏書‧武文世王公傳》，中華書局，1982年，第581頁。

〔註69〕陳壽《三國志‧魏書‧任城陳蕭王傳》，中華書局，1982年，第557頁。

〔註70〕〔瑞士〕維雷娜‧卡斯特著，陳瑛譯：《羨慕與嫉妒──深層心理分析》，生活‧讀書‧新知 三聯書店，2004年，第160頁。

〔註71〕同產者之間的敵視（sibling rivalry），又譯為「同胞爭寵」，在國外已經取得相當成果，茲不贅引。

爲止。就此而論，爭嗣往往牽涉的不是一代人，而是兩代甚至更多。我們可將「二曹爭嗣」看作是一個涉及三代人的典型爭嗣案例，它包含了三個階段與三種代際關係模式。下面以表示之：

表 2-3　「二曹爭嗣」代際關係表

階段	施動者	受動者	血緣關係	施動者所屬代	涉及的代際關係	涉及血緣的君臣關係模式
一	曹操	曹丕、曹植	父子	第一代	第一代與第二代	父子君臣模式
	曹丕	曹植	兄弟	第二代	第二代之間	兄弟皆臣模式
	曹植	曹丕				
二	曹丕	曹植	兄弟	第二代	第二代之間	兄弟君臣模式
三	曹叡	曹植	侄叔	第三代	第三代與第二代	侄叔君臣模式

　　從上表可知，「二曹爭嗣」案例可分爲三個階段：第一階段，第一代的統治者曹操是「二曹爭嗣」的施動者，「二曹」是受動者，涉及第一代與第二代的關係，同時「二曹」之間互爲施動者與受動者，這是在第一代統治者存世情況下的爭嗣體現，是同代之間的鬥爭；第二階段，第二代的曹丕即位可以視爲爭嗣成功，在成功之後，他對曹植加以貶謫，此時曹丕是施動者，曹植是受動者，這一階段也是同代相爭；第三階段，乃爭嗣的延續，第三代的曹叡接位，成爲繼任的施動者，此時曹植仍爲受動者，這是第三代與第二代的鬥爭。此案例中，前兩個階段是爭嗣的主要階段，第三階段是前兩個階段的延續。這三個階段可以歸納爲爭嗣文化（或曰奪嫡文化、奪宗文化）的一個基本母題模式：第一代的猶豫——第二代的鬥爭——第三代的延續鬥爭。其中第一代的猶豫是起因，第二代的鬥爭是高潮，第三代的延續鬥爭是餘波。這一母題模式中，第二代的鬥爭是爭嗣的核心，它所涉及的代際關係也最爲複雜，既涉及第一代與第二代的關係，也涉及第二代之間的相互關係。並且第二代的鬥爭在君臣關係模式方面也涉及父子君臣、兄弟皆臣、兄弟君臣三種關係模式。「二曹爭嗣」過程中，從第二階段到第三階段，代表著從兄弟君臣模式到侄叔君臣模式的轉型。此時受動者血緣身份發生轉變，施動者由於陷入道德困境，所以對受動者的打擊力度有所減輕，太和時期曹植處境漸好即是如此。

　　這裡既謂「二曹爭嗣」爲典型爭嗣案例，是因爲它帶有普遍性的歷史經驗。古代君主大都妻妾成群，子嗣也眾，極易出現皇室內訌事件，在「二曹

爭嗣」之前發生的歷史爭嗣事件，以及此後一千餘年的中國歷史上為數不少的爭嗣事件，都基本符合「二曹爭嗣」這一基本母題模式。符合該爭嗣母題模式前兩階段的例子不一而足。如隋文帝楊堅可視為第一代，楊廣與楊勇可視為第二代，楊廣即位後賜死楊勇，且流放其子孫家屬，這是第二代之間的鬥爭。又如唐高祖李淵可視為第一代，「玄武門之變」乃第二代之間的爭嗣體現。或者將唐太宗李世民視為第一代，其子李恪、李泰、李治等可視為第二代，李治雖以仁厚著稱，但即位後，仍因房遺愛謀反案而賜死李恪，對李泰雖優惠有加，但並未召回京城，以致於李泰病卒於貶所，這都含有對他們的打壓與防範之心。又如唐憲宗李純可視為第一代，其子李惲、李恒可視為第二代，李恒即位後誅殺了參與爭嗣的李惲。又如康熙可視為第一代，「九子奪嫡」是第二代之間的鬥爭，雍正即位後對諸兄弟大行幽禁貶黜甚至誅殺，亦為同代相爭。此外，涉及該爭嗣母題模式前後三階段的例子也有。如「九子奪嫡」事件即是此類。康熙為第一代，雍正同母弟胤禵參與了「九子奪嫡」，是雍正強有力的競爭對手，他在雍正即位後被幽禁多年，直到第三代乾隆即位後，胤禵才被赦免獲得自由，此時年近半百，受到禮遇，但乾隆對這位叔父仍有防範之心。又有胤礽與雍正為兄弟，也參與爭嗣，乾隆在位時，將胤礽次子弘晳革爵幽禁，這也屬於第二代爭嗣的延續。諸如此類的爭嗣事件大都符合「二曹爭嗣」案例的情節模式。

這裡主要探討了統治者為君主的擇嗣爭嗣情況，其實這個案例所體現的爭嗣母題模式也可在大一統王朝下的諸侯王，或者地方割據勢力的統治者，甚至世家大族中得到印證。因為他們的地位多可世襲，與「二曹爭嗣」有很大相似性。此處提及不展開。

爭嗣結果是成王敗臣，失敗者往往面臨巨大的政治壓迫，或被誅殺，或遭幽貶。爭嗣被殺者所在多有，無疑體現了皇族內部政治鬥爭的殘酷，爭嗣被貶被幽者也不在少數，它同樣體現了複雜的宮廷鬥爭與權力角逐。爭嗣失敗被殺意味著個體生命的終結，它體現的痛楚感之持久性不如被貶被幽的個體。被幽貶者雖存世，但往往受到身心的雙重折磨，承受著巨大的政治陰影，常有生不如死的苦難經驗與心理苦悶。

曹植爭嗣失敗以後被貶外地，在監國謁者的監視下過著圈牢養物般的日子，黃初時期曾幾次有性命之虞，在太和時期雖相對受到禮遇，但也是苦重愁深。後世如曹植者不在少數：比「二曹爭嗣」稍晚的東吳「二宮構爭」，是

孫權晚期立嗣態度遊移而造成的太子孫和集團與魯王孫霸集團之間的鬥爭，結果導致孫和被廢，貶至故鄣，孫霸也被賜死；晉初司馬攸被排擠出鎮，也是由於與太子司馬衷的爭嗣；又如唐太宗之子李承乾、李泰、李治等爭嗣，因為失敗，李承乾被廢為庶人，徙黔州，卒於貶所。李泰被降爵為東萊郡王，又改封為順陽王，貶至均州之鄖鄉縣，亦卒於貶所。諸如此類之例在宋元明清皆有之。後世如曹植因爭嗣被幽貶的皇家宗室成員，在謫居場所，他們被當朝統治者所防範，也大都過著畫地為牢的生活。如唐李泰謫居均州鄖鄉縣九年，雖唐高宗李治對其禮遇有加，但其最終仍卒於貶所。這位宗室成員「少善屬文」「好士愛文學」〔註72〕，又工書法，且待賢禮士，曾置文學館，有《濮王泰集》二十卷，惜已失傳。李泰與曹植有很多相似之處，皆為雄主第四子，皆雅好文學，皆因爭嗣被貶多年，皆卒於貶所。類似曹植遭際的被貶宗室，在謫居場所也會有類似曹植一樣的生命沉淪與心理苦悶。他們沉淪幽貶時，在謫居之地抒發憤懣之詞也在情理之中。

曹植在貶謫生活中承受了巨大的政治壓力，吟唱出眾多感人至深的詩文。正因為爭嗣文化語境下出現的曹植詩文富有真實的情感體驗，所以影響巨大。曹植本人由此可被視為爭嗣被貶的典型形象。

（二）《七步詩》體現的爭嗣文化與內鬥文化意義

文化內涵包含行為方式或行為習慣等文化現象，具有普同性、民族性等特徵。爭嗣與內鬥也屬於一種文化現象。所謂爭嗣文化主要指爭嗣上的行為方式，內鬥文化，亦可稱為內訌文化、窩裏鬥文化等，是對一切內部鬥爭行為方式的概括，其範疇大於爭嗣文化。

孝、悌是立身之本的人倫觀念，亦是中華民族倫理思想之基石。其中「悌」主要針對兄弟姐妹而言。《詩經‧常棣》云：「凡今之人，莫如兄弟。」〔註73〕《顏氏家訓‧兄弟》專論孝悌之義。隋朝常得志有《兄弟論》謂：「且夫兄弟者，同天共地，均氣連形，方手足而猶輕，擬山嶽而更重。雲蛇可斷，兄弟之道無分……夫兄弟之情也，受之於天性，生之於自然，不假物以成親，不因言而結愛，鬩牆不妨於禦侮。」〔註74〕《冊府元龜‧宗室部‧不悌》亦云

〔註72〕劉昫等《舊唐書‧太宗諸子傳》，中華書局，1975年，第2653頁。

〔註73〕孔穎達等《毛詩正義》，《十三經注疏》本，中華書局，1980年，第408頁。

〔註74〕嚴可均《全上古三代秦漢三國六朝文》，中華書局，1958年，第4181頁。

「生民之親，莫如兄弟，爲人之本，莫先孝友」〔註 75〕。這都體現了古人對「悌」這一倫理範疇的崇尚。眾所周知，描述兄弟關係有兩個成語典故，推梨讓棗與相煎何急。前者褒孔懷之誼，後者貶兄弟相殘。那麼，相煎何急一詞富含貶味甚濃之意又是如何形成的呢？這與「二曹爭嗣」案例及《七步詩》的文化影響有關。

曹植對於爭嗣文化的貢獻，不僅在於其自身是爭嗣被幽貶的典型，還在於他筆下有關爭嗣的作品對爭嗣文化產生了重大影響，並且這種影響嬗變至內鬥文化方面。「二曹爭嗣」案例中，最能體現爭嗣殘酷性的具體情節可謂是曹植奉命作《七步詩》。關於曹植奉命作詩，還有另一說法，即曹植所作還有《死牛詩》，此事《太平廣記》有載。由於《死牛詩》的記載晚出，後人附會成分較多，且其影響遠不如《七步詩》，故這裡著重探討《七步詩》的文化影響。雖然此詩作者爲誰未成定讞，但它產生的文化影響卻很大。這首象徵骨肉之恩、常棣之義無存的詩歌，是中國爭嗣文化濃厚悲劇色彩的絕好體現。由於該詩出自成書較早的《世說新語》，後又經《文選》《三國演義》等典籍及文人詩歌創作的引用而被後人熟知，大都認爲出自曹植之手。所以這裡避談作者考辨，而重點觀照此詩的文化意義。爲論述方便，姑且將作者定爲曹植。

《世說新語·文學》載：「文帝嘗令東阿王七步中作詩，不成者行大法。應聲便爲詩曰：『煮豆持作羹，漉豉以爲汁。其在釜下燃，豆在釜中泣。本是同根生，相煎何太急？』帝深有慚色。」〔註 76〕據此而論，《七步詩》明顯是作於曹丕得勢後對曹植進行打壓之時，即其創作背景應是黃初時期。該詩以其、豆爲比，語言淺白，把同胞兄弟相殘寫得生動形象，充分反映了作者的憤懑悲痛之情，封建統治者內部爭嗣體現出的政治鬥爭的殘酷性顯露無疑。

《七步詩》的比興手法直承《詩經·小雅·常棣》，《詩序》云：「《常棣》，燕兄弟也。閔管、蔡之失道，故作《常棣》焉」〔註 77〕。據此可知，《常棣》意旨乃針對周公殺管放蔡而言。《常棣》以常棣之花喻比兄弟，是因常棣花開彼此相依。符號的聯想與類比是古人善用的比興思維體現。《七步詩》用植物

〔註 75〕　王欽若等《冊府元龜》，影印文淵閣《四庫全書》本，臺灣商務印書館，1986年，第 907 冊，第 162 頁。
〔註 76〕　余嘉錫《世說新語箋疏》，中華書局，1983 年，第 244 頁。
〔註 77〕　孔穎達等《毛詩正義》，《十三經注疏》本，中華書局，1980 年，第 407 頁。

其、豆為比喻同類相殘，這種比興手法又為後人化用。《舊唐書・承天皇帝倓傳》記載了一段歷史：

> 明年冬，廣平王收復兩京，遣判官李泌入朝獻捷。泌與上有束宮之舊，從容語及建寧事，肅宗改容謂泌曰：「倓於艱難時實得氣力，無故為下人之所間，欲圖害其兄，朕以社稷大計，割愛而為之所也。」……泌因奏曰：「臣幼稚時念《黃臺瓜辭》，陛下嘗聞其說乎？高宗大帝有八子，睿宗最幼。天后所生四子，自為行第，故睿宗第四。長曰孝敬皇帝，為太子監國，而仁明孝悌。天后方圖臨朝，乃鴆殺孝敬，立雍王賢為太子。賢每日憂惕，知必不保全，與二弟同侍於父母之側，無由敢言。乃作《黃臺瓜辭》，令樂工歌之，冀天后聞之省悟，即生哀愍。辭云：『種瓜黃臺下，瓜熟子離離。一摘使瓜好，再摘令瓜稀，三摘猶尚可，四摘抱蔓歸。』而太子賢終為天后所逐，死於黔中。陛下有今日運祚，已一摘矣，慎無再摘。」上愕然曰：「公安得有是言！」時廣平王立大功，亦為張皇后所忌，潛構流言，泌因事諷動之。〔註78〕

李泌援引李賢作《黃臺瓜辭》一事，勸諫唐肅宗不要相信離間骨肉的謠言，以此來保全廣平王。這首作品中，李賢以摘瓜喻母子相煎。這裡的摘瓜人應指武則天，瓜則指武則天諸子。同時「瓜熟子離離」中，瓜與子也可以象喻母子，若瓜不在，則子亦不在，若子不在，瓜亦不存，說明了至親母子是共存亡的。這裡以瓜與子為喻，也是受到了《常棣》與《七步詩》的啟發。後人把《七步詩》與《黃臺瓜辭》聯合起來創造出一個成語——煎豆摘瓜，比喻骨肉相殘，《七步詩》的文化內蘊得以進一步引申。

後人論及爭嗣事件時常引用《七步詩》，可謂言者諄諄，聽者充耳。如北宋徽宗初年的「蔡王府獄」一案，乃蔡王趙似與徽宗趙佶為了爭位進行的骨肉之爭。江公望《論蔡王府獄奏》云：「至魏文帝褊忿疑忌，一陳思王且不能容，故有『煮豆燃豆萁，相煎何太急』之語，為天下後世笑。豈不思兄弟天之大倫也……伏望陛下勿以曖昧無根之言而加諸至親骨肉之間，俾陛下有魏文『相煎太急』之隙，而忘大舜親愛之道，豈治世之美事也！」〔註79〕江公

〔註78〕 劉昫等《舊唐書・承天皇帝倓傳》，中華書局，1975年，第3385頁。

〔註79〕 曾棗莊、劉琳等《全宋文》，上海辭書出版社、安徽教育出版社，2006年，第121冊，第307～308頁。

望徵引《七步詩》與「二曹爭嗣」來勸誡皇室骨肉之間不可相殘，正說明此詩在爭嗣文化上的重要影響。又如後人談及唐「玄武門之變」時，也會經常引用《七步詩》。明末丁耀亢《天史‧殘》載「唐太宗喋血三朝」，評價武則天大肆殘殺太宗子孫時謂「黃臺瓜盡，始於豆釜其燃」〔註80〕，即以豆釜其燃代指「玄武門之變」。足見，由於《七步詩》產生在爭嗣的文化語境之下，它由此具有了重要的殷鑒功用。以至於《七步詩》逐漸成爲「二曹爭嗣」的縮影與代名詞。

　　面對手足相殘這一有悖倫理綱常的做法，古人極爲反對。因此後人讀《七步詩》時，大都生同情悲憫情懷。明人謝肇淛《文海披沙》有一條筆記云《兄弟詩》，如是記載：「陳思王詩：『煮豆燃豆其，豆在釜中泣，本是同根生，相煎何太急。』法昭禪師偈云：『同氣連枝各自榮，些些言語莫傷情。一回相見一回老，能得幾時爲弟兄。』嗟夫，人以麼麼財帛，而令兄弟操戈鬩牆者，讀二詩而不感動，非夫也！」〔註81〕足見世人對兄弟親情的重視，也反映了曹植所受壓迫之深，其遭際感人之深。

　　《七步詩》提供了具有原型意義的意象、母題和典故，對後世「兄弟」主題的創作產生了深刻影響。如元代洪希文《荳粥》：「辛勤理荒穢，歲晚成枯其。……老妻進作粥，咀嚼如牛呵。……傷哉同根言，感彼曹植詞。」〔註82〕該詩寫耕種生活中的作者在吃老妻所煮豆粥時，不禁想起曹植的悲慘遭遇，此一聯想來自於現實生活中的「其」「荳」物象。清人趙希璜《釜豆泣》單擬題就寓意明顯，詩云：「釜中豆，悲顛覆，釜下其，等戲嬉。相煎何太急，同根思往日。驚看八斗新詩出，生憎七步誇投筆。淒惋來朝遇洛神，明璫翠羽說前身。參商自隔東西面，最不忘情賦感甄。」〔註83〕全詩將《七步詩》化用於詩中，並以曹丕的視角與口吻描繪曹植寫詩，即所謂「驚看八斗新詩出，生憎七步誇投筆」，看著曹植以八斗之才在七步之內完成詩作，曹丕能不「生憎」嗎！這種場景還原似的寫法，把「二曹爭嗣」的殘酷性表現出來，

〔註80〕　宮慶山、孟慶泰《〈天史〉校釋》，齊魯書社，2009年，第114頁。

〔註81〕　謝肇淛《文海披沙》，《續修四庫全書》本，上海古籍出版社，2002年，第1130冊，第323頁。

〔註82〕　洪希文《續軒渠集》，影印文淵閣《四庫全書》本，臺灣商務印書館，1985年，第1205冊，第68頁。

〔註83〕　趙希璜《四百三十二峰草堂詩鈔》，《續修四庫全書》本，上海古籍出版社，2002年，第1471冊，第719頁。

別有意趣。後人寫曹植或憑弔曹植墓時，更是把《七步詩》中豆、萁之比經常用於詩中，這樣的例子如恒河沙數。如清人百齡《陳思王墓》「桐圭戲剪猶分國，萁豆相煎豈異人」〔註84〕，據《呂氏春秋》記載，西周時期，周成王的胞弟叔虞與成王一起玩耍的時候，成王拿著剪成玉圭一樣的桐葉開玩笑說將拿著玉圭封賞叔虞，後來成王果然把唐地封給了叔虞。這個桐葉封弟的故事表明的是常棣之義。作者用在此詩中，與萁豆相煎進行鮮明對比，更顯曹植際遇之悲苦。還有如明人常倫《陳思王》「嗟嗟萁與豆，千古為悲哀」〔註85〕；清人楊芳燦《弔陳思王墓》「轉蓬無住著，煮豆太酸辛」〔註86〕等等，諸如此類的憑弔詩歌，把豆、萁意象與悲哀、酸辛等一起連用，都表達了對「二曹爭嗣」中曹植所處境遇的同情。後人除了以《七步詩》入題，更有模仿《七步詩》的作品，如明代女詩人徐媛《擬陳思王七步詩》等。

兄弟關係是講究孝悌、和睦的，它具有一體性與排他性。兄弟之間是一體的，對外則具有排他性，所以後人喜用兄弟代指內部團體，比如代指家庭內部，代指國家內部。兄弟關係事關血緣、家庭，如若上升至國家統治階層，則關乎國家穩定與國運興衰。《七步詩》的文化意蘊在發生嬗變時，其所反映的範疇從單指兄弟，到代指任何骨肉之爭，最後演變為代指任何內部鬥爭。如上世紀「皖南事變」爆發後，周恩來先生作有著名的《千古奇冤》詩，謂：「千古奇冤，江南一葉；同室操戈，相煎何急！」〔註87〕這裡化用《七步詩》中的名句來揭露「皖南事變」的真相，正是因《七步詩》代表的兄弟相爭可引申到國家內部鬥爭。

《七步詩》這首應景之作在後世生發的成語較多，如相煎何急、相煎太急、煮豆燃萁、豆萁相煎、燃萁煎豆、萁煎其豆、煮以作羹等等，都是以萁、豆為比，強調二者不和。這些成語在古代就被相承沿用，歷代類書多有收錄。如南宋類書《事類備要‧性行門》收錄了「相煎何急」一詞，明代類書《夜航船‧倫類部》也收錄了「相煎太急」一詞。由《七步詩》生發演變而成的若干成語，

〔註84〕 百齡《守意龕詩集》，《清代詩文集彙編》本，上海古籍出版社，2010年，第423冊，第28頁。

〔註85〕 常倫《常評事集》，《四庫全書存目叢書》本，齊魯書社，1997年，集部第68冊，第127頁。

〔註86〕 楊芳燦《芙蓉山館全集》，《清代詩文集彙編》本，上海古籍出版社，2010年，第435冊，第463頁。

〔註87〕 1941年1月18日《新華日報》。

成爲後人形容內部鬥爭的首選文化典故。每當有倫常之變發生，「二曹爭嗣」案例就宛然在目，彰彰在耳，《七步詩》以及由此生發的語典、事典就會很容易浮現在人們腦海中。該詩以及與之相關的成語，經過後人的反覆詠歎與使用，逐步成爲一個反應內鬥的文化符號，具有強烈的警示、勸誡意義。

需要提及，歷史上與《七步詩》一樣成爲爭嗣典故的還有一例較爲知名。《史記·淮南衡山列傳》載淮南厲王劉長謀反事敗被徙，途中絕食而死，「孝文十二年，民有作歌歌淮南厲王曰：『一尺布，尚可縫；一斗粟，尚可春。兄弟二人不能相容。』」〔註88〕尺布斗粟因此喻兄弟相殘。由於劉長乃謀反被徙，他因此少了曹植那份受害者的輿論支持，加之史料對此事的記載語焉不詳，這就減少了尺布斗粟的爭嗣文化影響。《七步詩》與相煎何急一類的成語比尺布斗粟更具教化功用，因而在譏刺骨肉不睦時更具代表性。

君主世襲制下，爭嗣是涉及宗族、倫理、國家權力諸多因素的政治事件，它是史家筆下常出現的話題，也是具有原型意義的文學母題。從《常棣》中「兄弟鬩於牆」到尺布斗粟，再到《七步詩》與相關成語，相關故事的主人公都是統治階層。這就使得有著血緣關係的父子、兄弟、叔侄等家庭內部成員的鬥爭蒙上了政治色彩。這些文化典故體現的不僅是人倫觀念，而且具有濃厚的政治倫理意義。

「二曹爭嗣」中，作爲爭嗣遷貶者典型的曹植在後人心中多以受害者身份出現，即《文心雕龍·才略》所謂「思王以勢窘益價」〔註89〕，無論才學還是道德，後人是植非丕的評騭論調尤爲明顯。傳爲曹植所作的《七步詩》在「二曹爭嗣」這一強烈的政治倫理文化語境下產生。曹植與《七步詩》常常進入後人的隸事之句，經過後人有意或無意地發掘與宣揚，這一歷史事件與詩歌的政治倫理隱喻性越發明晰。「二曹爭嗣」與《七步詩》蘊含的象喻爭嗣與內鬥的文化符號功用更加廣爲人知。君主世襲制下，君主的家事即國事，作爲國家權力的掌舵人，需要格外注意履行自己的「責任倫理」。「責任倫理」概念由德國哲學社會學家馬克斯·韋伯提出，履行責任倫理就是要事先顧及後果，選擇恰當的手段規避不良後果的發生。君主規範自己的行爲選擇，擇嗣立嗣就須格外注重識鑒。就啓發而言，「二曹爭嗣」與《七步詩》所揭櫫出的政治倫理價值觀意義應該引起我們的深思。

〔註88〕司馬遷《史記·淮南衡山列傳》（修訂版），中華書局，2014年，第3745頁。
〔註89〕范文瀾《文心雕龍注》，人民文學出版社，1958年，第700頁。

四、曹植之貶的文學史意義

（一）貶後人格心態表現模式

人格是一個複雜的心理學概念，心理學家如此定義：「人格可以定義為源於個體身上的穩定行為方式和內部過程。」〔註90〕可見人格是具有穩定性、綜合性與功能性的結構組織，是人類心理特徵的綜合體與統一體，它支配著人的外在行為。據此而言，處世思想屬於人格範疇，某一階段具有相對穩定性的具體心態也屬於人格範疇。所以這裡把人格分為處世思想與具體心態表現來談。曹植是宗室遷貶者的典型，同時也是一位士人，他貶後人格心態是後世士人遭貶人格心態的典型體現。

首先，若從處世思想來看，可以說曹植繼承並大力發揚了賈誼開啟的逐臣貶後儒道互補的處世思想模式。生存環境的巨變會對人的處世思想有較大影響。建安時期，曹植就具有強烈的事功意識，他曾在《與楊德祖書》中表示：「吾雖德薄，位為藩侯，猶庶幾戮力上國，流惠下民，建永世之業，流金石之功，豈徒以翰墨為勳績，辭賦為君子哉！」〔註91〕可見曹植不想以詞章之士名世，而是希望通過政治建樹留名青史。黃初時期，他被貶藩國，在性命之虞下只有委曲求全，積極擁戴曹丕。曹丕去世，曹叡即位，曹植身份有變，壓抑許久之後一朝得解，就接連上表渴得重用。足見儒家事功精神傳統對曹植影響之大。

曹植思想中還存有老莊處世哲學，尤其是在貶謫時期，心香老莊哲學為的就是減輕心理痛苦，這種處世哲學來源於巨大的政治壓力，正因為在幽囚監控的生活之下缺少自由，而老莊思想中的放逸無為、不受約束的一面能夠給曹植極大的心理安慰與心理補償，因此曹植思想發生了較大的轉變。在曹植被貶之前，他有過對道教神仙方術思想的論述，《辯道論》是其代表性論述。該文揭露神仙方術的虛偽性，具有強烈的政治目的性。文末云：「然壽命長短，骨體強劣，各有人焉。善養者終之，勞擾者半之，虛用者殀之，其斯之謂歟！」〔註92〕說明曹植認為人的壽命是由養生決定，而不是通過神仙方術來延年益壽。但到了貶謫時期，他的看法有了轉變。《釋疑論》云：「初謂道術，直呼

〔註90〕 〔美〕伯格（Jerry M. Burger）著，陳會昌等譯《人格心理學》（第7版），中國輕工業出版社，2010年，第3頁。

〔註91〕 趙幼文《曹植集校注》，人民文學出版社，1984年，第154頁。

〔註92〕 趙幼文《曹植集校注》，人民文學出版社，1984年，第189頁。

愚民詐偽空言定矣！……乃知天下之事不可盡知，而以臆斷之，不可任也。但恨不能絕聲色，專心以學長生之道耳。」〔註 93〕這一段論述成爲論者常常徵引以證明曹植貶後承認道教神仙方術思想的材料。神仙方術思想雖不能完全等同於老莊思想，但兩者卻有淵源，它們都尊崇道家無爲思想，神仙方術也是老莊處世哲學的一種體現。除此之外，曹植還在謫居期間創作了不少遊仙詩，這也說明其受老莊思想的影響。綜合來看，對儒道二家兼而取之是曹植的處世思想，儒道二家思想隨著曹植生活環境的變化而隨之此消彼長，同時存在於曹植的一生。

後世眾多士人與曹植一樣，深受「三不朽」價值觀的影響，他們走上政治仕途，大都具有強烈的事功心理、進取精神與使命意識。但是在貶謫境遇下，他們的政治理想受到貶謫現實的殘酷衝擊，在謫居之地，爲了減輕心理痛苦，他們常常以老莊思想來療救自己。後世逐臣在曲折的政治際遇中，以儒道互補的思想進退有道，在遇到政治挫抑之後，士人處世思想往往由儒入道，注重文學創作，以此表達自己的失意愁悶，在詩文中尋找慰藉，由此他們在文學上取得驕人成就。這一類人物如謝靈運、張九齡、韓愈、柳宗元、劉禹錫、劉長卿、王禹偁、蘇軾、黃庭堅、秦觀、楊愼、王九思等等，眞可謂貶謫是他們個人的不幸，卻是文學史的大幸。後代貶謫士人往往在儒道兩家思想中徘徊，且在謫居期間，道家思想往往佔據重要位置，這一源頭，開其端緒者應爲賈誼，對其進行大力發揚的則是曹植。

曹植之前有兩位著名貶謫士人是屈原與賈誼。屈原貶後仍然懷著強烈的執著意識，其峻直人格與事功意識一直高揚，他慷慨赴死具有崇高性，後世貶謫士人對他這種九死不悔的信念堅持與以死抗爭的決心尊敬有餘卻模仿不足，所以說他光輝峻潔的處世人格心態對後世大多數逐臣來說都不可企及，因此不太具有現實典型性。而賈誼被貶之後鬱抑悲憤，轉向個人內心的沉吟與自我觀照，創作了《弔屈原賦》《鵩鳥賦》等表達老莊處世心態，這一點得到了曹植較多繼承。賈誼貶後儒家事功意識仍然較重，最終因爲政治理想不得實現抑鬱而死，曹植的死與賈誼具有類似性。賈誼貶後儒道互補處世心態具有開創性與普遍性，曹植很大程度上對此進行了繼承與發揚。所以說，曹

〔註93〕　趙幼文《曹植集校注》，人民文學出版社，1984 年，第 396 頁。案：或云《釋疑論》作者乃葛洪，但此說並非定論，聯繫曹植貶謫前後的生活與思想轉變，似定爲曹植爲是，且應繫年於黃初二年至四年間。

植與賈誼一同構建了後世逐臣人格心態之儒道互補模式。需要提及，曹植屢次上表求自試，在後世逐臣中具有典範性。後世大量逐臣在謫居之地仍然矚望受用，常常以章表詩賦表達自己的積極仕進心態，曹植可視爲這一模式的啓鑰者。在此之前的屈原、賈誼等雖有此意識，卻由於求自試的相關作品傳世極爲有限而在這一方面影響較小。

再者，若從對貶後具體心態表現的書寫來看，曹植也代表了大多數貶謫士人貶後的愁苦心態。賈誼雖然開啓了逐臣儒道互補處世方式，其作品也表現了貶後愁情意緒，對後世產生了一定影響，但惜乎其作品數量有限，且辭賦文體於個體情感表現力相對有限，所以影響也相對較小。而曹植作品數量較多，且詩賦兼擅，尤其是詩歌的情感表現力很強，他寫下了大量有關抒發謫居生活心理苦悶的作品。曹植把逐臣貶後那種情感體驗表現得極爲眞實可感，他對謫居中具體哀婉愁苦心態的描繪甚爲感人，以致於一些表達孤獨感、分離感以及忠心意識的成語也源於曹植作品。

比如，表現處境極其孤獨的「形影相弔」「形影相守」「形影相依」「形影相憐」諸詞，首次出現應在曹植《上責躬應詔詩表》，謂：「誠以天網不可重罹，聖恩難可再恃，竊感《相鼠》之篇，無禮遄死之義，形影相弔，五情愧赧！以罪棄生，則違昔賢夕改之勸。」〔註94〕「五情」爲喜、怒、思、憂、恐，形影相弔是形容貶後生活極爲孤獨。後來《黃初六年令》中也有「形影相守，出入二載」的說法。曹植創作了諸多描述孤獨的詩文，這是對其謫居生活的鮮活描寫與眞實反映，所以感人至深。正是曹植首先對「形影相弔」一詞的運用，稍後才有李密《陳情事表》中「煢煢獨立，形影相弔」〔註95〕對曹植的繼承。後人如張九齡《照鏡見白髮》「宿昔青雲志，蹉跎白髮年。誰知明鏡裏，形影自相憐」〔註96〕，這是他晚年對自己被貶的回憶與感慨，此處用「形影自相憐」，應該說是受到了曹植、李密等前人的影響。「形影相弔」這個表達孤獨寂寞的詞一直沿用至今，曹植的創造之功不可磨滅。

又如，表現親友隔絕分離的「參商永離」「參辰永離」「參商永隔」等詞，也應是經過曹植的多次使用而被廣泛接受。「參商永離」語本《左傳·昭公元年》，是謂：「昔高辛氏有二子，伯曰閼伯，季曰實沈，居於曠林，不相能也，

〔註94〕 趙幼文《曹植集校注》，人民文學出版社，1984年，第269頁。

〔註95〕 嚴可均《全上古三代秦漢三國六朝文》，中華書局，1958年，第1865頁。

〔註96〕 陳尚君《全唐詩補編》，中華書局，1992年，第327頁。

日尋干戈，以相征討。后帝不臧，遷閼伯於商丘，主辰，商人是因，故辰爲
商星；遷實沈於大夏，主參，唐人是因，以服事夏商。」〔註97〕因爲參、商
二地相隔較遠，且加之古人星宿說認爲商星在東，參星在西，所以後人以參、
商表達分離之意。西漢揚雄《法言・學行》謂「吾不睹參、辰之相比也」〔註
98〕，東漢有王逸《九思・遭厄》：「雲霓紛兮晻翳，參辰回兮顛倒。」〔註99〕
基本可以認爲參辰或參商在兩漢時期，主要還是取其星宿本義。到了曹植這
裡，他開始大量運用參商之比，並且將其置於一種分別的境遇，表現了強烈
的孤獨感。貶前作有《與吳季重書》云「面有逸景之速，別有參商之闊」〔註
100〕，將時光的消逝與長久的分別聯繫起來，凸顯一種悲涼感。貶後更是多次
使用參商之典，屢次沉吟分別意與孤獨感。如「何意今摧頹，曠若商與參」（《浮
萍篇》）、「昔爲同池魚，今爲商與參」（《種葛篇》）等，以此喻男女分隔、君
臣分離。又相傳爲蘇武所作「昔爲鴛與鴦，今爲參與辰」（或云「參與商」）、
「參辰皆已沒，去去從此辭」二句，也有可能是曹植所作，因爲蘇李詩在學
界早已公認爲是漢末時期的託名之作。正因爲有了曹植的多次使用，擴大了
參商永離諸詞的使用頻率，漸被廣爲接受。後來如曹植一樣運用參商之比來
書寫分別之意與孤獨處境的詩歌不可計數。如晉陸機《爲顧彥先贈婦二首》
其二謂「形影參商乖，音息曠不達」；梁吳均《閨怨》謂「相去三千里，參商
書信難」〔註101〕；杜甫《贈衛八處士》云「人生不相見，動如參與商」〔註102〕；
白居易《太行路》云「與君結髮未五載，豈期牛女爲參商」〔註103〕等等，他
們或多或少都應受到了曹植的影響。

　　還比如，「葵藿傾陽」「葵藿向日」「葵花向日」「葵藿之誠」「傾藿」等詞，
常用作表達下對上的赤誠與忠心。這些詞語該義項的生成，也離不開曹植的
貢獻。曹植對葵藿之比的運用也是對此前典籍的一種繼承。《淮南子・說林訓》
謂：「聖人之於道，猶葵之與日，雖不能與終始哉，其鄉之誠也。」〔註104〕

〔註97〕杜預、孔穎達等《春秋左傳正義》，《十三經注疏》本，中華書局，1980年，
　　　　第2023頁。
〔註98〕汪榮寶《法言義疏》，新編諸子集成本，中華書局，1987年，第31頁。
〔註99〕洪興祖《楚辭補注》，中華書局，1983年，第321頁。
〔註100〕趙幼文《曹植集校注》，人民文學出版社，1984年，第143頁。
〔註101〕逯欽立《先秦漢魏晉南北朝詩》，中華書局，1983年，第338、682、1746頁。
〔註102〕彭定求等《全唐詩》，中華書局，1960年，第2257頁。
〔註103〕彭定求等《全唐詩》，中華書局，1960年，第4694頁。
〔註104〕何寧《淮南子集釋》，新編諸子集成本，中華書局，1998年，第1182頁。

這裡用葵向日喻聖人對道的追求。曹植在謫居期間的《求通親親表》云:「若葵藿之傾葉太陽,雖不爲之回光,然終嚮之者誠也。臣竊自比葵藿,若降天地之施,垂三光之明者,實在陛下。」〔註105〕他用葵藿傾陽來表明自己對曹丕的忠心與擁戴,可能是受到《淮南子》與漢樂府民歌《長歌行》「青青園中葵,朝露待日晞」〔註106〕(或許曹植即爲《長歌行》作者)的啓發,這是他對該類詞匯忠心義項的首次使用。後來如杜甫《自京赴奉先縣詠懷五百字》用「葵藿傾太陽,物性固莫奪」〔註107〕表達對君主的忠誠之心,還有柳宗元在貶謫期間所作《爲崔中丞請朝覲表》云「葵藿之誠彌切,犬馬之戀逾深」〔註108〕等等,也無疑是受到了曹植的影響。

最後如「錐刀之用」一詞,表示微小功用,也是經過曹植的高頻使用而得以推廣開來。錐指尖銳的物體,「錐刀」一詞本指小刀。《左傳・昭公六年》有「錐刀之末,將盡爭之」〔註109〕,這裡用錐刀比喻微小的利益。《荀子・議兵》有「辟之猶以錐刀墮太山也」〔註110〕,用錐刀毀壞泰山,比喻力量微小。曹植在貶後屢次希望受到啓用,其《當欲遊南山行》謂「大匠無棄材,船車用不均。錐刀各異能,何所獨卻前」,又有《求自試表》云「若使陛下出不世之詔,效臣錐刀之用」,還有《求通親親表》謂「臣伏自惟省,豈無錐刀之用」〔註111〕。曹植多次將錐刀與用人之意聯繫起來,或表示用人不可偏廢,或表示希望自己能受到啓用。後世逐臣在貶後也會有希冀重用的想法,他們上疏求試時也常引用此詞。

足見,曹植在謫居期間對孤獨被棄等情緒心態的表達,以及對君主忠誠之意的表達,都對後世逐臣產生了深遠影響,這些心態在後世文人身上體現較爲明顯,相關詞匯常被後世文人尤其是際遇相似的逐臣大量使用。所以,無論從貶後儒道互補處世思想來看,還是具體孤寂情懷心態表現來看,曹植的人格心態都具有典型意義。

〔註105〕趙幼文《曹植集校注》,人民文學出版社,1984 年,第 437 頁。
〔註106〕郭茂倩《樂府詩集》,中華書局,1979 年,第 442 頁。
〔註107〕彭定求等《全唐詩》,中華書局,1960 年,第 2265 頁。
〔註108〕董誥等《全唐文》,中華書局,1983 年,第 5773 頁。
〔註109〕杜預、孔穎達等《春秋左傳正義》,《十三經注疏》本,中華書局,1980 年,第 2044 頁。
〔註110〕王先謙《荀子集解》,新編諸子集成本,中華書局,1988 年,第 275 頁。
〔註111〕趙幼文《曹植集校注》,人民文學出版社,1984 年,第 424、369、437 頁。

（二）貶後創作模式的典型

羅宗強先生《魏晉南北朝文學思想史》云：「抒情之傾向，成了建安文學最引人注目的特徵，也成了建安文學的靈魂。正是它標誌著文學思想的巨大轉變。而此一轉變，對以後中國文學的發展，關係至為重大。它的意義，不限於建安一代文學的成就。它的意義，實有關乎中國文學發展之前途」〔註112〕無論從作品數量，還是後世影響力來看，作為「建安之傑」的曹植無疑是建安文學的最高代表，他代表了建安文學「非功利、重抒情」〔註113〕的總體傾向。總的來說，他是中國詩歌抒情品格的確立者〔註114〕。曹植作品的創作模式，應集中在抒情方面，尤其體現在貶後生活期間的諸多作品中。這裡從作品的題材選擇、表現手法、風格轉向三方面來簡要論述〔註115〕其貶後創作的典範性。

首先，從作品題材選擇來看，曹植貶後大力發展了後世逐臣慣用的遊仙、詠史、棄婦三大題材，它們分別代表著嚮往自由、寄託政治理想、感士不遇三大抒情主題，這些主題也是後世文人詩的主要表現主題。生存環境的巨變會對作家作品產生巨大影響，其中對題材影響較為直接。與被貶之前相比，曹植貶謫時期的作品在題材方面主要有如下變化：遊仙詩增多、詠史詩增多，棄婦詩增多。這些題材的變化較為明顯，與曹植生存狀態、思想面貌的巨變有關。

統計趙幼文《曹植集校注》，曹植現存約百首詩歌，遊仙詩佔了 11 首，分別是《仙人篇》《遊仙》《升天行》（二首）、《苦思行》《飛龍篇》《桂之樹行》《平陵東》《五遊詠》《遠遊篇》《驅車篇》。根據趙幼文先生的編年排列，這些遊仙詩全部出現在曹植被貶以後，即作於黃初、太和時期。前已述及，孤獨的貶謫生活使曹植改變了對神仙方術的看法，因此轉向了向仙人尋找慰藉，希望擺脫精神痛苦，表達渴求自由的心願。我們在探討曹植遊仙詩時，不能把他的遊仙詩與一般的單純歌詠仙人、追求長生的遊仙詩等同起來。曹

〔註112〕羅宗強《魏晉南北朝文學思想史》，中華書局，2006 年第 2 版，第 19 頁。

〔註113〕羅宗強《魏晉南北朝文學思想史》，中華書局，2006 年第 2 版，第 13 頁。

〔註114〕傅正義《中國詩歌抒情品格的確立者——曹植》，載《重慶工商大學學報》（社會科學版），2007 年第 5 期。

〔註115〕關於曹植詩歌的主題、表現手法、風格等論述已多，這裡不再舉例作品贅述，僅聯繫貶謫環境大要論之。

植遊仙詩的產生有賴於其被貶的大環境之下，他的遊仙詩雖兼具求仙長生與憤世嫉俗式的渴望自由兩種寄託，但以後者為主導，這是貶謫大環境對遊仙詩發展的一個重大影響。後世貶謫文人書寫遊仙題材，也往往並非單純希望求仙長生，更多的是為了尋找心理慰藉；黃初以前，曹植詠史詩僅有《三良》一首，而在被貶之後，曹植有《怨歌行》《靈芝篇》《精微篇》《惟漢行》《豫章行》二首、《丹霞蔽日行》等詠史詩。眾所周知，詠史詩常常在表達歷史興衰之外還寄託有作者的政治思想與人生態度。曹植的詠史言志，主要表達自己不被重用的鬱悶憤慨之意。詠史詩不源於曹植，但曹植創作了不少詠史詩，主旨乃抒發政治理想、建功立業心態，或比興發端，或議論發端，後佐以史實，總體而言其詠史詩雖未臻成熟，但提高了詠史詩的抒情性以及寫作技巧，對左思等人有啟發。後世逐臣好用詠史詩表達自己的政治寄託與人生感悟，此傾向與曹植有一定關係。逐臣之悲，類於棄婦，棄婦詩（思婦詩）在曹植詩歌中也佔有重要位置，主要有如下幾首：《棄婦篇》《雜詩·高臺多悲風》《浮萍篇》《七哀》《種葛篇》《美女篇》《雜詩·南國有佳人》《閨情》《雜詩·西北有織婦》《情詩》。根據趙幼文的編年，只有《棄婦篇》作於黃初之前，其他則都屬於貶謫期間的作品。這首《棄婦篇》單純寫棄婦，是對時事的歌詠，不能算有寄託深意。其他諸篇則不然，大都寄託深遠，借棄婦或思婦表達不被重用的境遇，充滿悲劇色彩。曹植繼承了屈原開啟的象徵君臣關係的棄婦題材。棄婦題材源自《詩經》，但在《詩經》中並未體現君臣關係，還應是單純的男女情感表現，是屈原開創了「香草美人」傳統，賦予了棄婦象喻君臣的文化內涵。曹植是屈原之後第一個大力撰寫棄婦題材的文人，由此使棄婦象喻君臣的傳統得以沿襲開來。後世逐臣也常用棄婦題材來表達自己被君主所棄、不被重用的愁苦心緒。

可見，曹植在貶謫生活期間，對於自己作品的題材都進行了適當選擇，這是巨大政治壓力下自我保護與心理補償的體現。遊仙、詠史、棄婦三大題材在曹植這裡都得到了較大發揚，正是貶謫環境很大程度上刺激了這三類作品的產生。這三類題材也是後世逐臣喜用的創作題材，每當貶後胸中塊壘積鬱之時，它們便是藉以抒發愁悶的有效主題。

其次，從表現手法來看，曹植大量運用比興寄託抒發情感，這種含蓄婉曲的表現手法被廣大逐臣詩所接受，也很大程度得益於曹植的貢獻。徐公持

先生云「兩漢文人詩用比興很少，……曹植大量運用比興，實開一代風氣」〔註116〕，足見曹植對比興手法運用的承變意義之大。比興是一種藝術思維方式，在作品中呈現出來即為藝術表現手法，從感物起情到託物寄情，是從物至心、由心至物的過程，它對於抒發情感有特殊功用。這種手法肇於《詩》，得屈《騷》承繼，又在漢樂府中被廣泛採用。曹植將比興手法運用於詩歌，尤其是五言詩之中，使詩歌更富形象感染力。比興的意義在於言志抒情，貶謫環境使曹植著力於此，因此詩歌在含蓄委婉方面更為突出，這無疑增強了詩歌的情感表現力。曹植的這一詩歌美學追求是較為自覺與突出的，可以說他是第一個自覺集中運用比興手法的文人。後世文人，尤其是逐臣在進行自我抒情時，會潛移默化地如曹植一樣繼承比興寄託傳統。如託物寄意對逐臣張九齡之詩、秦觀之詞就有較大影響。

最後，從風格轉向來看，後世大量逐臣作品從前期的樂觀昂揚轉向後期的感傷憂鬱，這一模式也是由曹植貶謫創作開啟的。在此之前的屈原、賈誼，因為作品數量有限，且作品體裁性質與後世文人作品有較大差別，如屈原傳世作品大都是抒發內心憤懣，其貶前作品無法確定，而賈誼的政論文較多，純粹的抒情作品不多，因而無法對兩人被貶前後作品進行詳細比照。且他們尚未成為著重強調自我觀照的逐臣，所以其作品前後風格轉向並沒有典範性。但是曹植主動進行自我審視，被貶前後都有不少作品存世，且相關作品的題材、體裁與後世逐臣作品更相似，故而其前後作品風格的轉向更具典範性。後世逐臣往往在貶謫期間創作出更感人的作品，源於貶謫期間的作者生命沉淪與人生體驗的影響，在經歷貶謫這一身心都會受到傷害的事件之後，再訴諸筆端就有了新的藝術境界了。此外，曹丕雖然迫害曹植，但曹植卻對其基本沒有怨言，一來是迫於政治壓力，二來是曹植秉性純正，對於兄弟骨肉之情頗為看重。後世逐臣在溫柔敦厚的儒家詩教傳統影響之下也步曹植後塵，大都在貶後作品中對君主保持了一種溫和的態度。

曹植作品之所以影響巨大，在於後期作品的感傷憂鬱能夠引起讀者共鳴，尤其是能激起際遇相似的人的共鳴。張溥《漢魏六朝百三家集・陳思王集》云「余讀陳思王《責躬》《應詔》詩，泫然悲之，以為伯奇履霜，崔子渡河之屬」〔註117〕，曹植與伯奇、閔子騫際遇類似，都是被逐之人，後世被貶

〔註116〕徐公持《魏晉文學史》，人民文學出版社，1999 年，第 89 頁。
〔註117〕張溥《漢魏六朝百三家集題辭注》，中華書局，2007，第 92 頁。

士人，尤其是忠臣見疏，他們貶後作品風格都注重體現內心潛藏的哀婉與悲涼，這種抒發自我情感的作品在整個中國文學史上都佔有重要篇幅與意義。

鍾嶸《詩品》云：「陳思之於文章也，譬人倫之有周、孔，鱗羽之有龍鳳，音樂之有琴笙，女工之有黼黻。俾爾懷鉛吮墨者，抱篇章而景慕，映餘暉以自燭。故孔氏之門如用詩，則公幹升堂，思王入室，景陽、潘、陸，自可坐於廊廡之間矣。」〔註118〕此處鍾氏謂「文章」無疑多指詩歌，如此高的評價，說明曹植在詩歌創作模式方面具有範式意義。丁晏《曹集銓評》云「靈均之後，一人而已」〔註119〕，更是強調了曹植創作模式在貶謫文學史上的典範之功。

綜上，「二曹爭嗣」展現的爭嗣母題模式在中國爭嗣文化史有重要原型意義，曹植是爭嗣遷貶者的典型，與其有關的《七步詩》更是在爭嗣文化與內鬥文化現象中具有文化符號意義。曹植之貶造成的心理苦悶對其作品有深刻影響，作品中濃厚的悲情意緒源於謫居生活的生命沉淪。曹植貶後人格心態對後世謫臣的深層文化心理結構有著重要影響。他貶後創作在繼承吸收詩騷傳統的基礎上，又有別肇發揚之功，對後世抒情文學，尤其是貶謫文學產生了巨大影響。這位身份特殊、際遇傳奇的漢末三國士人，其貶謫生涯與作品創作具有深刻的貶謫文化史意義與文學史意義。唐崔玨《哭李商隱》中的「虛負凌雲萬丈才，一生襟抱未曾開」〔註120〕形容曹植也很恰當，才高多舛的曹植將繼續感動後來的讀者，他所產生的文化與文學影響也將繼續影響後人。

第二節　從杜恕之貶看魏晉思想的變遷

曹魏因直諫被貶的士人主要集中在曹丕時期，如鮑勳、蘇則等人皆因直諫不為曹丕所容。杜恕作為曹魏史上的直臣，史書謂其在地方擅殺一胡人而未上表遭廢貶，但究其深層原因，他被廢徙極有可能是對司馬氏篡逆之舉的不滿。本節就杜恕之貶進行考察，對其被貶的深層原因進行合理推測，並簡要論述他在貶所之撰著體現的思想意義。

〔註118〕河北師範學院中文系古典文學教研組編《三曹資料彙編》，中華書局，1980年，第99～100頁。

〔註119〕河北師範學院中文系古典文學教研組編《三曹資料彙編》，中華書局，1980年，第224頁。

〔註120〕彭定求等《全唐詩》，中華書局，1960年，第6858頁。

一、杜恕之貶概述

杜恕，字務伯，京兆杜陵人，乃杜畿之子，杜預之父。魏明帝曹叡太和年間（227～233），曾為散騎侍郎、黃門侍郎。杜恕年少時被褐懷玉不矯飾，並無名譽，等到在朝為官時，他不交朋黨，專心為公，好言直諫，受辛毗等人器重。杜恕後出為弘農太守，又轉趙相、河東太守、淮北都督護軍等，期間前後兩次因疾去官。杜恕在地方為官時皆有政聲。後來又拜御史中丞，復在朝廷，由於「以不得當世之和，故屢在外任。復出為幽州刺史……」在任幽州刺史期間，杜恕不聽袁侃等人的告誡，對征北將軍程喜不加防患，被其抓住把柄奏劾下獄，論罪當死。史載此事云：「至官未期，有鮮卑大人兒，不由關塞，徑將數十騎詣州，州斬所從來小子一人，無表言上。喜於是劾奏恕，下廷尉，當死。……徙章武郡，是歲嘉平元年。」「至官未期」說明他任幽州刺史未滿一年，嘉平元年乃 249 年，即可推知杜恕在 248 年始任幽州刺史。由於念及其父杜畿當年的功勞，杜恕被免為庶人，徙章武郡，直到嘉平四年（252）逝於貶所。陳壽評曰：「恕倜儻任意，而思不防患，終致此敗。」〔註121〕

由上可見，杜恕乃直臣，且不諧眾人，所以屢次被排擠出外。其對小人無防範之心，因此卒以致禍。在章武郡貶所，杜恕聽取了陳留阮武（阮籍族兄）的勸說進行著述，名《體論》八篇，又有《興性論》一篇。另外，杜恕每逢政有得失時，都上疏直言，《三國志》之《杜畿傳》附《杜恕傳》，因為其奏議皆有可觀，所以陳壽特地以較多篇幅轉錄了杜恕的三篇奏疏，這三篇奏疏遂賴以保存下來。

二、杜恕之貶的深層原因

杜恕前後出外多次，大都是由於剛直性格而被排擠，從中央被排擠到地方為官，無疑說是一種貶謫，不過由於史料闕略，不容詳究。然而杜恕在世的最後一次貶謫，即被徙章武郡，可以鉤稽若干史料，從中一探究竟。

我們首先來看杜恕被徙章武的原因。杜恕之貶表面上看起來似乎很簡單，即由於擅殺一胡人而未上表，遭到程喜的奏劾，所以被免官徙至章武。歷史發生的深層原因往往由於史料的闕略而被掩蓋，如果透過這一表面信

〔註121〕陳壽《三國志・魏書・杜恕傳》，中華書局，1982 年，第 505～506 頁。

息，從多維角度進行考察，或許能找出更深一層的原因。杜恕擅殺一胡人而未上表的事情，其自有論斷，裴松之引用《杜氏新書》有曰：

> 喜欲恕折節謝己，諷司馬宋權示之以微意。恕答權書曰：「……程征北功名宿著，在僕前甚多，有人出征北乎！若令下官事無大小，諮而後行，則非上司彈繩之意；若諮而不從，又非上下相順之宜。故推一心，任一意，直而行之耳。殺胡之事，天下謂之是邪，是僕諧也；呼為非邪，僕自受之，無所怨咎。程征北明之亦善，不明之亦善，諸君子自共為其心耳，不在僕言也。」喜於是遂深文劾恕。
> 〔註122〕

由此可見，杜恕確實偶儻任意，沒有對程喜這一類人進行防患，所以被其奏劾。《杜恕傳》云杜恕被奏劾下獄徙章武在嘉平元年（249），這一年是極為特殊的一年，曹魏政壇發生了一件驚天動地的大事，即「高平陵政變」。該事變發生在 249 年正月，事變後司馬氏完全掌握了曹魏的軍政大權。據時間推算，「高平陵政變」發生時，杜恕應該尚未被程喜所劾。

漢末三國時期，大一統的君臣觀念已經淡化〔註123〕，但仍然有部分儒家禮法之士堅持傳統的君臣大義觀念，他們主張禮治，杜恕就是其中的代表。這裡作一假設，即「高平陵政變」爆發後，杜恕對於司馬懿滅曹爽之族的舉動是有非議的，杜恕之貶可能是對司馬氏的非議所致。此一點史未明載，但這一猜想卻可以得到佐證。

首先，最有力的證據是《晉書・杜預傳》，其云「初，其父與宣帝不相能，遂以幽死，故預久不得調。」〔註124〕杜預父即杜恕，宣帝即司馬懿，這裡明言杜恕與司馬懿不和，所以杜恕以幽死。所謂以幽死，即指杜恕被免為庶人，徙章武郡三年，卒於貶所。

其次，杜恕曾因上疏論事與司馬氏家族有過恩怨。魏明帝時期，針對當時廉昭頗好言事的情況，杜恕上疏認為朝廷不應重用如廉昭之類者。因為他乃「好抉擿群臣細過以求媚於上」〔註125〕之人。杜恕疏中有云「近司隸校尉

〔註122〕陳壽《三國志・魏書・杜恕傳》，中華書局，1982 年，第 506～507 頁。

〔註123〕關於漢末到西晉的君臣觀念，可以參看余英時《名教思想與魏晉士風的演變》之《君臣關係的危機》，載《士與中國文化》，上海人民出版社，2013 年第 2 版，第 359～362 頁。

〔註124〕房玄齡等《晉書・杜預傳》，中華書局，1974 年，第 1025 頁。

〔註125〕司馬光等《資治通鑑・魏紀・明帝太和六年》，中華書局，1956 年，第 2279 頁。

孔羨辟大將軍狂悖之弟，而有司嘿爾，望風希指，甚於受屬。選舉不以實，人事之大者也」〔註126〕。裴松之注此謂大將軍乃司馬懿，狂悖之弟乃司隸從事司馬通。可知，杜恕認爲孔羨辟司馬懿狂悖的弟弟司馬通，而相關部門的官員爲了迎合他人（應指司馬懿）意旨，卻未加檢舉，屬於選舉不以實的做法，這種話語無疑會得罪司馬氏集團。杜恕這樣的直諫之言，就可能爲司馬氏集團今後對其進行打壓埋下了禍根。

最後，司馬懿滅曹爽三族之事，不符杜恕的政治主張。杜恕的政治思想總體上是反法尊儒、主張禮治，他持安上治民以禮、勝殘去殺、以善待人等觀點，這一點在其奏疏與《體論》中甚爲明顯，毋庸再及。司馬氏滅曹爽一事，實質乃兩大政治集團的利益之爭，但司馬懿屠滅已降的曹爽三族似乎太過，這一點也不太符合禮治主張。杜恕處於曹魏集團與司馬氏集團奪權的白熱化階段，司馬懿對曹爽的奪權舉動，以杜恕的剛直性格，不可能沒有議論。很大可能是由於陳壽礙於當局的壓力，對杜恕非議司馬懿奪權滅曹爽三族一事略而未書。杜恕被免流徙，很可能是由於其對「高平陵政變」加以議論而得罪了司馬氏集團，所以在程喜的奏劾之下，司馬氏集團趁機對其進行了傾軋。可以說，這一猜測是極爲合理的。杜恕在貶後數年並未被重新啓用，除了與當時的流徙制度有關，還有就是司馬氏集團對他的特意打壓。

所以說，杜恕被貶至死，深層原因應在於他與司馬氏的矛盾，他與程喜的矛盾只是其被廢貶的一根導火索而已。

三、《體論》與魏晉思想的變遷

阮武曾經對杜恕云：「相觀才性可以由公道而持之不屬，器能可以處大官而求之不順，才學可以述古今而志之不一，此所謂有其才而無其用。今向閑暇，可試潛思，成一家言。」〔註127〕所以杜恕在貶所章武郡三年，撰成《體論》八篇（今輯存六篇），又著有《興性論》一篇（散佚）。杜恕的這些著作主要是政論文，《體論》八篇分別是：《君》《臣》《言》《行》《政》《法》《聽察》《用兵》，其中《言》《用兵》散佚。杜恕的這幾篇論著主要是針對反法尊儒而發，是現存魏晉之際最具系統性的儒家學說思想著作。關於《體論》本身反映出的具體政治思想等，石易之、孔毅、林校生等人〔註128〕已有專文述

〔註126〕陳壽《三國志・魏書・杜恕傳》，中華書局，1982年，第504頁。
〔註127〕陳壽《三國志・魏書・杜恕傳》，中華書局，1982年，第507頁。
〔註128〕可參見：石易之《論曹魏杜恕的政治思想》，載《許昌學院學報》，2012年第

及，這裡不再贅述。杜恕的反法尊儒思想是魏晉之際特別成一家之言的學說，它的產生有著特殊的時代背景，並且產生了一定的社會影響。

魏晉是中國文化重要的轉型時期，章太炎《訄書‧學變》有云：

> 當魏武任法時，孔融已不平於酒禁，又著論駁肉刑。及魏，杜恕倜儻任意，蓋孟軻之徒也。凡法家，以爲人性忮悍，難與爲善，非制之以禮，威之以刑，不肅。故魏世議者言：「凡人天性多不善，不當待以善意，更墮其調中。」惟杜恕恭聞之，而云「己得此筆，當乘桴蹈滄海，不能自諧在其間也。」……荀卿所謂「順情性而不事禮義積僞」者也。蓋自魏武審正名法，鍾、陳輔之，操下至嚴。文、明以降，中州士大夫厭檢括苛碎久矣。勢激而遷，終以循天性，簡小節相上，固其道也。會在易代興廢之間，高朗而不降志者，皆陽狂遠人。禮法浸微，則持論又變其始。〔註129〕

章太炎這一段歸納可謂具眼之論。他看到了杜恕在法家思想盛行之際，尊儒維禮的做法是別有意義。眾所周知，每爲論魏晉思想者所舉的傅玄《掌諫職上疏》（又作舉清遠疏）云「近者魏武好法術，而天下貴刑名，魏文慕通達，而天下賤守節」〔註130〕。漢末法制鬆弛，綱紀崩潰，皇權衰頹。因此曹操、諸葛亮等運用法家思想整頓朝廷綱紀，獲效較大。杜恕爲官主要在魏明帝曹叡、魏少帝曹芳時期。陳壽稱「明帝沉毅斷識，任心而行」〔註131〕，統治曹魏13年，魏明帝雖崇飾宮室，蓄養後宮，但仍不失爲一位明主。他統治曹魏期間，統治思想與父祖相比有了較大不同。明帝少時即「好學多識，好留意於法理」〔註132〕，也曾「每斷大獄，常幸觀臨聽之」〔註133〕，說明他對

---

4 期；孔毅《禮與杜恕〈體論〉》，載《重慶師範大學學報》（哲學社會科學版），2007 年第 3 期；林校生《杜恕傅玄與魏晉的儒學人生論》，載《華僑大學學報》（哲學社會科學版），1998 年第 4 期。這三篇是目前中國知網收錄的以杜恕爲題的全部論文。

〔註129〕 章太炎《章太炎全集》，上海人民出版社，1984 年，第 3 冊，第 145 頁。案：《三國志‧杜恕傳》裴注引《杜氏新書》云：「喜欲恕折節謝己，諷司馬宋權示之以微意。恕答權書曰：……而議者言，凡人天性皆不善，不當待以善意，更墮其調中。僕得此筆，便欲歸蹈滄海乘桴耳，不能自諧在其間也。」章太炎引用之句源於此。

〔註130〕 嚴可均《全上古三代秦漢三國六朝文》，中華書局，1958 年，第 1721 頁。

〔註131〕 陳壽《三國志‧魏書‧明帝紀》，中華書局，1982 年，第 115 頁。

〔註132〕 陳壽《三國志‧魏書‧明帝紀》，中華書局，1982 年，第 91 頁。

〔註133〕 陳壽《三國志‧魏書‧明帝紀》，中華書局，1982 年，第 96 頁。

法家治國思想有一定接受。明帝也曾經一度尊儒貴學，幾次下令興經學，說明他對儒家政治思想也有心吸取。儒家思想並非完全排斥法治思想，只不過其尊崇以仁治爲本，魏明帝的統治思想也是綜合二者而兼收並蓄的。杜恕的政治思想主要是禮法爲主，同時也兼收法理思想，《體論》中就有《法》篇論述。與杜恕同時的蔣濟、桓範等，雖屬不同政治集團，但他們與杜恕等人共同支撐了當時的尊儒之論，而杜恕《體論》體現的禮法思想可以看作是對魏明帝這一時期儒法思想議論的總結。《體論》對後期司馬氏的執政思想應該產生了一定影響。司馬氏雖與杜恕有恩怨，但他們乃儒學士族，其以禮法思想治國，也可能或多或少受到了杜恕的影響。

曹魏集團中，在儒家思想的學理貢獻上，與杜恕同時的王肅貢獻更大，且對後世影響更深遠。但單在儒家政治思想方面的貢獻，應以杜恕爲先，並對西晉的傅玄等產生了影響。杜恕思想對自己兒子杜預也產生了較大影響，杜預的《春秋左氏經傳集解》之所以成爲萬世經典，很大程度上應該受到了父親尊儒思想的浸染。

第三節　曹魏政變與樂浪之徙

政變結束後，於勝利者一方來說，對敵對方的打擊必定是嚴酷的，因爲政變性質極爲惡劣，關乎國家政治權力的變更，得勢的一方因此會對失敗者予以沉重打擊。依照慣例，政變失敗者的主要參與人員都會被誅殺，其他受到牽連的親屬視親疏關係免死流徙，或遠或近。

曹魏歷史上，曹氏集團與司馬氏集團的矛盾隨著司馬氏篡權之心漸趨明顯，終於在正始十年（249，該年4月改年號爲嘉平）發生了「高平陵政變」，五年之後，在嘉平六年（254），「夏侯玄代司馬師政變」的發生，更體現了曹魏中央集團對司馬氏集團的最後抗爭〔註134〕。此政變失敗之後，司馬氏集團基本全部掌握了魏國朝政，以致於在當年發生了司馬師廢帝曹芳爲齊王的事件。「高平陵政變」與「夏侯玄代司馬師政變」的發生，產生了數次遠徙事件，是曹魏歷史上值得特別關注的流徙案例。

〔註134〕筆者認爲此後兩三年發生的毌丘儉、諸葛誕之變，體現了地方親曹勢力對司馬集團的反抗。「夏侯玄代司馬師政變」則可看作是曹魏中央集團對司馬氏的最後抵抗。

一、「高平陵政變」與「夏侯玄代司馬師政變」

景初三年（239），魏明帝曹叡去世，養子曹芳繼位，由於曹芳年幼，故明帝臨終託孤於曹爽、司馬懿，自此兩人成為曹魏政權的實際掌權者，經過十年的明爭暗鬥，司馬懿通過一場政變誅殺了曹爽。

正始十年（249）正月，魏帝曹芳車駕謁高平陵之明帝曹叡墓，曹爽兄弟等皆隨同前往。司馬懿藉此機會發動兵變，他借皇太后郭氏命令先據武庫，又出屯洛水浮橋。然後上表奏劾曹爽，云其不報顧命之恩，僭擬專權，樹親信、排異己，亂政敗國，故奉太后意請天子罷黜曹爽等人。曹爽聞知惶然失措，經過猶豫，最終派遣許允、陳泰詣司馬懿，歸罪請死，因此曹爽兄弟得以免官歸府。但不久之後，與曹爽交往密切的張當在拷問之下供稱曹爽、何晏等人計劃謀反，於是曹爽等人被誅滅三族。這一事件，史稱「高平陵政變」（或「高平陵事變」）。自此曹魏軍政大權落入司馬氏手中。

曹爽得誅，曹魏前線人員布置發生變動。征西將軍夏侯玄被調回洛陽，代以郭淮。夏侯霸乃夏侯玄叔父，其與曹爽交往甚厚，又與郭淮素來不睦，身處前線的夏侯霸憂心忡忡，遂歸降蜀漢。曹魏朝廷聞夏侯霸降蜀，對其在洛陽的家屬進行了處罰。由於夏侯霸乃夏侯淵之子，朝廷念及夏侯淵當年功勳卓著，故赦免其孫死罪，遠徙樂浪郡。這就是由「高平陵政變」引發的夏侯霸逃蜀，夏侯霸之子被遠徙樂浪的經過。

約五年之後，嘉平六年（254）二月，洛陽又發生了「夏侯玄代司馬師政變」，此事件知名度亞於「高平陵政變」，且政變未遂。此前在高平陵政變之後，夏侯玄被奪兵權，召回朝廷，先後任職大鴻臚、太常，甚不得意。中書令李豐雖被司馬師器重，但亦有私心，他暗自與皇后父光祿大夫張緝等謀議，欲以夏侯玄代司馬師為大將軍。這是曹魏中央集團對司馬師集團的一次終極博弈。然而豈料事泄，當事人中書令李豐、光祿大夫張緝、黃門監蘇鑠、永寧署令樂敦、冗從僕射劉寶賢等，皆被夷三族，其餘親屬遠徙樂浪郡。此外許允與李豐、夏侯玄親善，涉謀誅司馬師案，又因放散官物被收付廷尉，於遠徙樂浪的途中去世。

「夏侯玄代司馬師政變」的發生，似乎單是李豐等人主謀所致，其實背後的支持者當是皇帝曹芳。曹芳、夏侯玄等人都是曹魏集團的核心人物，他們與司馬師、司馬昭等人的矛盾重重。司馬師為大將軍，手握重兵而左右朝廷，曹芳為帝堪為傀儡。因此，作為皇帝的曹芳也希望通過一次政變來改變

司馬氏擅權的政治格局，然而這一次曹魏中央集團對司馬氏集團的最後抵抗
以失敗告終，並且導致了張皇后被廢，半年後，大將軍司馬師也罷廢了皇帝
曹芳。

「高平陵政變」與「夏侯玄代司馬師政變」涉案人員被遠徙者，皆遠徙
樂浪郡。《漢書‧地理志》載：「樂浪郡，武帝元封三年開。」〔註135〕樂浪郡
今屬朝鮮平壤等地，在當時的曹魏版圖裏，屬於東北部最邊遠的郡縣，乃絕
域之地。爲何選擇遠徙樂浪如此僻遠之地呢？主要原因有二：其一，涉案家
屬雖然被免死，但由於所涉案件性質嚴重，所以選擇了最偏遠的地方作爲流
徙目的地。其二，就當時的曹魏版圖來說，曹魏不太可能將重罪之人遠徙與
蜀漢或東吳交界之處，即不會西徙、南徙。本來曹魏版圖之西域地區，也在
曹魏控制之下，然而對其控制薄弱，若遠徙西域，涉案人員極有可能亡歸蜀
漢。所以東北地區的樂浪成了重罪免死之人最佳的遠徙場所。

這幾次樂浪之徙出發點都是京都，從當時的洛陽到樂浪郡，所行路線爲
何？無法考實，但可以大致作一推斷。以下圖示之，便於理解。

圖 2-2　曹魏洛陽至樂浪路線圖〔註136〕

〔註135〕班固《漢書‧地理志》，中華書局，1962 年，第 1627 頁。
〔註136〕此圖截於譚其驤主編《中國歷史地圖集》「三國曹魏」部分，乃景元三年（262）地
　　　　理分佈圖。中國地圖出版社，1996 年。

　　樂浪遠徙走的當是陸路，即從洛陽出發，往北或東北而行，經過并州或冀州，到達渤海灣之幽州，經過幽州右北平郡、遼西郡、昌黎郡到達遼東郡，最後折向東南至樂浪郡。當年遠徙樂浪的罪犯，大都應該是沿著這一路線而行的。可見從洛陽至樂浪，算作曹魏絕域之徙毫不爲過。

　　「高平陵政變」發生在正始十年（249）正月，「夏侯玄代司馬師政變」發生在嘉平六年（254）二月，兩次政變皆在冬春之交。政變謀反屬於大逆不道的罪行，受牽連的親屬當在罪行確定之後就要遠離京城。在這個季節被遠徙樂浪，越往北越寒冷，遭流之人除了承受喪失至親之痛，還得忍受酷寒的襲擊，內心的悲痛與外界環境的雙重折磨，被流之人定是苦不堪言。

　　綜合考察整個曹魏史上的貶謫流徙情況，與樂浪之徙可以並論的是發生在「夏侯玄代司馬師政變」十年之後的一次遠徙。即景元五年（264），鄧艾遭鍾會等誣陷，爲司馬昭猜忌而被收押，鄧艾與諸子皆被殺，其妻、孫皆遠徙西域。樂浪與西域分別代表了曹魏版圖的最東與最西兩地。爲何「高平陵政變」與「夏侯玄代司馬師政變」沒有被遠徙西域，而是樂浪呢？這一原因很明顯，即上面述及的在景元四年（263）之前，蜀漢政權還存在，曹魏對西域的控制並不算很堅實，當蜀漢滅亡之後，曹魏的遠徙地域就多了西域一處。

二、樂浪之徙的流貶文化意義

　　「高平陵政變」與「夏侯玄代司馬師政變」所造成的樂浪之徙，在中國流貶史上有其重要意義，卻未被重視。如李興盛先生是學界著名的流人史與流人文化研究專家，但他《東北流人史》（黑龍江人民出版社，1990年）正文第三章《三國時代的東北流人》對曹魏樂浪之徙隻字未提，且此書附錄所列「東北流人大事紀」也忽略了此事。在數年後的新著《中國流人史》（黑龍江人民出版社，1996年）中，李先生對此進行了彌補，對這兩次遠徙進行了史實描述，不過對其流貶史意義卻並未展開。

　　據現有傳世古籍記載來看，「高平陵政變」所開啓的樂浪之徙，當爲史籍所記載的第一次流徙樂浪，「夏侯玄代司馬師政變」造成的樂浪之徙，在被徙人數等方面更是擴大了遠徙樂浪的影響。樂浪郡作爲東北偏遠的流人貶所，始於這兩次群體遠徙。

《漢書‧漢昭帝紀》載元鳳五年（前 76）時，「六月，發三輔及郡國惡少年吏有告劾亡者，屯遼東。」〔註 137〕《漢書‧外戚傳》載建平元年（前 6），「哀帝於是免新成侯趙欽、欽兄子成陽侯訢，皆爲庶人，將家屬徙遼西郡。」〔註 138〕這兩次遠徙，一爲遼東郡，一爲遼西郡，皆在今中國境內。《後漢書‧崔駰傳》載：「及憲爲車騎將軍，辟駰爲掾。……憲擅權驕恣，駰數諫之，……指切長短。憲不能容，稍疏之，因察駰高第，出爲長岑長。駰自以遠去，不得意，遂不之官而歸。」〔註 139〕崔駰的直諫性格爲竇憲所不容，遂貶其爲長岑長。長岑乃縣名，屬樂浪郡。這是史載貶官樂浪的第一例，不過由於崔駰並未之官，所以樂浪之貶並未實際形成。此外，三國時期，遼東政權公孫淵殺東吳孫權所派使者，流部分隨從至遼東、玄菟郡各縣，這也是在今中國境內。相比前幾例流貶案例，由曹魏政變引起的這兩次帶罪遠徙，所涉及的地域今屬朝鮮境內，比遼東、遼西、玄菟三郡更爲僻遠，可見樂浪之徙在流人貶所方面，乃當時曹魏版圖中的極點之一。故而，可以說遠徙遼東遼西，始於西漢，遠徙樂浪，則始於曹魏。

根據李興盛先生對流人類型的分類，若從來源來看，「高平陵政變」與「夏侯玄代司馬師政變」造成的樂浪之徙，屬於專政型流人〔註 140〕。所以，可以說中國專政型流徙樂浪傳統，發軔於曹魏這兩次政變所造成的遠徙案例。

帶方郡是公孫康從樂浪郡分置出去的，後來的樂浪郡與帶方郡毗鄰且更加僻遠，二者可視爲同一流徙區域。自從曹魏政變開啓了樂浪遠徙，後來的西晉也對此進行了繼承，西晉歷史上發生的數次帶方之徙，如司馬繇，裴嵩、裴該就曾遠徙帶方，這是該地區繼曹魏樂浪之徙後的數次絕域遠徙。

兩漢時期，樂浪郡爲最東北方的邊遠地域，曹魏、西晉時期，它成了重犯遠徙的貶所之一。不過樂浪（包括帶方）作爲遠徙的貶所在中國歷史上並未沿襲很久，因爲這一片地區在之後的朝代並不完全隸屬於漢民族中央政權。西晉「八王之亂」時，東北的高句麗趁機南下吞併樂浪，西晉末年，樂浪就脫離了中央朝廷的管轄。唐朝雖曾吞併高句麗，但此後不久樂浪又爲新

〔註 137〕班固《漢書‧漢昭帝紀》，中華書局，1962 年，第 231 頁。
〔註 138〕班固《漢書‧外戚傳》，中華書局，1962 年，第 3996 頁。
〔註 139〕范曄《後漢書‧崔駰傳》，中華書局，1965 年，第 1721～1722 頁。
〔註 140〕李興盛《中國流人史》，該書認爲，若從流人來源看，可分爲掠奪型流人（來自敵對政權中的戰爭俘虜）與專政型流人（來自政權內部的各種「犯罪」人員），黑龍江人民出版社，1996 年，第 4 頁。

羅所轄。所以從西晉開始，樂浪就基本與中原朝廷脫離了直接的隸屬關係，樂浪郡作爲漢民族中央政權的國土約 400 年。流徙樂浪的罪犯，對當地的文化傳播必定產生了積極的推動作用，故樂浪遠徙對今朝鮮國傳統文化方面當有貢獻。

曹魏時期開啓了樂浪遠徙之例，後世常以樂浪之徙表現遠徙之苦。如明末敖文禎《張治禎年丈復有溫陵之命賦贈》云：

> 十年消息兩差池，此日重逢對酒卮。
>
> 休問除書仍理郡，尚懷封事獨憂時。
>
> 朔方烽火搖關塞，樂浪檣帆蔽島夷。
>
> 心折豈緣遷客動，願回攬轡奮驅馳。〔註141〕

此詩將朔方與樂浪並提，表現的是遷客流人的悲苦。被流絕域之地，往往意味著會客死異鄉，這種人生體驗只有被流之人方能體會。由於樂浪位於中國廣袤地域的東北方，因此樂浪在後世一定程度上成爲了遠徙東北的代名詞。每當有遠徙東北的事情發生，相關人員就容易聯想到樂浪這一絕域之地。如清初魏畊《蘭溪舟中聞雲間陸慶曾遣謫塞外遙有此寄》云：

> 遷謫驚聞塞盡頭，楓灘然燭對江舟。
>
> 都門道遠不相送，何處天邊可上樓。
>
> 酒點酡酥留客醉，人吹毛管亂邊愁。
>
> 此行樂浪更西上，長望金雞萬里秋。〔註142〕

順治十四年（1657），陸慶曾參加丁酉順天科場，因科場舞弊案被流尙陽堡（又作上陽堡，在今遼寧開縣地區），即作者所謂的「塞盡頭」。作者此處感歎陸慶曾之遠徙，詩歌用「更西上」表現遠徙之僻遠。因爲樂浪本就十分偏遠，陸慶曾被流的地方更在樂浪偏西偏北，距離京都更遠，作者因此對其被流表現了極大的同情。同樣是受到科考舞弊案牽連的吳兆騫，有《次沙河砦》云：

〔註141〕敖文禎《薛荔山房藏稿》，《續修四庫全書》本，上海古籍出版社，2002 年，第 1359 冊，第 146 頁。

〔註142〕魏畊《雪翁詩集》，《續修四庫全書》本，上海古籍出版社，2002 年，第 1393 冊，第 623 頁。

　　客程殊未已，復此駐行裝。

　　世事憐今日，人情怯異鄉。

　　月臨邊草白，天入海雲黃。

　　莫恨關山遠，來朝是樂浪。〔註143〕

　　吳兆騫因科考案無辜被流寧古塔（今黑龍江寧安）二十餘年之久，個中冤屈與悲苦可想而知。關山本已十分偏遠，但比起樂浪來說要近得多，所以作者出關不久後，面對塞外的風景不免心生悲感，因爲所要流戍的絕域之地還在更遠處。吳兆騫在貶所創作了許多慷慨悲涼之作，沈德潛《清詩別裁集》如是評論：「詩歌悲壯，令讀者如相遇於丁零絕塞之間。」〔註144〕正是遠徙東北這一悲苦境遇，很大程度上促成了吳兆騫詩歌悲壯的風貌。

　　諸如上述被貶東北的眾多遷客騷人，詩文中常以樂浪形容貶所之僻遠，這樣的流貶文化淵源應是源於曹魏政變所造成的樂浪遠徙。正是曹魏政變造成的諸例樂浪之徙案例開啓了遠徙東北樂浪等地的流貶風氣，因此樂浪逐漸成爲了具有歷史文化積澱的流徙地域，它與寧古塔、嶺南（交州等）、西域、朔方等中國邊陲之地，都是著名的貶所，由此產生的與樂浪相關的詩文，也是中國流貶文化、文學中的重要組成部分。

〔註143〕吳兆騫《秋笳集》，《清代詩文集彙編》本，上海古籍出版社，2010年，第122冊，第232頁。

〔註144〕沈德潛《清詩別裁集》，中華書局，1975年，第80頁。

第三章　蜀漢貶謫文化

　　魏蜀吳三國中，蜀漢人口最少，國力最弱。現存有關蜀漢的史料在三國中是最少的，蜀漢政權的貶謫案例也是最少的。綜合言之，蜀漢的貶謫案例主要可分爲兩類：一是諸葛亮治蜀時期的官員廢貶，二是宦官黃皓干政時的官員貶謫。諸葛亮乃千古名相，探討與之相關的廢貶事件，能夠更加清晰地瞭解蜀漢的政治背景與諸葛亮的行政思想，故本章主要論述諸葛亮行政與蜀漢貶謫。而黃皓干政時的官員貶謫，由於史料闕略過多，僅知羅憲、陳壽〔註1〕曾遭貶謫，無法進行深入考察，故本章僅僅提及，不予詳細考論。

第一節　諸葛亮嚴峻刑政與廖立、李平之廢貶

　　與曹魏、東吳不同，作爲一國之相，要論對當朝與後世的影響之大，蜀漢的諸葛亮毫無疑問居首。作爲史上名相，在他治國期間，蜀漢發生了幾起著名的廢徙案例，這些案例體現了蜀漢什麼樣的政治背景？案例中被諸葛亮廢徙的人，在聞知諸葛亮去世之後，都表現出傷感而無怨恨之意，這又是爲何？

一、廖立、李平廢貶概述

　　廖立，字公淵，武陵臨沅（今湖南常德市武陵區）人。關於廖立，諸葛亮曾有如此評語：「龐統、廖立，楚之良才。」廖立在年未 30 時，即被擢爲

〔註 1〕　《三國志・蜀書・霍峻傳》載：「時黃皓預政，眾多附之，憲獨不與同，皓恚，左遷巴東太守。」（中華書局，1982 年，第 1008 頁）《晉書・陳壽傳》載：「師事同郡譙周，仕蜀爲觀閣令史。宦人黃皓專弄威權，大臣皆曲意附之，壽獨不爲之屈，由是屢被譴黜。」（中華書局，1974 年，第 2137 頁）

長沙太守，說明其才能非同一般。建安二十年（215），東吳呂蒙用計拿下荊州三郡（長沙、零陵、桂陽）時，廖立自己脫身而走，奔歸劉備。劉備未深責，以爲巴郡太守。建安二十四年（219），劉備爲漢中王，廖立被徵爲侍中。後主即位（223），徙長水校尉。從侍中到長水校尉的調動，帶有貶謫的成分。廖立自謂有才之人，故對任職長水校尉深有不滿。史載其「自謂才名宜爲諸葛亮之貳，而更游散在李嚴等下，常懷怏怏」﹝註2﹞。從侍中調到長水校尉，廖立遂在丞相掾李邵、蔣琬面前對劉備曾經的行軍策略等舉措表示不滿，且對當時諸葛亮的用人行事進行批評，認爲當時其所欲任向朗、文恭、郭演長、王連等人才能不符。李邵、蔣琬將其言論告知諸葛亮，廖立被廢爲庶民，徙汶山郡（今四川阿壩洲茂縣北）。於是被流放的廖立過起了農耕生活，史載「立躬率妻子耕殖自守，……後監軍姜維率偏軍經汶山，詣立，稱立意氣不衰，言論自若。立遂終徙所。妻子還蜀。」﹝註3﹞

廖立被貶汶山郡多少年呢？廖立被貶是在 223 年或稍後，其終老於貶所，去世時間史籍未載。但陳壽云姜維率偏軍經過汶山時曾經拜訪過廖立，據此或可推測。《姜維傳》云「琬既遷大司馬，以維爲司馬，數率偏軍西入」﹝註4﹞。《蔣琬傳》載蔣琬加大司馬在延熙二年（239），所以姜維率偏軍經過汶山當在此年附近，據此而言，廖立被貶汶山郡至少 16 年之久。

李平，原名李嚴﹝註5﹞，字正方，南陽（今河南南陽）人。年少時即以才幹稱道，曾在劉表屬下爲官，後入蜀投劉璋。建安十八年（213），李平時爲護軍，拒劉備於綿竹。李平率衆降劉備，被拜爲裨將軍。劉備入成都（215）後，李平爲犍爲太守、興業將軍。劉備在漢中時，盜賊起事，李平因爲討賊有功，加輔漢將軍。章武二年（222），劉備拜李平爲尚書令。翌年，與諸葛亮並受詔爲顧命大臣。在劉禪即位後，李平一直任要職，先封侯（223），後拜將（230），先後鎮守永安、江州等。建興九年（231），諸葛亮第五次北伐出祁山，因爲秋夏之交多雨，李平督運糧草不繼，並且以劉禪的名義召還諸葛亮，致使其罷還退兵。李平因爲害怕承擔督運失職之責，反而稱糧草充足責怪諸葛亮退兵之舉，因而獲罪，被廢爲庶民，徙梓潼郡（今四川梓潼）。建

﹝註2﹞ 陳壽《三國志·蜀書·廖立傳》，中華書局，1982 年，第 997 頁。
﹝註3﹞ 陳壽《三國志·蜀書·廖立傳》，中華書局，1982 年，第 998 頁。
﹝註4﹞ 陳壽《三國志·蜀書·姜維傳》，中華書局，1982 年，第 1064 頁。
﹝註5﹞ 本節爲了行文統一，論述時一律用李平。

興十二年（234），諸葛亮去世。史載「平聞亮卒，發病死。平常冀亮當自補復，策後人不能，故以激憤也。」〔註6〕從231年被貶，至234年病卒，李平被貶梓潼郡3年。

綜上，廖立因爲臧否群士，誹謗眾臣，被廢爲庶民，流放到汶山郡至少16年。李平因爲督運糧草失職，且以謊言誣陷諸葛亮，被廢爲庶民，流放到梓潼郡3年。

二、廖立、李平廢貶的深層原因

廖立因爲臧否群士、誹謗眾臣被廢貶，李平因爲督運糧草失職被廢貶，這是兩人被廢貶的直接原因，卻不是深層原因，這兩件事情應該說只是兩人被貶的導火索。

《三國志》道明了諸葛亮行權奏劾貶謫廖立、李平兩人的詳細過程。《廖立傳》中列出了諸葛亮奏劾廖立的上表云：

> 長水校尉廖立，坐自貴大，臧否群士，公言國家不任賢達而任俗吏，又言萬人率者皆小子也；誹謗先帝，疵毀眾臣。人有言國家兵眾簡練，部伍分明者，立舉頭視屋，憤吒作色曰：「何足言！」凡如是者不可勝數。羊之亂群，猶能爲害，況立托在大位，中人以下識眞僞邪？〔註7〕

諸葛亮的上表應該還有一部分，裴松之引《諸葛亮集》中的諸葛亮表云：

> 立奉先帝無忠孝之心，守長沙則開門就敵，領巴郡則有暗昧闒茸其事，隨大將軍則誹謗譏訶，侍梓宮則挾刃斷人頭於梓宮之側。陛下即位之後，普增職號，立隨比爲將軍，面語臣曰：「我何宜在諸將軍中！不表我爲卿，上當在五校！」臣答：「將軍者，隨大比耳。至於卿者，正方亦未爲卿也。且宜處五校。」自是之後，怏怏懷恨。〔註8〕

對於諸葛亮上表所言廖立之罪，劉禪下詔曰：「三苗亂政，有虞流宥，廖立狂惑，朕不忍刑，亟徙不毛之地。」〔註9〕由上可知，諸葛亮給廖立定的罪名是臧否群士、公言國家不任賢達而任俗吏、誹謗先帝、疵毀眾臣等。這些

〔註6〕　陳壽《三國志·蜀書·李嚴傳》，中華書局，1982年，第1000頁。
〔註7〕　陳壽《三國志·蜀書·廖立傳》，中華書局，1982年，第998頁。
〔註8〕　陳壽《三國志·蜀書·廖立傳》，中華書局，1982年，第998頁。
〔註9〕　陳壽《三國志·蜀書·廖立傳》，中華書局，1982年，第998頁。

都是因言獲罪，是說廖立身在大位卻公開發表言論蠱惑人心，所謂公言國家用人不當，乃實指諸葛亮用人不當，這是廖立被貶的直接原因，可謂新罪。同時，諸葛亮還列出廖立之前所犯的舊罪：如侍奉先帝沒有忠孝之心，任長沙太守時丟掉長沙郡自己脫身奔歸，任巴郡太守時又有愚昧卑賤之事等，這些算是諸葛亮對廖立所翻舊賬。新舊賬一起算，於是廖立被廢為民，流放至汶山郡。應該說，諸葛亮最開始很欣賞廖立，將其與龐統並稱為楚之良才，且委以荊州重任，直到其丟長沙脫身而回，開始對其產生不滿，但由於其屬於荊州集團中有才能的人，所以也沒有完全對其進行否認。在丟失長沙之後，廖立的仕途開始不順，想必是諸葛亮經過長沙之事認識到廖立雖有才，但其屬於辯才，更多屬於空談之士，所以對其升擢的態勢有所減緩，甚至有所貶謫。從侍中調到長水校尉，廖立怨言更甚。當其臧否群士，公言諸葛亮用人之時，諸葛亮就以亂群之罪對其進行了流放。所以說，廖立之廢貶，是其自身長期積怨獲罪的結果，更是廖立自身才名不副實的結果。當後來姜維見到廖立時，他仍然「意氣不衰，言論自若」，這似乎是名士風度，但也可以看作是舌辯之士的空談行為。

《李嚴傳》中，陳壽也列出了諸葛亮的上表：

> 自先帝崩後，平所在治家，尚為小惠，安身求名，無憂國之事。臣當北出，欲得平兵以鎮漢中，平窮難縱橫，無有來意，而求以五郡為巴州刺史。去年臣欲西征，欲令平主督漢中，平說司馬懿等開府辟召。臣知平鄙情，欲因行之際逼臣取利也，是以表平子豐督主江州，隆崇其遇，以取一時之務。平至之日，都委諸事，群臣上下皆怪臣待平之厚也。正以大事未定，漢室傾危，伐平之短，莫若褒之。然謂平情在於榮利而已，不意平心顛倒乃爾。若事稽留，將致禍敗，是臣不敏，言多增咎。〔註10〕

裴松之又引用諸葛亮所上公文：

> 平為大臣，受恩過量，不思忠報，橫造無端，危恥不辦，迷罔上下，論獄棄科，導人為奸，情狹志狂，若無天地。自度奸露，嫌心遂生，聞軍臨至，西鄉託疾還沮、漳，軍臨至沮，復還江陽，平參軍狐忠勤諫乃止。今篡賊未滅，社稷多難，國事惟和，可以克捷，不可苞含，以危大業。〔註11〕

〔註10〕 陳壽《三國志・蜀書・李嚴傳》，中華書局，1982 年，第 999～1000 頁。
〔註11〕 陳壽《三國志・蜀書・李嚴傳》，中華書局，1982 年，第 1000 頁。

可見，諸葛亮對李平的不滿也並非來自失職運糧一件事而已，而是曾經加以寬容，在發生了督運糧草失職之事時，不得已對其進行了奏劾。諸葛亮所上公文，還表明了對李平的懲罰是與眾臣一起商議的結果，其云「輒與行中軍師車騎將軍都鄉侯臣劉琰，使持節前軍師征西大將軍領涼州刺史南鄭侯臣魏延……等議，輒解平任，免官祿、節傳、印綬、符策，削其爵土。」〔註12〕這也體現了諸葛亮對李平之廢貶並非出於一己之私。

諸葛亮給李平定的罪名是不思忠報，安身求名，無憂國事，阻止北伐與西征，趁機取利等。相比廖立之廢貶，李平之廢貶的情況要複雜得多。為治蜀漢史者熟知，蜀漢政權主要是由三個勢力集團組成：一是以劉備的嫡系集團即荊州集團（包括劉表舊部）為主，劉備去世後，這一集團的領袖人物是諸葛亮；二是前益州刺史劉璋的舊部即東州集團，這時以李平為核心（法正時已去世）；三是益州本地士族為主的益州集團，以黃權為代表。廖立屬於荊州集團，他的被廢被貶可以看作諸葛亮對自家集團內部人士的貶謫。李平的被廢貶，則一定程度上可視為荊州集團與東州集團的矛盾體現。田餘慶先生就認為，諸葛亮廢徙廖立、李平，其目的在於調和蜀漢政權中新舊兩個集團的矛盾〔註13〕，此說有理。

李平是劉備託孤時指定的顧命大臣之一，在蜀漢的地位非同一般。劉備去世之後，蜀漢政權的實際掌權人是諸葛亮，李平的地位雖然比不上諸葛亮，但卻也是蜀漢眾臣中政治地位僅次於諸葛亮的一人。李平在東州集團中的威望極高，且同為顧命大臣，對諸葛亮的「專權」確有一定威脅，所以有部分論者把李平之廢貶看作是諸葛亮與李平爭權的結果〔註14〕，此說不無道理。不過把李平之廢貶單純看作是諸葛亮對其進行的傾軋，似乎又有不妥。因為李平被廢貶雖然含有諸葛與李爭權的性質，但更為主要的是李平自身犯法的結果。李平運糧失職導致的諸葛亮罷兵退還，這對於汲汲北伐的諸葛亮來說，無疑是犯了不可饒恕的重罪。

〔註12〕陳壽《三國志・蜀書・李嚴傳》，中華書局，1982年，第1000～1001頁。
〔註13〕參見田餘慶《李平興廢與諸葛用人》，載《秦漢魏晉史探微》（重訂本），中華書局，2004年，第190～207頁。
〔註14〕如羅開玉《諸葛亮、李嚴權爭研究》，《成都大學學報》（社科版），2006年第6期。

三、對諸葛亮刑政依公的再認知

　　史載廖立與李平得知諸葛亮去世之後，分別有如是反應：廖立「聞諸葛亮卒，垂泣歎曰：『吾終爲左衽矣！』」〔註15〕「左衽」乃少數民族穿衣的習慣，此處代指將終老於蠻荒貶所。「平聞亮卒，發病死。平常冀亮當自補復，策後人不能，故以激憤也」〔註16〕諸葛亮去世的消息傳來，廖立感歎自己將會終老於貶所，李平則激憤而卒，兩人爲何有如此反應？

　　李平之所以激憤而卒，說明了他一直懷有強烈的回歸意識，有朝一日重回朝廷是他心中所冀。相比廖立在貶所的躬耕生活與言論自若，李平被貶應該懷有較多的不甘，雖有不甘，但李平仍然知道自己若被重新啓用還有待於諸葛亮的迴心轉意。所以當得知諸葛亮去世之後，李平思忖回歸無望而憂卒，由此從側面可以看出諸葛亮用人以公心爲準。

　　裴松之引習鑿齒的一段話說得好：

　　　　昔管仲奪伯氏駢邑三百，沒齒而無怨言，聖人以爲難。諸葛亮之
　　　　使廖立垂泣，李平致死，豈徒無怨言而已哉！夫水至平而邪者取法，
　　　　鏡至明而醜者無怒，水鏡之所以能窮物而無怨者，以其無私也。水鏡
　　　　無私，猶以免謗，況大人君子懷樂生之心，流矜恕之德，法行於不可
　　　　不用，刑加乎自犯之罪，爵之而非私，誅之而不怒，天下有不服者乎！
　　　　諸葛亮於是可謂能用刑矣，自秦、漢以來未之有也。〔註17〕

　　諸葛亮對廖立、李平的廢貶應該是公平的，因此兩人在聽聞諸葛亮去世之後，做出了異於常人的舉動。關於這一點，後人多有評述，可謂代不乏人。如唐白居易《論刑法之弊，升法科，選法吏》：「管仲奪伯氏之邑，沒無怨言；季羔刖門者之足，亡而獲宥；孔明黜廖立之位，死而垂泣。三子者，可謂能用刑矣。」〔註18〕宋蘇轍《再論分別邪正箚子》亦云：

　　　　臣聞管仲治齊，奪伯氏駢邑三百，飯蔬食，沒齒無怨言。諸葛
　　　　亮治蜀，廢廖立、李嚴爲民，徙之邊遠，久而不召。及亮死，二人
　　　　皆垂泣思亮。夫駢、立、嚴三人者，皆齊、蜀之貴臣也。管葛之所

〔註15〕　陳壽《三國志·蜀書·廖立傳》，中華書局，1982年，第998頁。
〔註16〕　陳壽《三國志·蜀書·李嚴傳》，中華書局，1982年，第1000頁。
〔註17〕　陳壽《三國志·蜀書·李嚴傳》，中華書局，1982年，第1001頁。
〔註18〕　董誥等《全唐文》，中華書局，1983年，第6847頁。

以能戮其貴臣，而使之無怨者，非有他也，賞罰必公，舉措必當，

國人皆知其所與之非私而所奪之非怨，故雖仇讎，莫不歸心耳〔註19〕

　　秦觀、胡寅、洪邁、賀貽孫、黃宗羲、方東樹等人，都持有類似觀點。足見後人認為諸葛亮對廖立、李平之廢貶是刑政依公的結果，所以才使二人無怨言。這充分體現了諸葛亮行政無私的魅力。

　　諸葛亮劬勞國事，刑罰為公，這一點是毋庸置疑的。《三國志‧蜀書‧楊洪傳》說：「西土咸服諸葛亮能盡時人之器用。」〔註20〕說明其用人之公心足以服人。有論者認為，諸葛亮所用的皆是親己的二流人才，而特意打壓一流人才如廖立、李平、魏延等人〔註21〕，此說似乎不妥。雖然諸葛亮有用人不當之例，如違眾拔馬謖等。但廖立乃口辯之士，李平雖有軍事才能，卻也有安身求名、趁機取利等事實，至於魏延的為人與行事作風，與諸葛亮一向穩重的行事風格相左，所以諸葛亮對這些人的懲罰或倚用是盡量公允。諸葛亮奏劾李平基本是公事公辦，貶謫李平到離成都不遠處的梓潼郡，算是驅逐李平出權力中樞的舉動，但是諸葛亮並沒有因此對其趕盡殺絕，而且還繼續重用其子李豐。所以說，諸葛亮是以寬大胸懷待李平。只不過諸葛亮公平行政中確實帶有用法與用人相混淆的情形，這一點作為一個政治家來說，似乎無可厚非。

　　另外，有不少論者認為諸葛亮獨攬大權，因為陳壽幾次記載「政事無鉅細，咸決於亮」〔註22〕、「事無鉅細，亮皆專之」〔註23〕、「諸葛公夙興夜寐，罰二十以上，皆親攬焉。」〔註24〕雖然事必躬親者乃不會用人者可以說得通，但是在諸葛亮身上，體現的更多則是「鞠躬盡瘁，死而後已」〔註25〕的勤政為國精神。

　　陳壽在《諸葛亮傳》末尾云：

〔註19〕曾棗莊、劉琳等《全宋文》，2006年，第94冊，第375頁。

〔註20〕陳壽《三國志‧蜀書‧楊洪傳》，中華書局，1982年，第1014頁。

〔註21〕如張大可《論諸葛亮》一文，載《三國史研究》，華文出版社，2003年，第237～251頁。案：該文原載《甘肅社會科學》，1986年第1期。

〔註22〕陳壽《三國志‧蜀書‧諸葛亮傳》，中華書局，1982年，第918頁。

〔註23〕陳壽《三國志‧蜀書‧諸葛亮傳》，中華書局，1982年，第930頁。

〔註24〕陳壽《三國志‧蜀書‧諸葛亮傳》，中華書局，1982年，第926頁。

〔註25〕該名句出自《後出師表》，此文作者真偽難定，聚訟紛紜，這裡僅用以形容諸葛亮勤政為國。

> 諸葛亮之爲相國也，撫百姓，示儀軌，約官職，從權制，開誠
> 心，布公道；盡忠益時者雖讎必賞，犯法怠慢者雖親必罰，服罪輸
> 情者雖重必釋，遊辭巧飾者雖輕必戮；善無微而不賞，惡無纖而不
> 貶；庶事精練，物理其本，循名責實，虛僞不齒；終於邦域之內，
> 咸畏而愛之，刑政雖峻而無怨者，以其用心平而勸誡明也。〔註26〕

「刑政雖峻而無怨者」，要做到這一點非常不易，所以諸葛亮成了公平刑政的典型。後人在談到刑政而無怨者的時候，往往舉諸葛亮廢貶廖立與李平的例子，這兩個經典案例之所以能夠在史上留下如此眾多的評驚，即說明了諸葛亮的執法之公。應該說諸葛亮確實有用人不當之處，但總的來說，他確實是盡力做到了「陟罰臧否，不宜異同」〔註27〕，並且以身作則，以德服人。

《晉書·陳壽傳》有載：「壽父爲馬謖參軍，謖爲諸葛亮所誅，壽父亦坐被髡，諸葛瞻又輕壽。壽爲亮立傳，謂亮將略非長，無應敵之才，言瞻惟工書，名過其實。議者以此少之。」〔註28〕如此說來，父親被施以髡刑，陳壽與諸葛亮算是有私仇。雖然有人非議陳壽對諸葛亮「將略非長」的評斷，但陳壽並未因此而貶低諸葛亮的公心服人，而是在《諸葛亮傳》中一再強調其刑罰依公。由此可見，諸葛亮嚴峻刑政確實深入人心。

北宋王安石《諸葛武侯》一詩云：「惜哉淪中路，怨者爲悲傷。」〔註29〕表達的正是諸葛亮的公心之舉，令被廢被貶的「怨者」也爲之悲傷。後人時常感喟諸葛亮這位千古賢相的人格魅力，其中「刑政雖峻而無怨者」就是最好的體現之一。

第二節　清議亂群與孟光、來敏之廢貶

諸葛亮治蜀期間，對孟光、來敏兩位飽學名士進行了廢貶，兩者被貶皆因言獲罪，諸葛亮爲何對直言不節、舉動違常之人進行如此處罰呢？這與諸葛亮的治國思想有何關係？

〔註26〕 陳壽《三國志·蜀書·諸葛亮傳》，中華書局，1982 年，第 934 頁。
〔註27〕 嚴可均《全上古三代秦漢三國六朝文》，中華書局，1958 年，第 1369 頁。
〔註28〕 房玄齡等《晉書·陳壽傳》，中華書局，1974 年，第 2137～2138 頁。
〔註29〕 傅璇琮等《全宋詩》，北京大學出版社，1992 年，第 6502 頁。

一、孟光、來敏廢貶概述

孟光，字孝裕，河南洛陽人。乃漢太尉孟郁之族，漢靈帝末年，孟光曾在中央任講部吏。在漢獻帝遷都長安時逃入蜀地而依附劉焉、劉璋父子。其人博覽群書，長於漢家典籍，好《公羊春秋》，經常與好《左氏春秋》的來敏爭論，以至於大聲嚷鬧。劉備定益州之後，孟光被拜爲議郎，與許慈等人並掌制度。劉禪即位，孟光又先後歷任諸官，至大司農。其人個性耿直，喜議論他人，爲眾人所嫌，所以升遷不順。他曾經當眾責議費禕，並且大論太子學習之事，自謂「吾好直言，無所迴避，每彈射利病，爲世人所譏嫌」〔註30〕。後來因事獲罪被免官，年 90 餘卒。

來敏，字敬達，義陽新野（今河南新野）人。父親來豔曾爲漢司空。漢末大亂之際，來敏與姐奔荊州，因爲姐夫黃琬是劉璋祖母的侄子，所以被劉璋迎入蜀地成爲劉璋的賓客。來敏善《左氏春秋》，精於小學訓詁。劉備定益州之後，來敏任典學校尉，後任太子劉禪家令。劉禪即位之後，爲虎賁中郎將。諸葛亮駐漢中時，來敏請爲軍祭酒、輔軍將軍，因事獲罪去職。諸葛亮去世之後，又歷任數官，「前後數貶削，皆以語言不節，舉動違常也」〔註31〕。景耀年間（258～263），年 97 卒。

二、孟光、來敏之貶與蜀地清議之風

孟光之廢的具體時間無法明考。《三國志・孟光傳》載其當眾責議大將軍費禕之事在延熙九年（246），所以孟光之廢當在 246 年之後。來敏被廢多次，史載第一次被廢在諸葛亮住漢中時，後來諸葛亮去世之後，來敏被起用復貶數次。《三國志》卷四十二《杜周杜許孟來尹李譙郤傳》，所列的都是飽學之士，是學術方面建樹頗多之人。諸人之中，爲何只有孟光與來敏被廢貶呢？最重要的原因就是他們言論不節，議論干時，因言獲罪。

考察孟光、來敏的出身，不難發現，孟光曾任職京城，來敏父親曾在中央任司空，想必來敏也是隨父在京城長大。如此說來，兩人都來自中央，這與其他學士不同。因爲杜微、周群、杜瓊、尹默、李譔、譙周等都是蜀地本土人士，郤正也自父祖就留蜀地，也算是本土人士，而許慈雖爲南陽人，但

〔註30〕陳壽《三國志・蜀書・孟光傳》，中華書局，1982 年，1024 頁。
〔註31〕陳壽《三國志・蜀書・來敏傳》，中華書局，1982 年，1025 頁。

從交州入蜀較早，未曾在京城任職。眾學士之中，唯有孟光、來敏出身於京城。孟光、來敏皆 90 餘卒，且卒於後主劉禪後期，以此推算，他們出生當在桓靈之際。學界共識，此時海內清議之風盛行，士人以臧否人物相尚。孟光、來敏身在京城，理當深受京城士人婞直之風的影響。裴松之引用華嶠《後漢書》云「豔好學下士，開館養徒眾」〔註32〕，這是說來敏之父來豔好學下士，且開館養士。試想來敏出身於這樣的環境，品評人物，議論國事，一定會對其造成耳濡目染的影響。

要深究來敏、孟光之廢貶，不得不考察一番蜀漢劉備、諸葛亮等人的治國思想。定益州以後，劉備、諸葛亮總結東漢末年傾頹的教訓，對於清議之風是有所遏制的。《來敏傳》裴松之引諸葛亮文云：

> 將軍來敏對上官顯言「新人有何功德而奪我榮資與之邪？諸人共憎我，何故如是」？敏年老狂悖，生此怨言。昔成都初定，議者以為來敏亂群，先帝以新定之際，故遂含容，無所禮用。後劉子初選以為太子家令，先帝不悅而不忍拒也。後主既位，吾暗於知人，遂復擢為將軍祭酒，違議者之審見，背先帝所疏外，自謂能以敦厲薄俗，帥之以義。今既不能，表退職，使閉門思愆。〔註33〕

足見，來敏以議論亂群在劉備初定成都時就已致使劉備等人不滿，只是由於劉備等初入蜀地，需要籠絡東州與益州士人，來敏威望厚重，加之其確有才學，於是對其加以容忍。後來劉巴舉薦來敏為太子劉禪的家令，劉備雖然不滿，但也從之。劉禪即位之後，諸葛亮對其違眾拔擢以塞其口，但其仍難改清議本性，終被免。在諸葛亮去世之後，來敏又被起用復貶數次。《三國志·來敏傳》云：「時孟光亦以樞機不慎，議論干時，然猶愈於敏，俱以其耆宿學士見禮於世。而敏荊楚名族，東宮舊臣，特加優待，是故廢而復起。」〔註34〕可知孟光、來敏都是以議論干時的耿直學識之士，諸葛亮、劉禪對他們的任用只是看重他們的學識，以及在士人中的名望。

諸葛亮很大程度上以法家思想治國，深知儒以文亂法的影響。所以對於士人的亂群之言有一定的鉗制，比如廖立之貶亦是其中一例。《宋書·王微傳》

〔註32〕 陳壽《三國志·蜀書·來敏傳》，中華書局，1982 年，1025 頁。

〔註33〕 陳壽《三國志·蜀書·來敏傳》，中華書局，1982 年，1025～1026 頁。

〔註34〕 陳壽《三國志·蜀書·來敏傳》，中華書局，1982 年，1025 頁。

引用諸葛亮的話：「來敏亂郡，過於孔文舉」〔註35〕。孔融喜抨議時政，爲曹操所不容。諸葛亮謂來敏甚於孔融，可見其議論干時非同一般。因爲清談可能廢事，與諸葛亮一貫穩實的作風相悖，所以蜀地清議之風被一定程度地加以打壓。孟光、來敏、廖立等人的被免被貶，主要都是這個原因。像孟光、來敏這類以學術見禮於世的士人，因爲好臧否人物，所以爲眾人所嫌，他們的仕途因此受到影響。

對於來敏的廢貶，明楊愼《升菴集》中的一條筆記「孔明不取文舉」有云：「《宋書》引諸葛孔明之言曰『來敏亂郡，過於孔文舉』，此事不經見，當表出之。蓋孔文舉名過其實。清談廢事，已有晉人之風，使遇孔明，必遭李平、廖立之罰，後人稱之只以才學耳。」〔註36〕可見楊愼也認爲諸葛亮對於清談廢事之風是有所反對與遏制的。需要提及，蜀漢孟光、來敏諸人之廢貶，這一現象可以看作是漢末清議之風的延續，兩人同樣是開兩晉士人任誕風氣之先的人物，他們與孔融、禰衡等都可視作是魏晉風度的開風氣之人。本節從孟光、來敏之廢貶的視角，一窺蜀漢諸葛亮對清議之風的遏制，應該說一定程度上有補於瞭解蜀地清議之風與諸葛亮的治國思想。

結合前一節所論廖立、李平之貶，加之此節所論孟光、來敏之貶，不難發現，除了李平確實有實質罪行，其他三人都屬因言獲罪。廖立好臧否群士，孟光喜指謫直言，來敏則是狂悖怨言，三人皆因言獲罪。這些廢貶的施動者都是諸葛亮，從這些禍從口出的貶謫事件來看，諸葛亮雖然秉公執法，但也確實有權力使用過度的嫌疑。曹魏與東吳應該也有類似的臧否之士，但卻沒有出現如此集中的貶謫事件，由此可見諸葛亮對蜀地的輿論控制較爲嚴格。

值得一提，關於蜀國的廢貶，章太炎先生曾提出獨到見解。《諸子學略說》謂：「諸葛治蜀，賞信必罰，彭羨、李嚴，皆縱橫之魁桀，故兼誅而嚴流。」〔註37〕太炎先生將蜀國的廢貶看作是信奉法家的諸葛亮與信奉縱橫思想的諸人之間的矛盾體現，這一看法別有異趣。縱橫家以辯才進行政治活動，廖立、李平、孟光、來敏主要是因言獲罪，諸人確有縱橫家式的思想與行爲，視爲縱橫家有其道理。太炎先生此見，可備一說。

〔註35〕沈約《宋書·王微傳》，中華書局，1974 年，第 1665 頁。案：「郡」「群」形近，此處「郡」當爲「群」，且《諸葛亮集》有「來敏亂群」之言。

〔註36〕楊愼《升菴集》，文淵閣《四庫全書》本，臺灣商務印書館，1986 年，第 1270 冊，第 437 頁。

〔註37〕章太炎《諸子學略說》，廣西師範大學出版社，2010 年，第 17 頁。

第四章　東吳貶謫文化與文學

　　三國之中，東吳國祚最長，現存有關東吳的史料比曹魏要少，較蜀漢則多。東吳發生的貶謫事件最多，涉及人數也多於魏蜀，其處罰力度之大也是另外兩國無法比擬的。綜合來看，東吳的貶謫事件主要可分為四類：一是孫權前期直臣勸諫被貶，二是發生於孫權晚年的「二宮構爭」所造成的相關人員被貶，三是東吳後期權臣秉政產生的帝王宗室之廢貶，四是東吳末年孫皓強權下的宗室、士人及家屬之徙。東吳貶謫文化中，士人虞翻之貶是其中的重點，他在整個中國貶謫文化史的地位尤重。「二宮構爭」對東吳政權影響甚大，對江東士族心態也影響至深。東吳後期權臣秉政時對帝王宗室之廢貶，乃三國時期權臣廢主的集中表現。吳末帝孫皓乃有名的昏庸暴虐之君，在位期間發生了較多的貶殺事件，其懲罰力度也是三國貶謫事件中最為殘酷的。本章鉤沉史料，依照時間先後對以上諸事件分別予以或詳或略的述論。

第一節　虞翻之貶的文化學考察

　　虞翻，字仲翔，會稽餘姚人。這位在後世以《易》學成就名世的漢末東吳名臣，學界對其《易》學史的貢獻意義多有述及。其實，虞翻對中國文化的貢獻不只是在《易》學，他還是中國貶謫文化史上的重要人物。在虞翻之前，中國貶謫文化史上有兩位重要人物，一是屈原，二是賈誼，分別是忠奸之爭與感士不遇的典型貶謫模式代表者〔註1〕，古人常以「放屈原」「謫長沙」

〔註 1〕 參見尚永亮先生《忠奸之爭與感士不遇——論屈原賈誼的意識傾向及其在貶謫文化史上的模式意義》，載《社會科學戰線》，1997 年第 4 期。

來指稱屈、賈二人之貶〔註2〕。除此之外，「徙交州」一詞也是古人常引爲遷客之歎的對象，這個詞指代的則是虞翻。虞翻之貶具有別於屈、賈二人的獨特意義。可以說，虞翻之貶標誌著古代第三種貶謫模式的產生，即直諫枉貶。直諫枉貶的貶謫模式具有重要的里程碑意義，成爲後世遷客被貶的典型範式之一。虞翻之貶，涉及了對嶺南〔註3〕學術傳播的影響，以及對哀悼文化、士人獨立人格精神、士人文化心態的影響，還涉及貶謫文化的模式意義等諸多層面，本節就此做一些探討。

一、虞翻嶺南之貶行程概述

據《三國志·吳書·虞翻傳》，明確記載虞翻之貶的有三次：其一是被貶丹楊郡涇縣，其二是被貶交州〔註4〕，其三是在交州貶所復貶交州下屬蒼梧郡猛陵縣。下面分別述及。

在敘述虞翻貶謫事件之前，有必要對虞翻的生卒年作一探討。《三國志》沒有明確記載其生卒年，不過卻可以從相關史料進行推斷。《三國志·虞翻傳》載：「在南十餘年，年七十卒。」〔註5〕又載：「翻性疏直，數有酒失。權與張昭論及神仙，翻指昭曰：『彼皆死人，而語神仙，世豈有仙人（也）！』權積怒非一，遂徙翻交州。」裴松之引《虞翻別傳》則云：「權即尊號，翻因上書曰：『陛下膺明聖之德，……臣伏自刻省，……昊天罔極，全宥九載，……臣年耳順，……永隕海隅，棄骸絕域，不勝悲慕，逸豫大慶，悅以忘罪。』」〔註6〕據這幾條記載，考孫權即尊號在東吳黃龍元年（229），這一年虞翻在交州貶所上疏云「全宥九載」「臣年耳順」，即是年（229）虞翻年六十，且被貶交州已經九年，即 221 年被貶交州。加之「年七十卒」的記載，可以推斷，虞翻的生卒年，應該是 170～239 年〔註7〕（計 69 周歲，古人計 70 歲）。

〔註2〕 如宋謝維新、虞載編《古今合璧事類備要》一書，在「刑法門」之「流」類中，就以「放屈原」「謫長沙」「徙交州」等來表述流刑。文淵閣《四庫全書》本，臺灣商務印書館，1986 年，第 941 冊，第 551～552 頁。

〔註3〕 本書所謂嶺南範圍，乃大多數人所持意見，包括今廣東、海南、廣西大部與越南北部地區。

〔註4〕 交州，歷史上其範圍多有變更，但大致都屬嶺南範圍之內。

〔註5〕 陳壽《三國志·吳書·虞翻傳》，中華書局，1982 年，第 1324 頁。

〔註6〕 陳壽《三國志·吳書·虞翻傳》，中華書局，1982 年，第 1321～1322 頁。

〔註7〕 關於虞翻的生卒年，楊淑瓊《虞翻〈易〉學研究——以卦變和旁通爲中心的展開》也認爲 170～239 一說較爲可信。臺灣花木蘭文化出版社，2008 年，第 12 頁。

　　《三國志・虞翻傳》載：「孫權以爲騎都尉。翻數犯顏諫爭，權不能悅，又性不協俗，多見謗毀，坐徙丹楊涇縣。呂蒙圖取關羽，稱疾還建業，以翻兼知醫術，請以自隨，亦欲因此令翻得釋也。」〔註8〕考呂蒙爲了圖取關羽，稱疾還建業是在建安二十四年（219），所以可知虞翻在建安二十四年（219）或之前，應該是被貶丹陽郡涇縣的。裴松之引《吳書》曰：「翻雖在徙棄，心不忘國，常憂五溪宜討，以遼東海絕，聽人使來屬，尙不足取，今去人財以求馬，既非國利，又恐無獲。欲諫不敢，作表以示呂岱，岱不報，爲愛憎所白，復徙蒼梧猛陵。」〔註9〕割據遼東的公孫氏政權遣使到建業結好是在嘉禾元年（232），孫權報聘遼東是在嘉禾二年（233）。又呂岱爲交州刺史是在220～231年。232～233年，呂岱討五溪蠻，虞翻上表呂岱，應在231～232年間。所以虞翻覆徙蒼梧猛陵應該在232年。

　　另一說，虞翻生卒年爲164～233，此說是根據《三國志・吳書・孫權傳》與《江表傳》推斷出來的。《三國志・吳書・孫權傳》云嘉禾二年（233）孫權遣萬人過海報聘遼東，封公孫淵爲燕王，不料公孫淵反目斬殺使者，孫權遂後悔未聽眾臣勸諫。而《三國志・吳書・虞翻傳》裴注引《江表傳》云：「後權遣將士至遼東，於海中遭風，多所沒失，權悔之，乃令曰：『……虞翻亮直，善於盡言……促下問交州，翻若尙存者，給其人船，發遣還都。』會翻已終。」〔註10〕若根據虞翻享年70倒推其當生於164年。但此說將報聘遼東一事與海中遭風視爲同一件事是不對的。海中遭風應指《孫權傳》云「（赤烏）二年（239）春三月，遣使者羊衟、鄭胄、將軍孫怡之遼東」〔註11〕一事。且若以164年爲虞翻生年，會與諸多史實有扦格，如與虞翻之子虞氾生年、虞翻被貶經歷等相衝突。所以虞翻生卒年爲164～233的說法有誤。

　　此外，《三國志・陸績傳》載：「績容貌雄壯，博學多識，星曆算數無不該覽。虞翻舊齒名盛，龐統荊州令士，年亦差長，皆與績友善。」〔註12〕考陸績生卒年是187～219年，龐統生卒年是179～214年，陳壽云龐統與陸績「年亦差長」，龐統年長八、九歲，所云「年亦差長」是合適的。云虞翻乃「舊齒名盛」，如果是生於170年，比陸績大18歲，所謂「舊齒名盛」，也是合理的。故而虞翻的生卒年，定爲170～239年較爲合適。

〔註 8〕　陳壽《三國志・吳書・虞翻傳》，中華書局，1982年，第1320頁。
〔註 9〕　陳壽《三國志・吳書・虞翻傳》，中華書局，1982年，第1324頁。
〔註10〕　陳壽《三國志・吳書・虞翻傳》，中華書局，1982年，第1324頁。
〔註11〕　陳壽《三國志・吳書・孫權傳》，中華書局，1982年，第1143頁。
〔註12〕　陳壽《三國志・吳書・陸績傳》，中華書局，1982年，第1328頁。

在探討了虞翻生卒年的基礎上，下面根據《三國志》及裴注的記載，將
虞翻有關被貶的事件按照時間順序臚列如下：

建寧三年（170），虞翻生。

建安二十四年（219）或之前，虞翻因犯言直諫，多見讒謗，被
貶丹楊涇縣（今安徽宣城涇縣）。（第一次被貶）

延康二年（221），虞翻因論神仙事，被貶交州（今廣東廣州）。
（第二次被貶）

嘉禾元年（232），虞翻上表呂岱，反對孫權報聘遼東，復貶蒼
梧猛陵（今廣西蒼梧）。（第三次被貶）

赤烏二年（239），虞翻卒於蒼梧。

由上可知，《三國志》明確記載虞翻之貶有三次：第一次被貶丹楊郡涇縣，
第二次被貶交州，第三次在交州貶所復貶交州下屬蒼梧郡猛陵縣。其中後兩
次貶謫地遠時長，交州之貶歷時 11 年，蒼梧之貶歷時 7 年，合計其被貶嶺南
時間約 18 年，終老未還。

虞翻當年赴貶所走的是什麼路線？《三國志》等正史沒有記載，有關嶺
南的地記等史料也亡佚嚴重。如晉宋之際徐表（或作徐衷）《南州記》、劉宋
裴淵《廣州記》、劉宋顧微（或作顧徽、顧徵）《廣州記》、晉宋之際劉欣期《廣
州記》、劉宋沈懷遠《南越志》（史志目錄有載）等，這些書都成書於南朝，
但大都不見史志與私家目錄，《藝文類聚》《太平御覽》等類書對它們有過徵
引。這些地志本就卷數不多，殘留至今的都是隻言片語，未發現其中提及漢
魏之際從建業到嶺南的路線描述。由於史料闕略，今天已經無法知道虞翻當
時所走的具體路線，但若作一合理推斷，主要應有兩條路線。下面以圖示之：

圖 4-1　東吳建業至嶺南路線圖〔註 13〕

　　從上圖可以看出，從建業到交州主要有兩種路線：一是水路為主，二是陸路為主。若行水路，可從建業溯長江而上，至鄱陽湖，然後經過豫章郡（今江西南昌），南渡贛江至廬陵郡（今江西吉安），最後越過大庾嶺至交州（今廣東廣州）；若行陸路，可從建業南下至新都郡（今浙江淳安），再經過鄱陽郡（今江西鄱陽）、臨川郡（今江西撫州）、廬陵郡，最後越過大庾嶺至交州。這兩條路線中，鄱陽郡、豫章郡、廬陵郡三郡，以及大庾嶺應該是必經之地。大庾嶺是南下必經之地，此處崎嶇險峻，後來在唐代闢新道，設驛站。而豫章郡是必經之地的推斷，也能找出一條明證。

　　《太平御覽·職官部》引《吳志》（又名《吳錄》）曰：

　　　　轟友，字文悌，豫章人也。有脣吻。少為縣吏，虞翻徙交州，

〔註 13〕　此圖截於譚其驤主編《中國歷史地圖集》之「三國東吳」部分，乃景元三年
　　　　（262）地理分佈圖。見中國地圖出版社，1996 年。虞翻被貶嶺南在 221 年，
　　　　與此圖所載相隔 41 年，但東漢至兩晉時期，揚州、荊州、交州等地絕大部分
　　　　地域郡縣名皆未變更，故此圖可資利用。

縣令使友送之，翻與語而奇焉，爲書與豫章太守謝斐，令以爲功曹。郡時見有功曹，斐見之，問曰：「縣吏矗友，可堪何職？」對曰：「此人縣間小吏耳，猶可堪曹吏。」斐曰：「論者以爲宜作功曹，君其避之。」乃用爲功曹。〔註14〕

據此可知，在豫章郡爲吏的矗友曾經爲南謫的虞翻送行，則虞翻此貶途經豫章郡，當無可疑。由於虞翻此次被貶從建業經豫章最後到交州，路途極遠，費時甚長，貶地最邊，故從貶謫史的角度看，這當是有史以來懲罰最重的一次貶謫，也首開後世謫臣南遷嶺南之先河。

虞翻爲何被貶？主要原因有二：一，虞翻本人性格狂直，直諫性格必定犯顏。二，孫權雖能納諫，但性格亦有猜忌成分。所以陳壽在《虞翻傳》末尾如此評價：「虞翻古之狂直，固難免乎末世，然權不能容，非曠宇也。」〔註15〕這樣簡明扼要的概括，是對虞翻狂直性格與孫權猜忌性格的判定，別具隻眼。

二、虞翻對嶺南學術文化傳播的發軔之功

嶺南即「五嶺」之南的交、廣地區，範圍大致包括今廣東、海南、廣西大部與越南北部一帶。其地背靠荊楚，南臨大海，氣候炎熱，瘴氣頻發，在秦漢時代尚屬僻遠蠻荒之地，中原人士罕至，文化也頗爲落後。虞翻跋山涉水，萬死投荒，在這樣一個氣候惡劣、語言不通、信息隔膜的環境中，以罪人的身份謫居十八年之久，則其身心所經受的磨難、重壓、煎熬可想而知。然而，虞翻的獨特之處在於，他能憑藉堅定的毅力，超越外在的環境和內在的悲情，將全幅心力貫注於著述和講學之中；他欲通過一己之力，擔承起傳播儒家文化精神的使命。

虞翻的著述、講學活動是頗有成效，頗具規模的。據《三國志‧虞翻傳》載：「權積怒非一，遂徙翻交州。雖處罪放，而講學不倦，門徒常數百人。又爲《老子》《論語》《國語》訓注，皆傳於世。」〔註16〕裴松之引《虞翻別傳》謂：「翻放棄南方……以典籍自慰，依易設象，以占吉凶。又以宋氏解《玄》，

〔註14〕 李昉等《太平御覽》，中華書局，1960年，第1236頁。
〔註15〕 陳壽《三國志‧吳書‧虞翻傳》，中華書局，1982年，第1341頁。
〔註16〕 陳壽《三國志‧吳書‧虞翻傳》，中華書局，1982年，第1321～1322頁。

頗有繆錯，更爲立法，並著《明楊》《釋宋》以理其滯。」〔註17〕從這兩則記述看，虞翻在謫居之地所著書，即有對《老子》《論語》《國語》諸書的訓注，並針對前人對《太玄》一書的錯誤理解進行考辨，寫下了《明楊》《釋宋》等學術著作。其中當主要涉及《易》學義理。虞翻除了精擅《易》學，還對其他經學頗有心得。《虞翻別傳》載其曾對馬融、荀爽、鄭玄、宋忠等名家注經提出異議，如云：「玄所注五經，違義尤甚者百六十七事，不可不正。行乎學校，傳乎將來，臣竊恥之。」〔註18〕可見虞翻的經學成就非同一般。

我們知道，虞翻是以《易》學名家的，而就漢代治《易》者言，虞翻之前的漢《易》大家，如孟喜、焦延壽、京房、揚雄、馬融、荀爽、鄭玄等，皆爲北人，未見史料記載他們到過嶺南。虞翻家學淵源深厚，五世家傳孟喜《易》學，是漢《易》的集大成者。虞翻貶謫嶺南，可以說是《易》學大家親身赴嶺南的第一人，一定程度上象徵著北方《易》學之南遷。今存有關漢末以前嶺南本土學術發展情況的記載不多，主要是兩漢之交首開嶺南學術風氣的陳欽、陳元、陳堅祖孫三代，均爲蒼梧人，主治《春秋》學。比虞翻略早的蒼梧人士燮，在交州四十餘年，也是「耽玩《春秋》，爲之注解」〔註19〕。還有漢末劉熙，乃北海人，曾在建安年間避地交州，多習訓詁學與《孟子》。上述諸人所擅均非《易》學，故虞翻嶺南之貶意味著《易》學在嶺南的新發展。

至於虞翻的講學，更是聽者眾多，「門徒常數百人」。從現存史料看，未見關於陳氏父子、士燮等人在嶺南授徒講學的記載，他們的儒學鑽研主要是個體行爲，陳氏授徒也局限於當時的中央朝廷。僅有《三國志》裴注提及吳人程秉、薛綜、蜀人許慈從劉熙問學，比起虞翻「講學不倦，門徒常數百人」，劉熙講學授徒的規模似有不及。〔註20〕就此而言，在嶺南歷史上，如此大規

〔註17〕陳壽《三國志・吳書・虞翻傳》裴注引《虞翻別傳》，中華書局，1982年，第1323頁。

〔註18〕陳壽《三國志・吳書・虞翻傳》裴注引《虞翻別傳》，中華書局，1982年，第1323頁。

〔註19〕陳壽《三國志・吳書・士燮傳》，中華書局，1982年，第1191頁。

〔註20〕歐大任《百越先賢志・劉熙》謂：「劉熙，字成國，交州人，……往來蒼梧、南海，客授生徒數百人。」文淵閣《四庫全書》本，第453冊，第745～746頁。按：歐大任之說據《交廣春秋》《文獻通考》，但今《交廣春秋》已佚，亦未見《文獻通考》有相關記載，故「客授生徒數百人」之說的真實性似當存疑。

模地聚眾講學在虞翻之前是少有的。進一步看，虞翻是因罪廢放，並非一般的降品減秩，故虞翻在貶所的身份是經師，而非官吏，其講學自然屬於個人私授行為。余英時先生認為：「漢代的大傳統以儒教為主體，而儒教的基地則在社會而不在朝廷」〔註21〕。若從這一角度言，虞翻在野為教，將知識普施於大眾，這對無中央官學的嶺南地區的教化意義就非同一般了。

　　需要一提的是，交州以北的荊州地區在漢末也是一個學術重鎮。以宋忠（一作「衷」）等人為首的荊州學派，其學術傳播限於荊州地區及其周邊，影響還未散播到嶺南。三國時期，戰火頻仍，由於地理位置的特殊性，嶺南地區是一塊相對平靜之地。在這南陲邊州，虞翻大規模講學授徒，自然會促使學術在嶺南的發展。羅香林先生在《世界史上廣東學術源流與發展》中提出，廣東與中原的交通有三條重要路線，分別以洞庭湖、鄱陽湖、太湖為中心。上已述及，虞翻赴貶所涉及太湖、鄱陽湖區域，最終至嶺南地區。學術名家較長時期的行蹤變動，往往意味著一個學術中心的遷移，此點在漢晉時期尤為明顯。虞翻這一碩儒南遷，一定程度上將深受北方文化影響的太湖區域、鄱陽源區域與嶺南區域的學術文化關聯起來，從而形成不同文化的交流與互融。

　　虞翻對嶺南學術文化傳播的貢獻少有人論及。清人汪瑔《光孝寺虞仲翔祠神弦曲序》謂：

> 嶺南經學風氣晚開，雖高固作相，曾進《春秋》；黃豪好學，能通《論語》。而顓門尚寡，師法未聞。仲翔當流徙之餘，值優生之戚，猶復注經行世，列舍授徒，執業者數百人，講學者十餘載，縱居罪放，不忘訓注……南方學者，得所宗師，後世傳之，流風遠矣。〔註22〕

　　此可謂洞達之論。據歐大任《百越先賢志》，高固、黃豪皆為嶺南人，高固進《春秋》是在楚國都城，黃豪年十六通《論語》《毛詩》，也限於自身學養的修煉。相比之下，由北至南的虞翻在嶺南大規模講學授徒，便具有了文

〔註21〕余英時《士與中國文化》（第2版），上海人民出版社，2013年，第139頁。
　　　　按：余先生所謂大傳統（great tradition），即精英文化（elite culture），是知識分子階層為主體的文化，與一般人民為主體的通俗文化（popular culture）相對而言。
〔註22〕汪瑔《隨山館叢稿》，《續修四庫全書》本，上海古籍出版社，2002年，第1558冊，第8頁。

化跨地域傳播的性質和規模效應。清人譚瑩《論粵東金石絕句錄八十二首》有言：「嶺南經術始虞蘻（翻），遷謫曾居建德園。」〔註 23〕這裡一個「始」字，充分肯定了虞翻對嶺南學術傳播的發軔作用。

三、虞翻之貶對哀祭文化的影響

哀祭文化是中國傳統文化的重要組成部分，哀祭文體也多種多樣，如弔詩（弔文、弔詞）、祭文、哀辭、挽辭等。由於虞翻命運具有濃厚的悲劇色彩，且在貶所有過「青蠅為弔客」〔註 24〕的感歎，所以後人在表達哀悼與寄託哀思的時候，虞翻與「青蠅」意象成了時常被提及的對象。

如弔詩一類，清人陶澍《新都弔楊升庵先生》云：「賈誼少能憂漢室，虞翻老尚棄蠻荒。」〔註 25〕《明史》有載，嘉靖三年（1524），時年 36 歲的楊慎因為嘉靖帝生父稱號問題的「大禮議」事件受廷杖，拖著病軀謫戍雲南永昌衛（今雲南保山地區，與今緬甸國接壤），嘉靖三十八年（1559）含恨卒於貶所，卒年 71，在貶所謫居三十餘年。陶澍哀悼楊慎，引用貶謫士人的典型賈誼、虞翻二人，表達了強烈的同情。

祭文一類，如初唐宋之問《祭杜學士審言文》謂：「遺旅雁兮超彭蠡，作編人兮居越裳。殊許靖之新適，憶虞翻之舊鄉。」〔註 26〕因為杜審言、宋之問都曾參與張易之控鶴府（又名奉宸府），唐中宗即位後，宋之問被貶瀧州（今廣東羅定縣），杜審言被放峰州（今越南越池東南），兩人均被貶嶺南。「憶虞翻之舊鄉」代指的就是嶺南之貶，宋之問以此來回憶二人的被貶經歷，表達了對好友杜審言的同情與哀悼。又如明人王世貞《祭岑給事文》云：「嗚呼！天子爭臣，……國有真是，如矢赴的；國有真非，如刃鏃敵……嗚呼哀哉！龍江鬥閬，華蓋峰墜；瘴損蒼梧，芬收八桂；羞彼瓦全，寧公玉碎；青蠅弔客，虞翻同喟。」〔註 27〕給事中有諫言、監察、彈劾之責。祭文中的岑給事，

〔註 23〕譚瑩《樂志堂詩集》，《清代詩文集彙編》本，上海古籍出版社，2010 年，第606 冊，第 380 頁。

〔註 24〕陳壽《三國志・吳書・虞翻傳》，中華書局，1982 年，第 1323 頁。

〔註 25〕陶澍《陶文毅公全集》，《清代詩文集彙編》本，上海古籍出版社，2010 年，第 530 冊，第 325 頁。

〔註 26〕董誥等《全唐文》，中華書局，1983 年，第 2442 頁。

〔註 27〕王世貞《弇州四部稿》，文淵閣《四庫全書》本，臺灣商務印書館，1987 年，第 1279 冊，第 664～665 頁。

當指岑用賓，其因勸諫而得罪首輔高拱被貶。《明史》載：「用賓，廣東順德人。官南京給事中，多所論劾。又嘗論拱很愎，以故拱憾之，出爲紹興知府。既中以察典，遂卒於貶所。」〔註28〕這段祭文中，蒼梧、八桂，都是廣西的代稱，「瘴損蒼梧」「芬收八桂」，既代指虞翻貶死蒼梧，又指祭祀對象岑用賓卒於貶所〔註29〕。王世貞此文「青蠅弔客，虞翻同喟」的表達，也旨在表現對岑用賓的同情與悼念。

後世挽辭、挽詩對虞翻與「青蠅」意象的引用更是舉不勝舉。如：余闕《祝蕃遠經歷挽詩》：「韻勝誰相弔，虞翻少見知。」〔註30〕貝瓊《梅泉處士虞長卿挽詩》：「長者已稱如石建，孤臣終惜棄虞翻。」〔註31〕梁有譽《石申卿挽詞》：「白鶴歸何歲，青蠅弔異鄉。」〔註32〕曹學佺《挽周先生明府》：「不知寂寞高堂下，尚有青蠅弔客無。」〔註33〕諸多挽辭、挽詩對虞翻的引用，說明了虞翻在哀祭文化上的影響較大。

關於虞翻之貶，由於韓愈「自歎虞翻骨相屯」的詩句傳世，後人加以接受，很大程度上助推了虞翻被引用入哀祭文體中的使用頻率。上述例子都不是對虞翻本人的憑弔之文，史上對虞翻本人的哀祭憑弔之文引用「青蠅弔客」等典故，更是不言自明，茲例不舉。「青蠅弔客」一詞，在哀祭文化中影響較大。宋代類書《事類備要・蟲豸門》，列有「蠅」一類，中間有「青蠅弔客」〔註34〕一典。元代類書《群書通要・喪事門》「弔慰類」也列有「青蠅弔客」

〔註28〕張廷玉《明史・岑用賓傳》，中華書局，1974年，第5677頁。

〔註29〕明人過庭訓《本朝分省人物考・岑用賓》：「大學士高拱負才剛狠……用賓乃奏：『……高拱剛愎自用，苛刻立威，決非端人，小則殃民，大則誤國，乞令致仕，以杜屬階。』不聽。拱深銜之，以此出爲紹興守……謫陝宜川丞，猶以前憾故，至踰月卒。自嚴嵩當國，沈、楊輩以直言賈禍，人皆結舌，及用賓在職，言路復振，終亦不免貶死。海內惜之，有《小谷集》行於世。」《續修四庫全書》本，上海古籍出版社，2002年，第536冊，第261頁。

〔註30〕余闕《青陽先生文集》，《四部叢刊續編》本。

〔註31〕貝瓊《清江詩集》，文淵閣《四庫全書》本，臺灣商務印書館，1986年，第1228冊，第268頁。

〔註32〕梁有譽《蘭汀存稿》，《續修四庫全書》本，上海古籍出版社，2002年，第1348冊，第638頁。

〔註33〕曹學佺《石倉詩稿》，《四庫禁燬書叢刊》本，北京出版社，1997年，第143冊，第255頁。

〔註34〕謝維新、虞載《古今合璧事類備要》，文淵閣《四庫全書》本，臺灣商務印書館，1986年，第941冊，第433頁。

〔註35〕一典。類書屬於資料性書籍，供查閱便於採用傳播，「青蠅弔客」的典故能被類書採用，很大程度上說明了它的使用頻率之高與影響之大。

總之，哀祭文體中對虞翻的接受，主要體現在對虞翻悲劇命運的感歎，以及對「青蠅弔客」這一典故的引用。虞翻對哀祭文化的影響主要在兩點：第一，豐富了哀祭文化的內蘊；第二，豐富了哀祭文體的詞匯表達，尤其以第二種影響更為明顯。

四、虞翻之貶對士人氣節觀與知己意識的影響

泱泱中華，屹立不倒，很重要的原因是因為華夏民族重道尚氣，蹈道之士尤重氣節。氣節，是士人為理想而執著與堅守的動力，是為正義事業而奮鬥的能量，它體現的是一種正面的、積極向上的生命價值，被歷代士人奉為圭臬，自古迄今，影響深遠。氣節觀念的賡續離不開眾多志士仁人的貢獻，虞翻就是其間一位重要人物。

由於直言獲罪，虞翻被貶嶺南 18 年，在這瘴癘之鄉、蠻荒之地，他幽憤愁鬱，感歎自己的枉貶與不遇。裴松之引《虞翻別傳》云：「翻放棄南方，云『自恨疏節，骨體不媚，犯上獲罪，當長沒海隅，生無可與語，死以青蠅為弔客，使天下一人知己者，足以不恨。』」〔註36〕虞翻此歎對後代士人影響較大，「自恨疏節，骨體不媚」是他的氣節觀，「使天下一人知己者，足以不恨」則體現了他的知己意識。這一感歎所發出的歷史背景和他本人的人生遭際，不僅是我們橫向考察漢末社會與虞翻本人的切入點，也是我們縱向考察古人氣節觀與知己意識形成、發展的重要材料。

（一）虞翻之貶與士人氣節觀

據今存史料來看，從詞源學意義而言，「傲骨」「媚骨」等從正反兩方面表現氣節涵義的詞匯很大程度上是由虞翻「自恨疏節，骨體不媚」之歎衍化而來。

要細緻考察「自恨疏節，骨體不媚」之意，首先須對「疏節」「骨體」「不媚」幾個關鍵詞匯進行探討。「疏」有間距大之意，即與「密」相對。「節」本指竹子等植物的枝幹交接處，也指動物骨骼連接處。此處「疏節」言骨骼

〔註35〕無名氏《群書通要》，《續修四庫全書》本，上海古籍出版社，2002 年，第 1224 冊，第 252 頁。
〔註36〕陳壽《三國志・吳書・虞翻傳》，中華書局，1982 年，第 1323 頁。

連接處不緊密。「骨」乃人與動物體內堅硬組織部分，用以支撐身體、保護內臟。《說文》釋「體」為「總十二屬」〔註37〕，即身體十二部分之總屬，乃身體總稱。「骨體」即指身體骨骼。這幾個詞彙中，「媚」字成為理解「骨體不媚」的關鍵所在。「媚」字在甲骨文、金文中被寫成「女」下「眉」上。可見，「媚」所表達的本義，當是突出女子的眉毛漂亮，眉毛臨近眼睛，含有親近之意。因此，「媚」字所體現的意思，從男性出發，是喜愛之意，具有褒義意味，《說文》云「媚，說（悅）也」〔註38〕，即取此意。從女性出發，乃使動用法，指使其喜愛，演變成討好逢迎之意，具有貶義意味。以君臣關係類比男女，於君是喜愛，於臣是討好逢迎。這兩種意思在先秦典籍中都可以找到佐證。如《詩經・秦風・駟驖》「公之媚子，從公于狩」；《詩經・大雅・思齊》「思媚周姜，京室之婦」。這兩處「媚」字皆被釋為「愛」〔註39〕。又如《孟子・盡心下》「閹然媚於世也者，是鄉原也」；《楚辭・九章・惜誦》「忘儇媚以背眾兮，待明君其知之」。諸「媚」字被朱熹釋為「求悅於人」〔註40〕、「柔佞」〔註41〕，這些都有逢迎阿諛之意。所以在先秦，「媚」至少有喜愛、逢迎阿諛兩層意思，這兩層意思所針對的修飾主體不一樣，乃相對而言，且運用到君臣關係時，「媚」字已有了阿諛逢迎之意。

說到虞翻「骨體不媚」之歎，需要先對漢末品評人物的風尚和漢代相術中的骨相說作一簡介。漢末興起了品評人物的風氣，而相術與品評人物關係甚緊。「兩漢相術的骨相說影響甚廣，幾乎規範了當時人物品鑒的方向。故湯用彤先生說：『漢代相人以筋骨。』」〔註42〕漢末三國骨相說依然風行。虞翻是漢末三國時期的《易》學大家，被譽為漢《易》學的集大成者。《三國志》謂虞翻不僅精通《易》，並精於占卜、醫術等，所以說他通相術合情合理。在被貶嶺南之後，虞翻謂「自恨疏節，骨體不媚」，乃指自己以骨骼連接處不細密為恨，此乃骨相不好。「骨體不媚」，言下之意指自己不肯逢迎君主。虞翻此歎，顯然夾雜有自嘲自慰的情緒，表現的是一種枉貶的無辜與不被重用的不遇心態。

〔註37〕 段玉裁《說文解字注》，上海古籍出版社，1988年，第166頁。

〔註38〕 段玉裁《說文解字注》，上海古籍出版社，1988年，第617頁。

〔註39〕 鄭玄、孔穎達等《毛詩正義》，《十三經注疏》本，中華書局，1980年，第369、516頁。

〔註40〕 朱熹《四書章句集注》，中華書局，1983年，第375頁。

〔註41〕 朱熹《楚辭集注》，上海古籍出版社、安徽教育出版社，2001年，第73頁。

〔註42〕 謝路軍、董沛文《中國古代相術》，九州出版社，2008年，第21頁。

　　「骨體」二字連用，在虞翻之前，應不含有氣節之意。據檢，《荀子‧榮辱》「骨體膚理辨寒暑疾養」、《荀子‧性惡》「若夫目好色，耳好聲，口好味，心好利，骨體膚理好愉佚，是皆生於人之情性者也。」〔註43〕這裡「骨體膚理」，很明顯指人的骨骼軀體、皮膚紋理。西漢焦延壽《易林‧睽卦‧旅卦》：「旅：響像無形，骨體不成。微行衰索，消滅無名。」於此，《易》學名家尚秉和解釋爲「巽風響而無形，艮爲體、爲名，巽伏，故無名」〔註44〕。即山作爲骨體，風爲名，山與風相存，此處是對「骨體」本義的類比用法。東漢王充《論衡》多次提到「骨體」「察骨體」，如《骨相篇》就舉了上古至秦漢諸多聖人、顯貴之人以說明相人之術。足見，在先秦至漢，「骨體」就是指人（包括動物）的骨骼，被相術傳統引申爲骨相，代指相貌氣質。「骨氣」「氣骨」等詞匯，在虞翻之前，大都被醫籍、相書採用，所取的也是骨架軀體的原初義項以及氣質相貌之意。所以說，虞翻之前的「骨體」「骨氣」等還不含有氣節之意。

　　到了虞翻這裡，他首次將「骨體」與「不媚」連用，利用相人之術的傳統，將其置於直諫被貶的境遇之下，表達自己的骨相不能取悅於君主。「骨體」與「不媚」連用，且關聯到君臣關係，此時這兩個詞就進入了新的語境，開始具有了氣節之意，象徵著一種頑強不屈的獨立人格精神。可謂虞翻賦予了「骨體」這個詞新的文化涵義。另外，需要提及的是，「骨鯁」一詞，有表達耿直不阿的意思，它首次出現應在《史記》，後來《漢書》對「骨鯁」一詞也有數次記載，虞翻用「骨體不媚」來表達氣節觀念，其所受啓發除了受到相術傳統的影響，也許部分來自於對「骨鯁」這一詞語的義項接受。

　　在虞翻首次將「骨體」與「不媚」連用表達氣節觀之後，對此涵義進行繼承與發揚的後人不少，其中韓愈可謂是影響最大的。元和十四年（819）正月，韓愈因排佛諫主論佛骨之事，被貶爲潮州刺史，後量移袁州，途徑韶州作《韶州留別張端公使君》云：「久欽江總文才妙，自歎虞翻骨相屯。」〔註45〕虞翻因論神仙事被貶交州，韓愈因論佛骨事被貶潮州，一論道，一論佛，且都是因爲直諫枉貶，何其相似？！「骨相屯」作何解？竊以爲「屯」所取的乃是「屯卦」之「屯」，即讀作 zhūn。「屯卦」乃下震上坎，震爲雷，坎爲

〔註43〕王先謙《荀子集解》，中華書局，1988年，第63、437～438頁。
〔註44〕尚秉和《焦氏易林注》，光明日報出版社，2005年，第388頁。
〔註45〕錢仲聯《韓昌黎詩繫年集釋》，上海古籍出版社，1984年，第1181頁。

雨，雷雨交加，是風險之喻，形容環境惡劣。「屯卦」的爻辭也均表現前行會有舉步維艱之境。這一解釋也證明了前面筆者所謂虞翻受到相術影響而云「骨體不媚」。韓愈所謂「自歎虞翻骨相屯」，是將自己比喻成虞翻，喻仕途多舛。由於韓愈的文壇地位與文學史地位，韓詩被大量接受，後世取「骨相屯」入詩文的例子數見不鮮，隨舉數例：金元好問《喜李彥深過聊城》：「言詩匡鼎功名薄，去國虞翻骨相屯。」〔註46〕明徐𤊹《生朝自述》：「由來骨相屯，謀生信無術。」〔註47〕清蔣士銓《元旦》：「粗疏敢謂功名薄，懶惰翻宜骨相屯。」〔註48〕這些詩句，或表達傲視權貴，或表達不願趨奉勢力，無一不是體現了一種氣節觀。

除了韓愈「骨相屯」的表達被廣泛接受之外，後人還有「虞翻骨」「虞翻相」「虞翻骨相」等表達，諸例較多。南宋人李曾伯《維揚再贈林相士用前韻》：「深知我類虞翻相，莫怪人驚雍齒侯。」〔註49〕此處作者以「類虞翻相」表明自己寧折不彎的剛直秉性。李曾伯以詞名世，與辛棄疾一樣好發悲壯慷慨之調，多有感世憂時之情。又有清人湯鵬為例，其人不甘折腰屈節，憤世嫉俗，激昂慷慨，特重氣節，因此長年待居職閒。湯鵬詩文具有強烈的批判色彩，如《植節》等文，專門論述節義觀念在國家養士中的重要性，認為「國氣旺，生於士有節義；有節義，生於有骨理；有骨理，生於有學識；有學識，生於有教育」〔註50〕。從教育到學識、骨理，最終到節義，這是湯鵬認為養士的過程，其落腳點在培養士氣，足見士人氣節或節義的重要性。湯鵬詩歌好幾次提到「虞翻骨」「虞翻骨相」，蓋其欽慕虞翻之氣節。如《送趙鹿潭侍御歸益陽草堂歌》：「虞翻骨相太英特，賈誼文章徒轗軻。」《投賀柘農編修》：「賈誼才華新涕淚，虞翻骨相舊風塵。」《再訪陳筠心》：「鳳泊鸞飄年復年，虞翻骨相只蒼然。」《挽許萊山師十五首》：「浮邱小子虞翻骨，京國愁吟趙臺歌。」〔註51〕諸詩對虞翻引用多次，尤其「浮邱小子虞翻骨」一句，由於湯

〔註46〕施國祁《元遺山詩集箋注》，人民文學出版社，1958年，第389頁。

〔註47〕徐𤊹《鼇峰集》，《續修四庫全書》本，上海古籍出版社，2002年，第1381冊，第52頁。

〔註48〕蔣士銓《忠雅堂文集》，《清代詩文集彙編》本，上海古籍出版社，2010年，第356冊，第577頁。

〔註49〕傅璇琮等《全宋詩》，北京大學出版社，1998年，第38741頁。

〔註50〕湯鵬《浮邱子》，《續修四庫全書》本，上海古籍出版社，2002年，第952冊，第371頁。

〔註51〕湯鵬《海秋詩集》，《清代詩文集彙編》本，上海古籍出版社，2010年，第607冊，第356、439、457、470頁。

鵬自號浮邱子，此處以「虞翻骨」後接「浮邱小子」，更是湯鵬氣節觀的一種直接投射。

至少在唐代，就產生了「傲骨」的說法。南宋戴埴《鼠璞·傲骨》載：「唐人言李白不能屈身，以腰間有傲骨。」〔註 52〕李白是有唐一代極為重要的士人，其狂氣、傲氣為後人癡迷。宋人陳師道《題畫李白真》謂：「袖手猶懷脫靴氣，豈是從來骨相屯。」〔註 53〕清人張家榘《是日集於筱岑寓舍小酌彈琴疊前韻》云：「半生骨相虞翻薄，千首詩篇李白狂。」〔註 54〕諸詩將李白的傲氣與虞翻尚氣並言，道出了某種內在的承繼關係。李白有傲骨的說法，對後人影響較大，「力士脫靴」的故事和「天子呼來不上船」的杜詩名句流傳深遠，就是對李白氣節觀念的一種肯定。可以說，虞翻「骨體不媚」的感歎，不僅經過了韓愈詩歌的發揚光大，也一定程度上經過了李白事蹟踐行的傳播。

至少在南宋末，就有「媚骨」一詞來表現氣節的例子。如方岳《通楊左司箚》：「某生無媚骨，與世少諧。」〔註 55〕方岳由於「無媚骨」，因此「與世少諧」。又如晚宋王邁，曾直言被貶，在《謝曾參薦舉啓》中，自謂「如某者徒有苦心，本無媚骨。……但見與世而枘鑿，不為隨人之桔槔。」〔註 56〕此處用「無媚骨」，要表達的就是一種與世枘鑿的處事性格，其背後隱藏的是不願同流合污的氣節觀。所以說，至少在唐宋時期，「傲骨」「媚骨」等詞用來表達不肯諂媚逢迎的氣節觀念的用法已經成熟。這些詞匯，應該是虞翻「骨體不媚」之歎的一種縮語與衍化，尤其是「媚骨」一詞對「骨體不媚」的承繼較為明顯。

後世除了用「傲骨」「媚骨」等詞匯表達氣節觀以外，還有直接以「骨體」表現氣節的詩文，如明王世貞《贈石給事拱辰》：「烈士嬰逆鱗，豈在明月珠。……余本骨體人，為君重踟躕……」〔註 57〕「逆鱗」典故源出《韓非子》，指直臣觸怒君顏，王詩中「余本骨體人」，明顯表現的是一種氣節與人格的獨

〔註 52〕　戴埴等《鼠璞 坦齋通編 臆乘》（合刊本），《叢書集成初編》本，上海商務印書館，第 9 頁。

〔註 53〕　傅璇琮等《全宋詩》，北京大學出版社，1998 年，第 12738 頁。

〔註 54〕　鄧顯鶴《沅湘耆舊集》，《續修四庫全書》本，上海古籍出版社，2002 年，第 1692 冊，第 415 頁。

〔註 55〕　曾棗莊、劉琳等《全宋文》，2006 年，第 342 冊，第 324 頁。

〔註 56〕　曾棗莊、劉琳等《全宋文》，2006 年，第 324 冊，第 237～238 頁。

〔註 57〕　王世貞《弇州四部稿》，文淵閣《四庫全書》本，臺灣商務印書館，1987 年，第 1279 冊，第 191～192 頁。

立。此處「骨體」與「媚骨」一樣，較爲明顯地承繼了虞翻「骨體不媚」的感歎。

後人表達氣節觀時，除了用與「骨」有關的詞彙，還有引虞翻而不露「骨」者的表達。如劉克莊《和朱主簿四首》其三：「魯兀存尊足，虞翻乏媚姿」〔註58〕，這裡不言「骨」，而在以虞翻爲主語的情況之下，反用「媚」來表達氣節之意，也可謂有異曲同工之妙。

需要提及的是，「媚骨」「骨媚」「氣骨」等成爲藝術審美的常用詞彙，也常形容梅、蘭、竹、菊等植物的嫵媚之姿，或者形容文學及書法作品的筋骨神氣。這是從相人到相物的轉變，其成爲審美範疇，是部分受到了漢末魏晉時期人物品鑒風氣的影響〔註59〕，這似乎可以看作是對「骨體不媚」衍伸意義的運用。宋祁《詠水紅》：「終然體不媚，無乃對虞翻。」〔註60〕這裡將水紅這種植物與虞翻聯繫起來，毫無疑問是針對虞翻骨相之論而發的感歎。

綜合來看，「骨氣」「氣骨」「骨體」等，都帶有「骨」字，它們最初都是指人、動物的骨骼，取的是骨架軀體的原初義項。由於虞翻在直諫枉貶的境遇中，在人物品鑒的風氣影響下，利用相人之術的文化傳統，賦予「骨體」一詞新的文化內蘊。「風骨」「傲骨」「媚骨」等詞彙很大程度上脫胎於虞翻「骨體不媚」的感歎，從而成爲了具有深層內蘊的文化符號，積澱在士人心靈。「骨體」從單一的骨骼軀體義項到生成「傲骨」「媚骨」等具有氣節觀念涵義的多元意義詞彙，這一過程之中，虞翻所起的嚆矢作用不容忽視。

詞彙的歷時衍變是一個複雜的問題，尤其是從本義到引申義的衍化過程，由於有文化因素的介入，令考量詞彙衍變顯得複雜。上面主要從詞彙的原初意義到文化引申意義的流變大致探討了虞翻對士人氣節觀的貢獻，下面簡要從虞翻本人直諫枉貶的實踐行爲來考察其對士人氣節觀的影響。

虞翻之貶，主要是因爲直諫。直諫往往就是氣節觀的另一種表述，可以說直諫行爲就是氣節觀的一種外在顯現，因爲有強烈的氣節觀念，所以才很大程度上導致了直諫性格。《三國志·虞翻傳》多次提及虞翻的剛直性格，云「疏直」「狂直」「亮直」，眾評價皆帶「直」字，故剛直當爲虞翻性格之最突

〔註58〕 傅璇琮等《全宋詩》，北京大學出版社，1998年，第36408頁。
〔註59〕 關於人物品評之風與審美範疇，王鎮遠《中國書法理論史》（黃山書社，1990年）第40～41頁有過論述。
〔註60〕 傅璇琮等《全宋詩》，北京大學出版社，1991年，第2546頁。

出特點。《初學記・帝王部》「魏虛座漢側席」條謂「《吳書》曰：『虞翻，字仲翔，著《易》甚有大意。魏文帝聞翻名，爲設虛座守之。』《後漢書》曰：『朕思望直士，側席異聞。』」〔註61〕魏文帝爲虞翻設虛座，乃因爲虞翻精《易》，且直諫之名太甚。這說明虞翻的直諫性格在當時極有知名度。

　　虞翻直諫被貶具有示範性，後世因爲直諫被貶的士人往往用引用虞翻之貶來表達自己的枉貶，體現的是一種不卑不亢的氣節觀。如除了前已談及的唐代韓愈，宋代蘇軾也是貶謫文化史有名的貶謫士人。其《廣倅蕭大夫借前韻見贈覆和答之二首》其一謂：「生還粗勝虞，早退不如疏。」〔註62〕蘇軾以曠達胸襟著稱，其「生還粗勝虞」的感歎，更顯虞翻南貶至死的悲涼。蘇軾被貶多次，除了複雜的黨爭傾軋因素，還有一點就是其對氣節的堅守，由於不肯隨附結黨，故爲眾人不和。後世眾多貶臣，往往因爲政見相齟齬而被貶，他們直諫被貶，與虞翻一樣，大都是尚氣的體現。虞翻作爲堅守氣節直諫枉貶的典型，在貶謫文化史上佔有重要席位。如清初王嗣槐《喜吳漢槎塞外還和益都相國韻》：「去如屈子悲長放，歸似虞翻氣不除。」〔註63〕將兩位貶謫名人並言，且突出了虞翻重氣，可見虞翻氣節觀在貶謫文化史上的影響之深。

　　要之，從「骨體不媚」生發的詞匯義項的流變、接受與虞翻直諫被貶的實踐行爲示範性來看，虞翻都對中國士人尚氣傳統做出了貢獻。從先秦的孔孟、屈原，直到明代海瑞等人，這源遠流長的氣節相尚，虞翻的紹續與發揚之功是不能忽略的。

（二）虞翻之貶與士人知己意識

　　知己意識在士人文化心態中也佔有重要位置，常常體現在士人的話語、行動與文字中。古代士人強烈的知己意識，往往產生於士人立功立言理想的不如意境遇，士人於此境遇中發出的世無知己的感歎，體現了一種強烈的孤獨感與悲涼心態，成爲了文字中時常體現士人塊壘之抒的重要內容。歷史中有關知己意識的故事、人物不一而足：孔子「知我者其天乎」〔註64〕的慨歎；

〔註61〕　徐堅《初學記》，中華書局，1962 年，第 208 頁。

〔註62〕　傅璇琮等《全宋詩》，北京大學出版社，1993 年，第 9574 頁。

〔註63〕　王嗣槐《桂山堂詩文選》，《清代詩文集彙編》本，上海古籍出版社，2010 年，第 73 冊，第 572 頁。

〔註64〕　何晏、邢昺《論語注疏》，《十三經注疏》本，中華書局，1980 年，第 2513 頁。

豫讓「士爲知己者用」〔註65〕的嗟歎；伯牙子期高山流水的故事；屈原「舉世皆濁我獨清，眾人皆醉我獨醒」〔註66〕的感喟；劉勰《文心雕龍・知音篇》的論述等，這些都對士人文化心態產生了重要影響。就中，虞翻之貶對士人知己意識產生的影響也值得探討。

虞翻被貶嶺南多年以後，有「死以青蠅爲弔客，使天下一人知己者，足以不恨」的感歎，表達在生前無知己，死後只有青蠅來憑弔的知己意識。虞翻忠心耿介，卻不爲君主賞識，遠徙嶺南，其心悲苦，不能向時人陳說。虞翻此番感歎，是希望後人理解他境遇的一種情感預設和期待，後人聯繫到自身遭遇時，往往能夠引發共鳴。因此，後人在遭際不平時常引用虞翻故事，或者直接引用虞翻「青蠅弔客」的典故與「天下一人知己者，足以不恨」的表達，這樣的例子如恒河沙數，又主要體現在書序類、寄贈類（書信、贈序、詩歌等）、憑弔懷古主題三類作品中。

首先，我們來看士人在書序中對虞翻知己之歎的引用。書序一般置於書前或書尾，是用來介紹成書經過、該書內容、思想評論等，撰者時常借書序來表現一種知己意識。這種知己之歎，往往又與著書立說體現的立言意識結合在一起。

書序又可分爲自序與他序。他序如明人鍾惺《〈種雪園詩選〉序》云：「虞翻曰『天下有一人知己，足以不憾』，此非致慨於天下之莫己知，而姑求知於一人以自慰也。蓋古信心獨行之士，有輕於取天下之名，而重於得一人之知者。」〔註67〕「重於得一人之知者」，是鍾惺對廣大「信心獨行之士」重知己觀念的判定，這種重知己的觀念，被認爲是重於天下之名的。清初尤侗給著名戲曲家黃周星《秋波六義》撰序云：「予窮愁多暇，間爲元人曲子，長歌當哭，而覽者不察，遂謂有所譏刺，群而嘩之。夫以優伶末伎，尚不容於世，如此若以《西廂》之曲，造爲八股之文，向非特達之知，出自先帝，則縉紳大人、道學夫子，未有不議其怪誕，執而欲殺者矣，乃有從而和之如黃先生者哉。嗚呼！此虞翻所以歎恨於知己也。」〔註68〕這裡，尤侗以《西廂記》名句爲題作八股文，黃從而和之，感黃爲知己，是出於一種引爲知己的惺惺

〔註65〕劉向《戰國策》，上海古籍出版社，1985年，第597頁。
〔註66〕朱熹《楚辭集注》，上海古籍出版社、安徽教育出版社，2001年，第113頁。
〔註67〕黃宗羲《明文海》，中華書局，1987年，第2816頁。
〔註68〕尤侗《西堂文集》，《清代詩文集彙編》本，上海古籍出版社，2010年，第65冊，第128頁。

相惜。清初王鐸有《陰闇狀〈序思集〉序》云:「丁亥秋日,太峰給諫求予序,予未識闇狀公,識太峰,覽其序總錄,存僅十之一也,予睹虞仲翔『疎節闊目,一人知且不恨』,太史公自敘『欲藏之名山』,古來抱奇蹈道者,往往而狀。人之知有幸,有不幸,其感慨不平之衷,不可深爲痀傷乎!」〔註69〕王鐸引用虞翻、司馬遷的名言,凸顯的是一種知己意識與著述立言意識的緊密結合,這一點在知己之歎中尤爲常見。如宋琬《〈單漢平稿〉序》謂:「單子取以授予曰:『數十年目光心血,悉具此編,子其爲我論之。』予讀未及終,作而歎曰:『有才如此,而尚滯葭葦,造物者若或忌之……悠悠天地之大,曾不得一人爲論定,而徒以供不知己者之詬厲,此虞仲翔有青蠅之歎。」〔註70〕虞翻青蠅之歎與請序之事聯繫在一起,表達就是作者希望能夠有異代知己的出現,這是強烈的著書立言意識的體現。士人撰寫自序,也常引用虞翻的知己之歎。如明人費元祿《甲秀園集自序》謂:「與夫交遊親戚園林泉石,皆得附此集以自見,萬一天下後世,得一有心人讀之,因余之文以知余之人,愛其文而傳之,萬世之後,姓名不至黯然與秋草同折。虞仲翔所謂『一人知己,足以不恨』。吾之精神魂魄,尤樂與周旋,又余之所不能不望於茲集之傳也。」〔註71〕希望姓名能傳世不至黯然,這種明顯的著書立言意識應該說是具有代表性的,體現了士人尋求異代知己的集體心理。足見,士人在書序中引用虞翻知己之歎,往往體現著著書立言的意識,且立言不在當代,而在後世。「一人知己,足以不恨」,極言當代知己難求,這往往是一種當代不得志的愁悶體現,是一種士不遇心態,這種心態在古代士人心態中具有代表性與普遍性。

其次,我們再來看寄贈作品對虞翻知己之歎的引用,主要集中在書信、贈序、酬贈詩等文體。與書序中的著述立言意識著重在尋找異代知己不同,寄贈作品中的知己意識,主要體現了作者對當代寄贈對象的一種肯定及引爲當代知己的心態。雖然不排出部分士人在寄贈酬和時言知己乃應景套語,但更多的則是一種知己難求的慨歎。

書信如南宋劉克莊《受告謝程中書公許啓》云:「昔靈均自言有眾女之余姤,虞翻遺恨無一人之已知。詎意孤生,親逢殊獎!良由筆端之予奪當,不

〔註69〕 王鐸《擬山園選集》,《清代詩文集彙編》本,上海古籍出版社,2010年,第7冊,第10頁。
〔註70〕 宋琬《安雅堂未刻稿》,《清代詩文集彙編》本,上海古籍出版社,2010年,第45冊,第109~110頁。
〔註71〕 黃宗羲《明文海》,中華書局,1987年,第2655頁。

待身後之議論公。」〔註72〕劉克莊於此引程公許爲知己，感謝其獎掖之恩。又如明人王世懋《復王沂陽》：「虞仲翔，三國名士也，遭讒斥，且死曰『死當以青蠅爲弔客，使天下有一人知我者，足以不恨。』僕之遇足下，實知己矣。以仲翔所不能得者，僕何幸，乃得之足下哉。」〔註73〕此處突出虞翻的知己之歎，並直言「僕何幸，乃得之足下」，是明顯引爲當代知己。贈序如清人金德嘉《寄贈翟美如序》：「萬一坎壈世路，遯跡沉冥，而抗顏闊步，猶能擁書萬卷以自樂，虞仲翔乃云「天下之大，竟無一人知己」，亦論之過激者歟！」李祖陶評曰：「予性拙不能交人，人亦眇有肯交予者，擁書自樂，先生言先得我心。」〔註74〕此處對虞翻知己之歎進行否定，正從側面體現了虞翻知己之歎的重大影響，且李祖陶云「先生言先得我心」，是對擁書自樂觀點的贊同，深深體現了一種知己意識。酬贈詩如清初周在濬《寄懷馮青門次隴客弟韻》：「論少絕交譏到漑，世無知己歎虞翻。」〔註75〕世云劉孝標《廣絕交論》一文意在諷刺到漑，周在濬云「世無知己歎虞翻」，眞可謂將虞翻對知己意識的影響道得透徹。上述這些寄贈類作品多是與同時之人交遊的產物，表現的是在當代尋求知己，有別於書序中尋求異代知己的心態，不過歸根究底都是源於立功立言等理想的幻滅，無論是尋求異代知己，還是尋求當代知己，都是尋求心理慰藉的一種表現。

最後，我們看憑弔懷古主題，士人常將知己之歎融於弔古傷今之中，這一點如陳子昂《登幽州臺歌》中體現得較爲明顯。廣州光孝寺前身是秦漢之際南越王趙佗之孫趙建德的住宅，虞翻被貶交州，謫居此處講學，世稱虞苑或虞園。這樣一座千年古刹，每當有士人來此，都會產生一種親臨往古的感受，免不了吟詩作對以憑弔懷古。歌詠光孝寺的詩文，就現存文獻來看，至少從唐代開始就有，如果對《光孝寺志》〔註76〕中的《藝文志》《題詠志》約兩百多篇詩（文）進行統計的話，恐怕其中提到虞翻的不在少數。除了《光孝寺志》收錄的，還有不少遺漏的，隨舉兩例。清人梁以壯《虞翻園》：「放

〔註72〕 曾棗莊、劉琳等《全宋文》，2006年，第328冊，第107頁。

〔註73〕 王世懋《王奉常集》，《四庫存目叢書》本，齊魯書社，1997年，第133冊，第618頁。

〔註74〕 李祖陶《國朝文錄・居業齋文錄》，《續修四庫全書》本，上海古籍出版社，2002年，第1670冊，第75頁。

〔註75〕 徐世昌《晚晴簃詩匯》，《續修四庫全書》本，上海古籍出版社，2002年，第1629冊，第693頁。

〔註76〕 《光孝寺志》，杜潔祥《中國佛寺史志彙刊》本，丹青圖書公司，1985年。

逐孤臣舊有園，空階一立憶虞翻。欺人亂世尋常事，知己平生豈易言。」〔註77〕「知己平生豈易言」，強調了知己難求，這是把虞翻引為異代知己，體現的是一種強烈的孤獨情懷。清人張九鉞《虞苑》：「千秋有弔客，當世無知心。何況荒園跡，躊躇蔓草深。」〔註78〕「千秋有弔客，當世無知心」，「千秋」與「當世」對比，是時間的縱向對比，更顯知己難求。詠光孝寺時提到虞翻的知己之歎，是所有憑弔懷古者常常抒發的共同心聲，是古代士人的集體心理寫照。

除了歌詠光孝寺會提到虞翻，其他憑弔也有，尤其是弔墓抒情。如蘇轍《過王介同年墓》：「平生使氣坐生風，徐叩方知學有功。應奉讀書無復忘，虞翻忤物自甘窮。埋根射策久彌奮，投老爲邦悍莫攻。墳木未須驚已拱，少年我亦作衰翁。」〔註79〕蘇轍昔與王介同登制科，這裡的物是人非之感，無疑是對這位朋友的懷念，其中蘊含的知己之引融於深深的感時傷懷之中。又如張問陶《拜訥旃先生墓》：「人間自哭張平子，地下誰知虞仲翔。」〔註80〕「人間」與「地下」相對，「自哭」與「誰知」相對，張衡與虞翻相對，三組比較，更加映襯出虞翻的悲涼寂寞，這也是對虞翻無知己的同情。

值得一提的是，悼念亡友之作中也有知己意識的表現。如清洪亮吉《哭張編修惠言》云：「直爲朝廷計，尤須惜此人。義堪風有位，官僅作詞臣。嫉俗眉常斂，憂時意獨眞。研心仲翔《易》，骨相亦同《屯》。（自注：君時注虞翻《易》）……十年無淚灑，爲爾一滂沱。」〔註81〕全詩充滿了對張惠言「官僅作詞臣」的同情，這是對黃鍾毀棄的憤慨與歎息。作者同時表達了對知己去世的強烈傷感。悼亡詩中的知己之歎，多述及友情、親情，甚或愛情，這也是虞翻知己之歎對這一特殊文體的影響。

無論是立功還是立言的不順，都是未能達到士人期望值，由於憂愁鬱結，所以就常借助虞翻之歎來抒發心中塊壘。虞翻的知己之論具有原型意義，成爲一種心理結構的基本模式，當後人際遇與虞翻類似時，就很容易聯想到這

〔註77〕 梁以壯《蘭疇前集》，《四庫未收書輯刊》本，北京出版社，2000 年，第 8
　　　　 輯，第 29 冊，第 322 頁。
〔註78〕 張九鉞《紫峴山人全集》，《續修四庫全書》本，上海古籍出版社，2002 年，
　　　　 第 1444 冊，第 2 頁。
〔註79〕 傅璇琮等《全宋詩》，北京大學出版社，1993 年，第 10014 頁。
〔註80〕 張問陶《船山詩草》，中華書局，1986 年，第 588 頁。
〔註81〕 洪亮吉《洪亮吉集》，中華書局，2001 年，第 1337 頁。

位先賢，能夠與這位典型士人的經驗產生共鳴。所以說，虞翻的知己之歎具有超越個體的意義，能夠引起潛藏在士人心底深處的情感投射功能。

如今，當我們談到「媚骨」「骨氣」等詞彙，浮現在腦海的首先是它們的氣節涵義，而不是它們原初的語源意義，原初意義已經被帶有文化因子的引申意義所掩蓋，虞翻對這些詞彙的流變與發展是有過貢獻的。虞翻的氣節觀與不屈的精神受到了孔孟仁義學說的影響，也秉承了東漢高標風節的傳統，經過如唐代韓愈的詩歌表達與李白的踐行之後，越發為後人接受，潛移默化地影響著後代士人。歲月飄忽的歷史長河中，虞翻的知己之論，也常在有著共通經歷的士人群體心理之悲涼與失落時，產生新的心理慰藉力量。

五、虞翻嶺南之貶及其典範意義

虞翻名世主要是以其《易》學成就，殊不知虞翻對中國文化的貢獻不只是在《易》學，他還是中國貶謫文化史上的重要人物。東晉袁宏《三國名臣序贊》謂：「仲翔高亮，性不和物……直道受黜。歎過孫陽，放同賈屈。」〔註82〕「放同賈屈」是對虞翻在貶謫文化史上地位的一種肯定。史上還有不少將虞翻與屈原、賈誼並言的例子。如顧清《祭錢與謙修撰文》：「長沙賈傅，南海虞翻，古今所歎。」〔註83〕吳偉業《贈學易友人吳燕余二首》其一：「吞爻夢逐虞生放，端策占成屈子窮。」〔註84〕後人之所以將虞翻與屈賈相提並論，除了他們是中國歷史上較早的三位貶臣之外，也與其被貶原因、貶後意識傾向與行為方式、貶謫時空因素諸方面的差異相關。

（一）直諫枉貶〔註85〕的謫臣典型

大凡忠臣被貶，都展示出濃鬱的屈枉色彩。所謂「信而見疑，忠而被謗」，便是他們的共同遭遇。不過，與屈原、賈誼相比，虞翻之貶更突出的特點在於其犯顏直諫。

〔註82〕 嚴可均《全上古三代秦漢三國六朝文‧全晉文》，中華書局，1958 年，第 1787頁。

〔註83〕 顧清《東江家藏集‧北遊稿》，文淵閣《四庫全書》本，臺灣商務印書館，1987年，第 1261 冊，第 661 頁。

〔註84〕 吳偉業《梅村家藏稿‧後集》，《續修四庫全書》本，上海古籍出版社，2002年，第 1396 冊，第 145 頁。

〔註85〕 參見尚永亮先生《元和五大詩人與貶謫文學考論》，文津出版社，1993 年，第3 頁。

屈原之貶主要緣於黨人群小的朋比作祟，其遭遇更具忠奸之爭的悲劇色彩；賈誼之貶則主要緣於元老重臣的嫉賢妒能，其遭遇較多感士不遇的沉痛意味。〔註86〕而就表現形態看，進讒與信讒則是其被貶的共同特徵。至於虞翻之貶，則主要是緣於他與君主的直接矛盾。我們從《三國志》及裴注中找不到虞翻被棄南荒有姦臣排擠的原因，但孫權與虞翻君臣間的矛盾卻展示得十分明顯。《三國志·虞翻傳》多次謂虞翻「疏直」「狂直」「亮直」，可見，「直」是虞翻性格最突出的特點，也是他被貶的直接原因。孫權雖能納諫，但面對剛直進諫如虞翻者，便失去了君人之量。所以陳壽在《虞翻傳》末謂：「虞翻古之狂直，固難免乎末世，然權不能容，非曠宇也。」〔註87〕一個是「狂直」之士，一個是「不能容」之君，二者的碰撞，必然導致虞翻屢逆龍鱗而「難免乎末世」的後果。史書記載：虞翻遭棄嶺南十餘年後，孫權曾不無後悔地說道：「虞翻亮直，善於盡言，國之周舍也。」〔註88〕並打算重新啟用虞翻，然是時虞翻已卒。這種逢時不祥的際遇，使得虞翻作為諍臣而橫遭屈枉的特點越發突出。

在中國歷史上，由於對儒家道義的信奉和持守，確實造就了一批批「拂心逆耳，而有犯無隱；觸法靡悔，守死不二」〔註89〕的剛直之士，但在專制皇權的強力打壓下，這些剛直之士很少不走向被殺被貶的悲劇結局。而虞翻，便正是這些剛直之士的早期代表。事實上，正是由於虞翻的剛直性格和枉貶性質特別突出，故「虞翻骨」「虞翻枉」這類詞匯便成為直士枉貶的代名詞，而在後世同一遭遇的文人筆下被反覆使用。諸如：「久欽江總文才妙，自歎虞翻骨相屯」〔註90〕；「賈誼才華新涕淚，虞翻骨相舊風塵」〔註91〕；「跡類虞翻枉，人非賈誼才」〔註92〕；「賈誼才猶遠，虞翻枉未伸」〔註93〕等，比比皆

〔註86〕 參見尚永亮先生《忠奸之爭與感士不遇——論屈原賈誼的意識傾向及其在貶謫文化史上的模式意義》，《社會科學戰線》，1997年，第4期。

〔註87〕 陳壽《三國志·吳書·虞翻傳》，中華書局，1982年，第1341頁。

〔註88〕 陳壽《三國志·吳書·虞翻傳》裴注引《江表傳》，中華書局，1982年，第1324頁。

〔註89〕 王欽若等《冊府元龜·諫諍部·直諫》，中華書局，1989年，第1456頁。

〔註90〕 韓愈《韶州留別張端公使君》，錢仲聯《韓昌黎詩繫年集釋》，上海古籍出版社，1984年，第1181頁。

〔註91〕 湯鵬《投賀柘農編修》，《海秋詩集》，《清代詩文集彙編》本，第607冊，第439頁。

〔註92〕 宋之問《登粵王臺》，彭定求等《全唐詩》，中華書局，1960年，第651頁。

〔註93〕 皇甫汸《南征道中書情二十韻》，《皇甫司勳集》，文淵閣《四庫全書》本，臺灣商務印書館，1987年，第1275冊，第657頁。

是，不勝枚舉。從這些既詠歎虞翻又借古人自澆塊壘的詩作中，不難體悟出歷代文人那種異體同構的生命共感。後人談及虞翻生平時，無一不對其枉貶進行渲染，虞翻由此在集體抒情下成爲貶謫史上直諫枉貶的典型。

（二）貶後上表程序及其回歸意識

虞翻被貶嶺南，久歷年歲，惡劣自然環境和遠離故土的心靈重壓，不能不使他萌生出強烈的回歸意識。故在謫居九年、孫權即尊號時，上表陳情：

> 陛下膺明聖之德，體舜、禹之孝，歷運當期，順天濟物。奉承策命，臣獨抃舞。罪棄兩絕，拜賀無階，仰瞻宸極，且喜且悲。臣伏自刻省，命輕雀鼠，性輶毫釐，罪惡莫大，不容於誅，昊天周極，全宥九載，退當念戮，頻受生活，復偷視息。臣年耳順，思咨憂憤，形容枯悴，髮白齒落，雖未能死，自悼終沒，不見宮闕百官之富，不睹皇輿金軒之飾，仰觀巍巍眾民之謠，傍聽鐘鼓侃然之樂，永隕海隅，棄骸絕域，不勝悲慕，逸豫大慶，悅以忘罪。〔註94〕

這是中國歷史上現存最早的一篇完整的貶臣上表，其中不僅展示虞翻的貶後心態，也一定程度地規範了貶臣上表的寫作程序。一方面，耳順之年的虞翻歷經磨難，早已是「形容枯悴，髮白齒落」了，此番若不能還朝，他就將「永隕海隅，棄骸絕域」了。想到這一點，他不能不悲從中來，滿紙哀聲，甚至說出「罪惡莫大，不容於誅」的話來；但另一方面，表中多處頌聖文字，在很大程度上又只能視爲虛應故事，慣例使然。對自己曾經堅持的道義，他並無一字反悔。否則，他就不會於數年後再度上表呂岱反對孫權報聘遼東，以致被復貶蒼梧了。他的目的，不過是借痛切的言辭以表哀慕，希望打動孫權，被赦還朝。虞翻這份強烈的回歸意識及其上表範式，在六百年後唐代貶臣韓愈那裡得到了全面的沿襲和套用。

元和十四年（819）正月，韓愈因排佛諫主被貶潮州，作了更爲有名的一篇《潮州刺史謝上表》：

> 陛下哀臣愚忠，恕臣狂直……既免刑誅，又獲祿食，聖恩宏大，天地莫量，破腦刳心，豈足爲謝！……臣少多病，年才五十，髮白齒落，理不久長，加以罪犯至重，所處又極遠惡，憂惶慚悸，死亡無日。單立一身，朝無親黨，居蠻夷之地，與魑魅爲群，苟非陛下

〔註94〕陳壽《三國志·吳書·虞翻傳》裴注引《虞翻別傳》，中華書局，1982年，第1322頁。

哀而念之，誰肯爲臣言者？……當此之際，所謂千載一時不可逢之
嘉會，而臣負罪嬰疊，自拘海島，戚戚嗟嗟，日與死迫，曾不得奏
薄技於從官之内、隸御之間，窮思畢精，以贖罪過，懷痛窮天，死
不閉目，瞻望宸極，魂神飛去。伏惟皇帝陛下，天地父母，哀而憐
之，無任感恩戀闕慚惶懇迫之至。〔註95〕

　　仔細對讀韓文和虞文，不難發現二者存在大量相似之處。兩人皆先贊君
主之恩德，繼而皆用「髮白齒落」言自己年邁，著重表現貶後的悲涼處境與
沉鬱心態。韓愈對嶺南絕域的環境描述相比虞翻更加突出，虞翻僅用「海隅」
「絕域」來表達貶所之僻遠，韓愈卻用了「濤瀧壯猛，難計程期；颶風鱷魚，
患禍不測。州南近界，漲海連天；毒霧瘴氛，日夕發作」等百餘字，極力渲
染貶所的荒涼與氣候的惡劣，以強調自己的悲涼處境，希望被赦還朝。與虞
文一樣，韓愈也說自己「罪犯至重」，但卻對諫佛骨一事略過不提，其梗直心
性深藏於文字底層。這種對虞文的直接承襲，明眼人如何焯者早就看穿：「韓
愈《潮州刺史謝上表》，此文亦仿虞仲翔《交州上吳大帝書》，須玩其位置之
巧，篇中並無乞憐，只自傷耳。」〔註96〕說它「不乞憐」，似不合事實，但說
韓文在寫作程序上仿虞文，且都表現了濃鬱的不能還朝的感傷情懷，卻是切
中肯綮的。

　　據此而言，虞、韓兩篇上表，無論篇章結構，還是詞匯表達、情感抒發，
尤其是強烈至極的回歸意識，都如出一轍，都可看出韓對虞的自覺承接。而
以韓文爲中介，後世貶臣承此套路者不在少數，由此大大拓展了虞翻模式的
影響。

（三）持中變通與教化一方

　　謫臣被貶後以何種心態處世，以什麼樣的行爲方式來對待貶謫生活，往
往導致他們或走向執著，或走向超越。屈原放流江湘，指斥群小，九死不悔，
終至以死殉志，表現出強烈的執著意識。賈誼遠適長沙，悲憤鬱積，「自以壽
不得長」〔註97〕，欲以超越憂患、縱軀委命，由此一定程度地展示出超越意
向。〔註98〕與之相較，虞翻既無屈原那種宗教般的政治熱情，也不像賈誼那

〔註95〕 董誥等《全唐文》，中華書局，1983年，第5553～5554頁。
〔註96〕 何焯《義門讀書記》，中華書局，1987年，第595頁。
〔註97〕 司馬遷《史記・屈原賈生列傳》（修訂本），中華書局，2014年，第3022頁。
〔註98〕 參見尚永亮先生《貶謫文化與貶謫文學》之導論《從執著到超越》，蘭州大學
　　　　出版社，2004年，第7～8頁。

樣沉重的鬱積嗟歎。他有對理想的執著，但少了些激憤；有對逆境的超越，但絕不逃逸。他以其學者的文化責任和道義擔當，將全副精力投入到著述和講學之中，以圖承續文脈，教化一方。這是一種持中變通的選擇，這一選擇，既使枯寂的謫居生活得到了充實，又大大減弱了政治打擊造成的心理重壓，似乎更爲符合君權專制實情下貶謫士人對人格理想和文化理想的堅守。

如前所言，虞翻在嶺南貶所十餘年，著述不輟，講學不輟，不僅訓注《老子》《論語》《國語》諸書，寫下《明楊》《釋宋》等學術著作，而且教化一方，培養了大批學人，一定程度地實現了多種文化的交流勾通。在這一點上，他以謫居之身，行學者之事，發揮了文化使者的功用，提供了屈原、賈誼所欠缺的貶謫經驗和生活方式，並爲後世貶臣在貶所著述講學、施行教化樹立了楷模。諸如韓愈在潮州積極興學，柳宗元在永州發憤著述、蘇軾在儋州講學明道，或強學固本，或德化一鄉，均載於方冊，皎皎著明。

誠然，謫臣在貶所興學傳道，主要是他們血液中窮且益堅、自強弘毅的儒家精神使然，他們未必需要直接從虞翻那裡沾溉流風。且囿於文獻所限，我們也無法找到相關資料證明他們在貶所興學受到了虞翻的影響。但是，探溯謫臣興學源頭，恐怕很難捨虞翻而繞行。虞翻的示範意義在於將弘毅的儒家精神納入貶謫的文化語境，將貶謫與興學聯繫起來，使得謫臣興學弘道有了新的實踐意義。虞翻在貶所著述講學的行爲具有普遍性，已遠遠超出嶺南而幅射各地，或隱或顯地發生影響，潛移默化爲後世謫臣轉移被逐悲憤和實現人生價值的自覺行爲。

（四）在文學史上的久遠影響

從貶謫的時間因素看，虞翻之貶歷時久，且貶上加貶，謫居嶺南終老未還。從空間因素看，嶺南遙遠荒僻，乃化外之地、瘴癘之鄉的代名詞。故而其長貶嶺南體現的悲劇意味甚大，足以與屈、賈同列，成爲後世文人持續歌詠的典型逐臣。

如所熟知，從漢末開始，嶺南逐漸成爲歷代放逐罪臣的重要場所，而虞翻則成爲被貶嶺南的第一重臣。自此之後，被貶嶺南者代不乏人，以唐宋兩代論，即有宋之問、沈佺期、韓愈、柳宗元、牛僧孺、李德裕、寇準、呂惠卿、蘇軾、鄭俠、秦觀、鄒浩、趙鼎、李綱、胡詮、胡寅、劉克莊等。所謂「海濱竟類屈原放，身後空思周舍言。吾粵後先數遷客，宋首大蘇唐首韓。……

功曹傲骨來軒軒，前房後蔣應隨肩」〔註99〕，便是此一情形的寫照。某種意義上，這些逐臣遷客都是追隨虞翻足跡來到嶺南的，而來到嶺南之後，他們自然會對虞翻南貶的遭際予以關注，感同身受。《藝文類聚·居處部》引《婁承先傳》載：「婁玄到廣州，遂徘徊躑躅於仲翔宅故處，哀咽悽愴，不能自勝。」〔註100〕樓玄乃東吳晚期直臣，因為性格耿介，數忤孫皓意而被貶嶺南。到廣州之後，樓玄密訪虞翻故宅舊址，表達對先賢虞翻的禮敬緬懷之意。如果從唐以後文人對虞翻事蹟的吟詠看，按其性質，則主要表現在以下兩類篇什：

其一，借虞翻事以自喻自傷。韓愈被貶潮州而「自歎虞翻骨相屯」，已如前述。蘇軾是繼韓愈之後嶺南貶謫史上最具影響力的文人，在其詩中，虞翻成了頻頻出現的人物：「老去仍棲隔海村，夢中時見作詩孫。天涯已慣逢人日，歸路猶欣過鬼門。三策已應思賈讓，孤忠終未赦虞翻。」〔註101〕「生還粗勝虞，早退不如疏。」〔註102〕前詩作於蘇軾尚在海南之日，後詩作於他被赦後離島北歸途中。無論身在謫籍還是遇赦北歸，他都借虞翻自喻自比，可見其受影響之深。曾燠《六榕寺有懷坡公作歌》有言：「坡公竄逐來南荒，前身恐是虞仲翔。」〔註103〕把蘇軾視為異代虞翻，可謂有見。蘇軾之後，屢次提及虞翻的，還有南宋那位因開罪權貴而數次遭貶的劉克莊。在題名《虞翻》的詩中，他對白頭於交州的虞翻深致感懷：「孝廉已稱帝，賓佐盡封侯。不道投荒客，交州白了頭。」〔註104〕其《記夢》詩云：「昔夢趨旃廈，巍冠預講論。孤忠鄙張禹，薄命類虞翻。稍覺詞言戇，徐瞻玉色溫。放臣絕朝謁，無路可酬恩。」〔註105〕借虞翻等人事歎喟放臣無緣朝謁，孤憤之情甚明。

〔註99〕 張維屏《賓谷方伯建虞仲翔先生祠於訶林招同諸詞人設祀賦詩》，《花甲閒談》，《四庫未收書輯刊》本，北京出版社，2000年，第10輯，第3冊，第319～320頁。

〔註100〕 歐陽詢《藝文類聚》，上海古籍出版社，1982年，第1143頁。按：李昉等《太平御覽·居處部八》亦引：「《樓承先別傳》曰：『樓玄到廣州，密求虞仲翔故宅處，遂徘徊躑躅，哀咽悽愴，不能自勝耳。』」中華書局，1960年，第877頁。

〔註101〕 蘇軾《庚辰歲人日作時聞黃河已覆北流老臣舊數論此今斯言乃驗二首》其一，傅璇琮等《全宋詩》，北京大學出版社，1993年，第9562頁。

〔註102〕 蘇軾《廣倅蕭大夫借前韻見贈復和答之》，傅璇琮等《全宋詩》，北京大學出版社，1993年，第9574頁。

〔註103〕 曾燠《賞雨茅屋詩集》，《續修四庫全書》本，上海古籍出版社，2002年，第1484冊，第86頁。

〔註104〕 傅璇琮等《全宋詩》，北京大學出版社，1993年，第36324頁。案：孝廉，指孫權曾被舉孝廉，事見《三國志·吳書·吳主傳》。

〔註105〕 傅璇琮等《全宋詩》，北京大學出版社，1993年，第36457頁。

其二，在送別、酬贈詩特別是送別被貶友人時，頻頻援引虞翻事，寄慨勸慰。如錢起《送畢侍御謫居》：「寧嗟人世棄虞翻，且喜江山得康樂」〔註106〕；陸粲《送陳太僕謫教海陽六首》其一：「十載臺郎滯爾身，白頭重作嶺南人。只緣汲黯憂時切，不信虞翻骨相屯。」〔註107〕何良俊《送馮侍御謫戍雷州二首》其一：「長沙悲賈誼，粵徼滯虞翻。……他鄉多勝事，遠道亦何論。」〔註108〕此類送別謫友的詩歌引用虞翻之貶是有所指的，它們意旨較爲集中，落腳點都是表達對好友的撫慰與同情。除了送別貶臣，其他寄贈詩中也常以虞翻之貶爲例。如李白《贈易秀才》「地遠虞翻老，秋深宋玉悲。」〔註109〕歐陽輅《寄答世滋》「元伯經年成死別，虞翻終古未生還。」〔註110〕這類詩歌援引虞翻，多表達與知己好友地遠難聚之意。

要之，援引虞翻嶺南長貶的詩歌，若是自抒塊壘，大多充滿悲憤之思；若是送贈友人，則亦不乏悲涼情調。而作爲長貶嶺南的逐臣，虞翻形象通過這些歌詠也獲得了多層面的展現，並在文學史上成爲經久不衰的典型。

探賾虞翻之貶的多重意義，有利於洞察整個嶺南貶謫文化的源流。文化傳播中有一條優勢擴散原理，指文化交流中，先進文化往往會表現出較強的傳播能力，影響並征服落後文化。而由虞翻開啓的嶺南之貶，在將優勢文化傳播到嶺南的同時，也對眾多後來者形成一種明顯的導向作用。清人汪琨在《光孝寺虞仲翔祠神弦曲序》中指出：「遷謫自仲翔以後，賢人君子後先相望，昌黎潮陽之貶，子瞻儋耳之行，忠定新州之安置，安世梅州之轉徙，殊方萬里，哲士千秋，莫不嬰交廣之流離，繼功曹而顛躓，是則粵之經術，仲翔有其功，粵之流寓，仲翔爲之始。」〔註111〕張之洞《祭漢虞仲翔唐韓文公宋蘇文忠公文》一文，也將虞翻、韓愈、蘇軾三位謫臣並列，認爲「維三君，立

〔註106〕彭定求等《全唐詩》，中華書局，1960年，第2604頁。

〔註107〕陸粲《陸子餘集》，文淵閣《四庫全書》本，臺灣商務印書館，1987年，第1274冊，第700頁。

〔註108〕何良俊《何翰林集》，《四庫全書存目叢書》本，齊魯書社，1997年，第142冊，第44頁。

〔註109〕彭定求等《全唐詩》，中華書局，1960年，第1751頁。

〔註110〕鄧顯鶴《沅湘耆舊集》，《續修四庫全書》本，上海古籍出版社，2002年，第1692冊，第279頁。

〔註111〕汪琨《隨山館叢稿》，《續修四庫全書》本，上海古籍出版社，2002年，第1558冊，第8頁。案：汪琨所謂「忠定新州之安置」恐是誤記，劉安世謚忠定，新州安置者爲蔡確（字持正），當爲「持正新州之安置」。

德、功、言，兼三不朽；歷漢、唐、宋，爲百世師。」〔註112〕細味斯言，不難見出虞翻對嶺南文化的開創之功，而通過虞翻與其後繼者韓愈、蘇軾等人的合力，更建構出內蘊豐厚的嶺南貶謫文化，形成一條地域色彩極爲鮮明的貶謫主線。

綜上所言，虞翻之貶的文化史意義重大，他在當時傳播了學術文化，其貶後之歎，也對中國哀祭文化產生了一定影響，對後人氣節觀與知己意識的形成亦有潛移默化的影響。他開創的直諫枉貶的貶謫模式意義重大，其勸諫精神與隨緣委命、持中變通的貶謫意識傾向與行爲生活方式，影響了歷代謫臣。

第二節 「二宮構爭」與江東士族心態及文學

三國史研究中，「二宮構爭」在整個東吳政局上的歷史定位如何？它對江東士族的心態有何影響？對東吳西晉的文學有何影響？本節擬對這些問題進行論述。

一、東吳盛衰的轉捩點

張大可先生《論孫權》一文認爲：「公元229年，孫權四十八歲稱尊號，即皇帝位，從此，東吳政權從頂峰走向衰敗。孫權稱帝前建都武昌，是一種前進的姿態；稱帝後遷都建業，實際意味著限江自保。」〔註113〕方北辰先生亦云：「『二宮構爭』事件，是孫吳政治興衰的分水嶺。自此之後，孫吳的政治就進入衰敗期。」〔註114〕張、方二位三國史研究名家對東吳由勝轉衰的轉捩點定位，一個定在孫權稱帝，一個定在「二宮構爭」，孰者爲是？值得商榷。

如何判定一個政權由盛轉衰的轉捩點？我們可以從唐史研究中得到啓示。唐史研究者常常以「安史之亂」爲分水嶺，將李唐王朝分爲前後兩期，其主要依據就是「安史之亂」對唐王朝國運走向的巨大影響。這一事件的發生，使唐王朝在政治、經濟、文化等諸方面都產生了深遠的影響。有鑑於此，縱觀東吳政權，「二宮構爭」比孫權稱帝更適合作爲東吳政權由盛轉衰的轉捩點。

〔註112〕 張之洞《張之洞全集》，武漢出版社，2008年，第12冊，第414頁。
〔註113〕 張大可《三國史研究》，華文出版社，2003年，第178～194頁。案：《三國史研究》初版於1988年，甘肅人民出版社。該文原載《史林》，1988年第2期。
〔註114〕 方北辰《魏晉南朝江東世家大族述論》，文津出版社，1991年，第44頁。

一般認為，發生在東吳中期的「二宮構爭」，是由於吳主孫權晚年「嫡庶不分，閨庭錯亂」〔註115〕，導致東吳政權中出現了兩股勢力，分別支持太子孫和、魯王孫霸誰為儲君而進行的政治權益鬥爭。「二宮構爭」的實質，方北辰先生在《魏晉南朝江東世家大族述論》中認為是江東世家大族與淮泗集團的政治利益博弈，而王永平教授《論孫權與儒學朝臣間政治觀念的分歧及其鬥爭——從一個側面看孫吳政權之性質》〔註116〕一文，則認為「二宮構爭」的實質在於出身寒門的孫氏皇權與江東儒學世家大族的矛盾衝突。較之而言，王說比方說更深刻。

東吳赤烏四年（241），孫權太子孫登病死，由於第二子孫慮之前已去世，第三子孫和被立為太子。赤烏五年（242），孫霸被封為魯王，孫權對其「寵愛崇特，與和無殊」〔註117〕。加之孫權長期不立皇后，所以嚴格的嫡長子繼承制度也無法搬上臺面，這就令孫霸也有了爭奪儲君的機會。因此，從赤烏五年（242）到赤烏十三年（250），圍繞著孫和孫霸誰能成為儲君，東吳政權「中外官僚將軍大臣舉國中分」〔註118〕，分別選擇支持孫和或孫霸，發展成為一場政治鬥爭，史稱「二宮構爭」（又稱南魯黨爭〔註119〕、二宮之爭等）。以淮泗集團為主的成員擁護魯王孫霸，江東儒學士族則大都擁護太子孫和。八年的時間內，淮泗集團與江東儒學士族圍繞孫霸、孫和相互傾軋，最終兩敗俱傷，孫和被罷黜，孫霸被賜死。「二宮構爭」的一年多以後，統治東吳約半個世紀的吳大帝孫權病逝。大樹傾倒，從此東吳政權陷入相對混亂局面。

一個國家的國運走向，很大程度上取決於政權的穩定與否。「二宮構爭」使孫權最後立八歲幼子孫亮為太子。孫亮在一年多以後繼承了皇位，幼主蒞朝極易造成輔政大臣獨攬大權以及權臣之間的相互傾軋。孫亮即位翌年，輔政大臣諸葛恪掌握吳國軍政大權，並興功伐魏，耗財勞民。後繼續「專擅國

〔註115〕陳壽《三國志‧吳書‧妃嬪傳》，中華書局，1982年，第1203頁。

〔註116〕載王永平《孫吳政治與文化史論》，上海古籍出版社，2005年，第120～142頁。案：該文原載《南京理工大學學報》（社科版），2003年第1期。

〔註117〕陳壽《三國志‧吳書‧吳主五子傳》，中華書局，1982年，第1371頁。

〔註118〕陳壽《三國志‧吳書‧吳主五子傳》，中華書局，1982年，第1369頁。

〔註119〕錢大昕《廿二史考異》考《三國志‧吳書‧是儀傳》云：「案：赤烏五年，立子和為太子，霸為魯王，權寵愛霸，與和無殊，故有二宮之稱。和廢徙後二年，乃封南陽王，則霸已賜死久矣。南、魯之文，於義不通。當云東宮與魯王初立，下文乃稱二宮，斯得之。」上海古籍出版社，2004年，第312頁。

憲，廢易由意，假刑劫眾，大小屏息」〔註120〕，被輔政大臣孫峻設計殺害。繼而孫峻掌權，在攻魏期間病逝，其弟孫綝繼續掌權，專政嗜殺。皇帝孫亮仍被架空，「孫亮童孺而無賢輔，其替位不終」〔註121〕，終被孫綝廢除。太平三年（258），孫綝迎權第六子孫休即位，綝繼續權傾朝野。朝野間群臣的鬥爭更加激烈，並且孫休與孫綝矛盾日益惡化。同年，丁奉在孫休的示意下用計殺掉了孫綝。孫休雖然在位期間進行過一些改革，但已無力挽回東吳衰敗的勢頭。孫亮、孫休各為吳主六年，在這期間，東吳政局混亂，不少將領投降北方曹魏。東吳在末帝孫晧這位有名的暴君統治16年後，被西晉吞滅。所以，不難看出，「二宮構爭」動搖了東吳政權的基礎，破壞了孫氏皇權與江東儒學士族的關係，致使幼主無力駕馭權臣，政局波蕩，國柄頻移，影響甚大。直至末帝孫晧上臺，混亂局面表面上予以結束，但東吳政權的敗亡已成定局。這場殃流子嗣的事件對東吳政壇產生了巨大的負面影響，時人亦有評騭。如陸凱謂：「幼主嗣統，柄在臣下，軍有連征之費，民有凋殘之損。賊臣干政，公家空竭。」〔註122〕華覈也云：「自是之後，強臣專政，上詭天時，下違眾議，忘安存之本，邀一時之利，數興軍旅，兵勞民困，無時獲安。」〔註123〕此皆洞達之論。

三國鼎立的局面確立以後，東吳政權中的矛盾日益顯現出來，積極進取姿態放緩，所以張大可先生把孫權即位的229年定為東吳由勝轉衰的轉捩點，這有一定的道理。然而，東吳政權開始出現滑坡態勢，卻是由於「二宮構爭」的巨大影響，因此把「二宮構爭」作為東吳由盛轉衰的轉捩點更為合理。

二、江東士族心態

所謂士人心態，是作為一個群體的士人們的普遍心理趨向。羅宗強先生說：「影響中國古代士人心態的很重要的一個方面，是政局的變化。」〔註124〕「二宮構爭」對東吳政局產生了巨大影響，作為東吳國運轉衰的轉捩點，它牽涉人數多，史載「群司坐諫誅放者十數」〔註125〕。前後持續了八年，無疑會對東吳士人心態造成影響。

〔註120〕陳壽《三國志·吳書·諸葛恪傳》，中華書局，1982年，第1441頁。
〔註121〕陳壽《三國志·吳書·三嗣主傳》，中華書局，1982年，第1178頁。
〔註122〕陳壽《三國志·吳書·陸凱傳》，中華書局，1982年，第1409頁。
〔註123〕陳壽《三國志·吳書·華覈傳》，中華書局，1982年，第1465頁。
〔註124〕羅宗強《玄學與魏晉士人心態》再版後記，天津教育出版社，2005年。
〔註125〕陳壽《三國志·吳書·吳主五子傳》，中華書局，1982年，第1369頁。

　　東吳士人，概言之，主要是北方淮泗集團和江東本土儒學士族組成。江東儒學士族主要集中在吳、會二稽。吳郡士族以顧、陸、朱、張四姓爲主，會稽士族以虞、魏、孔、賀四姓爲主。其中吳郡士族大都走入東吳政權的核心層，會稽士族任職則不太顯要。「二宮構爭」中，孫權在兩大集團的鬥爭中，雖表面各打五十大板，但爲了孫氏皇權的利益，孫權偏向淮泗集團，對江東士族予以沉重打擊，所以下面主要探討江東士族士人心態。

　　「二宮構爭」中，江東士族群體心態如何？

　　首先，我們來看江東士族的領袖人物——陸遜。陸遜是江東士族群體的中流砥柱，是東吳的柱石之臣，也是江東士族中年老一輩的代表性人物。「二宮構爭」中，見太子孫和地位受到魯王孫霸的威脅，時在武昌的陸遜接連上疏諫主，云：「太子正統，宜有磐石之固，魯王藩臣，當使寵秩有差，彼此得所，上下獲安。謹叩頭流血以聞。」上疏未見效果，陸遜又請求赴建業與孫權面談，即所謂「書三四上，及求詣都，欲口論適庶之分，以匡得失」。陸遜赴都面諫的請求結果是孫權「既不聽許」。由於陸遜支持太子孫和，遭致孫權數責。史載「權累遣中使責讓遜，遜憤恚致卒」〔註126〕。以功見疑，加之支持孫和，陸遜最終憂憤而死。由於陸遜的政治思想、軍事戰略構想與孫權有著很大差異，在「二宮構爭」時期，孫權對陸遜加以格外的責讓與打擊，致使這位功勳卓著的江東士人領袖心理頗感不平，終至鬱鬱而終，東吳這一社稷之臣的隕落，江東儒學士族的實力大損。

　　吳郡陸氏不止陸遜一人被打壓，其族子陸胤亦如此。史載：「太子和聞其名，待以殊禮。會全寄、楊竺等阿附魯王霸，與和分爭，陰相譖構，胤坐收下獄，楚毒備至，終無他辭。後爲衡陽督軍都尉。赤烏十一年，交阯九眞夷賊攻沒城邑，交部騷動。以胤爲交州刺史、安南校尉。」〔註127〕赤烏十一年（248），陸胤被任命爲交州刺史，並且在交州任職十多年。從這段記載看，表面上是因爲交州騷亂，孫權派陸胤前去安撫，但這恐怕還有更深層的原因。裴松之在注《陸胤傳》時，引用《吳錄》曰：

　　　　太子自懼黜廢，而魯王覬覦益甚。權時見楊竺，辟左右而論霸
　　　　之才，竺深述霸有文武英姿，宜爲嫡嗣，於是權乃許立焉。有給使
　　　　伏於床下，具聞之，以告太子。胤當至武昌，往辭太子。太子不見，

〔註126〕陳壽《三國志‧吳書‧陸遜傳》，中華書局，1982年，第1354頁。
〔註127〕陳壽《三國志‧吳書‧陸凱傳附弟胤傳》，中華書局，1982年，第1409頁。

而微服至其車上，與共密議，欲令陸遜表諫。既而遜有表極諫，權疑竺泄之，竺辭不服。權使竺出尋其由，竺白頃惟胤西行，必其所道。又遣問遜何由知之，遜言胤所述。召胤考問，胤爲太子隱曰：「楊竺向臣道之。」遂共爲獄。竺不勝痛毒，服是所道。初權疑竺泄之，及服，以爲果然，乃斬竺。〔註128〕

　　陸胤在下獄之後，「終無他辭」，《三國志》沒有明言孫權對其進行懲罰，但其後來任職衡陽督軍都尉，遠離都城，應該說就是一種追責。在赤烏十一年（248），「二宮構爭」尚未結束，此時正是構爭白熱化階段。孫權把陸胤遠調交州，這種離都城建業越來越遠的調動，其實就是一種變相貶謫，而這當源於陸胤支持太子孫和忤逆了孫權之意。直至孫權去世（252），也沒有把陸胤從交州調回，以至於華覈在永安元年（258）上表請求將其召還予以重任。所以說孫權對陸胤進行變相打擊，是十分合理的推測。史籍未載陸胤在交州十多年的心態如何，但可想而知，這種遠赴蠻荒之地的長時間任職，心情當有幽憤鬱悶的一面。

　　其次，再看江東士族中支持太子孫和的另一核心人物——顧譚。顧譚其人，乃丞相顧雍之孫，亦爲江東士族中年輕一輩的代表性人物。孫登《臨終上疏》：「張休、顧譚、謝景皆通敏有識斷，入宜委腹心，出可爲爪牙。」〔註129〕太子孫登臨死前向孫權推薦顧譚等人，希望他們能夠得到重任。薛綜云：「譚心精體密，貫道達微，才昭人物，德允眾望。」〔註130〕這是薛綜推薦顧譚任選曹尚書時的評語。胡綜亦謂：「精識時機，達幽究微，則顧譚。」〔註131〕薛綜與胡綜，都是避難江東的北方流寓士人，兩人對於江東本土的顧譚有如此評譽，可見顧譚確實德行服眾。裴松之引陸機《顧譚傳》云：「宣太子正位東宮……，妙簡俊彥，講學左右，時四方之傑畢集……而譚以清識絕倫，獨見推重。自太尉范慎、謝景、羊徽之徒，皆以秀稱其名，而悉在譚下。」〔註132〕閻纘亦云：「吳太子登，顧譚爲友，諸葛恪爲賓，臥同床帳，行則參乘，交如布衣，相呼以字。」〔註133〕諸多材料表明，顧譚是一個有才幹的人，他

〔註128〕陳壽《三國志・吳書・陸凱傳附弟胤傳》，中華書局，1982年，第1409頁。
〔註129〕陳壽《三國志・吳書・吳主五子傳》，中華書局，1982年，第1365頁。
〔註130〕陳壽《三國志・吳書・顧雍傳附孫譚傳》，中華書局，1982年，第1230頁。
〔註131〕陳壽《三國志・吳書・吳主五子傳》，中華書局，1982年，第1364頁。
〔註132〕陳壽《三國志・吳書・顧雍傳附孫譚傳》，中華書局，1982年，第1230頁。
〔註133〕房玄齡等《晉書・閻纘傳》，中華書局，1974年，第1355頁。

在二、三十多歲時，就能獲譽如此，且得到重用，無疑是成爲股肱之臣的絕佳人選，可謂仕途無量。

「二宮構爭」中，顧譚上疏曰：「臣聞有國有家者，必明嫡庶之端，異尊卑之禮，使高下有差，階級逾邈，如此則骨肉之恩生，覬覦之望絕。……今臣所陳，非有所偏，誠欲以安太子而便魯王也。」〔註134〕顧譚所持觀點與陸遜相仿，都以太子孫和爲正統，希望孫權能安太子孫和之位。顧譚的上疏忤逆了孫權之意，加之淮泗集團中全琮父子等人的誣罔，孫權將顧譚流放交州。從都城建業到交州，基本算從吳國疆域的最東北部到了最西南部，且當時交州乃蠻荒之地、瘴癘之鄉，時人華覈如此描述交州：「蒼梧、南海，歲有（舊）暴風瘴氣之害，風則折木，飛砂轉石，氣則霧鬱，飛鳥不經。」〔註135〕流貶至此，無疑是一種巨大的懲罰，會給被貶謫的人帶來巨大的心理傷痛。史載「譚在交州，幽而發憤，著《新言》二十篇，其中有《知難》一篇，因自傷而作。」〔註136〕《新言》屬於子學範疇，《知難》的擬題與立意，應是別有深意，可能暗指吳主孫權不知自己忠貞之心，表現了自己的枉貶與傷悼之意。信臣蒙冤，前後處境落差之大，自然憤懣不平。與顧譚一起被貶的還有弟弟顧承，兩人流貶交州，至死未歸。且二人英年早逝，譚42歲卒於交州，承37歲卒於交州。氣候原因與心理苦痛的陰影，應該是他們早逝的主要原因所在。

最後，再略看一下其他支持太子孫和的江東士人。太子太傅吾粲「坐數與遜交書，下獄死」〔註137〕。朱據「據擁護太子，言則懇至，義形於色，守之以死」，也被「左遷新都郡丞」〔註138〕，後追賜死。張休、姚信則隨顧譚、顧承一起被貶交州，史載如此：「爲魯王霸友黨所譖，與顧譚、承俱以芍陂論功事，休、承與典軍陳恂通情，詐增其伐，並徙交州」「顧譚、顧承、姚信，並以親附太子，枉見流徙。」〔註139〕

綜上，「二宮構爭」中，親附太子的諸多江東儒學士族，顧（如顧譚、顧承）、陸（如陸遜、陸胤）、朱（如朱據）幾大家族，皆有代表，或憂憤而卒，或下獄而死，或被貶遐荒，都受到了沉重的打擊，這一事件令他們的生命沉

〔註134〕陳壽《三國志·吳書·顧雍傳附孫譚傳》，中華書局，1982年，第1230頁。
〔註135〕陳壽《三國志·吳書·陸凱傳附弟胤傳》，中華書局，1982年，第1409頁。
〔註136〕陳壽《三國志·吳書·顧雍傳附孫譚傳》，中華書局，1982年，第1230頁。
〔註137〕陳壽《三國志·吳書·陸遜傳》，中華書局，1982年，第1354頁。
〔註138〕陳壽《三國志·吳書·朱據傳》，中華書局，1982年，第1340頁。
〔註139〕陳壽《三國志·吳書·陸遜傳》，中華書局，1982年，第1354頁。

淪充滿了濃厚的悲劇意味。陸遜、顧譚兩人分別是江東士族中年老與年輕一輩的代表人物。從上述材料可以看出，有一個字集中體現了他們的心態，那就是「憤」：陸遜「憤恚致卒」，顧譚「幽而發憤」。無論被貶蠻荒之地，亦或下獄而死，他們都懷有極度的憤懣不平。可以說，顧譚「幽而發憤」，著書明志，不僅僅是個人心理的不滿反應，而且是當時整個受到」二宮構爭」牽連的江東士族的集體心理表徵。

考察完「二宮構爭」中江東士族士人心態之後，我們再來看「二宮構爭」發生的若干時期以後，江東士族士人心態又如何。

由於文獻不足徵，關於「二宮構爭」後的江東士人心態，無法做太多的考量，但仍可從一些簡單的記載中做出合理推測。

陸遜、顧譚等人的悲劇命運，在後來的諸多年裏，仍然是江東儒學士族為之喟歎的對象。陸機乃陸遜之孫、陸抗之子，曾經撰寫了《吳丞相陸遜銘》《吳故丞相陸公誄》《吳大司馬陸抗誄》《吳太常顧譚誄》《顧譚傳》等文，這些文章或全或殘，流傳至今。無一不表現了對先輩的懷念與同情。陸機的這種心態，很大程度上代表了東吳晚期到西晉時期江東士人對「二宮構爭」中所受到沉重打壓的先輩們的同情。後人對陸遜的悲劇命運多有感慨，如東晉袁宏《三國名臣序贊》云：「伯言謇謇，以道佐世。出能勤功，入亦獻替。謀寧社稷，解紛挫銳。正以招疑，忠而獲戾。」〔註 140〕北宋蘇轍《古史》亦云「陸遜之於孫權，高熲之於隋文，言聽計從，致君於王伯矣，而忮心一起，二臣不得其死，可不哀哉」〔註 141〕。後人對顧譚的悲劇命運也多有感歎，如清代曾燠在《光孝寺新建虞仲翔祠碑》中云：「是故孟德之害士也，非獨文舉。季珪、正平之類，並就刑誅；仲謀之害士也，亦非獨仲翔，張溫、顧譚之徒，皆罹重譴。」〔註 142〕將顧譚之貶與虞翻的直諫枉貶比較而言，也體現了一種深深的同情。

〔註 140〕房玄齡等《晉書・閻纘傳》，中華書局，1974 年，第 2397 頁。

〔註 141〕蘇轍《古史》，文淵閣《四庫全書》本，臺北商務印書館，1983 年，第 371 冊，第 517 頁。

〔註 142〕曾燠《賞雨茅屋外集》，《續修四庫全書》本，上海古籍出版社，2002 年，第 1484 冊，第 251 頁。

三、「二宮構爭」與「二陸」文學的悲情特徵

與曹魏政權相比，東吳不重文學，加之文獻大量亡佚，歷來文學史多闕而不論，或僅僅簡單談及韋昭《博弈論》。下面主要概論吳季入西晉時期的文學，並以「二陸」爲代表。

在江東士族的眼裏，東吳天下由江東士族與孫氏共同撐起，沒有江東士族的支持，孫吳不可能在江東立足。陸遜從子陸凱《上疏諫吳主皓不遵先帝二十事》有云：「先帝外杖顧、陸、朱、張，內近胡綜、薛綜，是以庶績雍熙，邦內清肅。」〔註143〕江東士族的家族宗親倫理觀念較強，在與孫氏皇權的政治合作之下，他們趨向於緊密團結，這樣更利於謀取世家大族的利益。

「二宮構爭」致使江東士族利益大大受損，尤以吳郡陸、顧二家爲甚。顧譚、顧承兩人在貶所交州身亡，缺乏對他們後人相關事蹟的史料記載，無法考察。陸遜憂憤而卒，陸凱、陸抗在吳季時期仍在朝中擔任要職，但陸氏家族昔日光寵不再。陸機、陸雲兄弟二人，在家邦顛覆之後北上入晉廷爲官，兩人不忘曩日氏胄之盛，在強烈的士族宗親倫理觀念支配下，他們有著較爲強烈的功名欲望，希望重振門閥，於此，前人多有論述，茲不贅述。

漢末動盪社會一定程度上喚醒了人們的憂患意識，相應令士人審美傾向有所改變，魏晉文學情感主旋律有了濃厚的悲憤、傷感、嗟歎情緒。「二陸」作品中的悲情意識濃厚，歷來爲人評騭，尤其是陸機之作。如章太炎《陸機贊》云：「辭賦多悲，懿親雕喪，懷土不衰，張華以爲聲有楚焉。」〔註144〕這三點，概言之，即悲情意識、家族意識、鄉曲之思。不少論者注意到了「二陸」作品中的悲情意識、家族意識（或云士族意識〔註145〕）、鄉曲之思（或云江東情結）等，卻鮮見有人注意到這些特點與「二宮構爭」存有某種內在的深層聯繫。

陸機出生時，「二宮構爭」已經結束十多年了，且祖父陸遜也已憂卒十多年。身在家族宗親觀念較強的江東大族家庭，陸機自小就應聽聞過祖輩的顯赫功績，他尤其對祖父陸遜欽佩之至。顧譚是陸遜的外甥，也是陸機的前輩

〔註143〕陳壽《三國志・吳書・陸凱傳》，中華書局，1982年，第1406頁。

〔註144〕章太炎《章太炎全集》，上海人民出版社，1985年，第4冊，第230頁。

〔註145〕如孫明君《陸機詩歌中的士族意識》一文（載《北京大學學報》（社科版），2005年第6期）認爲，陸機在中國詩史的最大貢獻在於他第一次深刻地表現了士族意識。

親屬。「二宮構爭」中，陸遜、顧譚等人深受沉重打擊，陸機當是同情的。家邦顛覆，加之仕途不順，心情憤懣，自然能夠聯想到祖父輩的洪勳。前已述及，陸機撰有《吳丞相陸遜銘》《吳故丞相陸公誄》《吳大司馬陸抗誄》《吳太常顧譚誄》《顧譚傳》等文，表現了對陸遜與顧譚的哀悼、懷念之情。加之「二陸」其他詩賦中的家族意識與鄉曲之思的頻繁出現，可以推斷「二陸」，尤其是陸機，對「二宮構爭」應該是有看法的。只不過可能是礙於爲尊者諱，現存陸機所撰文獻沒有明確地表現出對這一事件的具體看法，亦或是相關文獻亡佚了。但我們推斷「二陸」作品中悲情的抒情主調，一定程度上來源於」二宮構爭」導致的國敗家亡，這一說當是極爲合理的。這裡以陸機《懷土賦》爲例：

> 背故都之沃衍，適新邑之丘墟。遵黃川以葺宇，被蒼林而卜居。悼孤生之已晏，恨親沒之何速。排虛房而永念，想遺塵其如玉。眇綿邈而莫覿，徒佇立其焉屬。感亡景於存物，惋隤年於拱木。悲顧眄而有餘，思俯仰而自足。留茲情於江介，寄瘁貌於海曲。玩通川以悠想，撫歸途而躑躅。伊躑躅之徒勤，慘歸途之良難。愍棲鳥於南枝，弔離禽於別山。念庭樹以悟懷，憶路草以解顏。甘堇茶於飴茈，緯蕭艾其如蘭。神何寢而不夢，形何興而不言。〔註146〕

單從題目的擬定來看，就極能說明陸機的鄉曲之思。此賦的用語較爲奇特，除了少數幾句，大都以動詞開頭，然後接以表現悲傷的名詞或動詞。如「背故都」「悼孤生」「恨親沒」「想遺塵」「徒佇立」「感亡景」「惋隤年」「悲顧眄」「思俯仰」「留茲情」「寄瘁貌」「慘歸途」「愍棲鳥」「弔離禽」「憶路草」等，全然一片悲情意緒融於賦中，對故鄉的懷念溢於言表，不禁讓讀者被其極度傷感的情緒所打動。而「悼孤生之已晏，恨親沒之何速。排虛房而永念，想遺塵其如玉」這幾句中，陸機感歎自己生不逢時，對於親人的早逝表現出恨惘與悲傷，祖輩們功勳赫赫，他們的英雄事蹟遺留下來是多麼值得稱道。陸機對家國之亡的悲痛與對先輩的懷念，在諸如《懷土賦》等作品中表現得較爲明顯。「二陸」是江東士族入晉爲官的代表，他們作品中的家族意識、悲情意識、江東情結等，可以說是江東士族文學作品的共同特點，而這些特點或多或少都與「二宮構爭」有著深刻的聯繫。

〔註146〕嚴可均《全上古三代秦漢三國六朝文》，中華書局，1958年，第2010頁。

　　要之，「二宮構爭」對江東士族打擊甚大，使江東士族群體憂憤自傷，集體心理蒙上了陰影。這一影響東吳政權興衰的重大事件，一定程度上促使了以「二陸」為代表的江東士人文學作品中悲情意緒的產生，成為了西晉文學悲情主調的來源之一。

第三節　東吳後期權臣秉政與帝王宗室之廢貶

　　孫權去世之後與孫晧即位之前的這段時期（252～264），可以劃歸東吳後期〔註147〕，這 12 年內，實際掌權的主要是東吳的幾位權臣，先後是諸葛恪、孫峻、孫綝、濮陽興等，此時可稱為權臣政治。此間，權臣相繼擅權，對孫權一脈皇權統治構成了較大威脅，既有對宗室的貶謫，甚至出現對皇帝的廢立。直至孫晧即位收治濮陽興、張布，東吳後期的權臣秉政才予以結束，東吳政治又回歸到君主專制的道路上。

一、諸葛恪秉政時期的孫休、孫奮之貶

　　太元二年（252）五月，孫權臨死前召諸葛恪、滕胤、呂據、孫峻囑以後事，輔助幼主孫亮。所以諸葛恪乃顧命大臣之一，且為諸顧命之首。幼主即位，極易造成權臣秉政。諸葛恪秉政時間不長，僅僅一年有餘，卻造成了較大影響。

　　諸葛恪受命之際，幼主孫亮虛歲方十歲，為了避免宗室諸王爭位，更是為了鞏固自己的權力，諸葛恪對部分宗室進行了貶謫。《三國志·孫休傳》載：「諸葛恪秉政，不欲諸王在濱江兵馬之地，徙休於丹楊郡。太守李衡數以事侵休，休上書乞徙他郡，詔徙會稽。」〔註148〕又《孫奮傳》載：「權薨，太傅諸葛恪不欲諸王處江濱兵馬之地，徙奮於豫章。奮怒，不從命，又數越法度。恪上箋諫曰……。奮得箋懼，遂移南昌。……傅相謝慈等諫奮，奮殺之。坐廢為庶人，徙章安縣。」〔註149〕諸葛恪為何對孫休、孫奮進行貶徙，陳壽云「不欲諸王處江濱兵馬之地」。此言不差，卻未道明深層原因。

〔註147〕東吳分期參見王永平《孫吳政治與文化史論》，上海古籍出版社，2005 年，第 52 頁。分為前中後三段：孫策定江東至孫權稱帝（196～229）；孫權稱帝至孫權去世（229～252）；孫權去世至東吳滅亡（252～280）。

〔註148〕陳壽《三國志·吳書·孫休傳》，中華書局，1982 年，第 1155 頁。

〔註149〕陳壽《三國志·吳書·孫奮傳》，中華書局，1982 年，第 1373～1374 頁。

孫權有長子登、次子慮、三子和、四子霸、五子奮、六子休、少子亮。孫權去世時，在世的兒子有四：孫和，孫奮，孫休，孫亮。時孫和由於「二宮構爭」已被孫權貶謫故鄣。《孫和傳》載：「竟徙和於故鄣，群司坐諫誅放者十數。眾咸冤之。」〔註150〕孫亮即位時，只有孫奮居武昌、孫休居虎林（今安徽貴池），武昌、虎林皆長江邊的戰略要地，利於進軍退守。孫休受封琅琊王居虎林，時虛歲 18，孫奮生年無考，但因爲是孫休之兄，可以肯定其比孫休年長。相比十歲即位的孫亮，這兩位兄長確實可能威脅到帝位。由於是孫亮的顧命大臣之首，諸葛恪爲了避免因帝位的更替而造成自己勢力的減弱，於是選擇了對孫休、孫奮進行貶謫性質的遷調。孫休居虎林不久，就被諸葛恪遷移到丹陽，後又遷移到會稽。孫奮被諸葛恪從武昌遷移到南昌。兩人皆從長江邊遷調到非江濱之地。諸葛恪對孫休、孫奮的貶謫遷調，無疑是對自己權威的鞏固，是對自己勢力的一種擴張。諸葛恪秉政，開啓了東吳權臣秉政風氣，東吳君權統治開始受到較大的挑戰。

二、孫峻掌權時期的孫和之貶殺

如果說諸葛恪秉政是異姓掌權，那麼孫峻擅權則仍是孫氏掌權。不過，孫峻這一支脈與孫亮這一支脈不同。孫亮屬於孫堅、孫權一脈，孫峻則是孫堅之弟孫靜一脈。自古父子親疏關係甚於兄弟。皇位繼承，多以父子相傳。所謂嫡長子繼承制，就是針對父子血緣關係與皇位繼承權而言的。

孫峻與諸葛恪一樣同爲顧命大臣，爲了爭權，趁諸葛恪興師伐魏引起內耗民怨時，孫峻聯合幼主孫亮用計殺害諸葛恪，從而大權獨攬。諸葛恪被殺，與之有關的一批人被貶，《孫綝傳》載：永安元年（258），孫休下詔云「其罹恪等事見遠徙者，一切召還」〔註151〕。說明當年牽涉諸葛恪被貶的人不少，但史書未詳細記載，所以不知名姓，這批人被貶五年，終得召還。「建興中，孫峻專政，公族皆患之」〔註152〕公族即諸侯宗室。孫峻秉政兩年有餘，同樣對孫權一脈的宗室進行了貶謫，尤其是秉政初期，就對廢太子南陽王孫和進行了貶殺。孫和之前由於「二宮構爭」被孫權貶至故鄣，後又封南陽王，貶至長沙。「《吳書》曰：權寢疾，意頗感寤，欲徵和還立之，全公主及孫峻、

〔註150〕陳壽《三國志・吳書・孫和傳》，中華書局，1982 年，第 1369 頁。
〔註151〕陳壽《三國志・吳書・孫綝傳》，中華書局，1982 年，第 1451 頁。
〔註152〕陳壽《三國志・吳書・妃嬪傳》，中華書局，1982 年，第 1200 頁。

孫弘等固爭之，乃止。」〔註153〕另外，孫峻「與公主魯班私通」〔註154〕。足見，孫峻一直都是與全公主孫魯班一起反對孫和的。孫峻專權不久，就將廢太子孫和遷移到新都，後派使者賜死孫和。

孫和爲何被孫峻貶殺？由於幼主孫亮在孫峻的掌控之中如同傀儡，孫峻同諸葛恪一樣，希望能夠鞏固自己的權勢，諸葛恪對孫休、孫奮的貶謫，已經起到了較好的效果，削弱了兩人的勢力。廢太子孫和，成爲了餘下能對孫峻專權最有威脅的一個宗室王。加之此前民間傳言，因爲孫和妃子張氏是諸葛恪的外甥，諸葛恪將會迎接孫和代替孫亮即位。因此，孫峻應是爲了避免孫和東山再起，爲了繼續擅權才對孫和予以貶殺。

三、孫綝擅權時期的帝王廢貶與新立

在孫峻專權近三年病逝後，權力交給了其弟孫綝，孫綝同樣專權兩年有餘。由於隨著孫亮年齡漸長，其親蒞政事的渴望也越來越強烈。孫綝對於皇帝孫亮的成長感到害怕。「綝以孫亮始親政事，多所難問，甚懼。」孫綝「欲以專朝自固」〔註155〕的願望與孫亮親蒞政事的願望共同存在，不免會滋生齟齬。

所以，孫亮在與全公主孫魯班、太常全尙、將軍劉承議的商議下打算誅殺孫綝，但由於孫亮之妃的洩密，孫綝廢掉了孫亮，並貶孫亮爲會稽王，後又黜爲候官侯（封地在今福建省閩侯縣），於赴封地道中自殺〔註156〕。孫亮再次被貶候官，原因在於封地謠傳他將回建業復辟。無論傳聞是否屬實，孫亮身歿對於孫綝總是有利的。

孫綝廢掉孫亮的同時，貶全尙於零陵，遷公主於豫章。被遷豫章的全公主乃孫權之女，從「二宮構爭」時支持魯王孫霸，到支持孫峻專權，直到反對孫峻，全公主都是東吳朝廷舉足輕重的一員。「全公主之被流放，是孫吳後期政治鬥爭中的一件大事，這標誌著孫權精心設計的由皇族人物前臺執政，由全公主幕後操縱的政治格局至此終結了。」〔註157〕

孫綝廢孫亮迎孫休，這是東吳首次出現的權臣廢主事件。可謂到了孫綝秉政時期，孫權一脈的皇權受到了最大的挑戰，達到了權臣廢主的地步。雖

〔註153〕陳壽《三國志·吳書·孫和傳》，中華書局，1982年，第1370頁。
〔註154〕陳壽《三國志·吳書·孫峻傳》，中華書局，1982年，第1444頁。
〔註155〕陳壽《三國志·吳書·孫綝傳》，中華書局，1982年，第1448頁。
〔註156〕學界另外一種觀點認爲，孫亮也可能是被孫休派人毒死。
〔註157〕王永平《孫吳政治與文化史論》，上海古籍出版社，2005年，第58頁。

然即位的孫休也是孫權一脈，但由於諸葛恪、孫峻、孫綝前後對孫權諸子的打壓，且全公主也被流放，孫權一脈力量受到了較大損傷。孫綝廢亮迎休以後，繼續權傾朝野。孫綝專權，「一門五侯，皆典禁兵」〔註158〕，此時權臣秉政可以說達到了頂點。孫休即位時年24，畢竟不同於年幼的孫亮，遂除孫綝。孫休在位期間，頒佈良制，嘉惠百姓，一定程度促進了東吳的繁榮。孫休即位將東吳權臣秉政的局面進行了一些改變，一定程度遏制了東吳的權臣勢力，孫權一脈的統治得以漸趨回歸。

四、濮陽興專權時期的廢主與擅立

孫休即位時已經成人，相比而言東吳君權有了較大程度地回歸。然而，孫休的即位並不代表東吳權臣的消失。權臣秉政的例子似乎已經形成了慣例，在諸葛恪、孫峻、孫綝三位權臣專權之後。孫休一朝又迎來了濮陽興、張布這兩位權臣。不過在孫休爲帝期間，兩人還不至於太過放肆。孫休病危，臨終時指定濮陽興和張布輔佐太子。濮陽興在萬彧的建議之下，與張布一起廢休嫡子而迎立孫晧。孫晧乃孫和長子，至此孫家帝位延及到了第三代。雖然濮陽興與張布有擁立之功，但孫晧即位不久後就貶殺了濮陽興與張布，《濮陽興傳》載：「十一月朔入朝，晧因收興、布，徙廣州，道追殺之，夷三族。」〔註159〕這就是東吳權臣秉政的終場，也是東吳君權統治的眞正回歸。自此以後，孫晧專權十餘年，直至東吳滅亡。

綜上，可以看出，在孫權去世（252）之後與孫晧即位（264）之前的這段時期，東吳權臣秉政，從諸葛恪、孫峻到孫綝、濮陽興，從宗室貶謫，到宗室貶殺，直到擅行廢立，權臣勢力發展越來越大，造成了東吳朝政動盪，國力日衰。帝王宗室的被貶，無疑是皇權旁落的體現，東吳權臣政治到君主專制的回歸，期間經歷了12年，吳末帝孫晧治國無道，更加促使了東吳政權的衰敗，東吳被西晉吞滅已是必然。

東吳權臣廢主事件，與曹魏政權司馬氏廢魏帝曹芳一樣，有著共同的特點，即皆是由於君主即位時年幼弱小，容易被權臣掌控。可以說，東吳與曹魏皇帝的被廢被貶，是兩國權臣對漢末權臣董卓、曹操等人的倣傚。這一時期走馬燈般的權臣秉政，是漢末以來的一種特殊的政治權力構成形式，具有

〔註158〕陳壽《三國志・吳書・孫綝傳》，中華書局，1982年，第1450頁。
〔註159〕陳壽《三國志・吳書・濮陽興傳》，中華書局，1982年，第1452頁。

特殊的時代意義。同時，它們又具有普遍意義，因爲漢末曹魏與東吳的權臣秉政與帝王宗室被貶，是對漢家皇帝宗室被貶的一種重新演繹，更是中國古代政治歷史規律的一種體現。

第四節　孫晧強權下的宗室、士人流貶

東吳永安七年（264），景帝孫休病危，臨終時指定濮陽興與張布輔佐太子即位。但濮陽興在萬彧的建議之下，與張布一起廢休嫡子而迎立孫晧。孫晧即位不久，殺濮、張二人。孫晧的即位，權臣被清算，標誌著東吳皇權政治的回歸。從此，東吳進入了孫晧專權時代，此時貶謫事件時有發生。信臣被殺、家屬被徙體現了孫晧暴政的殘酷，其背後的深層原因值得探討。

一、宗室、士人之貶殺與家屬流徙〔註160〕

孫晧即位期間（264～280）發生的貶謫事件較多，依據《三國志》與《晉書》的記載，鉤稽史料，以時間順序考述如下：

（一）朱皇后與孫𩅦等人之貶殺

朱皇后乃孫休的皇后，但在孫休去世之後，她卻遭到貶殺。《孫晧傳》載，孫晧即位之後，立即貶朱太后爲景皇后，翌年（265），又逼殺之。孫𩅦本爲孫休所立的太子，孫休病逝，理應由孫𩅦繼承皇位，所以這位廢太子在孫晧的眼中，當然是敵對的一方。264 年，孫晧即位之後，「封休太子𩅦爲豫章王」〔註161〕。孫𩅦從太子的地位淪落到諸侯王，無疑是一種貶謫。同時，孫晧封孫休另外三子分別爲汝南王、梁王、陳王。翌年（265），孫晧「又送休四子於吳小城，尋復追殺大者二人」〔註162〕，把孫休四個兒子送於小城，其實就是變相拘禁，並且孫𩅦與汝南王不久又被孫晧殺害。

（二）「二宮構爭」中參與陷害孫和者家屬之徙

孫晧乃孫和之子，二宮構爭中，孫和被江東世家大族擁戴，而以北方流寓士人爲主的魯王孫霸集團乃孫和集團的對手。孫晧即位之後，「晧以諸父與

〔註160〕 嚴格來說，士人被殺不算貶謫，但是士人家屬被徙徙離不開士人被殺事件，所以本節把士人被殺、家屬被流納入考察範圍，而單純只有士人被殺的情況則不考慮。少數士人被免與孫晧專權有關，也予以考慮。

〔註161〕 陳壽《三國志·吳書·孫晧傳》，中華書局，1982 年，第 1163 頁。

〔註162〕 陳壽《三國志·吳書·孫晧傳》，中華書局，1982 年，第 1164 頁。

和相連及者，家屬皆徙東冶」〔註163〕。東冶在今福建福州地區。裴松之注引《吳錄》將這一流徙事件列於甘露元年（265）之後，所以孫晧對當年參與陷害自己父親的人員的流徙，理當在甘露元年。

（三）孫基、孫壹、謝姬之貶

孫基、孫壹，皆爲魯王孫霸子，謝姬乃孫權夫人，孫霸之母。孫基、孫壹當爲同父異母的兄弟，清人何焯云「孫霸，和同母弟也。『同母』二字衍，傳後云，霸二子，與祖母謝姬俱徙烏傷，則和出自王，霸出自謝矣。」〔註164〕《吳主五子傳》云孫霸乃和同弟，當是誤記。孫基曾經在太平二年（257）因爲盜乘御馬被收付獄，後被免責。「孫晧即位，追和、霸舊隙，削基、壹爵土，與祖母謝姬俱徙會稽烏傷縣。」〔註165〕所以，據此而言，孫晧對孫基、孫壹、謝姬的貶謫舉動，當在264年或265年，即孫晧即位初期。

（四）徐紹家屬之徙

徐紹，本爲東吳壽春城守將，投降魏國。甘露元年（265），孫晧派遣使者隨同徐紹、孫彧報聘魏國，「紹行到濡須，召還殺之，徙其家屬建安，始有白紹稱美中國者故也」〔註166〕。徐紹因爲稱讚魏國而被殺，家屬被徙建安（今福建建甌市地區）。

（五）王蕃家屬之徙

王蕃，廬江（今安徽廬江縣或安徽潛山縣）人。博學多聞，爲時人所贊，是東吳晚期著名直臣。由於「中書丞陳聲，晧之嬖臣，數譖毀蕃。蕃體氣高亮，不能承顏順指。時或迕意，積以見責」，所以孫晧對王蕃應時有誅殺之心。甘露二年（266），孫晧大會群臣，「蕃沉醉頓伏，晧疑而不悅，轝蕃出外。頃之請還，酒亦不解。蕃性有威嚴，行止自若，晧大怒，呵左右於殿下斬之」。王蕃醉酒之間被戮，引起較大影響。「蕃死時年三十九，晧徙蕃家屬廣州」。《王蕃傳》又載：「二弟著、延皆作佳器，郭馬起事，不爲馬用，見害。」〔註167〕據《三嗣主傳》云郭馬反叛在天紀三年（279）夏，所以說，王蕃家屬被徙廣州至少13年。

〔註163〕陳壽《三國志・吳書・孫晧傳》，中華書局，1982年，第1165頁。
〔註164〕何焯《義門讀書記》，中華書局，1987年，第485頁。
〔註165〕陳壽《三國志・吳書・孫晧傳》，中華書局，1982年，第1373頁。
〔註166〕陳壽《三國志・吳書・孫晧傳》，中華書局，1982年，第1164頁。
〔註167〕陳壽《三國志・吳書・王蕃傳》，中華書局，1982年，第1453～1454頁。

（六）樓玄、樓據之貶

樓玄，沛郡蘄（今安徽宿州市東南）人。樓玄清忠，眾人服其德操，亦是東吳晚期著名直臣。樓玄「奉法而行，應對切直，數迕晧意，漸見責怒。」足見其直諫性格已忤孫晧多次。「後人誣白玄與賀邵相逢，駐共耳語大笑，謗訕政事，遂被詔詰責，送付廣州。」這是導致樓玄被貶的導火線。華覈上疏為其辯護，「晧疾玄名聲，復徙玄及子據，付交阯將張奕，使以戰自效，陰別敕奕令殺之。據到交阯，病死。玄一身隨奕討賊，持刀步涉，見奕輒拜，奕未忍殺。會奕暴卒，玄殯殮奕，於器中見敕書，還便自殺。」〔註168〕華覈的辯護反而增強了孫晧嫉賢妒能之心。裴注引《江表傳》的另一記載，認為以玄之清高，不會做出虧節之事，「見奕輒拜」以保其身之說當屬不實。

據上可知樓玄、樓據父子先被流放廣州，後又再徙交阯。樓據到交阯即病亡，樓玄後來自殺，具體年限不可考。所謂「玄一身隨奕討賊」，所以推知樓玄被貶交阯時間當不會太短。樓玄何時被貶廣州、交阯？據陸抗的一封奏疏可以大致考實。史載「聞武昌左部督薛瑩徵下獄，抗上疏曰：『夫俊乂者，國家之良寶，社稷之貴資，……故大司農樓玄、散騎中常侍王蕃、少府李勖，皆當世秀穎，一時顯器，既蒙初寵，從容列位，而並旋受誅殛，或圮族替祀，或投棄荒裔。』」〔註169〕據考，薛瑩下獄在建衡三年（271），李勖被殺在建衡二年（270），據陸抗上疏，樓玄被投棄荒裔應該建衡三年之前。天冊元年（275），孫晧「下詔誅玄子孫」〔註170〕。可知樓玄被貶嶺南應在五年以上。

（七）繆禕之貶

繆禕，《三國志‧吳書‧薛瑩傳》云薛瑩有同郡好友繆禕，可知繆禕是沛郡竹邑（今安徽濉溪）人。建衡三年（271），「選曹尚書同郡繆禕以執意不移，為群小所疾，左遷衡陽太守。既拜，又追以職事見詰責，拜表陳謝。因過詣瑩，復為人所白，云禕不懼罪，多將賓客會聚瑩許。乃收禕下獄，徙桂陽，瑩還廣州。未至，召瑩還，復職。」〔註171〕由此可知，繆禕先是被貶衡陽（今衡陽市蒸湘地區），繼而又遠徙桂陽（今湖南桂陽縣地區）。

〔註168〕陳壽《三國志‧吳書‧樓玄傳》，中華書局，1982年，第1454～1455頁。
〔註169〕陳壽《三國志‧吳書‧陸抗傳》，中華書局，1982年，第1358頁。
〔註170〕陳壽《三國志‧吳書‧賀邵傳》，中華書局，1982年，第1459頁。
〔註171〕陳壽《三國志‧吳書‧薛瑩傳》，中華書局，1982年，第1256頁。

（八）薛瑩之貶

薛瑩，沛郡竹邑（今安徽濉溪）人，東吳名儒薛綜之子，父子皆有文才。孫皓降晉的降書就是薛瑩所撰。「是歲，何定建議鑿聖溪以通江淮，皓令瑩督萬人往，遂以多磐石難施功，罷還，出爲武昌左部督。後定被誅，皓追聖溪事，下瑩獄，徙廣州。」〔註172〕可知，薛瑩被徙廣州，時間應該在何定被誅之年，據《孫皓傳》云「鳳皇元年秋八月……何定奸穢發聞，伏誅」〔註173〕。所以薛瑩被貶廣州在鳳凰元年（272），由於華覈的上疏，孫皓「遂召瑩還，爲左國史」，後來薛瑩由於繆禕之貶受到牽連，再次被貶廣州，未至被召還復職。可知，薛瑩曾經三次被貶，第一次（271）被貶武昌左部督，第二次（272）被貶廣州，被貶時間不長，第三次（272）被貶廣州，未至而還。

（九）萬彧子、弟之徙

萬彧，里籍無考，疑爲南昌人。萬彧爲烏程令時就與孫皓相善。孫皓即位，萬彧舉薦之功甚大。所以孫皓即位之後，他任右丞相，與左丞相陸凱一起輔佐孫皓。鳳皇元年（272）秋八月，趁孫皓出遊之際，萬彧與丁奉等商議廢立之事，謀泄，孫皓陰銜之，萬彧因此鬱鬱而終。即所謂「鳳皇元年秋八月……，是歲右丞相萬彧被譴憂死，徙其子弟於廬陵。」〔註174〕可知萬彧子弟被徙廬陵（今江西吉安），在鳳凰元年（272）。

（十）丁溫家屬之徙

丁溫，丁奉之子，廬江安豐（今安徽壽縣）人。《晉書・五行志下》載：「吳孫皓寶鼎元年，野豕入右大司馬丁奉營，此豕禍也。後奉見遣攻谷陽，無功而反。皓怒，斬其導軍。及舉大眾北出，奉及萬彧等相謂曰：『若至華里，不得不各自還也。』此謀泄，奉時雖已死，皓追討谷陽事，殺其子溫，家屬皆遠徙，豕禍之應也。」〔註175〕丁溫被殺，家屬被遠徙，當在鳳凰元年（272）。

（十一）韋昭家屬之徙

韋昭，又名韋曜，吳郡雲陽（江蘇蘇州地區）人。能屬文，以《博弈論》名世，同時是東吳著名史臣，小學成就斐然。史載「皓欲爲父和作紀，曜執

〔註172〕陳壽《三國志・吳書・薛瑩傳》，中華書局，1982年，第1255～1256頁。
〔註173〕陳壽《三國志・吳書・孫皓傳》，中華書局，1982年，第1169頁。
〔註174〕陳壽《三國志・吳書・孫皓傳》，中華書局，1982年，第1169頁。
〔註175〕房玄齡等《晉書・五行志》，中華書局，1974年，第882頁。

以和不登帝位，宜名爲傳。如是者非一，漸見責怒。」後來「晧以爲不承用
詔命，意不忠盡，遂積前後嫌忿，收曜付獄，是歲鳳皇二年也。……遂誅曜，
徙其家零陵。」〔註176〕鳳凰二年（273），韋昭家屬被徙零陵（今湖南永州地
區），其子韋隆也在被徙之列。

（十二）陸凱家屬之徙

陸凱，吳郡吳人（江蘇蘇州地區），乃陸遜族子。孫晧爲帝時，好犯顏直
諫。「初，晧常銜凱數犯顏忤旨，加何定譖構非一，既以重臣，難繩以法，又
陸抗時爲大將在疆場，故以計容忍。抗卒後，竟徙凱家於建安。」〔註177〕陸
凱直諫之所以被多次容忍，主要是因爲有陸抗兵權的震懾。陸凱之弟陸胤，
陸胤之子陸式，「天冊元年，與從兄禕俱徙建安。天紀二年，召還建業，復將
軍、侯。」〔註178〕足見，陸凱家屬被遷徙建安（今福建建甌市地區），在天冊
元年（275）。陸胤、陸式被貶建安三年。

（十三）賀邵家屬之徙

賀邵，會稽山陰（今浙江紹興）人。爲人貞正奉公，乃當時名士。由於
有人「共譖邵與樓玄謗毀國事，俱被詰責，玄見送南州，邵原復職。後邵中
惡風，口不能言，去職數月，晧疑其託疾，收付酒藏，掠考千所，邵卒無一
語，竟見殺害，家屬徙臨海。……是歲天冊元年也，邵年四十九」。賀邵家屬
徙臨海（今浙江省臨海市地區），賀邵的兒子賀循也在被貶之列。裴松之引虞
預《晉書》曰：「循丁家禍，流放海濱，吳平，還鄉里。」〔註179〕可知賀循被
貶臨海在天冊元年（275），被貶五年，直到東吳滅亡方返回鄉里。後來賀循
在西晉爲官，對當時朝廷宗廟禮儀建設做出了重要貢獻。

（十四）華覈之免

華覈，吳郡武進（今常州武進地區）人，是東吳晚期著名直臣，曾經上
疏勸諫君主，疏表超過百篇，眞可謂以勸諫爲己任。「天冊元年以微譴免，數
歲卒」〔註180〕。華覈被免也可能是由於直諫犯顏、積怒已久的結果。

〔註176〕陳壽《三國志・吳書・韋曜傳》，中華書局，1982年，第1462～1464頁。
〔註177〕陳壽《三國志・吳書・陸凱傳》，中華書局，1982年，第1403頁。
〔註178〕陳壽《三國志・吳書・陸凱傳附弟胤傳》，中華書局，1982年，第1410頁。
〔註179〕陳壽《三國志・吳書・賀邵傳》，中華書局，1982年，第1459頁。
〔註180〕陳壽《三國志・吳書・華覈傳》，中華書局，1982年，第1469頁。

（十五）諸姓公孫者之徙

裴松之引「《漢晉春秋》曰：先是，吳有說讖者曰：『吳之敗，兵起南裔，亡吳者公孫也。』晧聞之，文武職位至於卒伍有姓公孫者，皆徙於廣州，不令停江邊。及聞馬反，大懼曰：『此天亡也。』」〔註181〕《三嗣主傳》載郭馬反叛在天紀三年（279）夏，所以遠徙公孫者，當在 279 年之前，具體時間無考。孫晧的迷信昏瞶於此流徙事件可見一斑。

（十六）張尚之免

孫晧在位期間，「晧使尚鼓琴，尚對曰：『素不能。』敕使學之。後宴言次說琴之精妙，尚因道『晉平公使師曠作清角，曠言吾君德薄，不足以聽之。』晧意謂尚以斯喻己，不悅。後積他事下獄，皆追此為詰，送建安作船。」〔註182〕張尚先因言獲罪，後又被孫晧揪住把柄，被送建安作船，具體時間無考。

二、貶殺與流徙的深層原因

由上所述，可知孫晧即位之初，首先對宗室大行貶謫。孫晧貶殺朱皇后，且對孫休之子或殺或貶，這無疑是以非正常手段即位的新君對前任君主之妻、子的懲罰性與防範性措施。究其原因在於孫晧並非前任君主所指定的人選，其即位於禮不通。所以為了防患孫休之子奪位，孫晧不僅對其進行貶謫，且殺死了其中兩個年齡較大的。

繼而，孫晧把昔日陷害自己父親的諸多士人家屬流徙到東冶。昔日的「二宮構爭」，孫晧父親孫和與孫基、孫壹父親孫霸是敵對的雙方，圍繞誰為儲君爭鬥多年，牽涉眾多人物，影響深遠。關於這一點，本章第二節有過論述，茲不贅述。孫晧即位時，孫和、孫霸皆亡世多年，唯有孫霸二子尚存。故孫晧追和、霸舊隙，對其進行貶謫，這一舉動，可以視為「二宮構爭」的延續，是孫晧利用君主勢位進行公報私仇的一種體現。

孫晧為何貶謫孫基、孫壹？除了上述報復「二宮構爭」中父親孫和與自家所受陷害，還有鞏固自己的勢力，防止宗室爭位。264 年·孫晧即位時 22 歲。孫基、孫壹年齡無考，但可以肯定的是，他們應在 14 到 20 餘之間。孫霸赤烏十三年（250）被賜死，所以二子至少 14 歲。孫基曾經在太平二年（257）

〔註181〕陳壽《三國志·吳書·孫晧傳》，中華書局，1982 年，第 1173 頁。
〔註182〕陳壽《三國志·吳書·張尚傳》，中華書局，1982 年，第 1246 頁。

因爲盜乘御馬被收付獄，能夠盜乘御馬，年齡應該不至於太小，至少應該有10餘歲，所以孫基在孫晧即位時，大致20餘歲應該不差。孫壹年齡稍小，但也離弱冠不遠。這兩位年齡較大的孫權之孫，也可能成爲孫吳天下的統治者人選，所以孫晧爲了避免二位有機會奪位，就思忖對其進行打擊，這一點毋庸置疑。孫晧對孫基、孫壹的貶謫採取了外寬內嚴的貶謫形式。「削基、壹爵土，與祖母謝姬俱徙會稽烏傷縣」〔註183〕，削爵土無疑是減秩之懲。與祖母謝姬俱徙會稽烏傷縣，可以給予孫基、孫壹一個到安靜之地奉養祖母以行孝道的名義。且謝姬被安排到會稽，想必也是以養老之名送之。所以這一貶謫措施看似寬容，實際卻產生了較好效果。

　　孫晧在大貶宗室之後，接下來的統治時間內又陸續對士人大加殺戮，或者貶黜，並對被殺士人家屬實施遠徙。據上述，孫晧即位之後，被殺戮、貶黜的士人或遭流家屬前後大致有：徐紹家屬、王蕃家屬、樓玄、樓據、繆禕、薛瑩、萬彧子弟、丁溫家屬、韋昭家屬、陸凱家屬、賀邵家屬、華覈、姓公孫者、張尚等。以表明晰之：

表 4-1　孫晧在位期間士人被貶、家屬遭徙統計表

序號	姓名／家屬	士人里籍	被貶／免時間	被貶地點	被貶年限
1	徐紹家屬	無考	265	建安	無考
2	王蕃家屬	廬江郡	266	廣州	13 年以上
3	樓玄、樓據	沛郡蘄	271 稍前	廣州、交趾	5 年以上
4	繆禕	沛郡竹邑	271	衡陽、桂陽	無考
5	薛瑩	沛郡竹邑	271、272	武昌、廣州	1 年內
6	萬彧子弟	南昌？	272	廬陵	無考
7	丁溫家屬	廬江安豐	272	遠徙，地點無考	無考
8	韋昭家屬	吳郡雲陽	273	零陵	無考
9	陸凱家屬	吳郡吳縣	275	建安	3 年
10	賀邵家屬	會稽山陰	275	臨海	5 年
11	華覈	吳郡武進	275		無考
12	諸姓公孫者		279 前	廣州	數年
13	張尚	廣陵	264～280	建安	無考

〔註183〕陳壽《三國志·吳書·孫晧傳》，中華書局，1982 年，第 1373 頁。

　　此表中，除了華覈、張尚是被免官，其他士人都是本人被殺，家屬被徙，或者士人自己被貶。從徐紹、王蕃開始，接連不斷有士人被殺、家屬遭流。爲何會出現這種現象呢？

　　東吳孫氏出身寒門，在漢末動亂的背景下趁勢而起，所建立的政權性質乃寒門政權。相對來說，孫吳統治者不重儒學與禮制，治國思想也偏向於法家的專制。〔註184〕孫皓秉承了孫家「輕脫」的生活習性，好酒色，喜滑稽。其性格有猜忌的一面，類其祖孫權。孫皓即位不久就使「大小失望」〔註185〕。所以說，東吳寒門立國，一直存在著君主與儒學朝臣政治態度相左的情況。孫皓的強權統治與儒學士人的矛盾，是士人被殺被貶、家屬遭流的主要原因。

　　士人被貶被殺原因可以歸爲幾類：（一）因犯言直諫，觸怒龍顏而遇事被貶，如王蕃、韋昭被殺，家屬被流。陸凱卒後多年，家屬被流。（二）被誣陷毀謗國事，如樓玄、樓據、賀邵等。（三）由於孫皓無道，朝臣謀劃廢立失敗而被殺被貶，如萬彧子弟、丁溫家屬。這三類被貶情況，無疑都是由於孫皓的無道造成了儒學朝臣的不滿，因此或犯言直諫，或議論國事，或謀劃廢立。其中，犯言直諫與議論國事者，大都是儒學仁義之士，謀劃廢立如萬彧者，算不上清正之士。

　　孫權統治時期，雖然也傾向於法家思想，但其對儒學士大夫仍然有尊敬寬容的一面。孫權掌握東吳大權約半個世紀，史料記載殺戮士人的情況，除了集中在晚年「二宮構爭」時期以外，其他例子不多。而孫皓在位 16 年，士人被殺的例子卻頻頻出現，這無疑與孫皓本人的暴虐有極大關係。東吳晚期，孫皓的無道導致了國力日衰，面臨被北方西晉吞滅的命運。鑒於此，東吳的清正忠臣憂心本國命運，接連直諫犯顏，即使初有一、二士人被誅，諸臣並未三緘其口，而是前赴後繼，但孫皓怙惡不悛，這樣就導致了士人被殺，家屬被徙時常發生。

　　考察表 4-1 中士人里籍，可考的十家士人中，北方人士有王蕃家屬、繆禕、薛瑩、丁溫家屬、樓玄五家，東吳本土人士有萬彧、韋昭、陸凱、賀邵、華

〔註184〕關於孫吳政權的性質、生活習性之「輕脫」、君主與儒學士大夫的矛盾等，參見王永平《論孫權父子之「輕脫」》《論孫權與儒學朝臣間政治觀念的分歧及其鬥爭》《孫吳後期皇權的運作及其儒學士大夫之間的衝突》等文，載《孫吳政治與文化史論》一書，上海古籍出版社，2005 年。

〔註185〕陳壽《三國志・吳書・孫皓傳》，中華書局，1982 年，第 1163 頁。

覈五家，可見南北人士各約半數。其中陸、賀兩家是東吳有名的儒學士族，分別是吳郡顧、陸、朱、張與會稽郡虞、魏、孔、賀士族的代表。

對於孫晧的無道，不僅遭到王蕃、樓玄等北方流寓士人的反對，且東吳本土世家大族也反對。陸凱、賀邵，分別是吳郡、會稽郡的代表。他們鑒於孫晧的無道，憂心國之未來，頻頻上疏。隨舉數例：

陸凱上疏，措辭嚴厲，謂：「況陛下危惻之世，又乏大皇帝之德，可不慮哉？」又謂：「當今內寵之臣，位非其人，任非其量，不能輔國匡時，群黨相扶，害忠隱賢。」尤其是被稱為《上疏諫吳主晧不遵先帝二十事》的這封奏疏，氣勢充沛，接連舉例說明孫晧無道，以與孫權統治進行鮮明對比，其措辭相當激烈。如「縱令陛下一身得安，百姓愁勞，何以用治？此不遵先帝一也」「先帝親賢，陛下反之，是陛下不遵先帝二也」「陛下臨阼以來，遊戲後宮，眩惑婦女，乃令庶事多曠，下吏容奸，是不遵先帝六也」「先帝簡士，不拘卑賤，任之鄉閭，俲之於事，舉者不虛，受者不妄。今則不然，浮華者登，朋黨者進，是不遵先帝十四也」〔註186〕。陸凱所言可謂字字鏗鏘，針針見血。臣子上疏君上一般以委婉的勸諫方式，但陸凱卻直言覿見，難免會令君上對其不滿。終陸凱在世期間，孫晧憚於陸氏家族的勢力以及陸凱的威望，不敢對其進行明確打壓，但當在軍中威望極高的陸抗去世之後，孫晧就對陸凱家屬進行了遠徙。

又如賀邵上疏云：

> 至於陛下，嚴刑法以禁直辭，黜善士以逆諫臣，炫耀毀譽之實，沉淪近習之言。……自登位以來，法禁轉苛，賦調益繁；中宮內豎，分佈州郡，橫興事役，競造奸利；百姓罹杼軸之困，黎民罷無已之求，老幼飢寒，家戶菜色，而所在長吏，迫畏罪負，嚴法峻刑，苦民求辦。是以人力不堪，家戶離散，呼嗟之聲，感傷和氣。〔註187〕

此疏把孫晧嚴刑峻法的一面揭露得淋漓盡致。當時東吳國內「老幼飢寒，家戶菜色」，這樣的民情刺痛了東吳直臣的心，卻沒有打動君主的心。

總的來說，孫晧用小人陳聲、何定、岑昏等，用校曹、彈曲制度，負責監察百官，對儒學朝臣進行打擊貶殺，這些君臣關係的矛盾，源自於孫晧強權。被殺被貶之士，大都傾向儒家仁政，孫晧的治國思想以法家為主。東吳皇權專制下的士人貶謫，體現了該國皇帝與儒學朝臣的矛盾一直存在。

〔註186〕陳壽《三國志・吳書・陸凱傳》，中華書局，1982年，第1402～1409頁。
〔註187〕陳壽《三國志・吳書・賀邵傳》，中華書局，1982年，第1456～1458頁。

　　從表 4-1 可以看出，越到統治後期，孫晧對士人及家屬的貶謫頻率越高，從側面體現了東吳政局的衰敗程度越來越大。強權政治、君主專制導致了忠良排墜，信臣被害，東吳晚期士人之貶殺是東吳後期政局的一種縮影。

三、流徙事件對東吳政壇的影響

　　孫晧專權時期，士人貶殺成為這一時期貶謫事件之主流，其所造成的影響不容小覷。徐紹被殺，家屬被遠徙，這是《三國志・吳書》記載的孫晧即位後對士人的第一次貶殺，不過由於徐紹叛吳投魏在前，所以他的被殺與家屬被遠徙，並沒有產生什麼影響。而接下來的王蕃之死、家屬被徙，可以視為開啟了孫晧時期士人被殺、家屬遭徙的惡劣風氣，給東吳晚期士人心態造成了很大影響。

　　對於王蕃被殺，多人表示不滿，或前或後上疏論其冤枉。如陸凱上疏云：「中常侍王蕃黃中通理，處朝忠謇，斯社稷之重鎮，大吳之龍逢也，而陛下忿其苦辭，惡其直對，梟之殿堂，屍骸暴棄。邦內傷心，有識悲悼，咸以吳國夫差復存。」〔註 188〕龍逢是夏末直臣，因忠諫而被夏桀所殺，陸凱把王蕃比作龍逢，無疑是對這位直臣的同情與哀悼。陸凱還把孫晧比作吳王夫差一樣殘暴，可見他對殺王蕃一事非議甚大。陸抗也上疏云：「故大司農樓玄、散騎中常侍王蕃、少府李勖，皆當世秀穎，一時顯器，既蒙初寵，從容列位，而並旋受誅殛，或圮族替祀，或投棄荒裔。」〔註 189〕陸抗所列三人，樓玄、王蕃、李勖，都是被枉殺、枉貶的，其中王蕃被殺，家屬被遠徙廣州 13 年以上，應該直至東吳滅亡也不見召還。這樣的懲罰無疑太過殘酷，所以引起了眾人的同情。賀邵也上疏云：

　　　　故常侍王蕃忠恪在公，才任輔弼，以醉酒之間加之大戮。近鴻
　　臚葛奚，先帝舊臣，偶有逆近，昏醉之言耳，三爵之後，禮所不諱，
　　陛下猥發雷霆，謂之輕慢，飲之醇酒，中毒隕命。自是之後，海內
　　悼心，朝臣失圖，仕者以退為幸，居者以出為福，誠非所以保光洪
　　緒，熙隆道化也。〔註 190〕

〔註 188〕陳壽《三國志・吳書・陸凱傳》，中華書局，1982 年，第 1405 頁。
〔註 189〕陳壽《三國志・吳書・陸抗傳》，中華書局，1982 年，第 1358 頁。
〔註 190〕陳壽《三國志・吳書・賀邵傳》，中華書局，1982 年，第 1457 頁。

　　所謂「邦內傷心，有識悲悼」「海內悼心，朝臣失圖」，足見王蕃等人被殺、家屬被徙廣州，很大程度上使東吳晚期政壇產生了一種離心力，給東吳政權造成了較大的負面影響。而隨著接二連三的士人貶殺事件發生，這種政壇離心力逐步擴大，以至於出現「仕者以退爲幸，居者以出爲福」的局面，可以推測這一時期的東吳士人，其參政議政心態受到了極大損害。

　　王蕃乃北方流寓士人，其人被殺，家屬被徙，對北方士人的影響應該不小。接下來的幾年內，樓玄、樓據、薛瑩、繆禕被貶，都屬於北方流寓士人之貶。對於北方流寓士人或家屬的流徙，孫晧選擇了廣州、交趾等地，這是東吳一國最爲僻遠的貶所。不過孫晧並不是專對北人進行貶殺，對於江東本土士人，孫晧也如此殘暴。天冊元年（275），陸凱家屬、賀邵家屬被徙就是對江東本土世家大族的貶謫，這對江東本土士人也會產生較大影響。對於江東本土世家大族之貶，孫晧選擇了零陵、建安、臨海等處，這比起交、廣之地要近得多。如此推斷，似乎可以肯定孫晧對於江東本土士族的懲罰性措施要輕於對北方流寓士人的懲罰。

　　參見表 4-1，不難看出，孫晧即位期間（264～280），以 272 年爲界，大致可以劃定爲前後兩期，前期貶殺對象主要集中在北方流寓士人，後期則集中在江東本土士人。貶殺對象從北方流寓士人轉移到江東本土士人身上，究其原因，可以作如下推測。

　　北方流寓士人由於接二連三被殺被貶，整個集團傾向於噤若寒蟬。而江東本土士人鑒於君主的無道而憂戚滿懷，不得不爲國直諫，直到天冊元年，江東世家大族的代表陸凱家屬、賀邵家屬被徙，江東士人也就整體傾向於寂靜無言了。此時，離東吳滅亡只有五年時間。在餘下的五年時間內，東吳政壇士人直諫的聲音已經越來越少，沒有相關史料記載東吳最後五年有如陸凱、華覈一般的直臣進言出現。東吳晚期政壇的情形是：「是以上下離心，莫爲晧盡力，蓋積惡已極，不復堪命故也。」〔註191〕所以說，孫晧對士人的貶殺，使士人參政議政心態嚴重受挫，對政壇產生的負面影響不言自明。

　　《三國志》的末尾卷六十五，所列諸大臣如王蕃、樓玄、賀邵、韋昭、華覈等都是直臣，或被殺，或被貶，或被免。他們的勸諫行爲代表著東吳的志士仁人在政局沒落時所作的最後勸諫抗爭，然而暴君怙惡不悛，東吳最終沒有逃脫被西晉吞滅的命運。

〔註191〕陳壽《三國志·吳書·孫晧傳》，中華書局，1982 年，第 1173 頁。

第五章　西晉黨爭、宗室內亂　與貶黜文學

西晉一朝有兩大政治特徵較爲明顯，一是朝廷黨爭，二是宗室內亂。學界已有共識，即西晉立國名義上不符合儒家綱常與道義，因此沒有維護朝綱的有力思想原則，朝廷沒有向心力與凝聚力。西晉政風對士風的影響甚大，西晉政局混亂，黨爭時現，士人普遍牽涉黨爭，他們或出或入，都沒有眞正走向莊子式的超脫〔註1〕。西晉士人熱衷於對名器的追求，他們在黨爭中、宗室內亂中汲汲功名，其人格心態也在各種衝突之中與祿利誘惑之下顯現出兩重性，他們在亂世中演繹別樣的風流與倜儻，帶有時代的特殊印記。這些士人傳奇的一生與貶黜事件聯繫緊密，值得一探。此外，由楊駿、賈后之爭引發的「八王之亂」，更令西晉幾近傾覆。西晉宗室內亂導致的廢主棄后與被貶宗室較多，此時出現了專門幽囚他們的場所——金墉城，這一具有濃厚悲劇色彩與警示意義的場所也值得討論。

第一節　晉初黨爭與張華之貶

張華（232～300），字茂先，范陽方城（今河北固安）人。他是西晉一朝著名清流士人的代表，與當時普遍道德沉淪、生活放縱的士族士人相比，他在爲政、爲人、爲文方面都廣受讚譽。作爲庶族士人的張華曾捲入由爭嗣產

〔註 1〕 可參見羅宗強《玄學與魏晉士人心態》第三章「西晉士人心態的變化與玄學新義」，天津教育出版社，2005 年。

生的黨爭中，被排擠外貶三年，回京後又一度任閒職並被免黜共五年，前後政治仕途受抑期達到八年時間，期間留下了若干作品。詳細考察其貶謫生活，有利於明晰其貶後心態與作品編年。

一、司馬攸爭嗣與張華之貶

太康初期，晉廷有兩位重要人物被貶。一是太康三年（282）初，著名士人張華被貶幽州。二是太康三年末至四年（283）初，宗室齊王司馬攸被迫出鎮藩國。這一時期，還有博士祭酒曹志（曹植庶子）與七位太常博士被罷官。這些前後相隔不遠的貶黜事件的發生，與晉初朋黨之爭〔註2〕有關，而此黨爭的實質又與晉初嗣位傳承有關，其事牽涉著一位重要人物司馬攸〔註3〕。魏晉易代之際的皇位傳承過程中，司馬攸是一位不可忽略的重要人物，他的命運關乎西晉一朝的國運走向。王夫之《讀通鑑論》云：「西晉之亡，亡於齊王攸之見疑而廢以死也。攸而存，楊氏不得以擅國，賈氏不得以逞奸，八王不得以生亂。」〔註4〕足見司馬攸被貶憂憤而卒產生的重要影響。

司馬攸的悲劇人生源於司馬昭的立嗣態度。王鳴盛《十七史商榷》中有「昭構炎攸嫌隙」一條云：「愚謂昭本以愛攸之故，欲廢長立少耳，豈爲攸嗣師後，奉其兄祭嘗計邪？攸傳云『每見攸，必撫床呼其小字曰：『此桃符坐也。』乃云『此景王之天下』，將欲誰欺？不思炎、攸皆其子乎？卒令兄弟遂成嫌隙，昭實構之。」〔註5〕此論精當。司馬攸本爲司馬昭次子，被過繼給司馬師。《晉書·文六王傳·司馬攸傳》載：「齊獻王攸字大猷。少而岐嶷。及長，清和平允，親賢好施，愛經籍，能屬文，善尺牘，爲世所楷。才望出武帝之右，宣

〔註2〕 關於晉初黨爭的詳細論述，可參見曹文柱《西晉前期的黨爭與武帝的對策》，載《北京師範大學學報》（社科版），1989年第5期；徐高阮《山濤論》，載「中央研究院」史語所集刊》，1969年，第41本第1分。

〔註3〕 關於司馬攸爭位的詳細論述，可參見呂思勉《兩晉南北朝史》第三章第一節「齊獻王爭立」，上海古籍出版社，2005年；王永平《晉武帝立嗣及其鬥爭考論——以齊王攸奪嫡爲中心》，載《河南科技大學學報》（社會科學版），2004年第3期；仇鹿鳴《魏晉之際的政治權力與家族網絡》第四章第二節「齊王攸問題的再檢討」，復旦大學博士學位論文，指導教師：韓昇教授，2008年。案：此文於2012年由上海古籍出版社出版。

〔註4〕 王夫之《讀通鑑論》，中華書局，1975年，第817頁。

〔註5〕 王鳴盛《十七史商榷》，上海書店，2005年，第323～324頁。

帝每器之。景帝無子，命攸爲嗣。」〔註6〕可見過繼之事決定權在司馬懿，這一過繼所象徵的政治意義不言而喻。因爲司馬懿死後，繼承嗣統的當爲長子司馬師，司馬師卒後，理所當然由司馬攸承嗣。也就是說，才能超出長兄司馬炎的司馬攸，是司馬懿指定的司馬家族隔代接班人。然而，司馬師早逝，當時司馬攸才七歲，所以由司馬昭踵繼其事，掌曹魏政權。司馬師的早逝給司馬攸日後承嗣造成了變數。司馬昭在世時也很喜歡次子司馬攸，司馬攸雖然過繼給司馬師，但司馬昭仍然有意立其爲太子，言「文帝以景帝既宣帝之嫡，早世無後，以帝弟攸爲嗣，特加愛異，自謂攝居相位，百年之後，大業宜歸攸。」〔註7〕不過，司馬昭長子司馬炎也是爭嗣的一方人選，且得到當時眾多朝臣的支持，如何曾、賈充、裴秀、羊琇、山濤等人皆支持立司馬炎，最後司馬昭遵循了嫡長子制，在咸熙二年（265）將司馬炎定爲繼承人。這是司馬攸與司馬炎爭嗣階段。

　　司馬炎代魏之後，司馬攸被封爲齊王，總理軍政事務，在晉廷初創時期貢獻頗大。司馬炎即位之後一年餘就將司馬衷立爲太子，是年爲太始三年（267）正月，此舉無疑表示司馬攸將永遠爲臣。司馬攸爲藩王盡職盡責，輔政之功卓越，見稱士林。司馬炎即位之後，諸子平庸，且太子司馬衷愚魯〔註8〕，不堪政事，所以眾多朝臣憂慮晉廷國祚，有意勸司馬炎傳位給齊王司馬攸。總的來說，支持司馬攸的大都是正直清流之士，如任愷、張華、庾純、衛瓘、羊祜、和嶠、王愷，被論者〔註9〕稱爲玄學名士派。支持司馬衷的有賈充、荀勖、馮紞、荀顗、楊珧、王恂、華廙等，他們大都是讒諛取巧之士，在司馬氏奪取政權中有過重要貢獻，被稱爲新禮法派。兩派形成黨爭之勢，圍繞司馬攸與司馬衷孰能承嗣進行了一系列鬥爭。但武帝司馬炎有意傳位於自己的兒子司馬衷，所以諸多支持司馬攸的朝臣或被免，或被貶，司馬攸最後也被迫出藩，不久憂憤而卒。這是司馬攸與司馬衷爭嗣階段。

〔註6〕　房玄齡等《晉書・齊王攸傳》，中華書局，1974 年，第 1130 頁。

〔註7〕　房玄齡等《晉書・世祖武帝紀》，中華書局，1974 年，第 49 頁。

〔註8〕　世傳關於蛙鳴爲官爲私、百姓爲何不食肉糜之笑話，皆指司馬衷癡傻。劉馳《晉惠帝白癡辨》認爲司馬衷並不是完全癡呆，而是位於愚魯與正常人之間，載《六朝士族探析》，中央廣播電視大學出版社，2000 年。

〔註9〕　參見王曉毅《司馬炎與西晉前期玄、儒的升降》，載《史學月刊》，1997 年第 3 期。

　　總的來說，司馬攸先後兩次參與爭嗣，一次是與兄長司馬炎，一次是與姪子司馬衷。其中第二次爭嗣關係著晉初諸位朝臣之貶。咸寧二年（276）春正月，司馬炎因病廢朝，此時繼承人問題凸顯，不少人朝臣希望司馬攸繼任大統。史載河南尹夏侯和對賈充表示，在賈充二女婿司馬攸、司馬衷之間，應該選擇有德行之人承嗣，言下之意指應以司馬攸為嗣，賈充聞之默而不答。武帝聽說此事，遂奪賈充兵權，徙夏侯和為光祿勳。聞之朝臣屬意於司馬攸，司馬炎當年八月就把司馬攸從鎮軍大將軍遷為司空，這算是變相削奪兵權。武帝病癒後，在接下來的幾年內對司馬攸的防忌措施越來越多。到了太康三年（282），朝廷諸臣希望司馬攸繼嗣的呼聲越來越強烈，荀勗、馮紞等趁機進讒，武帝遂令齊王司馬攸出鎮藩國。此事當時遭到諸臣反對：王渾上書諫止不果；曹志鑒於父親曹植的遭遇，上疏希望留齊王輔政，觸怒武帝被免；七位太常博士也因持異議被罷官；王濟稽顙泣請被斥居外；河南尹向雄極力勸諫不成鬱鬱而亡；扶風武王司馬駿表諫懇切不聽亦憤怒病卒……這一系列的反對之聲終究無用，武帝最後強迫司馬攸出鎮，司馬攸在出鎮不久之後就鬱鬱而終。

　　司馬攸與司馬衷爭嗣過程中，不少朝臣認為應該立司馬攸，揆諸當時實情，爭立司馬攸者是基於晉廷未來的安危著想，故《讀通鑒論》云「故舉朝爭之，爭晉存亡之介也。」〔註 10〕在支持司馬攸被免被貶的士人之中，有一位極具影響力的政治家、文學家，他就是張華。

　　張華出身孤貧，乃庶族士人，他的政績在賈后時期尤為顯著，《晉書・張華傳》評：「華遂盡忠匡輔，彌縫補闕，雖當闇主虐後之朝，而海內晏然，華之功也。」〔註 11〕張華在爭嗣過程中，支持立司馬攸，忤旨被貶。《晉書・張華傳》這樣記載：

　　　　華名重一世，眾所推服，晉史及儀禮憲章並屬於華，多所損益，當時詔誥皆所草定，聲譽益盛，有台輔之望焉。而荀勗自以大族，恃帝恩深，憎疾之，每伺間隙，欲出華外鎮。會帝問華：「誰可託寄後事者？」對曰：「明德至親，莫如齊王攸。」既非上意所在，微為忤旨，間言遂行。乃出華為持節、都督幽州諸軍事、領護烏桓校尉、安北將軍。撫納新舊，戎夏懷之。東夷馬韓、新彌諸國依山帶海，

〔註 10〕　王夫之《讀通鑒論》，中華書局，1975 年，第 817 頁。
〔註 11〕　房玄齡等《晉書・張華傳》，中華書局，1974 年，第 1072 頁。

去州四千餘里，歷世未附者二十餘國，並遣使朝獻。於是遠夷賓服，
四境無虞，頻歲豐稔，士馬強盛。朝議欲徵華入相，又欲進號儀同。
初，華毀徵士馮恢於帝，統即恢之弟也，深有寵於帝。統嘗侍帝，
從容論魏晉事，因曰……」帝默然。頃之，徵華爲太常。以太廟屋
棟折，免官。遂終帝之世，以列侯朝見。〔註12〕

司馬昭咸熙元年（264）創制五等爵制，西晉時期秉承此制，列侯居於五
等爵之下，是異姓低爵。張華由於力排眾議支持武帝平吳，及東吳滅（280），
被進封爲廣武縣侯。《張華傳》云其在太康後期被免官後以列侯朝見，乃有爵
無官。張華本有台輔之望，只因爲支持司馬攸而被荀勗抓住機會進讒被貶幽
州（282），被貶期間，他做了很多安撫少數民族的事情，可謂政績顯著。所
以「朝議欲徵華入相」，但由於馮統間言，只是被任命爲掌管祭祀禮儀等事務
的太常（285），兩年後（287）又因「太廟屋棟折」免官〔註13〕，直至武帝去
世（290），這八年乃張華仕途受抑期，可謂棲遲八年。

二、張華之貶與作品繫年

縱觀張華仕途，大致可分爲三個時期：（一）50歲之前，即太康三年（282）
被貶之前，他仕途較爲順利，尤以支持武帝平吳被封爵，異姓封爵，可謂榮
寵，這一時期乃政治升遷期；（二）50歲至58歲期間，由於荀勗、馮統等人
先後讒之，在太康三年至太熙元年（290）的八年期間，乃政治受抑期；（三）
58歲之後，即惠帝即位（290）之後，張華被起爲太子少傅，仕途開始進入第
二次升遷期，屢居要職，封壯武郡公，後升任司空，直至「八王之亂」中被
趙王司馬倫所殺（300），此乃第二次政治升遷期。

張華本有文集傳世，但亡佚已久，若計算殘句殘篇在內，現存詩40餘首，
存文30餘篇。太康三年（282）至太熙元年（290），即被貶幽州到武帝去世，
可視爲張華的貶謫生活時期。這八年間，張華的苦悶心態輕重強度前後又各
有不同，其中前三年在幽州任地方官，中間兩年任閒職，最後三年無職。貶
謫期間，張華進行了不少創作，以此來抒發貶後心境。由於史料闕略，要嚴

〔註12〕　房玄齡等《晉書・張華傳》，中華書局，1974年，第1070～1071頁。
〔註13〕　參見姜亮夫《成均樓文錄　陸平原年譜　張華年譜》（合刊），《姜亮夫全集》本，
　　　　雲南人民出版社，2002年，第22冊，第446～450頁。

格繫年張華作品難度甚大〔註14〕，但我們若緊密聯繫其貶謫生涯之心路歷程，並對其詩文進行文本細讀，是可以對部分作品的寫作時間背景做一些合理推測的。

（一）《博陵王宮俠曲》與《博物志》可能作於太康三年至太康六年（282～285）間

此一時期，張華被貶幽州，任持節、都督幽州諸軍事、領護烏桓校尉、安北將軍。他鎮守一方，也算是地方要員。雖從中央被排擠到地方，但張華掌有不少地方實權，據《晉書‧職官志》，持節有生殺大權，平日可殺無官之人，戰時可斬殺二千石以下官員。張華對邊境少數民族進行安撫，令他們賓服晉廷，在他的治理下，幽州地區連年豐收，他保境安民與地方治理的功勞頗大。可見，幽州三年，張華積極為政，既是為官分內之事，同時應該也是抱有被召回京的嚮往。

西晉時期的幽州主要在今北京與河北北部，治所在范陽。張華乃范陽方城人，所以被貶幽州算是回故鄉為官。現存作品中，《博陵王宮俠曲二首》可能作於被貶幽州期間。該詩如下：

> 俠客樂幽險，築室窮山陰。獠獵野獸稀，施網川無禽。歲暮飢寒至，慷慨頓足吟。窮令壯士激，安能懷苦心。干將坐自□，繁弱控餘音。耕佃窮淵陂，種粟著劍鐔。收秋狹路間，一擊重千金。棲遲熊羆穴，容與虎豹林。身在法令外，縱逸常不禁。

> 雄兒任氣俠，聲蓋少年場。借友行報怨，殺人租市旁。吳刀鳴手中，利劍嚴秋霜。腰間又素戟，手持白頭鑲。騰超如激電，迴旋如流光。奮擊當手決，交屍自縱橫。寧為殤鬼雄，義不入圜牆。生從命子游，死聞俠骨香。身沒心不懲，勇氣加四方。〔註15〕

詩歌對俠客遁世的清苦生活進行了描繪，將俠客尚氣殺人、視死如歸的行為表現出來，具有一種慷慨悲歌之氣。博陵王宮，乃指東漢博陵王劉珪的

〔註14〕 姜亮夫《張華年譜》、陸侃如《中古文學系年》（人民文學出版社，1998）、汪春泓《中國文學編年史‧兩晉南北朝卷》（湖南人民出版社，2006）、馬鴻雁《張華集校注》（東北師範大學碩士學位論文，2005）附《張華年表》、方順貴《張華詩歌校注》（四川大學碩士學位論文，2007）附《張華詩歌創作年表》對現存張華大部分詩歌都未繫年，可見繫年難度較大。

〔註15〕 遠欽立《先秦漢魏晉南北朝詩》，中華書局，1983年，第612頁。

宮室。西晉置博陵國，在今河北安平縣、深州市等地，治所在安平，此地屬
於冀州，當地有尚氣任俠的風氣。該詩被《樂府詩集》收錄，但以該題爲名
的作品，僅見張華之作，未見他作。根據樂府詩的命名規律，此題似乎爲張
華獨創，而創製該題的原因極有可能是他經過博陵王宮故地，見到當地任俠
尚氣風氣，因而受到啓發所作。根據張華本傳記載，他一生行跡主要在幽州
與京都洛陽間往返，無論從幽州到洛陽，還是從洛陽到幽州，都需要經過博
陵安平一帶。張華在幽州范陽長大，在幽州地區生活了 22 年，一直到曹魏嘉
平六年（254）初，范陽太守鮮于嗣推薦他任太常博士，需要赴京都洛陽，此
時他會經過博陵安平一帶。再就是太康三年（282）被貶幽州，以及太康六年
（285）從幽州返回京都。所以張華經過博陵王宮一共有三次，分別是嘉平六
年（254）、太康三年（282）、太康六年（285），《博陵王宮俠曲》理當作於這
三者之一，也就是說此詩要麼作於張華 22 歲時，要麼作於 50 歲以後的貶謫
時期。那麼，《博陵王宮俠曲》到底應該繫於年輕時期，還是貶謫期呢？囿於
史料不足，實難定論。不過作於謫居期間的可能性更大，因爲其中第一首，
張華所描繪的是遁世的俠客，如果是此詩寫於剛剛弱冠不久，那麼筆下一般
都會強調任俠尚氣的行爲，而不會細緻描繪俠客遁世的景況，此詩著重描寫
俠客築室山間幽險之地，自耕自種，狩獵山林。之所以有這種情形，可能與
張華謫居期間對官場的反思與感歎有關，其間夾雜的隱逸情懷由此可以得到
相對合理的解釋。這裡對其做保守繫年，姑且云可能作於太康三年至六年（282
～285）間。

　　另外，值得一提的是張華還有《博物志》10 卷，載四方奇異物事。據東
晉王嘉《拾遺記》稱，此書原 400 卷，晉武帝令張華刪爲 10 卷，所以此書成
書應在武帝去世即太熙元年（290）之前。這一博物書籍，材料收集理當是長
期積累的過程，張華 50 到 53 歲期間被貶幽州，這一時期也應該是《博物志》
部分內容的收集與撰寫時間，至於哪些材料爲幽州時期所收集，非本節論述
重點，故略之。

（二）《情詩》《雜詩》《永懷賦》《勵志詩》《歸田賦》《遊仙詩》《招引詩》《贈摯仲洽詩》等應作於太康六年至太熙元年（285～290）間

　　從現有作品來看，張華在任太常與免官之後有不少抒懷之作。包括張華
最著名的《情詩》（五首）、《雜詩》（三首），以及《永懷賦》《勵志詩》（九章）、

《歸田賦》《遊仙詩》（四首）、《贈摯仲洽詩》《招引詩》（二首）等，這些都應是貶謫生涯期間所撰。

太康六年（285），本有台輔之望的張華被召回京都洛陽，由於馮紞間言，只任太常一職，此官堪稱閒職。《太康六年三月三日後園會詩》四章作於此時，這是張華唯一一首注明寫作日期的詩歌，寫春天宴飲之樂，表達被召返京酬感聖恩之意，是回京不久後所作。太康八年（287），張華又因太廟屋棟折被免官三年。此事，姜亮夫先生云「太廟屋棟折，華請免官」〔註16〕。《晉書·張華傳》《北堂書鈔》《太平御覽》《冊府元龜》《通志》等書載此事都云免官，未見古籍記載張華是自請免官，唯有姜亮夫先生云自請免官，當為誤記。太廟乃皇家祖廟，屬於太常掌管，屋棟折毀，想必廟內供奉之物必有損害，此乃重罪，當是被免。

張華原有台輔之望，卻被讒僅任太常一職，本就應該愁悶難抒，再加之屋棟折應屬「天災」，太常職務又被免，不遇心態理當更加濃鬱。太康六年到八年（285～287）任太常時，他希冀受到重用的心態較為明顯，《情詩》《雜詩》《永懷賦》當為這時所作，這些作品中洋溢著不遇心態，雖然表達含蓄，但仍然能見其寄託之意。試舉《情詩》《雜詩》各一首如下：

《情詩》其一

> 北方有佳人，端坐鼓鳴琴。終晨撫管絃，日夕不成音。
>
> 憂來結不解，我思存所欽。君子尋時役，幽妾懷苦心。
>
> 初為三載別，於今久滯淫。昔耶生戶牖，庭內自成陰。
>
> 翔鳥鳴翠偶，草蟲相和吟。心悲易感激，俯仰淚流衿。
>
> 願托晨風翼，束帶侍衣衾。〔註17〕

《雜詩》其三

> 荏苒日月運，寒暑忽流易。同好逝不存，迢迢遠離析。
>
> 房櫳自來風，戶庭無行跡。兼葭生床下，蛛蝥網四壁。
>
> 懷思豈不隆，感物重鬱積。游雁比翼翔，歸鴻知接翮。
>
> 來哉彼君子，無然徒自隔。〔註18〕

〔註16〕 姜亮夫《成均樓文錄 陸平原年譜 張華年譜》（合刊），《姜亮夫全集》本，雲南人民出版社，2002年，第22冊，第450頁。

〔註17〕 逯欽立《先秦漢魏晉南北朝詩》，中華書局，1983年，第618～619頁。

張華的《情詩》《雜詩》，兩者美學風格基本相同，被《文選·雜詩》收錄。「雜詩」類收錄的皆以「情詩」「雜詩」為題名的作品，只有曹植與張華兩人，且從兩人詩歌文本表達來看，張華無疑受到了曹植很大的影響。曹植的《情詩》（《玉臺新詠》中題為《雜詩》）與《雜詩》，大都應作於貶謫期間，主旨是託棄婦、思婦、遊子等表達自己的被貶被棄，體現的是希望受到重用的仕進心態。張華任太常，掌宗廟禮儀，無實權，形同貶謫，這種不被重用的處境與曹植後期際遇相似，所以《情詩》《雜詩》在擬題立意方面都是承繼曹植的。徐公持先生亦云「張華的規步對象主要是曹植」〔註19〕。《情詩》《雜詩》的意義重大〔註20〕，正是貶謫背景刺激了他的創作。另外，《永懷賦》所表達的主旨也與《情詩》《雜詩》類似，茲不贅引。而《勵志詩》表達了勤學上進的心態，同時又雜有些許道家的恬淡心態，可能是其任太常時所作，此詩常為後人所引用或擬寫，表達勸誡勵志之意。

太康八年（287）被免官，張華希冀重用的願望落空，政治仕途可謂跌至谷底，此時他的心態逐漸趨向歸隱。張華所處時代乃玄風大盛之時，在這樣的背景下，他也當薰染了道家習氣。具體來說，「元康時期，在思想上多受《莊子》學的影響，『激烈派』的思想流行」〔註21〕，太康、元康前後相繼，想必太康後期，閒居的張華有充裕時間參與玄談，與朋友的交遊會更多。《遊仙詩》《招引詩》《贈摯仲洽詩》《歸田賦》當作於這一時期，單從詩文的擬題來說，就能見其心跡。

《招引詩二首》云：

隱士託山林，遁世以保真。連惠亮未遇，雄才屈不伸。

棲遲四野外，陸沉背當時。循名奄不著，藏器待無期。羲和策

六龍，羿節越崦嵫。盛年俯仰過，忽若振輕絲。〔註22〕

第一首中，作者引用少連、柳下惠的典故，柳下惠曾經任掌管刑法的官員，三次被罷免，張華以此自比，表達雄才難施的鬱悶。第二首中，作者表達了藏器待時的觀點，同時表達時光易逝、生命荒廢的憂慮，這應是在免官之後已有一段時間後的感歎，當不是免官初期所作。《遊仙詩》與《贈摯仲洽

〔註18〕逯欽立《先秦漢魏晉南北朝詩》，中華書局，1983年，第620～621頁。
〔註19〕徐公持《魏晉文學史》，人民文學出版社，1999年，第278頁。
〔註20〕曹旭《張華〈情詩〉的意義》，載《文學評論》，2012年第5期。
〔註21〕湯用彤《魏晉玄學論稿及其他》，北京大學出版社，2010年，第92頁。
〔註22〕逯欽立《先秦漢魏晉南北朝詩》，中華書局，1983年，第622頁。

詩》都流露出求仙長生、回歸自然的恬淡自適心態。《歸田賦》更是顧名思義，
題名立意皆祖述張衡，當作於從仕途轉向退隱之際。考其仕履，唯有被免官
後有此以虛靜之心觀照山水的機會與心態。該賦云：「時逍遙於洛濱，聊相佯
以縱意。目白沙與積礫，玩眾卉之同異。揚素波以濯足，泝清瀾以蕩思。……
以退足於一壑，故處否而忘泰。」〔註23〕全然一片優游自適之意。此賦當作
於免官後期，「時逍遙於洛濱」之「時」字，似乎帶有回憶性質。《世說新語·
言語》記載：「諸名士共至洛水戲。還，樂令問王夷甫曰：『今日戲樂乎？』
王曰：『裴僕射善談名理，混混有雅致；張茂先論史漢，靡靡可聽；我與王安
豐說延陵、子房，亦超超玄箸。』」〔註24〕此處樂令乃樂廣，王夷甫乃王衍，
裴僕射乃裴頠，張茂先乃張華，王安豐乃王戎，太康末期，他們都在京爲官，
這段記載應該就是張華《歸田賦》中所謂「逍遙於洛濱」的日子。

張華在謫居期間，還對當時的年輕人進行獎掖延譽，「二陸」就是在太康
十年（289）經過張華的稱譽而名聲大震。張華身處西晉，此時的士人大都有
強烈的仕進心態，熱衷功名利祿，張華亦是如此，後因貪戀權位不聽勸誠歸
隱而被趙王司馬倫所誅即體現此點。他雖然有一些表達退隱的想法，但卻不
能真正做到完全超脫。故而在武帝去世之後，張華並沒有拒絕出仕，而是被
啓爲太子少傅，從此張華的政治仕途基本是一帆風順，直至任司空，一直位
居樞要。所以在惠帝時期，他不太可能集中寫作上述那些表達體現仕進與歸
隱矛盾心態的詩文。

張華是西晉一朝政壇、文壇上都極具影響力的人物，通過對他貶謫生活
與作品的分析，我們有理由相信上述詩文是張華謫居期間的真實心理寫照，
而這些作品又大都是張華的代表作，所以說，張華的例子印證了一點，士人
貶謫生活導致的生命沉淪對其藝術創作起到了較大的刺激作用。

第二節　晉初黨爭與潘岳之貶

潘岳（247～300），字安仁，滎陽中牟（今屬河南）人。這位著名文人貌
美才高、至情至孝，卻又因爲輕躁趨利給世人留下人品低劣的印象，這一矛
盾印象是西晉一朝士人人格心態的縮影。仕途蹭蹬、才品不一的潘岳並不是

〔註23〕 嚴可均《全上古三代秦漢三國六朝文》，中華書局，1958年，第1789頁。
〔註24〕 余嘉錫《世說新語箋疏》，中華書局，1983年，第85頁。

西晉一朝出現的個案，他可謂西晉政失準的時士無操持的典型人物。潘岳仕途舛厄，貶黜生活對其思想演變與文學創作產生了深刻影響。

一、潘岳仕履概述

前一節在論述張華之貶時，曾提及晉初的黨爭問題，它是影響西晉朝廷的一件大事，尤其在西晉前期的鬥爭強度較爲激烈，前後持續三四十年。不僅張華捲入黨爭，當時很少有朝臣能避免牽涉其中，潘岳也是其中一員。關於潘岳的仕履，學界多有述及，下面簡要論述。

潘岳 50 歲時作《閑居賦》，其序自謂：「自弱冠涉乎知命之年，八徙官而一進階，再免，一除名，一不拜職，遷者三而已矣。」〔註25〕可見，潘岳 30 年的仕途生涯中，升官只有一次，而其他有兩次被免官，一次被除名，一次不被拜職，三次被貶謫。下面，根據傅璇琮《潘岳繫年考證》〔註 26〕、徐公持《潘岳早期任職及徙官考辨》、王曉東《潘岳研究》，將潘岳的仕途生涯大致理清如下：

晉武帝時期：

太始二年（266），20 歲，約於本年任賈充掾屬。

咸寧五年（279），33 歲，約在前一年或本年外出爲河陽令，有《河陽縣作二首》。

太康三年（282），36 歲，約於本年春初轉爲懷縣令，有《在懷縣作二首》。

太康四年（283），37 歲，約於此後數年間入爲尚書度支郎〔註27〕，遷廷尉評。有《懷舊賦》。

太熙元年（290），44 歲，因公事免，閒居洛陽。有《狹室賦》。

〔註25〕　王增文《潘黃門集校注》，中州古籍出版社，2002 年，第 74 頁。

〔註26〕　徐公持《潘岳早期任職及徙官考辨》（載《文學遺產》，2001 年第 5 期）認爲傅璇琮《潘岳繫年考證》（載《文史》14 輯，中華書局，1982 年）一文「所考潘岳之生卒年、初出仕時間，以及三十二歲以後之行事、任職、著述等，皆稱精當，無懈可擊。」潘岳三十二歲以後仕履，本節從傅文。

〔註27〕　傅璇琮《潘岳繫年考證》一文將「今後數年間入爲尚書度支郎，遷廷尉評」定爲 285 年，似誤。王曉東《潘岳研究》第二章「潘岳生平事蹟考辨」之第二節「從屛居天陵到出令長安」認爲潘岳在懷縣約兩年時間，回洛陽爲尚書度支郎在太康四年（283），上海古籍出版社，2011 年，第 57～58 頁。本節從王說。

晉惠帝時期：

> 永熙元年（290）五月，爲楊駿太傅府主簿。

> 永平元年（291，後改年號元康），45 歲，三月，爲公孫宏所救，除名爲民。

> 元康二年（292），46 歲，五月，攜老扶幼赴任長安令，八月，作《西征賦》。

> 元康六年（296），50 歲，遷博士，未拜，因母疾去官，閒居洛陽，作《閒居賦》。

> 元康七年（297），51 歲，爲著作郎。

> 元康八年（298），52 歲，六七月妻楊氏卒於洛陽，作《哀永逝文》。

> 元康九年（299），53 歲，爲黃門侍郎。正月，作《關中詩》。春《悼亡賦》。秋、冬，作《悼亡詩三首》。

> 永康元年（300），54 歲，被孫秀所殺，滅三族。

由此可見，潘岳自謂「八徙官」的說法是符合實情的，其仕途可謂屢受躓踣。這與西晉黨爭有莫大關係，他前後不同時期分別依傍不同權臣，其政治生涯也隨權臣浮沉而起伏不定。

《晉書·潘岳傳》云「岳才名冠世，爲眾所疾，遂棲遲十年。出爲河陽令，負其才而鬱鬱不得志。」〔註 28〕此說潘岳開始步入仕途後，就一直在賈充幕中任掾屬〔註 29〕，少負盛名的他卻被眾人排擠，所以棲遲十年（非確指，乃成數），甚不得志。潘岳早年棲遲十年，主要是因爲他追隨賈充，但同時又與賈充政敵和嶠、庾純、任愷等人有交往，遂既不能被賈充薦舉重用，又被賈充政敵們當作賈充心腹加以打壓，所以就長期沉淪下僚〔註 30〕。

棲遲十年之後，潘岳並未升遷，而是接連被貶外地。33 歲時他被貶河陽爲令，又轉爲懷縣令，兩任地方官，潘岳勤勉有加，政績頗豐。約 39 歲時，

〔註 28〕 房玄齡等《晉書·潘岳傳》，中華書局，1974 年，第 1502 頁。

〔註 29〕 關於潘岳早年任掾屬之說，傅璇琮《潘岳繫年考證》認爲他前後任賈充、荀顗、裴秀三人掾屬，徐公持《潘岳早期任職及徙官考辨》則認爲他一直在賈充幕中任掾屬，並未任荀顗、裴二人掾屬。後說爲佳，本節從後說。

〔註 30〕 關於潘岳早年棲遲原因的詳細論述，可參見王曉東《潘岳研究》之第三章第一節「潘岳與晉初黨爭」，上海古籍出版社，2011 年，第 73～84 頁。

他被調回京，任尚書度支郎，後又遷廷尉評，皆品級不高，又因公事免官，所謂公事為何？史無明載。44 歲時，潘岳被引為太傅楊駿的幕中，任主簿，從此潘岳追隨楊駿。楊駿其人，執政嚴酷，遍樹親黨，四處樹敵。加之此時惠帝即位不久，賈后開始干政，遇到楊駿的阻撓，遂與楊駿產生齟齬，賈后與其爭權態勢激烈。翌年，賈后與楚王司馬瑋合謀，誅滅楊駿及親黨。原本潘岳也在被誅滅的名單之列，但為楚王長史公孫宏所救，除名為民。公孫宏乃潘岳任河陽令時所識，當時他孤貧有才，潘岳待之甚厚，因公孫宏在楚王面前為其辯護，謂潘岳只是臨時官員，故其逃過一死。潘岳為楊駿主簿時間才 10 個月又被除名。46 歲時，潘岳又被任長安令，在外任職約四年。50 歲時，他被拜為博士，但因母疾去官，遂閒居洛陽。

潘岳之前先後追隨賈充、楊駿，且因楊駿差點被殺，遠離政治以自全應是他較好的選擇，但他迷戀權勢，卻再次諂事賈謐，並且將趨利行為演繹到極致。賈后專政之後，親外甥賈謐成為新權臣，晉廷又一次上演了之前權臣秉政的戲劇。潘岳閒居不久之後，加入了賈謐集團，即所謂「二十四友」，並且因為文才而成為其中的核心成員。之後他任著作郎，後轉散騎侍郎，後又為黃門侍郎。在這期間，晉廷的黨爭不僅沒有熄滅，反而更加白熱化，趙王司馬倫等以謀害太子之名廢掉賈后，賈謐也隨之倒臺，潘岳受到牽連，由於此前與孫秀有隙，遂被孫秀殺害，並被夷滅三族。

縱觀潘岳一生仕履，他前後跟隨賈充、楊駿、賈謐三位權臣，以求政治發達，但卻事與願違，他的仕途也隨著這些權臣的命運而起伏。主官失勢，掾屬當受牽連，尤其是追隨楊駿、賈謐時，一次幾乎殞命，另一次則導致身死族滅。

二、潘岳之貶及其心路歷程

經過傅璇琮、徐公持等先生的探討，潘岳仕履已較為明晰。關於潘岳的創作與心態演變，大多論者都把潘岳仕履與創作分為前後兩個時期來談，基本都是以永熙元年（290）惠帝即位為界，把前期定為棲遲下僚期，後期定為宦海浮沉期。論者對其仕途之心路歷程與創作剖析不出此一畦逕，這樣的分期與論述略顯不足，對其心態變化的縱向連續性考察不夠，期間或許有心態漏洞未被觸及，且對貶黜所造成的生命沉淪與心理苦悶也強調不夠，因此不能深刻瞭解潘岳的心路歷程與相關創作。

潘岳之仕在晉武帝與晉惠帝時期，概言之，期間在京爲官約二十年，外任地方官約十年。除了升官（職務低，任期短），其他或貶或免，都屬政治受抑，本節綜而論之。無論是在京爲官，還是地方爲官，潘岳官階品級都不高。潘岳入仕之後長期任掾屬官員，本就不得志，外出爲河陽令，更鬱鬱不平。究其原因，主要是京官外任意味著貶謫，所以本節所謂貶謫生活從外出任河陽令開始算起，並將此後的免死除名、免官閒居等一併納入貶謫範圍討論。

（一）外貶河陽、懷縣時期

潘岳此前在京棲遲十餘年，咸寧五年（279）前後，外任河陽令，但由於史書未載被貶的具體原因，所以無法詳細瞭解個中緣由，不過仍可作合理推測。潘岳在任賈充掾屬期間，過於輕躁。《世說新語·政事》載：「山公以器重朝望，年逾七十，猶知管時任。貴勝年少，若和、裴、王之徒，並共宗詠。有署閣柱曰：『閣東有大牛，和嶠鞅，裴楷秋，王濟剔嬲不得休。』或云潘尼作之。」《世說新語》云山濤（205～283）「年逾七十」，由此推算，題謠發生至少在 274 年以後。劉孝標注引王隱《晉書》云：「初，濤領吏部，潘岳內非之，密爲謠曰：『閣東有大牛，王濟鞅，裴楷秋，和嶠刺促不得休。』」〔註31〕房玄齡《晉書》潘岳本傳將此事繫於其被貶河陽時期當誤，《世說新語》與劉孝標注引王隱《晉書》未明確記載題謠時間。又《晉書·山濤傳》載「咸寧初，轉太子少傅，加散騎常侍；除尚書僕射，加侍中，領吏部」〔註32〕，咸寧年間乃 275～280 年間，所謂初年，當云 275 或 276，即此時山濤領吏部，有薦舉人才的權力。所謂「知管時任」，即指主持官吏任選。山濤在咸寧年間直至太康初年都掌選職。王隱《晉書》云「初，濤領吏部」，當指 275 或 276 年，這就是題謠事件發生的大致時間。此時潘岳爲賈充掾屬，和嶠、裴楷、王濟三人與賈充爲政敵，潘岳如此題謠，已經超越了個人臧否人物的性質，帶有黨爭評騭政敵的色彩，也許就是受賈充指示所爲。通過題謠事件，我們可以看出潘岳爲人輕躁的一面。可以猜想，潘岳出爲河陽令，很可能就是因爲此前這一輕躁的譏訕事件而被排擠出京〔註33〕，至少與其輕躁性格有關。被排擠出京的猜測，似乎可以在他謫居河陽的作品中找到佐證。

〔註31〕余嘉錫《世說新語箋疏》，中華書局，1983 年，第 167 頁。
〔註32〕房玄齡等《晉書·山濤傳》，中華書局，1974 年，第 1225 頁。
〔註33〕傅璇琮《潘岳繫年考證》一文也認爲題謠事件當發生在被貶河陽之前，然而未做詳細考證。見《文史》14 輯，中華書局，1982 年，第 247 頁。王曉東《潘岳研究》之第二章第二節「從屛居天陵到出令長安」也認爲題謠應在被貶河陽前，上海古籍出版社，2011 年，第 54～56 頁。

河陽在京都洛陽北面，離洛陽並不算太遠。當潘岳被貶河陽之後，他的反應是「負其才而鬱鬱不得志」。《河陽縣作二首》當在被貶河陽後不久所作：

微身輕蟬翼，弱冠忝嘉招。在疚妨賢路，再升上宰朝。猥荷公叔舉，連陪廁王僚。長嘯歸東山，擁耒榼時苗。幽谷茂纖葛，峻岩敷榮條。落英隕林趾，飛莖秀陵喬。卑高亦何常，升降在一朝。徒恨良時泰，小人道遂消。譬如野田蓬，斡流隨風飄。昔倦都邑遊，今掌河朔徭。登城眷南顧，凱風揚微綃。洪流何浩蕩，修芒鬱岧嶢。誰謂晉京遠，室邇身實遼。誰謂邑宰輕，令名患不劭。人生天地間，百年孰能要。頹如槁石火，瞥若截道飆。齊都無遺聲，桐鄉有餘謠。福謙在純約，害盈由矜驕。雖無君人德，視民庶不恍。

日夕陰雲起，登城望洪河。川氣冒山嶺，驚湍激岩阿。歸雁暎蘭時，游魚動圓波。鳴蟬屬寒音，時菊耀秋華。引領望京室，南路在伐柯。大廈緬無覿，崇芒鬱嵯峨。總總都邑人，擾擾俗化訛。依水類浮萍，寄松似懸蘿。朱博糾舒慢，楚風被琅邪。曲蓬何以直，託身依叢麻。黔黎竟何常，政成在民和。位同單父邑，愧無子賤歌。豈敢陋微官，但恐忝所荷。〔註34〕

第一首中，潘岳開篇即對此前仕途進行了回憶，弱冠應聘入仕途，卻棲遲許久，感歎自己的處境卑微。接著他在自我嘲諷的同時繼續透露出自己不遇的憤慨，其胸中耿耿介懷者在於「升降在一朝」。「徒恨良時泰，小人道遂消」，這似乎在暗示自己被貶外出乃政敵攻訐排擠所致。潘岳感歎當下遭際如田間蓬草，只能隨風飄動，無法自己決定命運。當他登上河陽當地城樓之上以後，遠眺南方的京都洛陽，個中滋味實難盡述。「誰謂晉京遠，室邇身實遼」，京都洛陽離此並不遠，但作者感歎自己離它卻很遙遠，為何呢？只因那朝廷委實難立足，自己有才難施啊！此時的潘岳有著人生苦短的感慨，心中能想到的是即使官職卑微，也要勉勵為政，以期能實現自己的本職工作。第二首中，潘岳再次登樓，引領遙望南方京都，崇山峻嶺卻擋住了自己的視線，看不到巍峨的朝闕，崇山峻嶺擋住的不只是視線，更是擋住了自己仕途晉升的路。自己從京都被貶外地，在地方為官，異鄉為客，猶如隨水飄零的浮萍，猶如寄託在松樹上的懸蘿，孤獨悲涼可想而知。清人吳淇在《六朝選詩定論》中對此詩如此評論：

〔註34〕 王增文《潘黃門集校注》，中州古籍出版社，2002年，第272～273、276頁。

　　凡人久居清華之地，忽而外補，苦；外補近在王畿之內，尤苦。
此詩前首序事，此首從河陽近京生意。凡望，晴則遠見，陰則否。
至日夕陰雲起矣，而猶望不已，恃其近也，兼寓有浮雲蔽日之意。
曰「望洪河」，又若不為望京邑者，借洪河以喻小人之間阻。「川氣」、
「驚湍」，河之險；「冒山嶺」、「激岩阿」，河之險而且高。「歸雁」
四句，非閒點景，謂登城所望見者止河以北之景，而河之南，一無
所見矣。無所見而必求其見，故再加引領。然而京室眇然，終於莫
覯，僅僅望見芒山，是洪河一障，而芒山又添一障矣。〔註35〕

吳淇之論頗中肯綮，將潘岳對京都洛陽的嚮往道得甚明。潘岳確是懷著有朝
一日能回到京都的願望，存有這一動力與目標，所以他並未因為官職卑微而
自暴自棄，而是要學漢代朱博一樣盡心治理地方事務。不過作者仍然擔心自
己有著如宓子賤一樣在地方為官的事實，卻不能得到當局統治者的信任，以
致於怕有辱自己的職務。這兩首詩中，內心活動描寫細膩，仕途失意的憂傷
溢於言表，但同時也洋溢著積極的仕進心態，此時，潘岳作品中透露出甘為
循吏的傾向。二首河陽之歎，潘岳兩次「登城」，且用「南顧」「南路」二詞，
體現了潘岳對京都的嚮往，其鳴玉闕廷的夢想時刻縈繞在心中。

　　謫居河陽時期，潘岳還有《河陽庭前安石榴賦》云：「位莫微於宰邑，館
莫陋於河陽。雖小縣陋館，可以遨遊。」〔註36〕作者宣洩幽憤的同時，還透
露出知足常樂之心。此一時期，在親情倫理方面，他也表達了自己的至情性
格。《內顧詩》即在河陽所作，該詩表達了對妻子楊氏的思念之情，同時將自
己孤寂悲涼的心理感受抒發出來。總之，懷才難施的憤慨，自勉為政的鼓勵，
希冀重用的期許，加之思念妻子與親人，是潘岳初次被貶河陽時期的主要心
態。

　　太康三年（282）春，即在河陽為令近四年後，潘岳轉為離京都更遠的懷
縣令。到懷縣上任途中，潘岳可能到過虎牢山。《登虎牢山賦》可作佐證：

　　辭京輦兮遙邁，降遠遊兮東夏。朝發軔兮帝墉，夕結軌兮中野。
憑修阪兮停車，臨寒泉兮飲馬。眷故鄉之遼隔，思紆軫以鬱陶。步
玉趾以升降，凌汜水兮登虎牢。覽河洛之二川，眺成平之雙皋。崇

〔註35〕　吳淇《六朝選詩定論》，《四庫全書存目叢書補編》本，齊魯書社，2001 年，
　　　　　第 11 冊，第 166 頁。
〔註36〕　王增文《潘黃門集校注》，中州古籍出版社，2002 年，第 135 頁。

嶺巍以崔岑，幽谷豁以寥寥。路逶迤以迫隘，林廓洛以蕭條。爾乃
仰蔭嘉木，俯藉芳卉；青煙鬱其相望，棟宇懍以鱗萃。彼登山而臨
水，固先吉吉之所哀。豹去鄉而離家，邈長辭而遠乖。望歸雲以歎
息，腸一日而九回。良勞者之詠事，爰寄言以表懷。〔註37〕

這篇殘賦見錄於《藝文類聚》，詳細寫作時間未知。王曉東將寫作時間繫於太
始二年（266），其理由是：「考潘岳一生之中，離開京城，『遠遊東夏』，僅有
一次，時在晉武帝太始二年春。當是時，尚未入仕的潘岳因父親潘芘出任琅
邪內史，亦隨父前往任所……至於潘岳何以會有如此難以排遣的愁懷，或許
與其新婚未久，不得不和愛妻暫時分別有關。」〔註38〕這裡對《登虎牢山賦》
的寫作時間與主旨情感的判斷都有欠妥之處，所謂離開京城，遠遊東夏，僅
有一次，這種說法有誤。

　　爲便於論述，下面以圖示之：

圖 5-1　西晉司州區域圖〔註39〕

　　首先，潘岳所謂辭京輦，遊東夏，東夏乃指京都洛陽以東地區，從地理
方位來說，是從西往東。河陽在黃河北岸，離當時的京都洛陽很近。潘岳應
該是從河陽出發，沿著黃河由西到東行進。即便是從京輦之地洛陽出發（赴
任懷縣前，潘岳也可能一度回京），其方向也是沿黃河由西向東。賦中所云「京
輦」「帝堳」，既可代指洛陽，也可泛指洛陽京畿之地河陽地區。虎牢山即虎
牢關，在滎陽縣汜水鎮，即上圖中成皋關，這是潘岳赴任懷縣的必經之路。

〔註37〕　王增文《潘黃門集校注》，中州古籍出版社，2002 年，第 71～72 頁。
〔註38〕　王曉東《潘岳研究》，上海古籍出版社，2011 年，第 154～155 頁。
〔註39〕　此圖截於譚其驤主編《中國歷史地圖集》之「西晉——司州」部分，乃太康
　　　　　二年（281）地理分佈圖。見中國地圖出版社，1996 年。

所以《登虎牢山賦》作於赴任懷縣之前在地理方位上是說得通的。其次，從該賦的句式來看，明顯受到了《離騷》與《九辯》的影響，《離騷》乃屈原被貶之後的作品，《九辯》乃宋玉被免職後的作品。該賦的情感主旨在於抒發對故鄉的思念，充滿了一種憂愁，正是近鄉情怯的體現，因為潘岳由西向東離家鄉中牟（見上圖右下角）越來越近。可以說這時的潘岳不僅思鄉，且有被貶懷縣的愁鬱所在。潘岳此時的際遇與屈原、宋玉類似，所以登山作賦，就是抒發被貶與思鄉的苦悶。最後，太始二年（266），正是潘岳弱冠之時，剛剛入洛步入仕途，並非賦中所云去鄉離家，此時他懷著積極進取的仕進之心，不太可能寫作抒發如此愁悶的賦作。且王曉東所謂「『遠遊東夏』，僅有一次，時在晉武帝太始二年春」，此指隨父至任琅邪，傅璇琮《潘岳繫年考證》一文繫此事於前一年，即他 19 歲時隨父東遊。潘岳 20 歲時是從琅邪入洛，其新婚也未必在弱冠之前。故而，王說《登虎牢山賦》寫於太始二年基本可以否定。綜考潘岳仕履，只有太康三年（282）潘岳去懷縣赴任在時間與地點上都符合《登虎牢山賦》的寫作背景，此點未見他人論及，故證於此。

懷縣在洛陽東北部，比起在京畿附近的河陽縣，懷縣要遠上數倍。在懷縣，潘岳有《在懷縣作二首》，詩云：

> 南陸迎修景，朱明送末垂。初伏啓新節，隆暑方赫羲。朝想慶雲興，夕遲白日移。揮汗辭中宇，登城臨清池。涼飆自遠集，輕襟隨風吹。靈圃耀華果，通衢列高椅。瓜瓞蔓長苞，姜芋紛廣畦。稻栽肅芊芊，黍苗何離離。虛薄乏時用，位微名日卑。驅役宰兩邑，政績竟無施。自我違京輦，四載迄於斯。器非廊廟姿，屢出固其宜。徒懷越鳥志，眷戀想南枝。
>
> 春秋代遷逝，四運紛可喜。寵辱易不驚，戀本難為思。我來冰未泮，時暑忽隆熾。感此還期淹，歎彼年往駛。登城望郊甸，遊目歷朝寺。小國寡民務，終日寂無事。白水過庭激，綠槐夾門植。信美非吾土，祗攪懷歸志。眷然顧鞏洛，山川邈離異。願言旋舊鄉，畏此簡書忌。祗奉社稷守，恪居處職司。〔註40〕

潘岳在河陽勤勉為政，希望能以政績調回京都。然而，不料四年之後，竟然轉任離京都更遠的懷縣。懷縣二首之作，亦是抒發仕途艱難之感，情緒

〔註40〕 王增文《潘黃門集校注》，中州古籍出版社，2002 年，第 278、280 頁。

較之此前河陽之作更爲低沉。吳淇《六朝選詩定論》云此詩題上特著一「在」字〔註41〕，更顯潘岳之苦悶。第一首中，前半部分寫景，後半部分抒情，寫景乃盛夏隆暑之景，抒情乃現寒冬凄涼之意，客觀之景與主觀之情兩相對比，更加凸顯潘岳之苦悶。作者於此詩感歎俸祿微薄，政績無法施行。且再次自嘲才能不堪朝廷大用，只能在外爲小官。末尾又以越鳥表現對西南方向京都的嚮往與對故鄉的思念。第二首中，更是將潘岳在地方爲官的落寞心跡表現得淋漓盡致。起篇即書寫時間易逝，繼而回憶初到懷縣之時冰雪未融，此時卻忽然到了隆暑之際，一種生命荒廢感油然而生。作者登城遠望，映入眼簾的是朝廷官署，果眞如此嗎？非也！潘岳所見官署乃主觀想像，眞正見到是郊甸而已，景色雖美，卻並非桑梓之地。

需要提及，爲何作者在河陽詩作中未敘思鄉之情？到了懷縣就多寫思鄉之意呢？這與懷縣所處地理位置有關。潘岳乃滎陽中牟人，其地處於懷縣東南方。所以「徒懷越鳥志，眷戀想南枝」「信美非吾土，祇攪懷歸志」都是針對故鄉而言的。河陽縣離洛陽不遠，加之潘岳初次外任，所以有急於回京的渴望。到了懷縣，離洛陽較遠，相對離故鄉滎陽中牟就近了一些，有近鄉情怯之意。懷縣西南方乃洛陽之地，東南方乃中牟之地，懷縣處於洛陽與滎陽中間偏北之處。所以潘岳懷縣之作中除了有對京都的嚮往，也多了對故鄉的懷念。加之懷縣任令屬於貶上加貶，苦悶更甚，也更容易滋生思鄉之情。此點亦未見論者道及，姑論於此。

在懷縣這地小人少之地，潘岳整日無事可做，只想回歸京都，但又害怕違反策命文書的規定，也只能勉強居處守著本職工作罷了。吳淇《六朝選詩定論》評此詩曰：

> 終日無事，明邑之小可知。前《河陽詩》「總總」云云，民務尚多；「朱博糾慢」，猶有事可作；「政成人和」，尚有績可奏。此「小國」云云，分明是調簡。夫外補苦矣，外補而又調簡，苦又何如哉？凡人得意時，有事做尚可忘懷，最苦鎮日無事而又是長日。〔註42〕

〔註41〕 吳淇《六朝選詩定論》，《四庫全書存目叢書補編》本，齊魯書社，2001年，第 11 冊，第 166 頁。

〔註42〕 吳淇《六朝選詩定論》，《四庫全書存目叢書補編》本，齊魯書社，2001年，第 11 冊，第 167 頁。

吳淇將河陽、懷縣前後兩地事務多寡進行比較，對潘岳的生命荒廢之感分析甚佳，是恰中肯綮之論。比起之前的河陽時期，在懷縣時期的潘岳不遇之苦更深，生命荒廢感更強烈，這一貶謫處境，在其詩歌中顯露牢騷滿腹。

　　綜合來看在河陽、懷縣兩地，潘岳留下四首詩歌，全是登城述志抒懷之作，處處洋溢著士不遇心態與對京都的回歸之意，且在謫居懷縣時期，思鄉之情更甚。《晉書・潘岳傳》云潘岳在地方為縣令時「頻宰二邑，勤於政績」〔註43〕，他此時的積極仕進心態很大程度是為了早日回京。

（二）入為尚書度支郎到免官閒居時期

　　太康四年（283），由於潘岳在地方勤於政事，頗有功績，入為尚書度支郎，後遷廷尉評（又作廷尉平），遷廷尉評的具體時間難考。《晉書・職官志》謂「縣大者置令，小者置長」〔註44〕，此前潘岳兩任地方縣令，河陽縣與懷縣當不會太小。又據《通典・職官・晉官品》，可知「諸縣置令秩千石者」屬六品，「諸縣置令六百石者」〔註45〕屬七品。河陽縣鄰京都，當為六品，懷縣相對僻遠人少，或六品，或七品。尚書度支郎與廷尉評皆六品。《潘岳傳》載其回京為官用了「調補」二字，當為平級調動。對於潘岳來說，即便品級未升，但從地小人寡的懷縣回到京都為官，算是終於實現了重回京都的願望，他的心態較之此前應該有所好轉。尚書度支郎掌軍國財賦支計，《晉書・摯虞傳》就記載了潘岳曾與摯虞爭論古今尺長短之事。廷尉評掌管刑獄之事。潘岳在京任尚書度支郎、廷尉評的時間大約在七年左右，直到因公事免官。

　　據多數論者的意見，《懷舊賦》似乎作於從懷縣剛回京之際，主要表達了對岳父楊肇及其子楊潭的憑弔懷念之意，乃緬懷親舊之文。潘岳在京任尚書度支郎、廷尉評約七年時間，但《潘岳傳》僅用「調補尚書度支郎，遷廷尉評，以公事免」〔註46〕一筆帶過，更無法考訂此間有何文學作品存世，故無法考知此時他的所作與心態。不過可以推測，在京為官，即使品級未有遷升，其心態相比地方為令應該要好。

　　太熙元年（290），此時潘岳已由公事被免，公事為何？史料闕略，無從考知。被免之後，潘岳閒居洛陽，復與夏侯湛等交遊。有《狹室賦》云：

〔註43〕房玄齡等《晉書・潘岳傳》，中華書局，1974年，第1503頁。
〔註44〕房玄齡等《晉書・職官志》，中華書局，1974年，第746頁。
〔註45〕杜佑《通典》，中華書局，1988年，第1005頁。
〔註46〕房玄齡等《晉書・潘岳傳》，中華書局，1974年，第1503頁。

　　歷甲地以遊觀，旋陋巷而言覯。伊余館之褊狹，良窮弊而極微。
閴寥戾以互掩，門崎嶇而外扉。室側戶以攢楹，簷接櫨而交棟。當
祝融之御節，熾朱明知隆暑。沸體憋其如鑠，珠汗揮其如雨。若乃
重陰晦冥，天威震曜。漢潦沸騰，叢溜奔激，臼灶爲之沉溺，器用
爲之浮漂。彼處貧而不怨，嗟生民之攸難。匪廣廈之足榮，有切身
之近患。青陽萌而畏暑，白藏兆而懼寒。獨味道而不悶，喟然向其
時歎。〔註47〕

　　此賦見錄於《藝文類聚》，全篇著力描寫自己閒居之處的簡陋，尤其是天
熱之時揮汗如雨，霖雨之際又屋漏漂器，可謂簡陋至極。我們可以通過這篇
賦的描寫將潘岳被免的時間進一步精確。傅璇琮《潘岳繫年考證》一文云太
熙元年（290）潘岳已經被免官，但何時被免卻未說明，王曉東《潘岳研究》
也認爲被免在太康十年或太熙元年初〔註48〕。如果根據《狹室賦》的描寫，
似乎可認定潘岳至少在太康十年（289）隆暑之時已經被免。因爲《狹室賦》
著力描寫盛夏酷熱與陰雨屋漏之景。太熙元年四月惠帝即位改元永熙，潘岳
在永熙元年（290）五月丙子被選爲楊駿主簿，已經不再閒居。如果如實描寫
經歷的盛夏與陰雨天的話，只能是在前一年，所以說至少在太康十年（289）
隆暑之時，潘岳已經被免閒居。當然，潘岳賦中如此描寫盛夏陰雨之天，可
能有誇飾成分。「彼處貧而不怨，嗟生民之攸難。匪廣廈之足榮，有切身之近
患。」潘岳於此表達自己的陋居褊狹不堪，並且云貧而不怨，恐怕只是憤恨
與焦躁的體現，並不是眞正的恬淡自處。因爲他在感歎自己陋居的同時，又
與廣廈形成鮮明相比，透露出無比的嚮往與心香。可見被免棲身狹室之中，
潘岳並未平靜下來，其貪戀利祿之心依然強烈。

（三）任楊駿主簿到免死除名時期

　　晉惠帝即位，楊駿輔政，潘岳被選爲主簿，此事發生在永熙元年（290）
五月丙子。在閒居一段時間之後，潘岳終於再次踏上仕途。在爲楊駿主簿不
久之後，潘岳摯友夏侯湛去世，其冬日撰《夏侯常侍誄》云「元康元年夏五
月壬辰，寢疾於延熹里第」〔註49〕。說明夏侯湛的去世只在潘岳任主簿之後
半個月。《世說新語・容止》載夏侯湛與潘岳才貌皆善，喜歡同行，時人譽之

〔註47〕　王增文《潘黃門集校注》，中州古籍出版社，2002年，第86～87頁。
〔註48〕　見王曉東《潘岳研究》之第二章第二節「從屏居天陵到出令長安」，上海古籍
　　　　　出版社，2011年，第59頁。
〔註49〕　王增文《潘黃門集校注》，中州古籍出版社，2002年，第216頁。

「連璧」。因爲夏侯湛的去世，想必潘岳有過一段悲傷的時期。其《夏侯常侍誄》寫得感情眞摯，催人淚下。

元康元年（291）三月，晉廷發生政變，楊駿被楚王司馬瑋等所殺，所以潘岳爲楊駿主簿不到一年，僅十個月。主官被殺，潘岳也受牽連，幸賴公孫宏所救，只是除名爲民。除名後的潘岳心情理當沉重。在親身經歷過一場腥風血雨的政變之後，潘岳體會到了宦海中政治鬥爭的恐怖。當楊駿被殺之後，其曾經提攜過的閻纘邀請潘岳、崔基等人共同埋葬主官楊駿，潘岳與崔基畏罪，等到埋葬之時逃離，唯有閻纘葬楊駿而去。潘岳貪生畏死心理由此可見，這次經歷性命之虞的他想必是心有餘悸的。如果說之前追隨賈充只是被排擠打壓，這次經過政變差點被殺的潘岳對仕途必定有了新的感受。楊駿被殺之後，他過著戰戰兢兢、如履薄冰的生活。其後所撰《西征賦》如此形容：「危素卵之累殼，甚玄燕之巢幕。心戰懼以兢悚，如臨深而履薄。夕獲歸於都外，宵未中而難作。匪擇木以棲集，鮮林焚而鳥存。」〔註50〕潘岳至此仍感歎自己的不幸源於政治仕途中所託非人，絲毫沒有對自己貪戀利祿的偏執進行反思。這一點符合心理學中的歸因理論，即在解釋自己行爲失敗時傾向於多強調外因所致，而較少思考自身原因。

（四）西赴長安到再次免官閒居時期

太康二年（292），潘岳在被除名一年之後，又被起爲長安令。這次離開京都的距離較遠，比起之前的河陽與懷縣之貶要遠得多。長安時爲雍州治所，潘岳自謂「一進階」，當指從被除名到任爲長安令。雖然算是升官，但仍爲品級不高的縣令，並未達到潘岳的政治預期。

在西赴長安途中經過新安之時，潘岳出生不久的兒子夭折，只能在路邊隨便草草埋葬了事。本來經過血腥政變死亡的陰影還在，且扶老攜幼西赴遠方爲官，其心裏當有不樂，再加之途中喪子，此時的潘岳承受著巨大的傷痛。據《傷弱子辭》可知，其幼子僅活了兩個月便夭亡，他歎兒子無辜，罪在自身。此時他含淚寫下了「諮吾家之不嗣」〔註51〕，此子乃潘岳唯一的兒子，卻不幸去世，他感歎潘家香火可能斷絕，對於至孝的潘岳來說，無子承嗣，悲痛可知。後來潘岳又作《思子詩》，云「奈何念稚子，懷奇隤幼齡……一往何日還，千載不復生」〔註52〕，表達對幼子早逝的懷念。

〔註50〕 王增文《潘黃門集校注》，中州古籍出版社，2002年，第2頁。
〔註51〕 王增文《潘黃門集校注》，中州古籍出版社，2002年，第185頁。
〔註52〕 王增文《潘黃門集校注》，中州古籍出版社，2002年，第291頁。

到了長安，潘岳見到的是一番衰敗蕭條之景。不久之後他所撰《西征賦》如此描述長安：

> 於是孟秋受謝，聽覽餘日，巡省農功，周行廬室。街里蕭條，邑居散逸。營宇寺署，肆廛管庫，蕞芮於城隅者，百不一處。所謂尚冠修成，黃棘宣明，建陽昌陰，北煥南平，皆夷漫滌蕩，無其處而有其名。爾乃階長樂，登未央，泛太液，凌建章；縈馺娑而款駘盪，轢枍詣而轢承光。徘徊桂宮，惆悵柏梁。驚雉雛於臺陵，狐兔窟於殿旁。何黍苗之離離，而餘思之芒芒！洪鐘頓於毀廟，乘風廢而不懸。禁省鞠爲茂草，金狄遷於灞川。〔註53〕

潘岳在閑暇之時，巡視一番治所，看到的不是昔日皇家宮殿的輝煌，而是冷落凋零之景，昔日的宮殿如今成了狐兔藏身的居所，此時的潘岳不免有黍離之悲。「洪鐘頓於毀廟」，似乎暗示黃鍾毀棄之意，以此比喻自己不遇。《西征賦》描述潘岳從洛陽到長安之途所經歷之地，洋洋灑灑數千言，屬於典型的紀行賦。潘岳西赴途中見聞頗多，經臨許多地點都懷古抒懷，發思古之幽情，此作可謂是一路上的心情寫照。此賦主旨，主要是抨擊歷代統治者的昏庸與腐朽，同時透露出自己的政治理想，滿懷激憤。總之，他在這體制宏大、內容豐贍的數千言裏，通過對歷史的追述來抨擊現實，一抒自己心中塊壘。

潘岳任長安令約四年，期間想必也是勤於政績。到了元康六年（296），潘岳50歲時，遷博士，回京未拜，因母疾去官，閒居洛陽。經過此前的政變幾乎被殺之後，在長安又磨練了四年，潘岳再次回京，閒居時刻，心境與此前有所不同。此一時所作《閑居賦》云：

> ……自弱冠涉於知命之年，八徙官而一進階，再免，一除名，一不拜職，遷者三而已矣。雖通塞有遇，抑亦拙之效也。……太夫人在堂，有羸老之疾，尚何能違膝下色養，而屑屑從斗筲之役乎？於是覽止足之分，庶浮雲之志。築室種樹，逍遙自得。池沼足以漁釣，春稅足以代耕。灌園鬻蔬，以供朝夕之膳。牧羊酤酪，以俟伏臘之費。孝乎惟孝，友於兄弟，此亦拙者之爲政也。乃作閒居之賦，以歌事遂情焉。其辭曰：
>
> 遨墳素之長圃，步先哲之高衢。雖吾顏之雲厚，猶內愧於寧蘧。有道吾不仕，無道吾不愚。何巧智之不足，而拙艱之有餘也。於是

〔註53〕王增文《潘黃門集校注》，中州古籍出版社，2002年，第7頁。

> 退而閒居於洛之涘。身齊逸民，名綴下士。……爰定我居，築室穿
> 池。長楊映沼，芳枳樹橘；游鱗瀺灂，菡萏敷披；竹木蓊藹，靈果
> 參差。……壽觴舉，慈顏和。浮杯樂飲，綠竹駢羅。頓足起舞，抗
> 音高歌。人生安樂，孰知其他？
>
> 　　退求己而自省，信用薄而才劣。奉周任之格言，敢陳力而就列。
>
> 幾陋身之不保，尚奚擬於明哲？仰眾妙而絕思，終優游以養拙。〔註54〕

《閑居賦》在考察潘岳一生思想行跡上具有重要意義。該賦著力表現出作者拙於為政，厭倦官場的心態，全然一片欲歸田園的隱逸情懷，棲遲衡門之趣頗為他此時所好，看來經過幾十年的貶黜生涯與血腥政變事件的影響，潘岳心裏或多或少滋生了一些歸隱之意。不過，考慮不久之後他又依附賈謐的行為，此時他的出仕心態與歸隱心態相比，出仕心態還是占大頭。這篇賦中透露出的更多是一種潛藏的躁競心理，前人多有論述。元好問曾以《論詩絕句》（其六）諷之云：「心畫心聲總失真，文章寧復見為人。高情千古閑居賦，爭信安仁拜路塵。」〔註55〕趙翼《廿二史札記》云：「《潘岳傳》載《閑居賦》，見其跡恬靜而心躁競也。」〔註56〕今人繆鉞《讀潘岳〈閑居賦〉》亦云「然餘細繹《閑居賦》，覺其自傷仕宦不偶，以偏宕之筆，發憤慨之思，並非真恬淡，與陶潛《歸去來辭》之心平氣和超然自遠者迥乎不同」〔註57〕。足見，仕途蹭蹬的潘岳，至此功名利祿之心仍然強烈，賦中一片恬淡之境下隱藏著一顆趨利之心。他欲歸田園之語不過是面對仕途舛厄的憤恨之言而已，身在山林、心存魏闕才是他此時心裏最底層的想法。

（五）依附賈謐時期

《閑居賦》作後不久，潘岳又依附賈謐，成為「二十四友」的核心成員。其實，在作《閑居賦》時，潘岳再次尋找主官依附的想法已經萌生，再次投機趨利傾向漸為明顯，所以依附賈謐並不是偶然，而是一種必然。

元康七年（297），51歲的潘岳為著作郎，此後又轉散騎侍郎、黃門侍郎。在其生命的最後三、四年內，潘岳積極效力於賈謐，所謂「與石崇等諂事賈

〔註54〕 王增文《潘黃門集校注》，中州古籍出版社，2002年，第74～76頁。

〔註55〕 郭紹虞《杜甫戲為六絕句集解 元好問論詩三十首小箋》（合刊本），人民文學出版社，1978年，第62頁。

〔註56〕 王樹民《廿二史札記校證》，中華書局，1984年，第153頁。

〔註57〕 繆鉞《讀史存稿》，三聯書店，1963年，第19頁。

謚，每侯其出，與崇輒望塵而拜」〔註58〕。德行虧缺在此時體現得最爲明顯。尤其是在元康九年（299）參與構陷廢除愍懷太子一事，成爲潘岳被後人詬病的最大污點。此一時期，潘岳續娶妻子去世，他作《哀永逝文》表達喪妻之痛，後又作《悼亡賦》《楊氏七哀詩》《悼亡詩》等，表達對篤愛妻子的懷念之情。由於此一時期已經算不上潘岳的貶黜生涯，故這裡從略。

潘岳的一生多舛，他的貶黜命運引起了後人深深的同情。如唐代謫人白居易《不準擬二首》其二云：「憶昔謫居炎瘴地，巴猿引哭虎隨行。多於賈誼長沙苦，小校潘安白髮生。」白居易在「多於賈誼長沙苦」後面自注「予自左遷江峽，凡經七年」〔註59〕。將自己的謫居生活與賈誼、潘岳兩位謫人進行對比，無疑體現了白居易在貶謫生活中生發的深深悵惘之意。

縱向來看潘岳的一生，他才大名高，卻長期沉淪下僚，屢受躓踏。汲汲功名與不嬰世務的矛盾是他仕途中的一大特點，明顯表現出人格的二重性，其中汲汲功名心態佔了主要部分，這在西晉一朝文人人格心態中具有典型性。西晉權臣往往是宗室或外戚，士族名士要依靠他們才能在仕途上有所發展，承歡權貴是他們不得已的選擇。世亂時艱的時代，他們逡巡於個人名利，周旋於各種政治鬥爭之中，常常以文才而屈節侍奉權臣，在後世或多或少都得到非議。究其原因，與當時「名教即自然」的社會風向有很大關係，他們追求身名俱泰，講究奢侈揮霍。尤其是惠帝一朝，政治風氣更壞，已經從此前武帝朝的新禮法派與清流名士派的鬥爭，發展成爲完全的私利之爭，以致於宗室內亂，朝綱解紐，這給士人價值觀造成了決定性的影響，形成了士無特操的局面。總的來說，政失準的的政風，士無特操的士風，浮華躁競的文風，一起構建了潘岳仕途躁競不止與文名非常的傳奇人生。

西晉有潘岳一樣經歷的士人還有夏侯湛等，夏侯湛曾任尚書郎，後出爲野王令，「居邑累年，朝野多歎其屈」〔註60〕，後內遷中書侍郎，又出補南陽相，前後或出或入，仕途蹇躓。由於有關夏侯湛的貶謫史料相對較少，且其經歷又與潘岳有類似性，故此處提及，不做深入研究。

〔註58〕房玄齡等《晉書·潘岳傳》，中華書局，1974年，第1504頁。
〔註59〕朱金城《白居易集箋校》，上海古籍出版社，1988年，第1973頁。
〔註60〕房玄齡等《晉書·夏侯湛傳》，中華書局，1974年，第1499頁。

第三節　魏晉政權與金墉城的意蘊嬗變

在中國歷史上，「金墉」最早是一個用於形容堅固城池的專用詞匯。概始於東漢，它便與地處西方而頗富道教色彩的宮館、城池掛起鉤來；到了魏晉時期，由於洛陽城西北角一座小城被命名爲金墉，該詞遂由虛擬轉向實指，成爲一座具有實際用途的軍事防禦設施的專稱。而隨著歷史的演進，此城之功能又逐漸從戰略防禦轉向安置被廢棄貶黜的皇親宗室，成了囚居一代代廢帝廢后的特殊場所，由此遂使其具有了遠爲豐富的政治文化內涵和強烈的悲劇色彩。本節試從此一詞匯的早期淵源入手，對其與魏晉政權之關聯及其內在意蘊的嬗變予以索解，以圖獲取若干文化層面的新的認知。

一、金墉源起及其興廢變遷

《說文解字》對「金」「墉」二字的解釋分別是：「金，五色金也。黃爲之長。久薶不生衣，百鍊不輕，從革不違。西方之行。生於土，從土。左右注，像金在土中形」「墉，城垣也。」〔註61〕因爲「金」有較好的堅固性、延展性，又在方位上代表西方，所以其與「墉」字合用，即指位於西方的堅固城垣。此乃金墉一詞的本義。

從詞源學角度看，金墉一詞合用，目前可知最早出自張衡《西京賦》：「似閬風之遐阪，橫西洫而絕金墉。」《文選》李善注引東吳薛綜《二京解》云：「閬風，崑崙山名也。洫，城池也。墉，謂城也。絕，度也。言閣道似此山之長遠，橫越西池，而度金城也，西方稱之曰金。」據五行學說，西方屬金，這裡的金墉，即西方之城。又，《離騷》寫屈原西行有「朝吾將濟於白水兮，登閬風而緤馬」之句，王逸注謂：「言我見中國溷濁，則欲渡白水，登神山，屯車繫馬而留止。」〔註62〕則張衡借「閬風」與「金墉」對舉，無形中更增加了此一西方之城的遼遠神秘氣息，使人極易與道教傳說中的金墉城聯繫起來。

據道教傳說，西王母居住在崑崙山金墉城。唐末五代道士杜光庭的《墉城集仙錄》，專記古今女子得道升仙之事，其敘有云：「女仙以金母爲尊，金母以墉城爲治。」〔註63〕這裡的「金母」，實即西王母；「金母以墉城爲治」，

〔註61〕段玉裁《說文解字注》，上海古籍出版社，1988年，第702、688頁。
〔註62〕蕭統《文選》，中華書局，1977年，第41、460頁。
〔註63〕張君房《雲笈七籤》，華夏出版社，1996年，第718頁。

即謂西王母的治所在金墉城。進一步看，早於《墉城集仙錄》，大約成書於東晉以前的道教上清派經典《上清大洞眞經》，已有多處涉及「金墉」：卷一有「金墉映玉清」，卷二有「飛升雲館入金墉」，卷三有「綠霞煥金墉」。細詳文意，這三處「金墉」更近於代指仙界宮館。用《大洞眞經》之校釋本《大洞玉經》對「綠霞煥金墉」的注釋來說，便是：「金墉者，九天館名。」〔註64〕據此而言，在道教典籍中，金墉又有了宮館和城池兩種指向。

我們知道，道教初創於東漢，正是張衡生活的時代，關於張衡所受道教思想影響，學界已有不少論述。那麼，在《西京賦》中，張衡以與東京洛陽相對的西京長安爲描寫對象，使用「閬風」「金墉」諸語典，既取其地理方位之西方指向，又不無道教傳說的神秘色彩，便是不難理解的了。而推其淵源，甚或本即出於道教典籍，亦未可知。

道教傳說中的金墉城，堅固宏偉且位於西方崑崙山。最初修築金墉城的統治者即紹承其堅固與方位之義，來命名洛陽城西北角的一座衛城，由此實現了金墉由道教仙宮名到現實城池名的轉換。那麼，現實中的金墉城始建於何時呢？

尋繹史籍，涉及金墉城始建時間的主要有如下幾條史料：

其一，《初學記》引陸機《洛陽地記》（又名《洛陽記》）云：「洛陽城內西北角，金墉城；東北角，有樓高百尺，魏文帝造。」〔註65〕

其二，《太平御覽》引陸機《洛陽地記》曰：「洛陽城內西北角，有金墉城；東北角，有樓，高百尺，魏文帝造也。」〔註66〕

其三，酈道元《水經注》云：「穀水又東逕金墉城北，魏明帝於洛陽城西北角築之，謂之金墉城。」〔註67〕

其四，楊衒之《洛陽伽藍記》云：「瑤光寺北有承明門，有金墉城，即魏氏所築。」〔註68〕

〔註64〕《上清大洞眞經》，《中華道藏》本，華夏出版社，2004年，第6、12、13、58頁。

〔註65〕徐堅《初學記》，中華書局，1962年，第573頁。案：該版斷爲「洛陽城內西北角，金墉城東北角，有樓，高百尺，魏文帝造」，據文意，此斷似誤。

〔註66〕李昉等《太平御覽》，中華書局，1960年，第859頁。

〔註67〕陳橋驛《水經注校證》，中華書局，2007年，第393頁。

〔註68〕周祖謨《洛陽伽藍記校釋》，中華書局，2010年，第40頁。

其五，吳正子注李賀詩《惱公》時引顧野王《輿地志》云：「金墉，洛陽故城西北角，魏明帝築。」〔註69〕

以上五條材料主要交待了金墉城所處地點和始建時間。關於地點，均明謂其位於洛陽城西北角，對此，當今考古成果也有佐證〔註70〕，茲不贅述。關於始建時間，酈道元、顧野王都說魏明帝修築了金墉城，這是明證。楊衒之云「魏氏所築」較爲籠統。距魏文帝、魏明帝最近的陸機則云百尺高樓爲魏文帝所造，並沒有明言金墉城的建造者爲誰。比陸機略早的陳壽在《三國志·魏書·陳群傳》中提及「後皇女淑薨，追封謚平原懿公主」一事時，載陳群上疏，力勸明帝不宜爲之逾禮致哀，並謂必不得已，可爲之「繕治金墉城西宮」〔註71〕，權作安置。而其結果是「帝不聽」。考同書《后妃傳》，知「明帝愛女淑薨」〔註72〕在太和六年（232），則陳群所謂「繕治金墉城西宮」亦當在同年，此時距明帝即位僅僅六年。由此推論，金墉城之始建必當在此前數年，否則不會有「繕治」之說。

大致理清了金墉城的始建時間，接下來的問題便是考察魏明帝即位後爲何要修築這樣一座小城？這座小城又有著什麼樣的現實功用？

關於金墉城的修築目的，由於史無明載，已很難給出準確的答案。李善注陸雲詩引陸機《洛陽記》曰「金墉城在宮之西北角，魏故宮人皆在中」〔註73〕。也許金墉城最初修建，是作爲魏宮人的居處地。另外，作爲洛陽城附近的衛城，金墉有著重要的戰略防守功用。魏國爲了防止當時西北部的羌胡與鮮卑族入侵，修築金墉城無疑具有戰略防守意義。《晉書·蔡謨傳》有載：「金墉險固，劉曜十萬所不能拔，今征西之守不能勝也。」〔註74〕史載劉曜曾率兵攻打洛陽，此處言十萬兵不能拔城，即說明了金墉城的堅固程度。金墉城從一座傳說中的道教仙宮，被借用爲現實城池之名，其間的主要關聯點，除地理方位同在西部之外，即當在於二者均堅固險要，具有遠超一般城池的特點。用西晉潘岳《西征賦》的話說，便是「金墉鬱其萬雉，峻嶵嶠以繩直」〔註75〕。

〔註69〕 吳正子、劉辰翁《箋注評點李長吉歌詩》，文淵閣《四庫全書》本，上海古籍出版社，1987年，第513～514頁。

〔註70〕 可參見錢國祥、蕭淮雁《漢魏洛陽故城金墉城址發掘簡報》，《考古》，1999年第3期。

〔註71〕 陳壽《三國志·魏書·陳群傳》，中華書局，1982年，第636頁。

〔註72〕 陳壽《三國志·魏書·后妃傳》，中華書局，1982年，第163頁。

〔註73〕 蕭統《文選》，中華書局，1977年，第354頁。

〔註74〕 房玄齡等《晉書·蔡謨傳》，中華書局，1974年，第2037頁。

〔註75〕 蕭統《文選》，中華書局，1977年，第154頁。

金墉城並非一直以金墉爲名，它曾一度改稱「永昌宮」或「永安宮」。《晉書・孝惠帝紀》載：「丙寅，遷帝於金墉城，號曰太上皇，改金墉曰永昌宮。」〔註76〕同書《五行志》又載：「趙王倫廢惠帝於金墉城，改號金墉城爲永安宮。」〔註77〕這裡的「永昌宮」「永安宮」兩個名稱，實際上在此前的史書中就已存在了。沈約《宋書》即有「趙王倫廢惠帝於金墉城，改號金墉爲永安宮」〔註78〕的記載；《文選》注引臧榮緒《晉書》則有「永昌宮」〔註79〕的說法。而據李昉《歷代宮殿名》記載，西晉有永昌宮而無永安宮。則此二宮名似以永昌宮爲是。因史料不足徵，姑留待存疑。

此外，史料中還有「金墉宮」的記載，由此引出金墉城與金墉宮的關係問題。

《北史・高祖孝文帝紀》載：「八月……丁巳，詔諸從兵從征被傷者皆聽還本。金墉宮成。甲子，引群臣歷宴殿堂。」〔註80〕

《資治通鑒・齊紀・高宗明皇帝》載：「八月，乙巳，……魏金墉宮成，立國子、太學、四門小學於洛陽。」〔註81〕

上述史料中的魏爲北魏，其建宮時間爲北魏孝文帝太和十九年（495）。是年拓跋宏遷都洛陽，因洛陽宮闕未成，金墉城曾經作爲其臨時入居處。所謂「金墉宮」，實乃拓跋宏對金墉城修繕和擴建後的稱謂。

金墉城自從修築以後，雖一直被沿用，中間也曾遭毀棄，如《北齊書》載北齊神武帝高歡毀金墉。金墉城在後來又被重築，史載北周宣帝曾「駐蹕金墉」〔註82〕。到了隋末，金墉城曾經被瓦崗起義軍李密等佔領，《隋書》、兩《唐書》等均有記載。到了唐貞觀初年，洛州洛陽縣、河南縣曾將治所設在金墉城，後遷移他處，如《舊唐書・地理志》載洛陽縣時云：「貞觀元年，徙治金墉城。六年，移治都內之毓德坊。」又載河南縣時云：「貞觀二年，徙理金墉城。六年，移治都內之毓德坊。」〔註83〕自此之後，未見利用金墉城

〔註76〕房玄齡等《晉書・孝惠帝紀》，中華書局，1974年，第97頁。

〔註77〕房玄齡等《晉書・五行志》，中華書局，1974年，第835頁。

〔註78〕沈約《宋書・五行志》，中華書局，1974年，第900頁。

〔註79〕蕭統《文選》，中華書局，1977年，第689頁。

〔註80〕李延壽《北史・高祖孝文帝紀》，中華書局，1974年，第115頁。

〔註81〕司馬光等《資治通鑒》，中華書局，1956年，第4389頁。

〔註82〕令狐德棻等《周書・宣帝紀》，中華書局，1971年，第118頁。

〔註83〕劉昫等《舊唐書・地理志》，中華書局，1975年，第1422頁。

的記載。大概從貞觀六年（632）以後，金墉城逐漸被廢棄。如此看來，從魏明帝初建到入唐後漸被廢棄，金墉城存續時間達四百餘年。

二、魏晉政爭與金墉城的悲劇色彩

作爲一座附屬於都城洛陽的小城，金墉城自有其獨到的特點。一方面，它城堅樓高，在戰時固然可以起到拱衛洛陽的作用；另一方面，它僻處西北角，相對幽靜冷清，在和平時期最適於處置那些在政治鬥爭中落敗又不宜移徙荒遠的皇親貴族。而魏晉時期，朝爭不斷，政柄頻移，在偶而一次成爲幽禁廢主的場所以後，金墉城竟然在接下來的時間內屢屢迎來新的政爭失敗者，而且入住的都是廢主棄后或被貶宗室。由此，此城漸漸淪爲廢主棄后及被貶宗室的幽禁之地，成爲魏晉之際政權更迭的縮影和象徵。

下面主要依據《三國志》《晉書》的記載，將魏晉之際曾被幽禁在金墉城的主要人物，按年代先後列簡表於下：

表 5-1　金墉城幽囚廢主廢后宗室統計表

時　間	姓　名	身　份	原因與結果	主要出處
嘉平六年（254）	曹芳	皇帝	被大將軍司馬師廢，廢貶爲齊王，遷金墉城，後病逝。	《三國志・三少帝紀》《晉書・范粲傳》
咸熙二年（265）	曹奐	皇帝	禪位後，被廢爲陳留王，遷金墉城。後遷鄴城，病歿於鄴城。	《三國志・三少帝紀》《晉書・安平獻王孚傳》
元康元年（291）	楊芷	皇太后	賈后矯詔廢爲庶人，並殺之。	《晉書・孝惠帝紀》
元康九年（299）	司馬遹與王惠風及三子彰、臧、尙	皇太子與太子妃及三皇孫	賈后廢太子爲庶人，將其與太子妃及其三子幽於金墉城，後徙許昌宮，並殺之。	《晉書・孝惠帝紀》《晉書・愍懷太子傳》
永康元年（300）	賈南風	皇后	趙王司馬倫廢爲庶人，賜死。	《晉書・孝惠帝紀》《晉書・趙王倫傳》
永寧元年（301）	司馬衷	皇帝	司馬倫遷帝於金墉城，號曰太上皇。後復位，被毒死。	《晉書・孝惠帝紀》《晉書・五行志》
永寧元年（301）	司馬倫與子荂等	僞帝與子	司馬冏等起兵反司馬倫，倫兵敗，同四子被幽金墉城，後被賜死。	《晉書・趙王倫傳》
太安元年（302）	司馬冏與三子超、冰、英	齊王與三子	長沙王司馬乂攻冏，殺之，幽其諸子於金墉城。	《晉書・孝惠帝紀》《晉書・齊王冏傳》

太安二年（303）	司馬乂	長沙王	東海王司馬越執長沙王乂，幽於金墉城，尋被害。	《晉書·孝惠帝紀》《晉書·長沙王乂傳》
永興元年（304）	羊獻容	皇　后	成都王司馬穎廢皇后羊氏，幽於金墉城。期間被屢廢屢立，多次入居金墉城。	《晉書·孝惠帝紀》《晉書·后妃傳》
永嘉元年（307）	司馬覃	清河王	東海王司馬越矯詔囚清河王覃於金墉城，尋害之。	《晉書·孝懷帝紀》

　　從上表可知，被幽於金墉城的主要有三類人物：廢主、廢后、被貶宗室。從時間上看，從嘉平六年（254）到永嘉元年（307）的五十餘年間，金墉城幽禁了眾多被貶帝后及宗室。其中最爲頻繁的幽禁事件發生在元康元年（291）到永嘉元年（307），此一期間，恰是影響西晉政權極爲重要的歷史事件——「八王之亂」的發生時間。

　　三國時期的曹芳廢幽金墉城，首開金墉城幽禁廢主的先例。魏晉易代之際的曹奐被廢幽於金墉城，沿襲了這一幽囚事件。不過，此時的金墉城雖已幽囚過兩位廢主，但其作爲衛城的戰略防守功用仍然是比較明確的，也還未成爲專門幽禁廢主的場所。據夏侯湛作於太始年間（265～275）的《抵疑》，知當時「鄉曲之徒，一介之士，曾諷《急就》、習甲子者，皆奮筆揚文，議制論道，出草苗，起林藪，御青瑣，入金墉者，無日不有。」〔註84〕這就是說，「八王之亂」前，金墉城還被視爲下層士子盼望仰慕的高高在上的朝廷象徵，其中充盈的，是與後來陰晦幽暗相對立的祥和華瑞之氣。

　　然而，始於「八王之亂」，賈后（賈南風）專政，先是廢囚皇太后楊芷於金墉，繼而與賈謐等誣陷太子司馬遹謀反，將其囚於金墉。由於在不長的時間內，多位皇親帝冑入囚其中，所以金墉城的幽禁功能不斷彰顯。到了晉惠帝司馬衷被幽金墉，此城已基本淪爲幽囚廢主棄后及被貶宗室的場所，成了貶黜幽禁的代名詞。我們知道，司馬衷是被趙王司馬倫廢囚於金墉城中的，復位（301）之後，嵇紹《上惠帝反正疏》云：「臣聞改前轍者，則車不傾。革往弊者，則政不爽。大一統於元首，百司役於多士。故周文興於上，成康穆於下也。存不忘亡，《易》之善義。願陛下無忘金墉，大司馬無忘穎上，大將軍無忘黃橋，則禍亂之萌，無緣而兆矣。」〔註85〕帝王被幽，失去自由，源於個體和國家的楚囚之痛與泣血之歎無疑給其生命打上了至深的烙印。故

〔註84〕房玄齡等《晉書·夏侯湛傳》，中華書局，1974年，第1493頁。
〔註85〕房玄齡等《晉書·忠義傳·嵇紹傳》，中華書局，1974年，第2299頁。

當其復位後，嵇紹以無忘金墉之囚來警示、激勵之，便會產生其他說辭難以匹敵的效用。在這裡，金墉既是被廢帝王的幽囚之地，又是復出帝王回憶往事的傷心之地、警懼之地。綜合考察「八王之亂」前後派系政爭、宗室播遷的過程，不難看出，帝后宗室從縹緲的雲端跌入人間谷底，廢黜、貶謫、幽囚、屈辱乃至死亡，已成爲落難帝、后及被貶宗室最常遭遇的生命狀態，而作爲幽禁場所之金墉城，以廢棄貶黜爲其主要特點，也成爲充滿政治意味和悲劇色彩的文化符號。

金墉城幽囚廢主的功用，在「八王之亂」以後逐漸減少，但其幽禁功能仍在，只是幽禁的對象由廢主轉向了失寵嬪妃。北魏時期，金墉城多被用作廢后棄妾的住所，從而進一步強化了其幽囚失寵女子的冷宮功能。

三、金墉意象的內在蘊含

由於史籍對金墉城及相關歷史事件的記述，尤其是《晉書》的屢次提及，金墉城作爲帝后嬪妃及宗室之幽禁場所這一功能日益深入人心，在其內裏，遂積澱了越來越多的以貶黜文化爲核心、極具悲劇色彩的政治蘊涵。同時，作爲一個古今通約的文化符號，其中還飽含深刻的面向現實的警示意義。於是，在後世文人筆下，金墉便超越了早期的道教仙宮、堅固城池這樣一些單一指稱，而具有了既涵納歷史又面向現實，既詠歎王朝興亡、帝后播遷，又寄託作者政治感懷和人生體悟的多重意蘊。換言之，金墉城已由一個單一物象轉變成了具有豐富文化意蘊的文學意象。

首先值得關注的，是此一意象中充溢的以廢棄貶黜爲內核的歷史遺恨及其表徵的悲劇意蘊。

魏晉政權的更迭特別是「八王之亂」，令魏晉兩代的帝王及皇室成員如走馬燈般頻繁變換，而被更替、廢黜者一入金墉，便不僅會經受肉體的磨難、人格的羞辱，而且會直接感受到朝不保夕的死亡威脅。於是，這些當事者曾經感觸而未能表達的種種經歷和體驗，便常常成爲後世文學作品的詠歎對象或表現主題。趙翼《和友人洛陽懷古四首》之二題名《金墉城》，即是一首以金墉爲題專詠魏晉史事的詩作：「另築名都處讓皇，洛陽城外又宮牆。近非別苑遊春地，開似禪家退老堂。正朔尚留殷沫土，附庸略彷漢山陽。累他一個羊皇后，打作秋轤上下忙。」〔註86〕全詩從魏至晉，娓娓道來，先將魏元帝

〔註86〕 趙翼《甌北集》，《清代詩文集彙編》本，上海古籍出版社，2010年，第73頁。

曹奐與禪位後被降爲山陽公的漢獻帝劉協作比，對曹奐禪位後被降爲陳留王並困居金墉城的經歷、處境濃墨重染，其間透露出一種「閒似禪家退老」實則悲感無限的蒼涼情韻；而後跨越數十年，拈出曾被五廢六立、多次入居金墉城的羊皇后，將魏晉兩代廢主棄后的無奈歷史一筆寫盡。所謂「另築名都」「處讓皇」「洛陽城外又宮牆」「打作秋韆上下忙」，圍繞金墉城的興建及功用，將一段朝綱錯亂、飽含屈辱的歷史不動聲色地展示出來，令人讀後感慨無端。與趙詩相似而描寫更直接、用語更激烈的，不乏其詩。諸如「留臺幾賜死，金墉仍苟全」〔註87〕、「惠懷之際那可道，萬乘不洗金墉羞」〔註88〕、「銑溪何足問，往事歎金墉。世亂幽囚數，財雄禍患重」〔註89〕、「宮女如花委道邊，金墉天人亦瓦全」〔註90〕，這些詩句中頻繁出現的「幽囚」「苟全」「瓦全」「禍患」等字眼，特別是「金墉羞」「歎金墉」這類話語，既概括展示了廢主棄后們的幽囚生活，又表達了對被幽囚者毫無氣節苟且偷生行爲的不滿，從而強化了金墉意象內含的悲慘氣息和悲傷格調。

　　當然，作爲政治鬥爭中的落敗者，魏晉不少廢主雖大節有虧，但因其已陷身囹圄，成爲弱勢的一方，因而其命運又有令人同情的一面。這種同情，經後世文人用「恨」「冤」「泣」「傷」等字詞的反覆渲染，益發突出了其經歷的痛苦和悲劇色彩。梁炳《金墉城》有言：「凄絕金墉裏，年年負至冤」〔註91〕，「年年」，見出負冤時間之久，「至冤」，見出冤恨程度之深；這兩句詩，超越了一人一事的具體描述，而從宏觀角度概括了金墉城鬱積冤恨之多且重，由此呈現出「凄絕」的特點，令人讀來，滿紙血淚，悲風颯然。在關注廢主棄后的同時，不少詩人還將視線轉向與之有聯繫的臣子，對其或忠貞或悲慘的命運一灑同情之淚。羅惇衍《范粲》詩所謂「金墉遺憾泣蒼穹」〔註92〕，便是對曹芳之臣范粲忠義行爲的歌詠。據《晉書·隱逸傳》載：「齊王芳被廢，

〔註87〕　彭而述《讀史亭詩集》，《清代詩文集彙編》本，上海古籍出版社，2010年，第714頁。

〔註88〕　王士禎《帶經堂集》，《清代詩文集彙編》本，上海古籍出版社，2010年，第137頁。

〔註89〕　桑調元《弢甫五嶽集》，《清代詩文集彙編》本，上海古籍出版社，2010年，第502頁。

〔註90〕　黃淳耀《陶庵全集》，文淵閣《四庫全書》本，上海古籍出版社，1987年，第754頁。

〔註91〕　潘衍桐《兩浙輶軒續錄》卷九，浙江書局，光緒十七年（1891）。

〔註92〕　羅惇衍《集義軒詠史詩鈔》，《清代詩文集彙編》本，上海古籍出版社，2010年，第273頁。

遷於金墉城，粲素服拜送，哀慟左右。時景帝輔政，召群官會議，粲又不到，朝廷以其時望，優容之。粲又稱疾，闔門不出。……粲因陽狂不言，寢所乘車，足不履地。……不言三十六載，終於所寢之車。」〔註93〕范粲心戀故主，獨抱忠心，以36年不開口的方式，表現對曹芳被廢被囚的不滿，也從側面凸顯了主上曹芳被囚金墉的無辜和冤恨。另如王士禎《張茂先宅》之「流恨金墉城，傷心洛陽陌」〔註94〕、茹綸常《張茂先須帛》之「金墉恨難泯」〔註95〕等詩句，則在表現西晉名臣張華遭遇的同時，映帶出時局的艱危和朝綱的錯位。張華具王佐之才，忠義之行，但在「八王之亂」中慘遭趙王倫殺害，被夷滅三族，其根源即在其不與有篡位野心的司馬倫合作。詩人歌詠張華而提及金墉，實際上間接反映了張華故主、同時被趙王倫囚居於金墉城的晉惠帝司馬衷的悲劇命運，其中充盈的，仍是一種因「至冤」而形成的「淒絕」情調。

由於金墉城已成為幽禁帝后的場所，成為皇族落難的象徵，所以後世文人在描寫不同時期被幽禁之帝后時，也常常借用金墉意象。如北宋靖康之變，導致徽、欽二帝被俘北上，宋欽宗被囚禁於憫忠寺（今北京法源寺）。清祝德麟《憫忠寺詠古三首》之三詠歎其事曰：「拋盡山河竟北遷，倉皇休說靖康年。黎侯失國悲旄葛，寧武從君納槖饘。無復含元朝喚仗，好偕老衲夜談禪。幽州且作金墉寄，冰雪臨潢倍可憐。」〔註96〕這裡，作者連用「黎侯失國」「寧武從君」之典，深刻地展示了宋欽宗悲慘的流亡生活；而「金墉寄」三字，更將筆觸伸向歷史的深處，使人在對前後代落難帝王相似性經歷的觀照中，想見宋欽宗被金人俘掠千里，寄身幽州，面對漫天冰雪的淒慘處境，從而大大強化了作品的情感衝擊力。

其次，在主要反映帝后蒙難、王室播遷的金墉意象中，還不乏作者的時事感懷、故國悲思和源於歷史面向現實的憂患意識。

前涼文王張駿的《薤露行》，是以金墉意象入詩感歎歷史興衰的首創之作。該詩通過記載西晉宮廷政變、「八王之亂」、外族入侵、晉室南遷等歷史

〔註93〕 房玄齡等《晉書・隱逸傳・范粲傳》，中華書局，1974年，第2431～2432頁。

〔註94〕 王士禎《帶經堂集》，《清代詩文集彙編》本，上海古籍出版社，2010年，第267頁。

〔註95〕 茹綸常《容齋詩集》，《清代詩文集彙編》本，上海古籍出版社，2010年，第396頁。

〔註96〕 祝德麟《悅親樓詩集》，《清代詩文集彙編》本，上海古籍出版社，2010年，第119頁。

事件，表現了強烈的憂國心態及恢復舊域的願望。所謂「儲君縊新昌，帝執金墉城」，借「縊」「執」二字，將臣強主弱、禍起蕭牆的歷史現實拉到眼前；「義士扼素腕，感慨懷憤盈」〔註97〕，更是直抒胸臆，表現了強烈的扼腕之憤。明人李東陽《南風歎》記敘賈后專政，幽殺皇太后楊芷於金墉城，以及賈后自己也終被幽殺金墉城的經歷。由於楊、賈二人皆權傾一時，最終命喪金墉，結局相似，故作者發出了「金墉城，城近遠，朝來暮去誰能免」〔註98〕的感慨。清沈赤然《五研齋詩文鈔》中的組詩對金墉眾囚的描繪更為集中，作者以惠帝、賈后、愍懷太子、趙王倫等為題，或同情惠帝、愍懷太子，或抨擊賈后、趙王倫，在褒貶抑揚中顯示其春秋筆法。表面看來，這是在詠史，但透過一層看，又無不是通過感歎王朝興衰，評判歷史人物，表現作者的某種現實思考。

與前述諸作相比，陳維崧的五言排律《金墉城》表現了更強烈的現實針對性。該篇先從壯麗的金墉城開始，引出「八王之亂」的歷史，發出「天潢爭踐踏，國計孰彌縫」的感歎；繼而從歷史回憶走向現實，在「可憐空宛雛，何日靖兵烽」的願望和「惟余陸渾在，山翠落金墉」的描寫中，表達出深長的歷史悲感。在作者看來，「八王之亂」的悲慘一幕雖已成陳跡，但殷鑒不遠，風煙又起，遙望掩映在群山翠色中的金墉城，其內心的蒼涼沉痛可想而知。在《念奴嬌‧臨津懷古》一詞中，陳維崧再次悵然感懷：「歷數漢苑唐陵，滄桑轉瞬，大抵皆如此。繡嶺金墉，都換了，何況彈丸黑子。」〔註99〕以繡嶺、金墉兩座古宮城的消亡入句，極寫「滄桑轉瞬」的歷史變遷，其中寄寓著一種貫通古今的精神氣脈和蒼涼情懷。

吳偉業身處江山易代之際，其感懷悲歌具有更濃鬱、明確的現實指向。《行路難》之三有云：「君不見，金墉城頭高百尺，河間成都弄刀戟，草木萌芽殺長沙，狂風烈烈吹枯骨。人生骨肉那可保，富貴榮華幾時好。龍子作事非尋常，奪棗爭梨天下擾。金床玉幾不得眠，一朝零落同秋草。」〔註100〕粗略地

〔註97〕 郭茂倩《樂府詩集》，中華書局，1979年，第397頁。

〔註98〕 李東陽《懷麓堂集》，文淵閣《四庫全書》本，上海古籍出版社，1987年，第10頁。

〔註99〕 陳維崧《湖海樓全集》，《清代詩文集彙編》本，上海古籍出版社，2010年，第186～187、351頁。

〔註100〕 吳偉業《梅村家藏稿》，《清代詩文集彙編》本，上海古籍出版社，2010年，第21頁。

看，這是對「八王之亂」前後奪棗爭梨、王室播遷之史事的描寫，但從深層看，其中處處折射出明末清初天崩地坼之歷史風雲的面影。在金墉、刀戟、狂風、枯骨、秋草等意象、物象的疊加中，貫穿著詩人對相似性歷史的深入觀察和思考，滲透了他親身經歷的黍離之感和故國之悲。

如果說，上述作品的警示意義主要還是在詠懷歷史、感歎興亡中間接表現的，那麼，明人劉基的《煌煌京洛行》，則借助大段的議論，明確點出了金墉城對後代歷史的昭戒，以及作者強烈的憂患意識：「用人混哲否，蘖芽出蕭牆。兄弟相啖食，同氣成豺狼。金墉豈不固，清談漫洋洋。……殷勤京洛篇，厥鑒不可忘。」〔註101〕全詩最後一句，將「厥鑒」主旨狠狠地擲於讀者面前，可謂直抒胸臆，振聾發聵。清人夏之蓉《浣衣里》借嵇紹典故申言：「此衣慎勿浣，衣上血初濺。金墉未可忘，臣血久恐變。」〔註102〕據《晉書・嵇紹傳》載：「值王師敗績於蕩陰，百官及侍衛莫不潰散，唯紹儼然端冕，以身捍衛，交兵御輦，飛箭雨集，紹遂被害於帝側，血濺御服，天子深哀歎之。及事定，左右欲浣衣，帝曰：『此嵇侍中血，勿去』。」〔註103〕「八王之亂」中，嵇紹血染御服的忠義之舉，與晉惠帝被囚金墉城的悲劇命運，成為常被後人提及的典型事例，詩人在此借忠臣之血，提示帝王勿忘金墉之恥，其所具有的警示人心的作用是顯而易見的。

要之，後人以金墉為題，或詠史懷古，或借古鑒今，或感慨歷史之興亡，或表達現實之憂患，從而賦予金墉意象以多重意義內涵。所有這些，在金墉城從歷史單一指稱對象到多元文學意象生成的過程中，均具有不可忽視的作用。

〔註101〕劉基《太師誠意伯劉文成公文集》，《四部叢刊》本，上海商務印書館，1922年，第35頁。

〔註102〕夏之蓉《半舫齋編年詩》，《清代詩文集彙編》本，上海古籍出版社，2010年，第385頁。

〔註103〕房玄齡等《晉書・忠義傳・嵇紹傳》，中華書局，1974年，第2300頁。

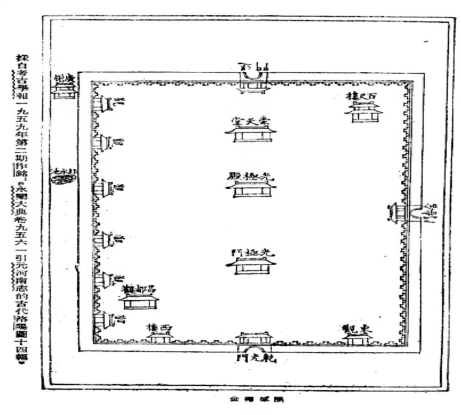

圖 5-2　金墉城圖

　　金墉城圖，圖來源於錢儀吉《三國會要》（上海古籍出版社，1991）第 754
頁。

第六章　東晉貶謫事件與
門閥政治的發展

　　「八王之亂」導致引胡參戰，洛陽淪覆，中原因此陸沉，晉室南遷，偏安於江左，前後持續百年之久，是爲東晉。這一時期是士族與皇權共治的時代。大致而言，前後經歷了王、庾、桓、謝等門閥士族掌權時期，這些時期的政治勢力角逐時有發生，政治生態環境相當複雜。

　　東晉一朝，以文學名世的郭璞、葛洪、王羲之、孫綽、許詢、支遁、湛方生、陶淵明等士人基本都與貶謫現象無關，這令探討東晉貶謫文學產生了無米之炊的困難。之所以出現這種情形，除了史料闕略之外，主要與當時政治社會背景下的士人心態有關。東晉玄風大暢，以文學名世的諸人基本無心仕途，他們身上大都有著固辭不就的故事，如葛洪、王羲之等皆有屢徵不就的經歷，而如許詢是終身不仕，支遁更是方外之人。即使出仕者，也大都不爲權勢所羈縻，在其位者不謀其政，他們亦官亦隱，「居官無官官之事，處事無事事之心」〔註1〕，這些人對山林皋壤、餐霞飲露的興趣要大於朝堂魏闕，他們喜交佛道，性耽清談，蕭散自適。在這樣的大環境下，貶謫文學缺席就可想而知了。不過，東晉被貶者不乏其人，下面擇其要者而論之，從其被貶的經歷探討被貶的深層原因。聯繫門閥政治大背景，可以從這些武將、士人、宗室被貶的境遇中尋找一些有意義的問題。這些問題涉及當時的政治背景與社會文化等諸多方面，間或與文學相涉。

〔註1〕　房玄齡等《晉書・劉惔傳》，中華書局，1974年，第1992頁。

第一節 琅琊王氏與陶侃之貶

陶侃（267～332 年），字士行（或作士衡）。本爲鄱陽（今江西鄱陽）人，後徙廬江尋陽（今江西九江西），乃陶淵明之曾祖。陶侃是南方沒落豪強之後，出身孤貧，曾爲士人所輕。但他通過自己的才幹與努力，最終成爲東晉開國時期的名將，不僅軍功顯赫，同時富有文才。這位晉初重臣曾經一度被免，又被貶廣州十年，其被貶原因，謫居期間心態與地方治理之功值得一探。

一、陶侃之貶的深層原因

陶侃早年因范逵舉薦，被廬江太守張夔舉爲孝廉，有機會入洛結識晉廷名流，然而因出身寒素爲士人所輕。惠帝末期爲孫秀舍人。太安二年（303），陶侃被荊州刺史劉弘辟爲南蠻長史，討伐農民運動領袖張昌，因功封爲東鄉侯。劉弘是賞識陶侃的一位伯樂式人物，對其仕途晉升起了重要作用。此後陶侃又遷江夏太守、武昌太守。

永嘉元年（307），東海王司馬越以太傅身份輔政，琅琊王司馬睿受命爲安東將軍都督揚州江南諸軍事，與王導等渡江至建鄴，晉室政治中心開始逐漸南移。這一時期，在豫章的王敦爲江南最高軍事將領，他看中了陶侃的才幹。永嘉、建興年間，政局混亂異常。晉愍帝建興元年（313），陶侃被王敦表爲使持節、荊州刺史。陶侃任荊州刺史是其仕途的重要一環。此時，晉愍帝朝廷遣第五猗南下爲安南將軍、荊州刺史，與琅琊王司馬睿的勢力範圍相滲透。且王沖、杜曾、杜弢等都在荊湘地區活動，以至於荊州地區的形勢極爲複雜。陶侃站在琅琊王與王敦這一方，爲其出生入死，還曾一度被免，經過艱難重重的戰爭，陶侃等最終戰勝王沖、杜曾、杜弢等人。然而陶侃的努力卻爲王敦做了嫁衣裳。《晉書・王敦傳》云：「侃之滅弢也，敦以元帥進鎮東大將軍、開府儀同三司，加都督江揚荊湘交廣六州諸軍事、江州刺史，封漢安侯。敦始自選置，兼統州郡焉。」〔註2〕陶侃協助王敦，征戰荊、湘、江等州，這些地區因而由王敦控制。陶侃在荊湘的軍功與戰績讓王敦深爲猜忌。於是，王敦上表琅琊王司馬睿，建興三年（315），陶侃被貶廣州。

關於陶侃之貶，《晉書・陶侃傳》如是記載：

> 王敦深忌侃功。將還江陵，欲詣敦別，皇甫方回及朱伺等諫，

〔註2〕 房玄齡等《晉書・王敦傳》，中華書局，1974 年，第 2554 頁。

以爲不可。侃不從。敦果留侃不遣，左轉廣州刺史、平越中郎將，
以王廙爲荊州。侃之佐吏將士詣敦請留侃。敦怒，不許。侃將鄭攀、
蘇溫、馬俊等不欲南行，遂西迎杜曾以距廙。敦意攀承侃風旨，被
甲持矛，將殺侃，出而復回者數四。侃正色曰：「使君之雄斷，當裁
天下，何此不決乎！」因起如廁。諮議參軍梅陶、長史陳頒言於敦
曰：「周訪與侃親姻，如左右手，安有斷人左手而右手不應者乎！」
敦意遂解，於是設盛饌以餞之。侃便夜發。敦引其子瞻爲參軍。侃
既達豫章，見周訪，流涕曰：「非卿外援，我殆不免！」侃因進至始
興。〔註3〕

可見，由於功高，陶侃曾一度有性命之虞，他被貶的主要原因是王敦對
其猜忌與防範。關於這一點，有必要進行深究。王敦爲何對陶侃予以防範？
個中深層原因爲何？這還要從陶侃的出身與司馬睿集團中南北士族的矛盾說
起。

司馬睿集團南渡，主要依靠琅邪王氏家族等北方士人的支持。南渡之前，
司馬睿在北方所行的各種大事基本都是由王導出謀劃策。南渡之後，這種局
面更甚。南渡後，王導居內，位掌機樞，王敦居外，統御重兵總征討，王氏
家族在司馬睿集團中任職頗多，勢力雄厚。永嘉南渡，真正根基雄厚的北方
世家大族往往不願南遷。「兩晉之際南渡的士族，即江左的僑興士族，他們南
來前夕多數在北方還沒有發展到根深蒂固、枝繁葉茂的地步，可賴以雄踞一
方的宗族勢力還不強大，可溯的世系還不長久。」〔註4〕西晉時期，琅邪王氏
比起博陵崔氏、范陽盧氏、弘農楊氏等傳統世家大族，其勢力要輕。琅邪王
氏跟隨司馬睿南渡，算是尋找到了一個藉此發展壯大的時機，經營江東的過
程中，王氏家族勢力日盛，直至左右南渡之初的江東政局。

司馬睿集團的核心成員中，北方士族居多。「百六掾」的組成可以充分說
明這一點。面對大量南下的北方士族，江東本土士族是持冷淡與不歡迎態度
的，因爲西晉王朝中央政府對於曾屬東吳國的江東士族本就不太信任，北方
士族也一直歧視江東士族。所以，「『百六掾』是僑寓江東的司馬氏皇室爲穩
固其在江東的統治地位，利用北方士族與江東士族之間的矛盾而採取的一項

〔註3〕 房玄齡等《晉書·陶侃傳》，中華書局，1974年，第1772～1773頁。
〔註4〕 田餘慶《東晉門閥政治》（第5版），北京大學出版社，2012年，第322頁。

重用北方士族的措施。」〔註5〕司馬睿在江東立足得到了南渡北方士族的大力
支持，他們互爲依靠。身爲南方士族的陶侃，因爲軍功顯赫，勢力逐漸增強。
我們來看擁戴陶侃的諸人，如皇甫方回避亂荊州，是「南土人士咸崇敬」〔註
6〕之人。朱伺，亦爲安陸人。而鄭攀、蘇溫、馬俊等，雖無法明其籍貫，但
他們支持陶侃，大都應該是南方人士。至於周訪，祖輩於漢末避亂江南，吳
亡時改爲廬江尋陽人，更與陶侃爲同鄉。試想，軍功顯赫的陶侃擁有一批南
人的支持，身爲北方士族的王氏兄弟理當對其進行抑制。這反映了當時司馬
睿集團內部南北士族之爭的實情。當陶侃之佐吏將士竭力請求王敦留陶侃
時，王敦更加明白陶侃深得眾人擁戴，其乃王氏家族的一大對手。

　　具體到王敦對陶侃的猜忌上，除了有南北士族之間的矛盾因素，同時還
體現了王敦個人的野心。之後的王敦之亂，很明顯體現了這位政治野心家的
潛藏之志。所謂王敦深忌侃功，以從弟廙代侃，就是忌憚陶侃勢力越發強大
難以遏制，此時是他「專擅之跡漸彰」〔註7〕的時期。且陶侃此前任荊州刺史，
此爲要職，其所掌地區荊州是一個極爲重要的地區。荊州處於長江中游，對
長江下游的建鄴具有重要的戰略遏制意義，當年西晉滅吳即由長江東下攻克
建鄴。試想司馬睿集團要想在建鄴立足，理當牢牢對荊州進行控制。這一戰
略要地由日漸強大的南人陶侃來掌管，司馬睿等人也會有防忌心理。所以王
敦在陶侃平定荊州之後就過河拆橋，將其左轉廣州刺史、平越中郎將。王氏
兄弟開創的東晉門閥政治，對東晉的政局影響巨大。田餘慶謂：「琅琊王氏王
導、王敦兄弟與司馬氏『共天下』，開創了東晉門閥政治的格局，建立了祭則
司馬、政在士族的政權模式，維持了一個世紀之久。」〔註8〕陶侃之貶就是門
閥政治發展過程中的一個必然結果，是王敦對其特意打壓的結果。

　　陶侃之貶只是東晉門閥政治發展過程中的一個典型案例，當時如陶侃一
樣被貶的還有周訪、劉胤、阮裕等人，只不過陶侃功高遭忌，他對王敦的威
脅最大，其貶謫最具典型性。《晉書‧周訪傳》載：

　　　　初，王敦懼杜曾之難，謂訪曰：「擒曾，當相論爲荊州刺史。」
　　及是而敦不用。至王廙去職，詔以訪爲荊州。敦以訪名將，勳業隆

〔註5〕　方亞光《釋「百六掾」──兼論北方士族與晉初政治》，載《江蘇社會科學》，
　　　　1990年第6期。
〔註6〕　房玄齡等《晉書‧皇甫方回傳》，中華書局，1974年，第1418頁。
〔註7〕　房玄齡等《晉書‧王敦傳》，中華書局，1974年，第2555頁。
〔註8〕　田餘慶《東晉門閥政治》（第5版），北京大學出版社，2012年，第6頁。

重，有疑色。其從事中郎郭舒說敦曰：「鄙州雖遇寇難荒弊，實爲用武之國，若以假人，將有尾大之患，公宜自領，訪爲梁州足矣。」敦從之。訪大怒。〔註9〕

可見，王敦食言，讓周訪仍任梁州刺史，這是變相貶謫，原因在於對周訪的猜忌。《晉書‧劉胤傳》載：「王敦素與胤交，甚欽貴之，請爲右司馬。胤知敦有不臣心，枕疾不視事，以是忤敦意，出爲豫章太守，辭以腳疾，詔就家授印綏。」〔註10〕劉胤被貶豫章太守的具體時間不可考，但基本可以推測在東晉建立初期。又有《晉書‧阮裕傳》云：「宏達不及放，而以德業知名。弱冠辟太宰掾。大將軍王敦命爲主簿，甚被知遇。裕以敦有不臣之心，乃終日酣觴，以酒廢職。敦謂裕非當世實才，徒有虛譽而已，出爲溧陽令，復以公事免官。」〔註11〕東晉建立，王敦爲大將軍，此時前後，阮裕被王敦命爲主簿，他被貶也在東晉建立不久之後。可見王敦的不臣之心不僅致使陶侃被貶，也使周訪、劉胤、阮裕等人被貶。後來王敦攻入建康以後自任丞相，更是大行貶黜。《魏書‧僭晉司馬叡傳》云：「敦自爲丞相，……於是改易百官及諸州鎮，其餘轉徙黜免者過百數，或朝行暮改，或百日半年。」〔註12〕諸多黜免事件是王氏門閥勢盛的結果與體現，這在東晉門閥政治的發展過程中具有普遍性。

二、貶謫期間的心態與貶所治理之功

陶侃赴任廣州在建興三年（315），翌年，長安晉愍帝出降匈奴前趙劉曜，西晉滅亡，司馬睿在建鄴稱晉王。次年，晉愍帝之死的消息傳至江東，司馬睿遂即皇位。從此，東晉據長江中下游與淮河、珠江流域。因此，可知陶侃赴廣州之後的一年多以後西晉滅亡，東晉政權建立。陶侃被貶廣州十年，即從315至324年王敦被平，他的絕大部分貶謫生活在東晉度過。

被貶嶺南，陶侃仍然掌握一方兵權，屬於地方強藩。在人身限制方面當不同於後世一般士人之貶。那麼陶侃謫居期間的心態是什麼樣呢？

《晉書‧陶侃傳》載：「在州無事，輒朝運百甓於齋外，暮運於齋內。人

〔註 9〕房玄齡等《晉書‧周訪傳》，中華書局，1974 年，第 1581 頁。
〔註 10〕房玄齡等《晉書‧劉胤傳》，中華書局，1974 年，第 2114 頁。
〔註 11〕房玄齡等《晉書‧阮裕傳》，中華書局，1974 年，第 1367 頁。
〔註 12〕魏收《魏書‧僭晉司馬叡傳》，中華書局，1974 年，第 2094 頁。

問其故，答曰：『吾方致力中原，過爾憂逸，恐不堪事。』其勵志勤力，皆此類也。」〔註 13〕這一運甓之事體現了陶侃奮發功業的勵志之心。陶侃運甓的故事在後世常被人引用，成爲與祖逖、劉琨聞雞起舞一樣表達奮發勵志的典故。諸例甚多，如唐人元稹《紀懷贈李六戶曹崔二十功曹五十韻》：「運甓調辛苦，聞雞屢寢興。」〔註 14〕又如宋人劉克莊《代上西山啓》云：「睹陶公運甓之風，每思勤恪；慕清獻攜琴之事，愈自潔修。」〔註 15〕陶侃乃心懷大志之人，早年家貧時款待范逵，事張夔等，都說明了他的奮發之心不小。在廣州運甓之事又顯露出他心繫中原形勢，不甘心只在交廣地區爲刺史，他心中應時有北歸之望。

關於陶侃在廣州地區的具體活動，史料闕略，無法詳知。但基本可以肯定，廣州地區相對僻遠安定，陶侃在此處任職較爲清閒，運甓之事即說明這一點。陶侃雄毅明悟，治民治軍皆有方略。廣州十年，陶侃治理交、廣兩地，安邊之功甚大。在陶侃至嶺南之前，交廣地方政府的統治力量相對薄弱，地方謀反之事頻生。陶侃初至廣州時，就以雷屬風行之勢平定了廣州。太興初（318 或 319），陶侃進號平南將軍，尋加都督交州軍事。永昌元年（322），時交州刺史王諒爲賊梁碩所陷，侃遣將平之，領交州刺史。至此，陶侃領廣、交兩州刺史。太寧三年（325），王敦被平之後，陶侃遷都督荊、雍、益、梁州諸軍事，領護南蠻校尉、征西大將軍，復爲荊州刺史。面對陶侃的回歸，當地「楚郢士女莫不相慶」〔註 16〕。可見陶侃曾經的荊州之任已經深得民心，在交廣之地的十年安邊安民之功，陶侃由此對地方治理經驗更爲豐富。《晉書・陶侃傳》與《世說新語》中記載了好幾例有關陶侃節儉、勤奮、惜時、廉潔、盡忠等品質的故事，因此他被部分史家奉爲東晉初年的純臣〔註 17〕。

由於有關陶侃貶地生活的史料不足，這裡無法對其進行更深入探討，僅著重分析了他的被貶現象與東晉初年門閥政治發展間的關係。此後庾、桓、謝等門閥士族相繼掌權，東晉諸多士人、武將或宗室被貶，都可以從陶侃之貶中窺斑知豹。

〔註 13〕 房玄齡等《晉書・陶侃傳》，中華書局，1974 年，第 1773 頁。

〔註 14〕 彭定求等《全唐詩》，中華書局，1960 年，第 4523 頁。

〔註 15〕 曾棗莊、劉琳等《全宋文》，2006 年，第 328 冊，第 60 頁。

〔註 16〕 房玄齡等《晉書・陶侃傳》，中華書局，1974 年，第 1773 頁。

〔註 17〕 王鳴盛《十七史商榷》「陶侃被誣」條稱其爲「東晉第一純臣」，上海書店，2005 年，第 369 頁。

第二節　桓溫得勢與永和十年的貶黜事件

桓溫（312～373），字元子，譙國龍亢（今安徽懷遠縣）人，乃譙國桓氏的代表人物。譙國桓氏是東晉門閥士族中繼王、庾之後的世家大族，桓氏家族前後兩次掌權，象徵了東晉門閥士族權力發展到頂點，此時皇權旁落至最低點。桓氏雖爲望族，但在魏晉時期已勢衰，相比其他幾族，桓氏剛入江東時顯得族單勢孤。隨著諸子成長起來，桓溫的勢力也逐漸強大，最終勢盛江左。在桓氏家族勢盛的過程中，發生了諸多貶黜事件，這些貶黜事件對當時的政治、文化產生了一定影響。其中永和十年（354）發生了與桓溫有關的兩起貶黜事件，殷浩、習鑿齒都在這一年被貶黜，這兩起貶黜事件背後的深層原因爲何？它們與桓氏門閥士族的發展有何關係？下面對此予以索解。

一、殷浩之廢

殷浩（？～362 或 356），字深源，陳郡長平（今河南西華縣）人。殷浩好老莊，乃玄談名士，《世說新語》多有記載。《晉書・殷浩傳》亦載：「浩識度清遠，弱冠有美名，尤善玄言，與叔父融俱好《老》《易》。融與浩口談則辭屈，著篇則融勝，浩由是爲風流談論者所宗。」〔註18〕這位名士曾經做過征西將庾亮的記室參軍，累遷司徒左長史，後隱居墓所旁近十年，爲士林推許，聲名遠播，時人將其比擬爲管仲、諸葛亮。時江夏相謝尚、長山縣令王濛皆勸他出仕，但他固辭不起，後又對褚裒的推薦辭讓再三。在會稽王司馬昱多次相勸之下，殷浩最終接受了晉廷的起用。晉廷爲何起用殷浩？《晉書・殷浩傳》如此記述：「時桓溫既滅蜀，威勢轉振，朝廷憚之。簡文以浩有盛名，朝野推伏，故引爲心膂，以抗於溫，於是與溫頗相疑貳。」〔註19〕可知，以司馬昱爲首的輔政集團猜忌桓溫，希望用名士殷浩來掣肘他。殷浩被晉廷起用在永和二年（346）。田餘慶先生云：「這一年，司馬昱輔政，用殷浩主揚州。二年到十年，司馬昱與殷浩模式，使得東晉朝廷一度安穩。……司馬昱與名士殷浩的中樞集團，基本是一個清流名士玄談集團，無實際經綸世務的能力。」〔註20〕殷浩之任標誌著他與桓溫矛盾的開始，從此兩人矛盾不斷，但卻未明顯表現出來，所以殷浩任職的七八年間，晉廷相對安穩。

〔註18〕房玄齡等《晉書・殷浩傳》，中華書局，1974 年，第 2043 頁。
〔註19〕房玄齡等《晉書・殷浩傳》，中華書局，1974 年，第 2045 頁。
〔註20〕田餘慶《東晉門閥政治》（第 5 版），北京大學出版社，2012 年，第 169 頁。

　　殷浩之任的目的在於與桓溫抗衡，不過這位名士雖然善於玄談，但在政治、軍事方面的才能一般，終至蹙國喪師。殷浩與桓溫早年令名相埒，之前就有交往，桓溫對殷浩應該說早有瞭解。所以說桓溫在擴張自己勢力的時候，並非急於用事，而是穩紮穩打，步步爲營，時刻等待著殷浩鑄錯。朝廷用殷浩抗衡桓溫，殷浩遂得以參議朝權，他擢升荀羨爲吳郡太守，王羲之爲護軍將軍等，欲將諸人引爲黨羽以抗桓溫。王羲之認爲殷浩應該與桓溫同心協力，才能令晉廷安穩，但殷浩不從。殷浩受到重用後，以恢復中原爲己任。同時桓溫也數次上表希望能夠北伐，不過朝廷並未允許。永和八年（352），殷浩上表北伐獲許，由於張遇在許昌據城叛變，謝尚又敗，所以無功而返。永和九年（353）冬，殷浩再次大舉北伐獲敗，朝廷甚有怨恨之聲。一向忌恨殷浩的桓溫藉此機會上奏朝廷，列舉殷浩罪狀，迫朝廷對其進行懲處。因此永和十年（354）正月，殷浩被廢爲庶人，徙東陽信安縣（今浙江衢州）。從此桓溫掌握內外大權。《晉書・桓溫傳》云「溫復進督司州，因朝野之怨，乃奏廢浩，自此內外大權一歸溫矣。」〔註21〕

　　殷浩北伐的屢敗正爲桓溫勢力彰顯提供了契機，他正是抓住這一機遇逼晉廷廢黜殷浩，將自己的勢力擴大。可見，永和十年（354）初的殷浩之廢是桓溫勢力大增的一個顯著信號。殷浩被廢的同時，晉廷同意了桓溫的北伐請求。永和十年（354）二月，桓溫開始了第一次北伐。

　　值得一提，殷浩之廢貶在後世引起了眾人的同情與感歎。如後世文人讀晉史時，都不免對其廢貶有所感懷。明李東陽《次王主事叔武韻五首》其二云：「誰將悶懷鬱，轉使悲歌放。兀坐比書空，咄咄成悲愴。」〔註22〕清人羅惇衍《殷浩》一詩謂：「五軍北討全師潰，一謫東陽怪事新。書付洪喬流水去，空函開閉悟前因。」〔註23〕殷浩之廢得以贏取後人同情，主要原因在於後人對桓溫的非議。殷浩、桓溫本齊名，少時有交往，皆爲當時士人之領袖式人物，桓溫奏劾殷浩之舉實乃不義，且其篡逆之心也易遭後人非議，所以後人對殷浩之廢給予同情。

〔註21〕　房玄齡等《晉書・桓溫傳》，中華書局，1974 年，第 2571 頁。

〔註22〕　李東陽《懷麓堂集》，文淵閣《四庫全書》本，上海古籍出版社，1987 年，第 1250 冊，第 1056 頁。

〔註23〕　羅惇衍《集義軒詠史詩鈔》，《清代詩文集彙編》本，上海古籍出版社，2010 年，第 657 冊，第 307 頁。

二、習鑿齒之貶

習鑿齒（？～約 384），字彥威，襄陽人。他出自地方豪強之家，博學能文。初被荊州刺史桓溫辟爲從事，又轉西曹主簿，累遷別駕。曾受到桓溫的信任，跟隨桓溫一直居機要之職，但其受重用的情況卻一朝得變。當時桓溫手握重兵，居長江中上游，建康朝廷穆帝年幼，以宰相、琅邪王司馬昱爲首主政朝廷。司馬昱對桓溫的勢盛進行牽制，這屬於中央與方鎮之間的矛盾。習鑿齒受桓溫命到建康，受到司馬昱的禮遇，因此對其頗懷好感，從而遭致桓溫的猜忌。《晉書・習鑿齒傳》云：「時清談文章之士韓伯、伏滔等並相友善，後使至京師，簡文亦雅重焉。既還，溫問：『相王何似？』答曰：『生平所未見。』以此大忤溫旨，左遷戶曹參軍。」〔註24〕另一事也讓習鑿齒遭貶，「初，鑿齒與其二舅羅崇、羅友俱爲州從事。及遷別駕，以坐越舅右，屢經陳請。溫後激怒既盛，乃超拔其二舅，相繼爲襄陽都督，出鑿齒爲滎陽太守。」〔註25〕這兩件事情，體現了習鑿齒由桓溫親信成爲被猜忌與遭貶的對象。

據上可知，習鑿齒先後被貶兩次，一次貶爲戶曹參軍，一次出爲滎陽太守。第一次是降級，第二次是外貶。戶曹參軍乃管理戶籍、農桑的官員，當時桓溫在荊州（襄陽爲治所）任職，習鑿齒理當是荊州戶曹參軍，此時雖被貶，但仍在桓溫身邊。第二次出爲滎陽太守，乃離開桓溫被外貶。相比殷浩被廢之時間確鑿無疑，習鑿齒之貶由於史料闕略而顯得模糊不清，不過我們仍然可以進行合理推斷。

本傳云習鑿齒之仕途始於被荊州刺史桓溫辟爲從事。《晉書・穆帝紀》載荊州刺史庾翼卒於永和元年（345）七月庚午，八月庚辰，以徐州刺史桓溫繼任荊州刺史。八月戊戌朔，無庚辰日，當在九月。所以說，桓溫在永和元年（345）九月十三日任荊州刺史。如此推斷，習鑿齒在永和元年（345）九月或稍後被辟爲從事。又本傳云江夏相袁喬數贊習鑿齒之才於桓溫，故轉西曹主簿。《晉書・袁喬傳》載袁喬曾以江夏相身份跟隨桓溫伐蜀。《晉書・穆帝紀》載桓溫伐蜀在永和二年（346）至三年（347），袁喬在桓溫面前稱讚習鑿齒，極有可能發生在永和二年（346）或三年（347）。所以基本可以肯定，習

〔註24〕 房玄齡等《晉書・習鑿齒傳》，中華書局，1974 年，第 2153 頁。
〔註25〕 房玄齡等《晉書・習鑿齒傳》，中華書局，1974 年，第 2153 頁。案：《世說新語・文學》與《續晉陽秋》云貶衡陽太守，非滎陽。葉植、李富平《習鑿齒左遷、卒年若干問題辨析》（載《湖北文理學院學報》，2013 年第 3 期）一文認爲是滎陽，而非衡陽，本節從此說。

鑿齒被桓溫辟爲荊州從事是在永和元年（345），轉爲西曹主簿是在永和二年（346）或三年（347）。那麼習鑿齒左遷戶曹參軍在哪一年呢？據本傳云在累遷別駕之後。《北堂書鈔·設官·別駕·在州境十年》引《晉中興書·習錄》云：「習鑿齒，刺史桓溫甚器之，在州境十年。」〔註26〕《世說新語·文學》引《續晉陽秋》云：「鑿齒少而博學，才情秀逸，溫甚奇之，自州從事歲中三轉至治中，後以忤旨，左遷戶曹參軍、衡陽太守，在郡著《漢晉春秋》，斥溫覬覦之心也。」〔註27〕所謂「歲中三轉至治中」乃「十歲中三轉至治中」〔註28〕之誤，所以說習鑿齒被貶戶曹參軍在辟爲從事的近十年之後，即永和十年（354）。

據《晉書·穆帝紀》載「（十年）秋九月辛酉，桓溫糧盡，引還。」〔註29〕《晉書·桓溫傳》載：「而健芟苗清野，軍糧不屬，收三千餘口而還。帝使侍中黃門勞溫於襄陽。」〔註30〕可知在永和十年（354）九月，桓溫第一次北伐因爲糧食不繼還軍襄陽，朝廷因此派黃門勞溫於襄陽。

習鑿齒之所以左遷爲戶曹參軍，乃史書謂其盛讚司馬昱而忤逆了桓溫之意。習鑿齒對司馬昱進行稱讚，一來是因爲自己受到禮遇，二來可能是兩人基於思想愛好方面的共同點。爲論者熟知，司馬昱乃愛好玄學之人，其玄學修養頗深。習鑿齒與諸多清談雅士相友善，其玄學修養亦當不淺，這一類人在思想愛好等方面都有共同點。習鑿齒對司馬昱的稱讚，很大原因可能出於他們的共同愛好。加之司馬昱乃晉廷皇室宗親，習鑿齒對其稱讚也屬於對晉廷的忠心。而他的這些忠君思想，與桓溫處心積慮的篡權思想相悖，當時司馬昱與桓溫矛盾漸顯，此時當他稱讚司馬昱被貶也就在情理之中了。

但是，習鑿齒僅僅是因言獲罪被貶的嗎？桓溫僅因爲習鑿齒稱讚司馬昱就將其左遷，似乎有點牽強。如果僅因爲稱讚司馬昱這件事情就將一位跟隨自己很久且才幹高異的人才貶謫，雄才大略的桓溫當不至如此糊塗。因言獲罪的背後應該有更深原因，如果做一合理猜測的話，可能與習鑿齒受命到建

〔註26〕 虞世南《北堂書鈔》，《續修四庫全書》本，上海古籍出版社，2002 年，第 1213 冊，第 264 頁。

〔註27〕 余嘉錫《世說新語箋疏》，中華書局，1983 年，第 258 頁。

〔註28〕 關於習鑿齒任治中、別駕之說，以及「歲中三轉」應爲「十歲中三轉」，黃惠賢、柳春新《〈晉書·習鑿齒傳〉述評》一文中有過考辨，足可從信。載《魏晉南北朝隋唐史資料》，2008 年第 24 期，第 48～50 頁。

〔註29〕 房玄齡等《晉書·孝宗穆帝紀》，中華書局，1974 年，第 200 頁。

〔註30〕 房玄齡等《晉書·桓溫傳》，中華書局，1974 年，第 2571 頁。

康一事的目的有關。史書未明確記載這一次建康之行的具體時間、目的與經過。綜合諸多史料，基本可以猜測，極有可能在永和十年（354），桓溫在因糧不繼引還襄陽之後，可能命習鑿齒赴建康感謝朝廷的犒勞，藉此一探中央虛實，或結交建康權貴以圖後事等類似事宜。習鑿齒如果在這樣的任務安排下赴建康，在受到禮遇的情況下高度稱頌司馬昱代表的中央政權，無疑會引起桓溫的猜忌。因此，所謂僅稱讚司馬昱，當不致於「大忤溫旨」，它只是被貶的導火線而已，「大忤溫旨」的背後原因應是對桓溫給予的任務未完成所致。所以說，習鑿齒左遷戶曹參軍，具體應在永和十年（354）十月或稍後。

本傳又云習鑿齒被外貶滎陽太守，這又發生在哪一年呢？外貶滎陽太守當在左遷戶曹參軍後不久，兩次貶謫之間間隔不長。據前可知習鑿齒在荊州十年，離開荊州外貶滎陽太守，當在從被辟為從事的十年之後，應在永和十一年（355）。兩晉官職規定，蒞民之官的任職一般是六年，那麼習鑿齒任滎陽太守，當在永和十一年（355）至升平五年（361）。

習鑿齒緣何被貶？根本原因應是習鑿齒傳統的儒家名教觀念與桓溫篡逆思想相左所致。關於習鑿齒的政治觀念、倫理綱常觀念，可以從其不願凌居二位舅舅之上一事見斑窺豹。另外，其撰《漢晉春秋》以蜀漢為三國正統，此觀念反映了他的歷史觀乃偏向傳統儒家政教。《晉書・習鑿齒傳》與《晉書・徐廣傳》史臣評云：「習氏、徐公俱云筆削，彰善癉惡，以為懲勸。夫蹈忠履正，貞士之心，背義圖榮，君子不取。而彥威跡淪寇壤，逡巡於偽國。野民運遭革命，流連於舊朝。行不違言，廣得之矣。」〔註31〕史官將習鑿齒與徐廣並言，贊其忠貞，足見習鑿齒乃忠貞之士。

永和十年（354）正月，桓溫逼迫朝廷廢黜殷浩之後，勢力大增，其野心也漸明。身為被器重的幕僚，習鑿齒不可能看不出桓溫的篡逆之心。而謹守傳統儒家名教思想的習鑿齒，對於桓溫的不臣之心當有所規勸。外貶滎陽太守，名義上是因為超拔二舅而屢次陳請惹怒桓溫，深層原因恐怕在於習鑿齒對桓溫的規勸。《世說新語・文學》云習鑿齒「出為衡（滎）陽郡，性理遂錯」〔註32〕，這說明他神智似有不清，是一種急切無奈的體現。桓溫提拔了二位舅父，這正符合了習鑿齒的陳請願望，他不可能因此沮喪以致於神智混亂。致使習鑿齒「性理遂錯」的原因，應是他對桓溫的規勸被否定之後反而被外貶滎陽。

〔註31〕房玄齡等《晉書・習鑿齒傳》《許廣傳》，中華書局，1974年，第2159頁。
〔註32〕余嘉錫《世說新語箋疏》，中華書局，1983年，第258頁。

習鑿齒被貶滎陽期間，還撰寫了史學著作《漢晉春秋》，關於此書的撰寫目的。《晉書·習鑿齒傳》云：「是時溫覬覦非望，鑿齒在郡，著《漢晉春秋》以裁正之。」〔註33〕關於《漢晉春秋》以蜀國爲三國正統的觀念，其史學影響多有論者談及，茲不贅述。

按理說，如果習鑿齒秩滿，當另有官職授予，但爲何他卻歸鄉。具體原因未知，但仍可推測，習鑿齒極有可能因爲規勸桓溫勿行篡逆之事不果，又不願爲桓溫效力，且因疾纏身，故自請退居襄陽。

《晉書·習鑿齒傳》還錄有一封書信，是習鑿齒秩滿歸鄉居襄陽時寫給桓溫之弟桓秘的，正體現了習鑿齒規勸桓溫之心。此信當作於任滎陽太守期滿之後的第二年，即隆和元年（362）。此時桓溫經過兩次北伐，威望、勢力進一步增強，其野心也進一步擴大。升平五年（361年）五月丁巳日，晉穆帝崩，哀帝即位，改元隆和，此時大將桓溫當國，哀帝形同傀儡。桓溫開始獨攬朝政，野心昭彰。《晉書·穆帝紀》云升平五年（361）冬十月，安北將軍范汪被廢爲庶人。《晉書·范汪傳》載「既而桓溫北伐，令汪率文武出梁國，以失期，免爲庶人。朝廷憚溫不敢執，談者爲之歎恨。」〔註34〕桓溫借北伐出兵失期的罪名，奏廢范汪爲庶人。諸如此類的貶黜事件都是桓溫勢力擴大過程中的個案。習鑿齒見此，仍然希望能規勸桓溫勿行叛逆之事，所以寫信給桓秘。

《晉書·習鑿齒傳》如此記載：

> 鑿齒既罷郡歸，與秘書曰：
>
> 吾以去五三日來達襄陽，觸目悲感，略無歡情，痛惻之事，故非書言之所能具也。每定省家舅，從北門入，西望隆中，想臥龍之吟；東眺白沙，思鳳雛之聲；北臨樊墟，存鄧老之高；南眷城邑，懷羊公之風；縱目檀溪，念崔徐之友；肆睇魚梁，追二德之遠，未嘗不徘徊移日，惆悵極多，撫乘躊躇，慨爾而泣。曰若乃魏武之所置酒，孫堅之所隕斃，裴杜之故居，繁王之舊宅，遺事猶存，星列滿目。瑣瑣常流，碌碌凡士，焉足以感其方寸哉！
>
> 夫芬芳起於椒蘭，清響生乎琳琅。命世而作佐者，必垂可大之餘風；高尚而邁德者，必有明勝之遺事。若向八君子者，千載猶使

〔註33〕 房玄齡等《晉書·習鑿齒傳》，中華書局，1974年，第2154頁。

〔註34〕 房玄齡等《晉書·范汪傳》，中華書局，1974年，第1984頁。

義想其爲人，況相去不遠乎！彼一時也，此一時也，焉知今日之才
不如疇辰，百年之後，吾與足下不並爲景升乎！〔註35〕

此文頗有文采，尤其是其間以排比句式引用名人典故，抒發心志，可謂
佳辭。文中透露出習鑿齒曾經傷感異常，惆悵滿懷。不過他引史抒情，最後
還是表達了一種灑脫風度。我們從此文可讀出言外之意。全篇列舉了三類人：
一是命世而作佐者，如諸葛亮、羊祜等；二是高尚而邁德者，如龐德公、司
馬德操等；三是瑣瑣常流，碌碌凡士，如曹操、孫堅等。其中前面兩類是習
鑿齒肯定的對象。所謂常流凡士，應是影射桓溫等人。習鑿齒此信是寫給桓
秘的，其旨在讓桓秘規勸、警示兄長桓溫，告誡其勿以曹操、孫堅等人爲榜
樣，而應學習諸葛亮、羊祜等人，以匡世輔主爲己任。桓秘爲人，偏於恬靜。
《晉書·桓秘傳》載：「溫疾篤，秘與溫子熙、濟等謀共廢沖。沖密知之，不
敢入。頃溫氣絕，先遣力士拘錄熙、濟，而後臨喪。秘於是廢棄，遂居於墓
所，放志田園，好遊山水。」〔註36〕桓秘放志田園好遊山水的性格，應與習
鑿齒相善。習鑿齒希望通過他來勸諫桓溫，體現了習鑿齒儒家傳統之忠臣觀
念。無論是《漢晉春秋》的撰寫目的，亦或是寫給桓秘的書信，都體現了習
鑿齒傳統的儒家名教觀念。

經過鉤沉釐清史料，綜合殷浩、習鑿齒之貶，可知在永和十年（354）年
初，以及當年十月及次年，先是桓溫政敵殷浩被廢，後是桓溫幕僚習鑿齒兩
次被貶。這兩起貶謫事件與桓溫篡逆之心的漸明有著緊密聯繫。尤其是習鑿
齒的兩次被貶，是傳統儒家忠貞之士與門閥勢力發展之間的矛盾體現。在永
和十年（354），桓溫開始第一次北伐，藉此契機擴張自己的勢力，桓氏門閥
勢力的大大擴張正是從這一年開始的。永和十年（354）之後，桓溫逐漸掌內
外大權，直到最終行廢立之事。

第三節　桓氏父子掌權與帝王宗室之廢貶

門閥政治作爲一種歷史現象，主要體現在皇權與士族的共治。因此，最
能體現門閥政治特徵的互動關係當是君臣關係，以及由此對應相生的宗室與
權臣關係。東晉一朝門閥政治的發展過程中，由於皇權衰弱，勢盛門閥士族

〔註35〕房玄齡等《晉書·習鑿齒傳》，中華書局，1974年，第2153～2154頁。
〔註36〕房玄齡等《晉書·桓秘傳》，中華書局，1974年，第1947頁。

與皇族的利益時有齟齬，發生了一系列君主被廢、宗室被貶甚至被殺的事件，考察這些帝王宗室之廢貶，有利於更清楚地認識門閥政治這一特殊的歷史現象。

東晉初期，王氏兄弟掌權，君主對於高門士族的發展當然不是絕對支持，而是有限制與猜忌，它們之間是一種互相制約的相對平衡關係。孔愉之貶就體現了晉元帝司馬睿與琅琊王氏家族的博弈。《晉書·孔愉傳》云：「於時刁協、劉隗用事，王導頗見疏遠。愉陳導忠賢，有佐命之勳，謂事無大小皆宜諮訪。由是不合旨，出爲司徒左長史，累遷吳興太守。」〔註37〕司馬睿重用劉隗、刁協等人，目的就是抑制琅琊王氏的勢力。孔愉之貶體現的皇權與高門士族的關係，是東晉主相博弈的一個縮影。這種皇權與士族的博弈在後來的門閥政治發展過程中逐漸升級，甚至出現了高門士族掌權後對帝王與宗室進行廢貶的情形，這也是東晉門閥政治發展到頂峰的必然現象。

據現有史料來看，庾亮掌權後對司馬宗進行誅殺，對司馬羕予以貶黜，開啓了東晉權臣對宗室的貶殺先例。司馬宗、司馬羕由於謀反被貶殺，與後來諸多宗室被貶性質稍有不同，但由權臣對其行使貶謫是它們的共同點。東晉的權臣對帝王宗室的廢貶，以桓溫、桓玄父子掌權時期最爲典型。

一、桓溫與帝王宗室之廢貶

晉廢帝司馬奕（342～386），字延齡，乃晉成帝之子，晉哀帝同母弟。興寧三年（365），晉哀帝司馬丕去世之時無子嗣，崇德太后褚蒜子建議立司馬奕爲帝，次年改元太和，在位六年。司馬奕即位之時，桓溫此前已經過兩次北伐，聲望勢力大增。桓溫早有篡逆之心，奈何朝中有王、謝等其他家族掣肘。且司馬奕一直禮敬桓溫，其自身並無過失，所以無法找到藉口將其廢黜，不過司馬奕爲帝也形同傀儡。

但是這種情況終有改變，桓溫苦心積慮終於找到理由行廢立之事，關於司馬奕被廢，《晉書·廢帝海西公紀》如是記載：

> （太和六年）十一月癸卯，桓溫自廣陵屯於白石。丁未，詣闕，
> 因圖廢立，誣帝在藩夙有痿疾，嬖人相龍、計好、朱靈寶等參侍內
> 寢，而二美人田氏、孟氏生三男，長欲封樹，時人惑之，溫因諷太

〔註37〕房玄齡等《晉書·孔愉傳》，中華書局，1974年，第2052頁。

后以伊霍之舉。己酉，集百官於朝堂，宣崇德太后令曰：「王室艱難，穆、哀短祚，國嗣不育，儲宮靡立。琅邪王奕親則母弟，故以入纂大位。不圖德之不建，乃至於斯。昏濁潰亂，動違禮度。……是而可忍，孰不可懷！今廢奕爲東海王，以王還第，供衛之儀，皆如漢朝昌邑故事。……

初，桓溫有不臣之心，欲先立功河朔，以收時望。及枋頭之敗，威名頓挫，遂潛謀廢立，以長威權。然憚帝守道，恐招時議。以宮闈重閟，床笫易誣，乃言帝爲閹，遂行廢辱。……

咸安二年正月，降封帝爲海西縣公。四月，徙居吳縣，敕吳國內史刁彝防衛，又遣御史顧允監察之。……帝知天命不可再，深慮橫禍，乃杜塞聰明，無思無慮，終日酣暢，耽於內寵，有子不育，庶保天年。時人憐之，爲作歌焉。朝廷以帝安於屈辱，不復爲虞。

太元十一年十月甲申，薨於吳，時年四十五。〔註38〕

　　以上記載表明，桓溫經過前兩次北伐，已經望實劇增，本打算在第三次北伐成功之後行篡逆之事。然而因枋頭之敗而聲望俱損，所以他希望通過行廢立之事以長威權。於是桓溫在太和六年（371）十一月屯軍建康白石，以勢壓逼褚太后廢黜了司馬奕。桓溫廢帝的理由是「帝在藩夙有痿疾」，且指二美人田氏、孟氏所生三子並非司馬家族血統，而是司馬奕的男寵相龍、計好、朱靈寶等人之子。這無疑是言司馬奕不能生子嗣，無子嗣即不能承繼晉統，於皇族而言，承嗣是極爲重要之事，關乎國家大計，以無子承嗣這一理由廢黜司馬奕，可謂名正言順。司馬奕是否眞有生殖缺陷，據上面記載不難看出，這全屬捏造之罪名。首先，所謂「誣帝在藩夙有痿疾」，史官用一「誣」字，即指以假話誣枉司馬奕，這是掩人耳目的行爲。其次，司馬奕被貶吳縣時，過著形同幽禁的生活，「有子不育」，這明顯是迫於桓溫壓力而故意迎合其意的做法，他唯有如此方能保命。後人對此多有辯白，如明人楊愼《升菴集·桓溫誣海西公》謂：

晉廢帝爲桓溫所廢，降爲海西公。崇德太后詔，數其「昏濁潰亂，動違禮度。有此三孽，不知誰子。人倫道喪，醜聲遐布」，溫之矯詔，蓋皆誣辭。又造謠言，謂海西公不男，使內人與向（相）龍

〔註38〕房玄齡等《晉書·海西公紀》，中華書局，1974年，第214～215頁。

交而生子，所謂「本言是馬駒，今詫（定）成龍子」也。又欲殺海
西三子，乃造謠云「青青御路楊，白馬紫遊韁。汝非皇太子，安得
甘露漿」。謠言傳，布人遂以爲實矣。溫既殺君，不厚誣其惡，何以
爲辭？按臧榮緒《晉書》云「廢帝深慮橫禍，乃杜塞聰明。既廢之
後，終日酣暢，耽於內，有子不育，以保天年，時人憐之，爲作歌
焉」，以此證之，桓溫矯詔之辭，奸黨僞造之謠，其可信乎？海西公
可謂受誣千載矣。溫公《通鑑》書此，亦不分別史氏之言，其可盡
信乎。〔註39〕

　　楊慎的辯白可謂確論。臧榮緒《晉書》乃房玄齡版《晉書》之藍本，上
述所謂桓溫散播的謠言，唐修《晉書·五行志》皆有記載。當司馬奕被廢離
京時，群臣莫不獻歔，時人還作歌表憐憫之心，這都說明對於司馬奕的被廢
被貶，時人多給予同情。後人對於司馬奕的遭遇也多有感觸。如清人沈赤然
在讀《晉書》後作有《海西公》一詩：「犢車自出神獸門，昨日六龍今短轅。
群臣空有拜辭淚，誰能殿下誅桓溫。」〔註40〕諸句表達了對司馬奕的無限同
情，將其受制於桓溫的屈辱之境體現得很眞切。

　　東晉一朝，帝王被廢由權臣桓溫開啓，這表明了門閥政治發展到頂峰。
司馬奕被廢之後，桓溫並未自立，當是朝中其他如王坦之、謝安家族的抗衡
所致。桓溫於是與褚太后立司馬昱，是爲晉簡文帝。司馬昱曾經辟殷浩抗衡
桓溫，與桓溫有矛盾，但桓溫依舊立他，原因在於此時司馬宗室凋零，晉穆
帝無子，晉哀帝無嗣，晉元帝以下的子嗣多夭亡，只有會稽王司馬昱與其兄
武陵王司馬晞兩人爲尊，符合承嗣身份。而司馬晞甚有軍事才幹，不易操控，
司馬昱喜好清談，政治才能一般，無治世大略，較好控制，且其當時年齡已
過半百，桓溫可能有逼其日後禪讓的打算，所以最終選擇了立司馬昱爲帝。

　　司馬昱被立爲帝，處境也形同傀儡，他對桓溫禮遇有加，就是因爲常恐
被廢。《晉書·太宗簡文帝紀》載：「溫既仗文武之任，屢建大功，加以廢立，
威振內外。帝雖處尊位，拱默守道而已，常懼廢黜。」又載其曾詠庾闡詩云
「『志士痛朝危，忠臣哀主辱』，遂泣下沾襟」〔註41〕。司馬昱的皇帝生活並

〔註39〕　楊慎《升菴集》，文淵閣《四庫全書》本，臺灣商務印書館，1986年，第1270
　　　　　冊，第382頁。
〔註40〕　沈赤然《五研齋詩鈔》，《續修四庫全書》本，上海古籍出版社，2002年，第
　　　　　1465冊，第542頁。
〔註41〕　房玄齡等《晉書·太宗簡文帝紀》，中華書局，1974年，第223、223～224頁。

不愜意，由此概可見矣！他也是在桓溫的勢力陰影下過活。不過司馬昱並非完全無能，加之王、謝家族的支持，桓溫並不能完全隻手遮天。司馬昱在位不足兩年，即在憂懼之中幽憤而卒。病逝前的司馬昱本擬詔依周公居攝的故事，且效劉備託孤於桓溫，言其可自取帝位，但由於王坦之強烈反對，改詔為桓溫仿傚諸葛亮、王導一樣輔政太子，桓溫的禪讓之夢由此破滅，簡文帝第三子司馬曜得以繼位，是為晉孝武帝。

桓氏家族作為高門士族，在當時晉廷的權勢首屈一指。由桓溫為主的桓氏家族，不僅對晉廷帝王進行廢立，還對司馬氏宗室進行了打壓與貶謫。司馬晞、司馬晃被廢貶就是個中顯例。

武陵王司馬晞，字道叔，乃晉元帝司馬睿第四子，甚有軍事才幹。穆帝時就任鎮軍大將軍、太宰，常為桓溫所忌。作為司馬宗室，司馬晞的命運當繫於皇族一脈，因此與桓氏的利益相衝突。所以當桓溫行廢立之事後，就馬上對這位頗曉軍事的宗室進行了打壓。咸安元年（371）辛亥，即立司馬昱的當月，桓溫就上表劾司馬晞。《晉書・武陵威王晞傳》載：

> 溫乃表晞曰：「晞體自皇極，故寵靈光世，不能率由王度，修己慎行，……請免晞官，以王歸藩，免其世子綜官，解子王逢散騎常侍。」王逢以梁王隨晞，晞既見黜，送馬八十五匹、三百人杖以歸溫。溫又逼新蔡王晃使自誣與晞、綜及著作郎殷涓、太宰長史庾倩、掾曹秀、舍人劉強等謀逆，遂收付廷尉，請誅之。簡文帝不許，溫於是奏徙新安郡，家屬悉從之，而族誅殷涓等，廢晃徙衡陽郡。〔註42〕

桓溫出於忌憚司馬晞軍事才能的原因，奏劾其「聚納輕剽，苞藏亡命」，將其免官。又逼新蔡王司馬晃誣稱自己與司馬晞父子等人謀反，以致於司馬晞被廢為庶人，與家屬一起被流放新安郡（今浙江淳安以西、安徽新安江流域、祁門及婺源等地），新蔡王司馬晃也被貶衡陽郡（今湖南衡陽）。晉孝武帝司馬曜太元六年（380），司馬晞卒於新安郡，可知司馬晞被流放整九年。

上述宗室被廢貶事件發生在桓溫行廢立之事後不久，說明桓溫急於削弱司馬家族的勢力，為自己的篡逆之心掃平阻礙。但桓溫於晉孝武帝司馬曜寧康元年（373）八月病卒。桓溫去世後，王坦之與謝安一同輔政。譙國桓氏家族左右朝廷的局面暫時得以緩解，直至此後桓玄再次掌權。

〔註42〕房玄齡等《晉書・武陵威王晞傳》，中華書局，1974年，第1727頁。

二、桓玄與帝王宗室之廢貶

　　桓玄（369～404），字敬道，桓溫幼子。桓溫去世時，桓玄僅四歲餘，襲爵南郡公。由於時議桓溫有不臣之跡，所以桓玄兄弟早年皆爲素官。晉孝武帝司馬曜太元末（396 左右），桓玄任義興太守，深感不得志，遂棄官歸國。南郡國在荊州，桓玄居此，優游無事，荊州刺史殷仲堪對其較爲敬畏。晉安帝司馬德宗隆安三年（399），桓玄歷經多次戰鬥，滅荊州殷仲堪、雍州楊佺期，終於據占荊江地區。荊江地區地處建康上游，凡據此戰略要地之人，若有不臣之心，極易威脅下游建康朝廷。桓玄作爲桓溫之子，素有大志，爲人有乃父風範，其心懷篡逆已久，故在荊江地區訓練兵馬。次年，桓玄請求討伐信奉五斗米道教的起義軍孫恩，朝廷不許。隆安五年（401），孫恩進攻京口，逼近建康，桓玄以勤王之名出兵，趁機在轄區進行了軍事調動與人員更換，並扣留朝廷官員，與朝廷矛盾重重。元興元年（402），當時朝廷司馬元顯掌權，下令討伐桓玄。桓玄在卞範之的建議下，亦親自率兵東下，一路勢如破竹，劉牢之率北府軍投降桓玄，桓玄於三月進入建康總掌國事，自此桓氏家族再次左右晉廷。

　　桓玄到建康之後大行貶黜。《晉書·桓玄傳》載：

> 玄入京師，矯詔曰：「義旗雲集，罪在元顯。太傅已別有教，其解嚴息甲，以副義心。」又矯詔加己總百揆，侍中、都督中外諸軍事、丞相、錄尚書事……玄表列太傅道子及元顯之惡，徙道子於安成郡，害元顯於市。於是玄入居太傅府，害太傅中郎毛泰、泰弟游擊將軍邈，太傅參軍荀遜、前豫州刺史庾楷父子、吏部郎袁遵、譙王尚之等，流尚之弟丹陽尹恢之、廣晉伯允之、驃騎長史王誕、太傅主簿毛遁等於交廣諸郡，尋追害恢之、允之於道。〔註43〕

　　桓玄自謂出兵乃義舉，義旗臨京，乃因罪在司馬元顯。當時掌朝政的先後是司馬道子與其子司馬元顯，桓玄入京，首先問罪二人，尤其是司馬元顯。因爲當時司馬元顯與譙王司馬恬諸子擔當起晉廷抗桓的重任，一旦桓玄得勢入京，首先被誅殺的就是這些人。桓玄先流貶司馬道子於安成郡（今江西新餘市以西部分地區），數月後又毒殺之，並誅殺司馬道子諸屬官，以及大敵司馬元顯。且將譙王司馬尚之誅殺，貶其弟司馬恢之、司馬允之至廣州，亦於

〔註43〕 房玄齡等《晉書·桓玄傳》，中華書局，1974 年，第 2590～2591 頁。

途中殺之。足見，桓玄對司馬宗室大行貶殺，無疑令宗室勢力大損，司馬宗室面臨了東晉開國以來的最大災難。

桓玄並未就此作罷，而是在翌年年底改移晉鼎，逼晉安帝司馬德宗禪位，稱帝立國，史稱桓楚。所謂一山不容二虎，桓玄稱帝，當不容晉安帝司馬德宗，他貶司馬德宗為平固王，不久又遷於尋陽。經過桓玄對帝王的廢貶及對宗室的殘酷清洗，東晉司馬政權已經行將就木。桓玄也在不久之後遭到劉裕、何無忌、劉毅等人的討伐，終於兵敗被殺，桓玄被殺預示著門閥政治的終場。東晉朝廷也在掙扎十多年後被劉裕改朝換代。

三、桓氏父子對帝王宗室廢貶的比較思考

太和六年（371）桓溫掌握朝政，在 31 年後，即元興元年（402），桓玄又踵武其父，秉政晉廷。譙國桓氏因桓溫、桓玄二人在東晉門閥士族中躋身於四大家族（分別是山東琅邪王氏、河南穎川庾氏、安徽譙國桓氏和河南陳郡謝氏）之列，且在四大家族之中，唯有桓氏的興衰最為大起大落。桓氏父子在掌握朝政之後，都對晉廷統治者進行了打壓，如果將他們對帝王宗室的打壓措施進行比較，能夠說明什麼呢？至少可歸為以下四點：

首先，士族專兵，帝王宗室方被操控，東晉無中央軍，無法抵禦門閥士族的舉兵向闕。桓溫父子兩人皆是利用兵力入京以脅迫晉廷，操控朝政。兩人入京對晉廷的控制表明，晉廷實無一支強有力的軍隊與地方高級門閥士族進行抗衡，以致於屈辱受制，這是東晉皇權衰落的根本原因。桓溫是屯軍建康白石，威逼褚太后廢帝。桓玄亦是率軍進入建康後總掌國事。兩人都是利用強大的兵勢迫晉廷就範。權臣擁兵自重，可用武力為自己的政治博弈取得談判的籌碼，兵臨魏闕因此成為他們的拿手好戲。從桓氏父子興兵用兵的過程來看，他們都是在荊州地區發跡，經過積蓄力量之後威脅長江下游的建康朝廷，這說明了荊州地區的戰略地位之重。

其次，兩人對帝王宗室的打壓措施輕重不同，尤其是對宗室的控制，桓溫廢帝之後另立新主，只是對司馬晞、司馬晃等宗室進行流貶。桓玄不僅逼帝禪位篡晉，而且對諸宗室進行貶殺。一立一篡，一貶一殺，體現了兩人心性不同。二人皆奸雄，桓溫雄才大略，為人謹慎，桓玄才略胸懷等皆不及乃父。

再次，帝王與宗室同姓，是有血緣關係的一脈，但他們之間的關係卻很微妙，既有共同的利益，又有爭利的實情。東晉一朝，宗室力量雖遠遜西晉，

但也是一支不可忽視的力量。他們周旋於權臣與皇權的博弈中,尋找自己的生存罅隙,時常也起到一些平衡作用。不過總的來說,東晉宗室多次被權臣凌駕,受辱被貶被殺,說明了他們的力量較爲薄弱。

最後,從桓氏父子二人對宗室的廢貶到貶殺來看,說明了門閥士族政治在桓溫時期的發展遇到了較大的阻力,而桓玄入京時期所遇阻力稍小。不過門閥政治始終是皇權政治的變態形式,無論是桓溫時期,還是桓玄時期,都終將被皇權政治所掩殺,桓玄的篡位只是門閥政治的迴光返照,皇權政治的回歸乃是必然。

作爲東晉叱吒風雲一時的桓氏父子,他們的歷史定位如何?一般基於傳統儒家君臣觀念來看,大都云其爲叛臣或篡臣。王鳴盛《十七史商榷·姦臣叛臣逆臣》云「王敦、桓溫、桓玄、王彌等以及祖約、蘇峻、孫恩、盧循輩入叛臣可也」〔註44〕,這基本就是後人對桓氏父子的總體歷史評價。田餘慶先生謂:「皇帝不能選擇士族,而士族卻可以按自己的門戶利益而在一定的條件下和一定的範圍內選擇皇帝。」〔註45〕所謂士族選擇皇帝,在桓溫、桓玄父子身上體現得最爲明顯。權震人主,政由桓出,這是東晉士族選擇皇帝的最好例子。

〔註44〕 王鳴盛《十七史商榷》,上海書店,2005年,第381頁。
〔註45〕 田餘慶《東晉門閥政治》(第5版),北京大學出版社,2012年,第254頁。

第七章 三國兩晉貶謫事件
與時代文化精神

　　貶謫作爲一種文化現象，必定與其發生的時代文化精神有聯繫。由於三國兩晉之職官、流徙等制度與後世大一統時代不同，加之相對而言年代寢遠，史料闕略更甚，探討此時貶謫事件與時代文化精神的關係，較之探討唐及以後的貶謫事件與文化精神難度更大。此時的士人之貶與魏晉風度有一定關係，而帝王宗室作爲被貶的對象在此時較爲明顯，權臣廢主的多次發生反映了此時主弱臣強的歷史事實。這些貶謫事件與時代文化精神一定程度體現了這段亂世的特色與魅力。

第一節　士人之貶與魏晉風度及事功精神

　　魏晉風度是一個歷久彌新的話題，學界已有相當數量的成果從不同角度對魏晉風度進行了觀照，卻未見有從貶謫視域來進行探討的，故本節擬從這一視角來看魏晉風度，以期能對其與貶謫事件之間的關係有一定發現，以及對此一時期的貶謫事件與士人心態有更深入的認識。

一、士人之貶與魏晉風度

　　魏晉名士大致可分爲清談派與放誕派，前者重思辨玄談，後者重行爲任達。清談思想與任誕縱情的行爲並不是決然分開的，後者往往是前者具體的實踐表現，都是魏晉士人突出的人格特徵，這些人格特徵是魏晉風度的重要

組成因子。今所謂魏晉風度，主要代表人物是正始名士、竹林名士、中朝名士等人，他們中間的大多數人都有著絕俗的行爲與思想，所以後人爲之風流著迷甚久。魏晉名士大都有仕宦經歷，仕宦中被貶黜者不乏其人，被貶黜緣由各有不同，其中部分人正是因爲在行爲方面舉動違常而被貶黜。由於清談、行爲任誕是魏晉風度的外在表徵，因此本節主要從這些具體角度來探討魏晉風度與士人之貶。總之，魏晉風度與士人之貶應有互動關係，即具有放蕩不羈行爲的士人可能會因言行被貶，而某些士人往往在貶後灑脫不羈，又體現出一種魏晉風度。

首先，我們來看魏晉風度一定程度上促成了士人之貶。魏晉時期的士人文化心理結構具有悖禮縱情的傾向，部分士人因爲傲誕不羈的言行遭貶被逐。比如蜀漢孟光、來敏即爲其中代表，此二人雖一般未被視爲是魏晉風度的代表人物，然若據其行爲方式來看，亦可與孔融、禰衡等人一起被看作是魏晉風度的開創者。孟光直言臧否、彈射利病，來敏議論亂群，關於他們因言獲罪的論述已見本書第三章之第二節，茲不贅述。曹魏「浮華案」所涉及被免官的諸人，也是因清議之風被黜。所謂「浮華案」，指魏明帝太和時期以「浮華交會」或「浮華朋黨」的罪名，對當時京都洛陽進行的聚眾交遊、清談議論風氣活動實施的鎮壓與取締，以至於涉案的李勝、何晏、鄧颺等人被免官且加以數年的禁錮。王曉毅教授將浮華聚會看作是魏晉玄學思潮的萌動與前兆〔註1〕，這是較有道理的。西晉阮咸因爲耽酒浮虛、任達不拘而與典選之職失之交臂。《晉書·阮咸傳》載：「山濤舉咸典選，曰：『阮咸貞素寡欲，深識清濁，萬物不能移。若在官人之職，必絕於時。』武帝以咸耽酒浮虛，遂不用。」〔註2〕阮咸嗜酒程度已經超過了常人，其與豬共飲〔註3〕的故事爲眾人熟知，晉武帝對其過於放達的行爲予以否定，因此不信任他能勝任典選之職。《晉書·劉伶傳》載：「太始初對策，盛言無爲之化。時輩皆以高第得

〔註1〕 王曉毅《論曹魏太和「浮華案」》，載《史學月刊》，1996年第2期。
〔註2〕 房玄齡等《晉書·阮咸傳》，中華書局，1974年，第1362頁。
〔註3〕 劉義慶《世說新語·任誕》載：「諸阮皆能飲酒，仲容至宗人間共集，不復用常杯斟酌，以大甕盛酒，圍坐相向大酌。時有群豬來飲，直接去上，便共飲之。」（載余嘉錫《世說新語箋疏》，中華書局，1983年，第734頁）後人大都認爲阮咸與豬同飲。閻步克《阮咸何曾與豬同飲》（載《文史知識》，2007年第1期）經過考證認同許紹早等譯《世說新語譯》（吉林教育出版社，1989、1991）中的觀點，即「直接去上」指舀去被豬弄髒的浮面一層，「便共飲之」指與「諸阮」共飲，非與豬共飲。

調，伶獨以無用罷。竟以壽終。」〔註4〕同樣嗜酒如命的劉伶，也是在晉武帝太始初因為策論主張無為而治被認為是無能被免。劉伶荷鋪隨行、死便埋我的放浪形骸之舉同樣為人熟知，其未被重用，也許與此有很大關係。由於沉浸清談、違常放縱的行為確實會很大程度上貽誤政事，統治者對於這些狂狷行為進行打壓是符合統治需要的。上面所云皆是因疏放行為而被貶的例子，可以看作是魏晉風度對士人之貶有促動影響。

再者，我們來看士人貶後灑脫行為體現出的魏晉風度。不在意被貶而依舊不羈者，其思想傾向於老莊處世，他們無意仕途，事功意識也相對淺弱。這主要集中在一些曾拒絕出仕的名士身上，他們在勉強出仕之後可能因事被貶，貶後仍然任達放縱，毫不介懷。如《世說新語‧雅量》載：「謝安南免吏部尚書，還東。謝太傅赴桓公馬，出西，相遇破岡。既當遠別，遂停三日共語。太傅欲慰其失官，安南輒引以它端。遂信宿中途，竟不言及此事。太傅深恨在心未盡，謂同舟曰：『謝奉故是奇士。』」〔註5〕若論官階，吏部尚書並不算小，謝奉對於被貶並不在意，足見其雅量之大。像謝奉這一類被貶之後並不在意者在魏晉時期應該不少，不過相關記載卻不多，為何如此？這就值得令人深思了。個中原因可以從兩方面來談：其一是由於文獻亡佚甚多，造成史料闕略過多，這一點不用深發；其二是與實施任誕行為的意圖有關。仕途中人如多任誕行為，其原因極有可能是借其尋找心理慰藉，並且藉以躲避政敵的攻訐，或者藉以避免升遷，所以此時任誕行為有著避災遠禍意義，一旦被貶之後，反而可能任誕行為變得更少。還有，未仕之人多任誕，可能是借任誕行為來躲避朝廷的徵辟。宋人葉夢得《石林詩話》云：「晉人多言飲酒，有至於沉醉者，此未必意真在於酒。蓋時方艱難，人各懼禍，惟託於醉，可以粗遠世故。」〔註6〕無論是嵇康鍛鐵，還是阮籍醉酒、阮咸嗜酒，早已成為一個在亂世中面臨徵辟與仕途升遷時進行抉擇的文化符號性行為，它體現的更多是避禍棲身的意義。魏晉風度在本質上是注重精神自由，是對物累的摒棄，是對生命智慧、生存價值的超拔脫俗的追求，因此它得以存在的背景多為不仕或甘願沉淪下僚，所以被貶反而可能成為這些無意仕途之人心中所好。基於以上理由，士人被貶之後多任誕行為的記載並不多也就可想而知了。

〔註4〕 房玄齡等《晉書‧劉伶傳》，中華書局，1974年，第1376頁。

〔註5〕 余嘉錫《世說新語箋疏》，中華書局，1983年，第373頁。

〔註6〕 葉夢得《石林詩話》，何文煥《歷代詩話》本，中華書局，1981年，第434～435頁。

其實，被貶者在貶後表現出愁悶不甘是人之常情，魏晉時期的謫官亦如此。且大多數被貶之人並不能像謝奉那樣，他們應該對貶謫的事實有著消極的心理反應。爲何有如此推論呢？因爲現存最能表現魏晉士人風度的《世說新語》一書在貶黜方面所選擇的材料大致可以說明這一點。《世說新語》中的《黜免》篇記載了九則有關貶黜的事情，主要表現的就是士人被貶之後的落寞心態。

一般而言，被貶之後心有不甘者，歷朝歷代不乏其人。儒學衰微，玄風大暢的東晉，士人被貶，按說應該看得更開，但事實可能並非如此。其中主要是那些積極出仕、懷有較強事功意識的士人，他們一旦被貶就心有不滿。還有部分名士雖勉強出仕，但被貶之後內心其實並不平衡。積極出仕被貶後憤恨不已者，如殷仲文，乃東晉末年的名人，善屬文，性貪吝。《世說新語・黜免》載：「桓玄敗後，殷仲文還爲大司馬諮議，意似二三，非復往日。大司馬府廳前有一老槐，甚扶疏。殷因月朔，與眾在廳，視槐良久，歎曰：『槐樹婆娑，無復生意！』」〔註7〕又載：「殷仲文既素有名望，自謂必當阿衡朝政。忽作東陽太守，意甚不平。及之郡，至富陽，慨然歎曰：『看此山川形勢，當復出一孫伯符。』」〔註8〕如果說前一則記載體現的被貶不甘還較爲含蓄的話，那麼後一則記載則明顯體現出殷仲文對被貶的不滿。比起殷仲文在被貶之後將愁鬱不滿寫於臉上、發於口中，還有一些士人在被貶之後雖未有明顯的不滿，實際上卻愁鬱掛心，比如殷浩。《世說新語・黜免》載：「殷中軍被廢，在信安，終日恒書空作字。揚州吏民尋義逐之，竊視，唯作『咄咄怪事』四字而已。」〔註9〕《世說新語・黜免》又載：「殷中軍廢後，恨簡文曰：『上人著百尺樓上，擔梯將去。』」〔註10〕《晉書・殷浩傳》的記載更爲詳細：

> 浩雖被黜放，口無怨言，夷神委命，談詠不輟，雖家人不見其有流放之戚。但終日書空，作『咄咄怪事』四字而已。浩甥韓伯，浩素賞愛之，隨至徙所，經歲還都，浩送至渚側，詠曹顏遠詩云：『富貴他人合，貧賤親戚離。』因而泣下。後溫將以浩爲尚書令，遺書告之，浩欣然許焉。將答書，慮有謬誤，開閉者數十，竟達空函，大忤溫意，由是遂絕。〔註11〕

〔註7〕 余嘉錫《世說新語箋疏》，中華書局，1983年，第870頁。
〔註8〕 余嘉錫《世說新語箋疏》，中華書局，1983年，第871頁。
〔註9〕 余嘉錫《世說新語箋疏》，中華書局，1983年，第865頁。
〔註10〕 余嘉錫《世說新語箋疏》，中華書局，1983年，第867頁。
〔註11〕 房玄齡等《晉書・殷浩傳》，中華書局，1974年，第2047頁。

　　殷浩乃東晉名士，年少即負清談美名，為時人所稱，正是因為名盛，才由會稽王司馬昱提拔入處國鈞。在北伐失敗之後，殷浩被桓溫奏劾廢為庶人。殷浩被廢之後，表現了一種奇怪的行為，即書空，書空為何？書空其實是心有不滿的體現，是一種洩憤。他口無怨言，心卻不甘。司馬昱曾經提拔殷浩以抗衡桓溫，但最終卻迫於桓溫的壓力將其廢黜，殷浩對於司馬昱類似過河拆橋似的行為是有所不滿的，所以用擔梯來比喻其不義之舉。殷浩從權傾當朝到被廢為庶人，落差何其之大！謫居期間他處境悲苦，深感世態炎涼，故送行韓伯時以至於泣下沾襟。殷浩被廢之後，桓溫曾經一度打算啟浩為尚書令，但他由於太過在意回信，以致適得其反發了空函給桓溫，斷絕了自己最後的出仕機會。殷浩乃時人推許的清徽雅量之士，他本無意仕途，之所以挑起大樑乃眾議攸歸。但殷浩在被廢貶之後的種種表現，說明他並未完全做到灑脫無礙。大名士殷浩尚如此，何況他人？所以較之他朝，魏晉時期的士人在被貶之後，他們也大都有著同樣消極的心理反應。

　　統而言之，清談議政與任達不拘在一定程度上造成了士人之貶，而被貶之人的心態反應也一定程度上體現了魏晉風度。不過，以曠達與率真名世的魏晉名士在仕途受挫之後，少數人雅量高致，但大多數人還是有著愁鬱與不快。

二、魏晉貶謫文學中的事功精神

　　本書所謂事功精神，主要指士人渴望通過仕途建功立業的一種意識，它所體現的是一種積極進取的精神狀態。同一個時代諸多士人的事功意識具有相似性，這些具有共性的事功意識所組成的具備時代特色的活力與狀態可稱作事功精神。事功意識並不是只在貶後才有，而是一般貫穿士人整個政治生命期。不過在貶謫以後，他們的事功意識可能更加明顯，具體表現為仕途失意後對朝廷的回歸渴望，是一種希望結束貶謫生活的復官嚮往，甚至可能有仕途晉升的企盼。士人之貶造成的生命沉淪與心理苦悶能激發文學創作，因此我們能夠從作品中尋找投射出的事功意識。魏晉貶謫文學在作者主體構成上，主要集中在曹植、張華、潘岳等人身上，因此這裡主要針對他們文學作品中的事功意識進行述論，將他們作品中的事功意識進行共性特徵與時代精神的歸納與提升，冀望能將魏晉時期貶謫士人的事功意識理解得更加透徹。

　　曹植是中國文學史上的名家，亦是貶謫文學史上的重要人物，他留存的作品相對較多。關於他作品中的事功意識，本書第二章已有涉及，不過未進

行綜括論述。殊勳垂史的事功意識一直存在於曹植心中，隨著政治環境的惡
劣與寬鬆，他的事功意識也時隱時現。最能直白體現曹植事功意識的主要是
一封書信與數次上表，它們直抒胸臆地表達了建功立業的願望。《與楊德祖書》
作於被貶之前，云「吾雖德薄，位爲藩侯，猶庶幾戮力上國，流惠下民，建
永世之業，流金石之功，豈徒以翰墨爲勳績，辭賦爲君子哉！」〔註 12〕《上
責躬應詔詩表》《求自試表》等作於被貶之後，如《求自試表》更是通篇表現
出強烈的請纓之願，「若使陛下出不世之詔，效臣錐刀之用，……必效須臾之
捷，以滅終身之愧，使名掛史筆，事列朝策。……如微才弗試，沒世無聞，
徒榮其軀而豐其體，……虛荷上位而忝重祿，……此徒圈牢之養物，非臣之
所志也。」〔註 13〕曹植對魏明帝曹叡的這篇剖肝瀝膽的陳述，真可謂句句懇
切，字字眞誠。曹植謫居期間還有諸多比興寄託的作品，較爲含蓄地投射出
自己的進取精神與家國使命意識，茲不贅舉。總之，謫居期間的創作明顯體
現了他明確的事功目標與韌性追求，他不願成爲終老筆硯之間的文字寫手，
這種恒定取向貫穿了曹植的一生。

　　除了深受儒家事功傳統教育的影響，曹植強烈的事功意識與當時社會背
景也有重大關係。以「三曹」和「七子」爲核心的建安文學創作文人，他們
是建安風骨的代表。眾所周知，建安風骨的美學內涵重在高揚的政治理想與
濃鬱的悲劇色彩，曹植有著建功立業的理想和積極進取的精神，同時又有一
種壯志難酬的感慨，他毫無疑問是建安風骨的代表作家。「七子」多經歷漢末
離亂之苦，曹植則由於政治身份的前後變化，導致生命沉淪與強烈的心理苦
悶，在這樣的人身限制與思想壓抑之下，他的事功意識反而會越發強烈。以
曹植爲代表的漢魏之際的貶謫士人，想必大都有著在漢魏風雲際會之時建功
立業、書名竹帛的理想。因此，曹植貶謫文學中的事功意識是主體志願與時
代賦予的結晶，應該說在漢魏之際具有代表性意義。漢魏之際的士人事功精
神更多體現出一種家國責任感與進取精神，文學趁此契機得以發展，以臻繁
榮，終究成就了中國文學史上彪炳千古的建安風骨。

　　生活在魏晉之交的張華、潘岳，兩人都被視爲西晉文學的代表作家，張
華年長，更是兼領政壇、文壇風騷的領袖式人物。他們謫居期間的文學作品，
或多或少體現了事功意識。相比曹植，張華、潘岳的事功意識於作品中表現

〔註 12〕　趙幼文《曹植集校注》，人民文學出版社，1984 年，第 154 頁。
〔註 13〕　趙幼文《曹植集校注》，人民文學出版社，1984 年，第 368～371 頁。

得沒有那麼直接，這與兩人身份有較大關係。曹植作爲宗室藩王，作爲文帝曹丕之胞弟與明帝曹叡之叔父，直接上表請縷像是家人談心，更合情理。而張華、潘岳皆庶族士人，不太可能直接上表毛遂自薦，因此他們沒有像曹植那樣通過章表來直白地表明事功意識。

　　首先來看張華作品中的事功意識。《博陵王宮俠曲》（二首）可能作於被貶幽州期間〔註 14〕。爲人熟知，俠客題材的出現往往與修齊治平的人生理想有關，作者常常通過描寫尙氣任俠的俠客，間接體現自己的精神追求與價值準則。張華作《博陵王宮俠曲》的宗旨也不出這一矩矱。張華還有《遊俠篇》《遊獵篇》《壯士篇》等，其言情述志的宗旨與此類似，茲不贅述。此外，張華《勵志詩》表達了勤學上進的積極心態，同時又雜有幾分淡泊，當是謫居期間家國責任意識的顯露。除此之外，著名的《情詩》《雜詩》更是張華渴望回京的體現。

　　再看潘岳作品中的事功意識。相比張華，潘岳的事功意識在西晉更具代表性，因爲西晉士人的事功精神與功利主義緊密相連，他們更多是關注個人榮辱與利益得失，此時的士人少了幾分死不旋踵、大道爲公的進取心，多了幾分畏葸退縮、攫利爲私的權力欲。如果說張華的事功意識與家國責任感還有緊密聯繫的話，那麼潘岳則與當時諸多汲汲功名的士人一樣，他們的事功意識實質上已經偏離了儒家傳統修齊治平的人生理想與價值觀念。張華是西晉少數清流士人的代表，潘岳則在人品上受到更多詬病。張華身處西晉，此時的士人大都汲汲功名，熱衷仕宦，張華亦如此，潘岳更甚。當潘岳被貶河陽之後，他的反應是「負其才而鬱鬱不得志」〔註 15〕，其《河陽縣作二首》中云：「誰謂晉京遠，室邇身實遼。誰謂邑宰輕，令名患不劭。」又云「引領望京室，南路在伐柯。大廈緬無覿，崇芒鬱嵯峨。」〔註 16〕體現的是鳴玉闕廷的渴望。潘岳作品雖然也帶有做官爲民、定邦佐君的眞情與意旨，甚至是隱逸情懷，但他的詩歌中多了幾分功利欲望，少了幾分家國責任感，這一點不用深述。我們從張華的詩文中無法看到這種明顯的回京渴望與祿利欲求。張華乃寒族出身，最終致顯，潘岳亦屬寒門，他們都是庶族士人。西晉時期，庶族士人大都須依附權貴方得以晉升，潘岳即爲此類士人之代表，他先後依

〔註 14〕　具體論述可參見本書第五章第一節之「張華之貶與作品繫年」。
〔註 15〕　房玄齡等《晉書·潘岳傳》，中華書局，1974 年，第 1502 頁。
〔註 16〕　王增文《潘黃門集校注》，中州古籍出版社，2002 年，第 273、276 頁。

附賈充、楊駿、賈謐等權臣。人品心態之矛盾與複雜終其焦灼的一生，他的一生遠比張華要更具時代悲劇性。張、潘二人的事功意識是西晉士人事功精神的具體代表，具有時代特徵與共性特點。這兩人的共同點在於他們的事功意識與漢魏之際士人的事功精神已有區別，漢魏之際士人的事功精神重在家國責任感以及進取精神，做官為公是其中心，而西晉時期的士人，其事功精神重在利祿追求與功名博弈，做官為私、身名俱泰則是其主要追求。當然，這種對比併不是絕對而言，只是相對比較。無論漢魏，抑或西晉，士人弘道濟世的功業進取之心都兼而有之，同時也都兼具利祿渴求。

至於東晉士人的事功精神，由於這一時期的貶謫文學呈現出相對缺席的狀態，因此無法從貶謫視域對其進行更多探討。不過綜合來說，東晉一朝的士人，由於偏安江左與玄風大暢的政治、文化環境，他們更多追求寧靜而風流、優雅而從容的生活狀態，他們對於塵尾犢褲的迷戀甚於對褒衣博帶的喜好，因此他們的事功心態比起漢魏與西晉士人要淺弱一些，比如恢復中原、匡扶晉室的願望在整個東晉一朝士人心中似乎並不明顯，除了南渡初期的劉琨與祖逖，大多數人似乎習慣了偏安心態。

綜上所言，可知從魏晉士人謫居期間的作品中，大致可以看出漢魏至西晉士人由濟世為公到利祿為私的事功精神趨向，這種趨向受到社會歷史背景的諸多影響，給後人留下了深深的思考空間。

第二節　廢主文化的承繼與變異

所謂廢帝，若作為名詞來說指被廢貶的皇帝。中國歷史上出現的廢帝不少，大致統計的話，從秦漢至清代長達兩千多年的時間內，由於各種原因被廢的皇帝多達數十位，此外還有少數死後被追廢的皇帝。廢帝出現的情況主要有二，其一是朝代更替，末代帝王被新帝廢貶，其二是當朝權臣以各種理由對其進行廢貶，一般所謂廢帝多指第二種。王朝更替與權臣擅權也有重合情形，即權臣廢帝自立，既涉及易代，又涉及當國專權。王朝末期禪讓的廢帝也被稱為遜帝，遜帝與一般所謂廢帝實質相似，都是國家權力變更的結果，但兩者仍然有別，廢帝與遜帝得以出現在歷史上，其相關事件的理論依據有異。筆者認為，君主禪讓理論淵源於堯禪位於舜，而廢立君主的理論淵源應為商初的伊尹放太甲。禪讓與廢立都是國家最高權力的傳遞形式，不過前者

重在權力的和平交接，後者則重在權力的強制轉移〔註17〕。這裡著重對罕見論及的廢立事件進行探究。

皇帝是中國古代王朝最高統治者的稱謂，但並非所有王朝或政權形態的最高統治者都稱皇帝，比如某些少數民族稱可汗爲最高統治者，還有一些地方政權的最高統治者被稱爲王或公。無論是皇帝，還是可汗，抑或是王、公，在某種意義上說都是這個政權形式的最高主人，他（她）是最高權力的支配者，君主一詞就是對這些最高統治者的綜合稱謂。若從君臣關係來看，除了君主以外的其他人都是臣民，君主是所有臣民的主人。因此從概念來說，以「廢主」代替「廢帝」來概括通過廢貶君主來強制轉移國家最高權力的文化現象更爲嚴謹恰當。所謂廢主文化，即指封建王朝中因權臣秉政等原因出現的君主被廢的文化現象。這是一個值得深入研究的課題，目前未見專門集中研究，這裡予以提出，並作初步探討。

權臣廢主往往是篡逆前的徵兆，也是各種政治勢力角逐的綜合結果。權臣廢主案例中，君主一般都是年幼之主，所以先帝爲其指定輔佐大臣。幼主與輔政大臣之間基本上是一對政治上的矛盾體。幼主名義上爲最高統治者，但卻因爲年幼缺乏統治決斷能力，因此實權基本掌握在勢位煊赫的輔政大臣手中。權勢是一種令人心馳神往的東西，最高權力尤其具有誘惑力。當主上暗弱，權臣如貪權戀位不知止足的話，往往會生有篡逆之心，此時即使權傾天下仍不滿足，覬覦帝位就成了他們權勢欲膨脹的終極目標。他們在權勢欲望的驅使下，並未成爲濟世安邦的補天手，反而成爲禍國殃民的野心家，爲了樹威立權，廢舊立新成了他們慣用的手段，這是中國古代政治史中的一個基本規律。

一、廢主文化的集中演繹

三國兩晉時期是歷史上有名的亂世，社會混亂，兵燹不斷。漢末以來，皇權弱化趨向明顯，權臣弄權，擅行廢立之事屢屢上演，尤其是三國中的曹魏與東吳兩國，都曾出現權臣廢主情形，蜀漢一國雖未出現君主被廢的局面，但劉禪孱弱是不爭的事實。至東晉一朝，門閥士族更是魚貫入京，相繼掌朝

〔註17〕　本節所謂對國家最高權力的強制轉移，並非指通過暴力戰爭形式所造成的王朝更替，而是指相比禪讓這種和平的權力交接方式而言，權臣廢主造成的權力交接更具有強制性。

當國，形成了中國歷史上著名的門閥政治時期。三國兩晉時期前後出現了數
次權臣廢主現象，它們是這段亂世政治風雲中值得探索的別樣文化。下面首
先對此時主弱臣強現象進行統計。

表 7-1　三國兩晉權臣廢主統計表

朝代	時間	權臣	廢主	新主	主要出處
曹魏	嘉平六年（254）	司馬師	曹芳	曹髦	《三國志·魏書·三少帝紀》《晉書·景帝紀》
東吳	太平三年（258）	孫綝	孫亮	孫休	《三國志·吳書·三嗣主傳》《三國志·吳書·孫綝傳》
東晉	太和六年（371）	桓溫	司馬奕	司馬昱	《晉書·簡文帝紀》《晉書·桓溫傳》

　　這三次屬於單純的權臣廢主新立，是三國兩晉時期主弱臣強的一種體
現。此時，首先發生的廢主新立是在曹魏。正始十年（249），司馬懿發動「高
平陵政變」，將同為託孤輔政大臣的曹爽及其勢力剪除，從此司馬氏家族大權
獨攬。終司馬懿之世，司馬家族還未曾明顯表現出篡逆之心，不過到了司馬
懿之子司馬師掌權時，他們的篡逆之心已經昭然若揭了，尤其是嘉平六年
（254）的廢立之事是篡權的象徵事件。導致司馬師廢貶皇帝曹芳的直接導火
索是該年年初的「夏侯玄代司馬師政變」，此事發生之後，司馬師對曹芳不甘
心為傀儡的行為予以嚴屬打擊，借太后之口對其實施廢貶，同時迎立年僅 13
歲的曹髦為帝。此事發生四年後，東吳也發生了權臣廢主事件。太元元年
（252），孫權去世時，諸葛恪與滕胤一同被指定為輔政大臣，輔助年僅 9 歲
的孫亮即位。先是諸葛恪掌權，繼而孫峻除掉諸葛恪開始專權，孫峻去世之
前又將大權移交給從弟孫綝。太平三年（258），孫亮與全公主孫魯班、太常
全尚等謀誅孫綝，事泄後孫亮被廢，孫綝又迎立了 23 歲的孫休。這是三國時
期的兩起權臣廢主事件。在一百多年以後的東晉，權臣廢主事件得以再次上
演。桓溫經過兩次北伐，已經名望實力劇增，篡逆之心漸顯，然而由於第三
次北伐枋頭之敗而聲望盡損，於是在太和六年（371）行廢立之事以長威權，
他將司馬奕廢貶，迎立了善於玄談的司馬昱。

　　上述三起權臣廢主事件得以在三國兩晉時期出現，有其特殊的時代背
景。三國兩晉時期是皇權弱化的時代，專攬國政的權臣此伏彼起，尤其東晉
一朝更是權臣與皇族共天下的時代。廢立應該說是僅次於禪讓與易姓革命的

權力轉移方式，禪讓與易姓革命將此前的君臣名分徹底消除，而權臣廢立皇帝後仍然行君臣之名。三國兩晉時期，除了廢立之事頻現，禪讓也在此一時期得以多次出現：劉協禪讓曹丕、曹奐禪讓司馬炎、司馬衷禪讓司馬倫、司馬德宗禪讓桓玄。此外，還有曹髦被司馬昭所殺，東吳濮陽興、張布廢孫休太子迎立孫皓等事件。這些廢主、禪讓事件，甚至弒君事件都無疑體現了三國兩晉主弱臣強這一政治權力結構的主要面貌。

二、權臣廢主母題〔註18〕的傳承與流變

　　中國歷史上周而復始、如法炮製的權臣廢主現象，其理論淵源應是商初的伊尹放太甲故事。我們先來看看伊尹放太甲故事到底為何？《史記‧殷本紀》中如是記載：

> 　　帝太甲既立三年，不明，暴虐，不遵湯法，亂德，於是伊尹放之於桐宮。三年，伊尹攝行政當國，以朝諸侯。帝太甲居桐宮三年，悔過自責，反善，於是伊尹乃迎帝太甲而授之政。帝太甲修德，諸侯咸歸殷，百姓以寧。伊尹嘉之，乃作《太甲訓》三篇，褒帝太甲，稱太宗。〔註19〕

　　這個故事在《左傳》《孟子》中也有類似記載，可見這一故事在先秦時期流傳之廣。不過西晉太康二年（281）出土的《竹書紀年‧殷紀》記載的內容不同，其云：「仲壬崩，伊尹放太甲於桐，乃自立也。伊尹即位，放太甲七年。太甲潛出自桐，殺伊尹，乃立其子伊陟、伊奮，命復其父之田宅而中分之。」〔註20〕關於《史記》與《竹書紀年》對伊尹放太甲故事的記載有異，到底孰者為是，這是一個至今懸而未決的問題〔註21〕，這裡無意解決這一懸案。史料的真實性往往與其產生的文化影響不成絕對正比，即便此事為假，但伊尹放太甲故事早已成為儒家傳統歷史上相傳不衰的美談，它體現了賢臣對不德之君的教誨，是對賢明大臣的一種肯定與歌頌，是對不德之君的一種勸誡與

〔註18〕 目前，歷史學領域對於母題概念的應用相對較少，對於權臣廢主這一歷史現象，將其視為母題是否合理，筆者就此問題曾專門向國內主題學研究名家王立教授請教，得以支持與指導，於此謹致謝忱。

〔註19〕 司馬遷《史記‧殷本紀》（修訂版），中華書局，2014年，第128～129頁。

〔註20〕 《古本竹書紀年》，齊魯書社，2000年，第7頁。

〔註21〕 唐孔穎達、宋柳開、清崔述等人都有相關論述，都認為《史記》所載為實，今人亦有相關論述，但未成定論。

警示。伊尹因此成爲中國歷史上的第一位賢相，與後世的姜尙、周公、管仲、諸葛亮等一起彪炳靑史。這個常爲儒士所引以爲豪的故事產生的巨大文化意義不容忽視，這裡著重論述這一故事開啓的廢主文化意義。

　　嚴格說來，就《史記》與《竹書紀年》的記載來說，並沒有明言伊尹廢黜了太甲，只是言放逐，但後世多以此爲權臣廢主的理論依據，且《漢書》等典籍中云伊尹廢太甲，足見太甲應是先被廢後被貶。伊尹放太甲故事開啓了權臣廢主的基本母題，其基本結構模式爲：權臣輔政——君主不德——權臣廢主——君主悔過——權臣迎歸，其中前三個階段尤具典型性。坐擁煊赫功勳的權臣受顧命之重，對新君有著輔佐之責，如果新君不德，那麼權臣可以對其進行廢貶。伊尹放太甲故事所涉及的主要人物有兩個，一個是權臣伊尹，一個是君主太甲。伊尹乃四朝元老，德高望重，輔政之功甚大。雖無法知曉太甲即位時的年齡，但年紀不大應該不差。伊尹放太甲開創的權臣廢主母題模式在後世得以被承繼，並且發生新變，其中新變主要體現在權臣廢主的文化精神，這一點容後詳論。該故事中體現廢主身份改變的主要是一個地域符號的出現，即廢主居住場所的變更。「放之於桐宮」正體現了廢主之廢。《尙書‧太甲上》：「王徂桐宮，居憂，克終允德。」〔註22〕宋人胡宏《伊尹放太甲》一文云：「何以謂之放乎？曰桐宮非嗣王居憂之常所也。伊尹於是有廢昏立明之意，故特謂之放也。」〔註23〕桐宮因此在後世借指被貶君主或幽禁君主的專門場所，比如前面專節論述過的魏晉之際的金墉城，即爲異代異地之「桐宮」。

　　太甲受放而不怨成爲千古美談，其所體現的伊尹作爲賢臣的人格魅力是古代儒士群體渴望爲帝王師的終極理想。在伊尹放太甲產生以後，最爲類似且常被人道及的就是西漢元平元年（前74）發生的霍光廢劉賀爲昌邑王事件。《漢書‧霍光傳》對此事的記載較爲詳細：

　　　　賀者，武帝孫，昌邑哀王子也。既至，即位，行淫亂。光憂懣，獨以問所親故吏大司農田延年。延年曰：「將軍爲國柱石，審此人不可，何不建白太后，更選賢而立之？」光曰：「今欲如是，於古嘗有此否？」延年曰：「伊尹相殷，廢太甲以安宗廟，後世稱其忠。將軍

〔註22〕孔安國、孔穎達等《尙書正義》，《十三經注疏》本，中華書局，1980年，第164頁。

〔註23〕曾棗莊、劉琳等《全宋文》，2006年，第110冊，第166頁。

若能行此，亦漢之伊尹也。」……光即與群臣俱見白太后，具陳昌邑王不可以承宗廟狀。……頃之，有太后詔召王。……群臣以次上殿，召昌邑王伏前聽詔。光與群臣連名奏王，尚書令讀奏曰：「丞相臣敞、大司馬大將軍臣光……昧死言皇太后陛下：『……天子所以永保宗廟總一海內者，以慈孝禮誼賞罰爲本。……今陛下嗣孝昭皇帝後，行淫辟不軌。……不可以承天序，奉祖宗廟，子萬姓，當廢。』……臣敞等昧死以聞。」

皇太后詔曰：「可。」光令王起拜受詔，王曰：「聞天子有爭臣七人，雖無道不失天下。」光曰：「皇太后詔廢，安得天子！」乃即持其手，解脫其璽組，奉上太后，扶王下殿，出金馬門，群臣隨送。王西面拜，曰：「愚戇不任漢事。」起就乘輿副車。大將軍光送至昌邑邸，光謝曰：「……臣寧負王，不敢負社稷。……」光涕泣而去。群臣奏言：「古者廢放之人屏於遠方，不及以政，請徙王賀漢中房陵縣。」太后詔歸賀昌邑，賜湯沐邑二千戶。昌邑群臣坐亡輔導之誼，陷王於惡，光悉誅殺二百餘人。……

光坐庭中，會丞相以下議定所立。……近親唯有衛太子孫號皇曾孫在民間，咸稱述焉。光遂復與丞相敞等上奏曰：「……孝武皇帝曾孫病巳，……至今年十八……躬行節儉，慈仁愛人，可以嗣孝昭皇帝後，奉承祖宗廟，子萬姓。臣昧死以聞。」皇太后詔曰：「可。」……是爲孝宣皇帝。〔註24〕

《漢書·楊敞傳》亦載：

昌邑王徵即位，淫亂，大將軍光與車騎將軍張安世謀欲廢王更立。議既定，使大司農田延年報敞。敞驚懼，不知所言，汗出洽背，徒唯唯而已。延年起至更衣，敞夫人遽從東箱謂敞曰：「此國大事，今大將軍議已定，使九卿來報君侯。君侯不疾應，與大將軍同心，猶與無決，先事誅矣。」延年從更衣還，敞、夫人與延年參語許諾，請奉大將軍教令，遂共廢昌邑王，立宣帝。宣帝即位月餘，敞薨，諡曰敬侯。〔註25〕

〔註24〕 班固《漢書·霍光傳》，中華書局，1962年，第2937～2947頁。
〔註25〕 班固《漢書·楊敞傳》，中華書局，1962年，第2889頁。

相比《史記》與《竹書紀年》對伊尹放太甲的簡單記載，《漢書》中《霍光傳》《楊敞傳》等對霍光廢昌邑王的描述更能體現權臣廢主的典型性。伊尹放太甲這一廢主模式在霍光廢昌邑王時已開始產生了變異。此前伊尹放太甲中，太甲遭放，眞心悔過，伊尹迎歸。到了霍光廢劉賀時，劉賀被廢，並未出現悔過迎歸的情形，而是產生了另立新主這一在後世更具典型性的一環。此時權臣廢主母題模式表現爲：權臣輔政——君主不德——權臣廢主——迎立新主。相比伊尹放太甲，此時已經沒有了「君主悔過——權臣迎歸」這一過程，取而代之的是迎立新主，廢舊立新這一新的廢主模式在此得以確立，並且在後世被多次演繹，成爲權臣廢主母題最爲典型的案例。具體考察霍光廢昌邑王劉賀，可以看出如下幾點特徵：

（一）霍光廢劉賀時，其理論依據即伊尹放太甲，具體顯現在大司農田延年的話中。延年曰：「伊尹相殷，廢太甲以安宗廟，後世稱其忠。將軍若能行此，亦漢之伊尹也。」田延年身份具有權臣霍光的「謀士」或「幕僚」性質，他是此時霍光廢主的明確建議者與理論依據的提出者。後世權臣廢主時，同樣有這一類人在權臣的暗示或指使下首先明確提出廢主之議。

（二）權臣廢主中涉及的主要人物，除了權臣與君主，增加了太后與其他臣僚，其中太后形象在這一母題中起到的作用非同小可，她成爲廢貶君主時名義上發號施令之人。群臣請示太后、光曰「皇太后詔廢，安得天子」等，都說明廢貶君主需要利用太后之名的重要性，以皇太后令行事成了後世權臣廢主常用的旗號。由於史料闕略，已經無法知道伊尹放太甲時是否有太后支持。霍光廢劉賀事件中，當時的上官皇后是霍光的外孫女，因此霍光除了擁有輔政大臣的身份，還有外戚身份，這一身份也是後世權臣廢主時的主要身份之一。

（三）權臣廢主需要有兵權作爲後盾，擁兵震懾的必要性在霍光廢劉賀事件中已經有隱約展現。雖然《漢書》中沒有明確提出霍光以兵權震懾劉賀，但是霍光當時爲大司馬大將軍，毫無疑問握有兵權，因此他背後的軍隊是行廢立之事的終極保障。當時楊敞爲丞相，對於廢貶之事的表現是「驚懼」「汗出洽背」「唯唯而已」，但他在夫人的勸諫下表示支持，群臣也支持廢貶，他們的妥協都是源於霍光背後的擁兵之懾。後世廢主的權臣多爲武將，手握重兵而左右朝廷，這一原因不言自明。

（四）權臣廢主之後，廢主被貶異地，這一貶謫行為是作為懲罰與防範的體現。伊尹放太甲，太甲被貶桐宮。霍光廢劉賀，群臣奏言：「古者廢放之人屏於遠方，不及以政，請徙王賀漢中房陵縣。」房陵縣本是群臣給劉賀擬定的「桐宮」，不過太后仁慈，詔歸賀回昌邑。後世被廢君主，大都被貶謫異地或幽禁起來，這也是源於「桐宮」開啟的廢主被貶異地之先例。

霍光效法伊尹行廢立之事常被後人和伊尹並提，合稱為伊霍。霍光輔政之功甚大，尤其是廢舊立新這一事件得到大多數人的讚賞，因此他得以高居麒麟閣十一功臣之首。

商初伊尹放太甲，西漢霍光廢劉賀，無論這兩個權臣事實上是否有私心，但歷史上他們大都被認為是真心為朝廷社稷著想而行使廢立之事的，因此成為真正廢昏立明的典型。但是到了三國兩晉時期，此時的權臣廢主性質發生了根本改變，廢昏立明成了權臣廢主的藉口，廢主行為不再是為了國運興衰，而成了權臣篡逆之舉的徵兆，這是廢主文化精神在三國兩晉時期得以大變的體現。這一改變與漢末以來的政治腐敗、士人意識形態巨變有緊密聯繫。三國兩晉權臣廢主之變異主要體現在廢立之事的性質，這一改變源於漢末的董卓廢少帝劉辯。《後漢書・董卓傳》載：

> 初，卓之入也，步騎不過三千，自嫌兵少，恐不為遠近所服，……卓兵士大盛。……因集議廢立。百僚大會，卓乃奮首而言曰：「……皇帝暗弱，不可以奉宗廟，為天下主。今欲依伊尹、霍光故事，更立陳留王，何如？」公卿以下莫敢對。卓又抗言曰：「昔霍光定策，延年案劍。有敢沮大議，皆以軍法從之。」坐者震動。尚書盧植獨曰：「昔太甲既立不明，昌邑罪過千餘，故有廢立之事。今上富於春秋，行無失德，非前事之比也。」卓大怒，罷坐。明日復集群僚於崇德前殿，遂脅太后，策廢少帝。曰：「皇帝在喪，無人子之心，威儀不類人君，今廢為弘農王。」乃立陳留王，是為獻帝。又議太后踧迫永樂太后，至令憂死，逆婦姑之禮，無孝順之節，遷於永安宮，遂以弒崩。〔註26〕

漢末風雲際會，董卓並沒有戮力匡世的雄心，當他獨攬朝權時，仍然對備極人臣有所不滿，而是覬覦帝位皇權，於是在東漢昭寧元年（189），在強

〔註26〕范曄《後漢書・董卓傳》，中華書局，1965年，第2323～2324頁。

大的兵力震懾下，他廢少帝劉辯立獻帝劉協。此事真正開啟了權臣廢主新面貌，從此之後的三國兩晉時期，甚至延續至南朝劉宋，不斷上演具有篡逆實質的權臣廢主事件。在此事發生的 43 年前已有梁冀專權毒殺質帝、另立桓帝的事件發生，董卓雖明言「欲依伊尹、霍光故事」，但卻秉承了梁冀殺帝新立的實質。上引盧植所謂「太甲既立不明，昌邑罪過千餘，故有廢立之事。今上富於春秋，行無失德，非前事之比」，君主行無失德而被廢，是廢主文化精神得以大變的象徵。由於東漢末年儒學式微，朝綱不穩、政風不清，社會風氣發生改變，以致於引發了黃巾起義、群雄爭霸的局面，在這混亂時代大背景下，權臣廢主的文化精神發生大變就不難理解了。

那麼三國兩晉時期的權臣廢主是什麼樣？前面已有簡單敘述，下面對廢立的具體場景進行還原。首先來看曹魏司馬師廢曹芳，該事件的發生有一個導火索，即同一年發生的「夏侯玄代司馬師政變」，這是曹魏集團中央勢力對司馬氏集團的最後一次絕地反擊，結果事敗而促使了司馬師決意廢黜君主曹芳。《三國志・魏書・三少帝紀》載：

> 秋九月，大將軍司馬景王將謀廢帝，以聞皇太后。甲戌，太后令曰：「皇帝芳春秋已長，不親萬機，耽淫內寵，沈漫女德，……不可以承天緒，奉宗廟。……遣芳歸藩於齊，以避皇位。」是日遷居別宮，年二十三。使者持節送衛，營齊王宮於河內重門，制度皆如藩國之禮。〔註27〕

裴松之引王沈《魏書》云：

> 《魏書》曰：是日，景王承皇太后令，詔公卿中朝大臣會議，群臣失色。景王流涕曰：「皇太后令如是，諸君其若王室何！」咸曰：「昔伊尹放太甲以寧殷，霍光廢昌邑以安漢，夫權定社稷以濟四海，二代行之於古，明公當之於今，今日之事，亦唯公命。」……於是乃與群臣共為奏永寧宮曰：「守尚書令太尉長社侯臣孚、大將軍武陽侯臣師……等稽首言：『臣等聞天子者，所以濟育群生，永安萬國，三祖勳烈，光被六合。皇帝即位，纂繼洪業，春秋已長，未親萬機……帝肆行昏淫，敗人倫之敘，亂男女之節，恭孝彌頹，凶德寖盛。臣等憂懼傾覆天下，危墜社稷，雖殺身斃命不足以塞責。今帝不可以

〔註27〕陳壽《三國志・魏書・三少帝紀》，中華書局，1982 年，第 128 頁。

承天緒，臣請依漢霍光故事，收帝璽綬。帝本以齊王踐阼，宜歸藩
於齊。使司徒臣柔持節，與有司以太牢告祀宗廟。臣謹昧死以聞。」
奏可。〔註28〕

裴松之又引魚豢《魏略》曰：

> 景王將廢帝，遣郭芝入白太后，太后與帝對坐。芝謂帝曰：「大
> 將軍欲廢陛下，立彭城王據。」帝乃起去。太后不悅。芝曰：「太后
> 有子不能教，今大將軍意已成，又勒兵於外以備非常，但當順旨，
> 將復何言！」太后曰：「我欲見大將軍，口有所說。」芝曰：「何可
> 見邪？但當速取璽綬。」太后意折，乃遣傍侍御取璽綬著坐側。芝
> 出報景王，景王甚歡。又遣使者授齊王印綬，當出就西宮。帝受命，
> 遂載王車，與太后別，垂涕……景王乃更召群臣，以皇太后令示之，
> 乃定迎高貴鄉公。〔註29〕

綜合三則史料的記載不難看出，司馬師廢曹芳的經過幾乎與霍光廢劉賀
如出一轍。同樣是擁護司馬師的人以伊尹放太甲為理論依據，並且多出了霍
光廢劉賀作為佐證。所涉及的主要人物也是權臣、廢主、太后諸人。司馬師
同樣以太后的名義行事，廢貶理由同樣是君主不德。被廢君主曹芳同樣被幽
禁金墉城，後遷河內。司馬師「勒兵於外以備非常」，明顯是以軍隊震懾太后
與君主，而「太后不悅」，被廢君主「垂涕」，這樣的場面是伊尹放太甲、霍
光廢劉賀中沒有記載的。之所以太后不悅，曹芳落淚流涕，原因就在於君主
被廢的無辜。後人是伊尹、霍光而非司馬師，根本原因在於司馬氏取代曹魏
而另立新朝，魏鼎移晉的權力更替雖為禪讓形式，但司馬氏父子三代苦心經
營的代魏之事，從君臣關係來說屬篡逆行為，因此非議司馬師也就在情理之
中。司馬師廢曹芳可謂真正改變了伊尹廢太甲、霍光廢劉賀一心為公的精神，
而承繼了董卓廢劉辯的篡逆實質。

再看四年後東吳孫綝廢孫亮，它同樣是由於君主孫亮欲對權臣孫綝予以
謀誅而引發的後果。《三國志‧吳書‧孫綝傳》載：

> 綝以孫亮始親政事，多所難問，甚懼。……綝入諫不從，亮遂
> 與公主魯班、太常全尚、將軍劉承議誅綝。亮妃，綝從姊女也，以
> 其謀告綝。綝率眾夜襲全尚，遣弟恩殺劉承於蒼龍門外，遂圍宮。

〔註28〕 陳壽《三國志‧魏書‧三少帝紀》，中華書局，1982年，第129～130頁。
〔註29〕 陳壽《三國志‧魏書‧齊王芳紀》，中華書局，1982年，第130～131頁。

> 使光祿勳孟宗告廟廢亮，召群司議曰：「少帝荒病昏亂，不可以處大
> 位，承宗廟，以告先帝廢之。諸君若有不同者，下異議。」皆震怖，
> 曰：「唯將軍令。」綝遣中書郎李崇奪亮璽綬，以亮罪狀班告遠近。
> 尚書桓彝不肯署名，綝怒殺之。……綝遣將軍孫耽送亮之國，徙尚
> 於零陵，遷公主於豫章。〔註30〕

由於孫亮謀誅孫綝事泄，所以孫綝直接對其予以廢貶，並未打出太后口
令這一旗號。孫亮被廢貶省略了一系列慣常的和平廢黜做法，而充滿了血腥
殺戮，體現了宮廷政變的殘酷。不過此時仍然承繼了伊尹放太甲開啓的廢昏
立明之名，君主不德仍是孫綝行使廢立的理由。孫亮被廢貶至會稽郡，後遷
候官，途中自殺（或云被殺）。東吳這一廢主事件與四年前的曹魏廢主事件一
樣，都是由於君主不甘傀儡生活而欲誅權臣導致的廢貶，它們的形成與伊霍
主動廢黜君主稍有不同，看似被迫廢黜，其實質也都是權臣篡逆之心的驅使。

最後來看東晉桓溫廢司馬奕，《晉書·海西公紀》如是記載：

> （太和六年）十一月癸卯，桓溫自廣陵屯於白石。丁未，詣闕，
> 因圖廢立，誣帝在藩夙有痿疾，嬖人相龍、計好、朱靈寶等參侍内
> 寢，而二美人田氏、孟氏生三男，長欲封樹，時人惑之，溫因諷太
> 后以伊霍之舉。己酉，集百官於朝堂，宣崇德太后令曰：「王室艱
> 難……人倫道喪，醜聲遐布。既不可以奉守社稷，敬承宗廟……是
> 而可忍，孰不可懷！今廢奕爲東海王，以王還第，供衛之儀，皆如
> 漢朝昌邑故事。……」於是百官入太極前殿，即日桓溫使散騎侍郎
> 劉享收帝璽綬。帝著白恰單衣，步下西堂，乘犢車出神獸門。群臣
> 拜辭，莫不歔欷。侍御史、殿中監將兵百人衛送東海第。……咸安
> 二年正月，降封帝爲海西縣公。四月，徙居吳縣，敕吳國内史刁彝
> 防衛，又遣御史顧允監察之。〔註31〕

這一記載中，桓溫同樣是以伊尹、霍光廢主爲理論依據，即所謂「諷太
后以伊霍之舉」。司馬奕被廢，與曹芳、孫亮被廢一樣，都被認爲是無辜被廢。
桓溫「屯於白石」「誣帝」，群臣的反應是「莫不歔欷」，這都說明了桓溫的不
臣之心，說明了他雖以伊、霍爲榜樣，但卻早已失去了廢昏立明、一心爲公

〔註30〕 陳壽《三國志·吳書·孫綝傳》，中華書局，1982年，第1448～1449頁。
〔註31〕 房玄齡等《晉書·海西公紀》，中華書局，1974年，第214～215頁。

的文化精神。《晉書・海西公紀》贊曰：「海西多故，時災見及。彼異阿衡，我非昌邑。」〔註32〕正是對已經變質的廢主文化精神的一種喟歎。

由上述幾例三國兩晉權臣廢主事件不難看出，漢末以來政風大變下造成的君臣關係紊亂，主尊臣卑的傳統被逐漸打破，對當時的政風、士人心態等都造成了較大影響。北宋呂大臨《明微論》一語道破了此段時期廢主事件的篡逆實質：「霍光廢昌邑，假此為名，而更置其君，終身不復以政，然猶以公議而廢也。至司馬昭之廢齊王，桓溫之廢海西公，則主無毫末之過可絕，特以私忿棄置，振威以脅天下，公議又無復有矣。」〔註33〕主上無過被廢，源於權臣振威以行篡逆之舉，廢主不再是為公，而是為了一己私利，此乃三國兩晉時期廢主事件的精神實質。三國兩晉集中演繹的這種廢舊立新的新廢主模式在南朝得以賡續：如劉宋時期的徐羨之、傅亮、謝晦等廢劉義符，此時權臣已經不止一個，其廢立意義又有對伊霍之舉迴光返照式的繼承。而蕭梁時期的侯景先廢蕭綱，後廢蕭棟自立，以及南陳時期的陳頊廢陳伯宗自立等事件中，權臣廢主的力度更大。由於南朝已非本書論述範圍，這裡暫不對這些新的廢立事件進行詳論，留待日後專論。

東晉葛洪對歷代權臣廢主進行了強烈非議，恐怕正是鑒於漢末三國幾次廢主事件的發生，因此對這一質變的文化現象予以抨擊。《抱朴子・外篇・良規》如此評述：

> 抱朴子曰：周公之攝王位，伊尹之黜太甲，霍光之廢昌邑，孫綝之退少帝，謂之捨道用權，以安社稷。……致令王莽之徒，生其奸變，外引舊事以飾非，內包豺狼之禍心，由於伊、霍，基思亂也。將來君子，宜深鑒茲矣。夫廢立之事，小順大逆，不可長也。召王之譎，已見貶抑。況乃退主，惡其可乎！……官賢任能，唯忠是與，事無專擅，請而後行；君有違謬，據理正諫。……何必奪至尊之靈緌，危所奉之見主哉！夫君，天也；父也。君而可廢，則天亦可改，父亦可易也。……而世人誠謂湯、武為是，而伊、霍為賢，此乃相勸為逆者也。又見廢之君，未必悉非也。……規定策之功，計在自利，未必為國也。……方策所載，莫不尊君卑臣，強幹弱枝。《春秋》

〔註32〕 房玄齡等《晉書・海西公紀》，中華書局，1974 年，第 216 頁。
〔註33〕 曾棗莊、劉琳等《全宋文》，2006 年，第 110 冊，第 166 頁。案：廢曹芳為齊王者當為司馬師，非司馬昭，此處呂氏誤記。

之義，天不可爛。大聖著經，資父事君……而許廢立之事，開不道之端，下陵上替，難以訓矣。……而前代立言者，不折之以大道，……而屬筆者皆共襃之，以爲美談，以不容誅之罪爲知變，使人於悒而永慨者也。〔註34〕

葛洪全盤否定權臣廢主，認爲君尊臣卑是亙古不變的眞理，君主權威神聖不可侵犯，無論何時都不能改變，因此認爲廢立之事不可長。他之所以如此以偏概全地對歷來被認爲是「捨道用權，以安社稷」的伊霍廢主也予以了否定，根本原因就在於漢末三國時期「計在自利，未必爲國」的諸例廢主事件，葛洪的這些思想是對漢末以來眾多流弊之一種的撥亂反正，不過似有矯枉過正之嫌。

要之，開啓權臣廢主母題的伊尹放太甲故事，與對其進行承繼與發展的霍光廢劉賀事件，一起構成了廢立爲公的廢主文化精神，伊霍之廢因此成爲千古美談。伊尹放太甲開啓的權臣廢主模式是「廢主迎歸」，霍光廢劉賀對其進行繼承且加以變異，確立了「廢舊立新」的新模式。後世權臣廢主所涉及的理論依據、主要人物、廢貶緣由、貶謫異地、兵權震懾等，都可以從霍光廢劉賀中尋找到相應依據，霍光廢劉賀因此成爲最爲典型的權臣廢主案例。然而漢末董卓廢劉辯作爲由廢立爲公到廢立爲私的轉捩點，改變了廢主文化廢立爲公的原初內涵。到了三國兩晉時期，司馬師廢曹芳、孫綝廢孫亮、桓溫廢司馬奕等事件的發生，對這一變質的廢主文化精神進行了集中演繹，令廢舊立新從賢臣教誨君主的意義蛻變爲權臣行篡逆之舉的藉口，權臣廢主因而成爲「主威不樹，臣道專行」〔註35〕的象徵。權臣廢主是一個涉及多朝的複雜問題，它與君主專制制度及儒家治國思想有深刻聯繫，這裡僅對權臣廢主進行初步探索，以爲抛磚引玉之用，更深入研究有待今後繼續展開。

〔註34〕 楊明照《抱朴子外篇校箋》，新編諸子集成本，中華書局，1991年，第277～292頁。
〔註35〕 沈約《宋書‧王弘傳》，中華書局，1974年，第1324頁。

結 語

　　本書分別對三國兩晉共五朝的貶謫事件進行了宏觀與微觀相結合的探討，讓我們對這段歷史的貶謫概況與經典貶謫案例有了相對深入的認識，並對此時的貶謫事件與文化、文學、政治的關係及影響有了全面理解。

　　綜觀三國兩晉約兩百年的貶謫史，士人與君主在這段風雲變幻的動亂年代各有遭際，我們能夠通過他們的貶謫生活與創作來感觸他們的悲哀。延康元年（220）與延康二年（221），這是兩個特殊的年份，它們將被載入中國貶謫文化史冊。延康元年（220），曹植開始了長達 12 年圈牢養物般的藩國生活，使其成爲爭嗣被幽貶的典型。延康二年（221），虞翻被貶交州，開始了長達 18 年的嶺南謫居生活，因而也成爲長貶嶺南的典型謫臣，虞翻之貶開啓了中國士人嶺南之貶的風氣。曹植與虞翻因此成爲中國貶謫文化史上的重要謫臣，他們與此前的屈原、賈誼，此後的韓愈、蘇軾等，一同成爲中國貶謫文化長廊中的永久記憶。曹魏時期上演的「高平陵政變」與「夏侯玄代司馬師政變」造成了諸例樂浪遠徙案例，開啓了遠徙東北絕域的流貶風氣，因此使樂浪逐漸成爲了具有歷史文化積澱的貶所之一。東吳「二宮構爭」造成了諸多士人被貶嶺南，這是中國士人群體第一次集體遠謫嶺南，虞翻與他們的嶺南之貶對嶺南成爲中國歷史上著名的貶所有著先導作用。諸葛亮治蜀期間，對蜀地的清議風氣進行一定程度地遏制，其嚴峻刑政的風格與公平執法的原則令被貶者無怨無恨，諸葛亮因而成爲中國歷史上刑政依公的典型官員。西晉士人大多捲入黨爭與宗室內亂之中，他們的命運與依附的權臣密切相關，潘岳即爲其中代表，汲汲名器與不嬰世務的矛盾心態貫穿了他們仕途蹇躓的一生。金墉城經過「八王之亂」逐漸成爲了幽囚廢主棄后的異時異地之「桐

宮」，其文化意蘊也隨著這場宗室內亂發生了巨變。東晉的諸多貶謫事件與王、桓等門閥士族的興衰聯繫緊密，此時皇權與士族的矛盾能從諸貶謫事件中窺斑知豹。

貶謫不始於三國兩晉，更未在此時結束，這兩百年的時間內，士人與廢主是貶謫事件的兩類不同主角，他們分別演繹了各自的悲劇人生。透過他們的人生起伏和悒鬱感慨，我們對這些貶謫對象，對皇權社會專制的殘酷性與政治權力爭奪的血腥氣獲得了深一層的認知。

最後，我用一首小詩結束本書的寫作：

> 魚山豆釜泣陳王，交廣青蠅弔仲翔。
> 謀反士宗徙樂浪，逆鱗公舉戍永昌。
> 金墉托捧君王淚，建鄴逢迎敬道光。
> 自古貶遷誰會意，遙看亂世變滄桑。

（自注：魚山在今山東東阿，乃曹植墓所在地，曹植晚年封陳王，最後幾年居東阿，常遊魚山；虞翻字仲翔，被貶交廣之地，有「生無可與語，死以青蠅為弔客，使天下一人知己者，足以不恨」的感歎；許允字士宗，曾涉「夏侯玄代司馬師政變」，後又獲罪，遠徙當時曹魏版圖最東北之樂浪郡（今朝鮮平壤等地），未至道死；「逆鱗」典出《韓非子》，代指直臣觸怒君主。費詩字公舉，由於反對劉備稱漢中王被遠貶蜀漢最西南之永昌郡（今雲南保山）；金墉城在曹魏與西晉時期常用作幽囚廢主棄后與被貶宗室；桓玄字敬道，曾提兵向闕，在建康朝廷大行貶謫之事。）

附錄：三國兩晉貶謫事件年表

製表說明：

所謂貶，重在官階、爵位等降品、降秩，謫則重在地理位置的遷徙，所以貶謫既含有降秩之意，又含有遷徙之意，貶謫概念界定詳見本書前面的引言。

本表所列貶謫事件輯於陳壽《三國志》、房玄齡等《晉書》、姚思廉《梁書》、常璩《華陽國志》、劉義慶《世說新語》等書，基本囊括了今存有關三國兩晉的所有貶謫事件，主要收錄被貶情況包括：帝王被廢貶、宗室降爵或流徙、武將因戰降級、因政爭降秩或外遷的士人、因政爭既降秩又外遷的士人、士人獲罪家屬受牽連被流等具有貶謫性質的流徙活動等。

關於貶謫對象：宗室降爵爲史書所載者則計之，易代之際的前朝宗室降爵遭貶，如司馬師代魏建晉，將曹魏宗室諸王貶爲縣侯，爲史書所載者則計之，未知者則不計；士人單爲免官者一般不計，但免官被流者計之，涉重大事件被免者計之；自求外出者一般不計，但由於政治鬥爭被排求外者酌量計之；少數時貶時免者，將免官亦統一算作貶謫計；所統計皆爲生前被貶者，死後追貶者不計，如晉廢帝司馬奕被廢爲海西公，追貶皇后庾道憐曰海西公夫人，此類不計；極少數兩晉之臣在五胡十六國被貶者不計，如晉臣周虓，因母被秦軍俘獲，無奈投降，符堅待之甚厚，但其心懷晉室，謀襲堅，事泄被徙太原，此類不計；爲了統計貶謫地域，其中少數貶者未至貶所，在途中自殺或被追殺，或遇赦止等情況，亦納入統計中；少數重要人物涉及多年多次貶謫，貶謫事件以人繫事列爲一起，如曹植、虞翻、潘岳等；曹丕、曹叡時期，曹植前後數次徙封，有時並無明確貶官緣由，且單從前後爵位升降來看，並不全是降級，但無論爵位爲何，相比此前曹操時期，皆算作被貶。其他如曹植者一併如此處理。

關於貶謫時間與年限：漢末魏蜀吳三國不以其立國時間爲起始點，適當提前；少數被貶者跨越兩朝，則分別計之，如陳壽在蜀漢被貶，入西晉亦被貶，分別繫於兩朝，但如陶侃被貶廣州十年，雖然後八年在東晉，但以初貶時間爲準繫於西晉；貶謫時間大部分爲史書直接記載，少數經過考證得出，具體考證過程本表略；貶謫時間一般明確到某年，少數無法明確則繫於一定範圍；貶謫年限，乃被貶總計時間，多次被貶者總計之，貶謫年份一般取整數年，少數取月份，少數無法考實則繫於一定範圍之內。

關於貶謫緣由：此處皆指史書記載之直接事由，少數貶謫的深層緣由見文中考論。

關於貶謫身份：貶謫對象兼數官者，擇要者錄之。

關於貶所：史載一般云州郡（或王國）縣三級，此處依史載原錄，不做相應轉換，但本書第一章作貶謫地域的定量分析時，進行相應轉換再予以統計。貶所對應今地名一般具體到省市或省縣，無法確定則繫於一定範圍。錄古地名時依據古籍所載，如「尋陽」，今一般作「潯陽」，以當時作「尋陽」爲準。

1. 曹魏貶謫事件（215～264）

姓名	貶謫時間		貶官緣由	貶所古地名	貶所今地名	貶前身份	貶後身份	貶謫年限	所據主要文獻
	年號紀年	公元紀年							
楊俊	建安二十年	215	曹操征漢中，坐西曹掾魏諷謀反	平原郡	山東德州	中尉	平原太守	5年	《三國志·魏書·楊俊傳》
劉協	延康元年；黃初元年	220	曹魏代漢，被迫禪讓	山陽	河南焦作	皇帝	山陽公		《後漢書·孝獻帝紀》《三國志·魏書·文帝紀》
曹植	黃初元年	220	4月，曹丕即魏王位，植就藩國	鄄城	山東鄄城	臨淄侯		12年	《三國志·魏書·陳思王植傳》、張可禮《三曹年譜》
	黃初二年	221	正月，植醉酒悖慢，劫脅使者	鄄城	山東鄄城	臨淄侯	安鄉侯，改封鄄城侯		
	黃初三年	222	4月，立植爲鄄城王	鄄城	山東鄄城	鄄城侯	鄄城王		
	黃初四年	223	8月，植朝京後歸鄄城，徙封雍丘王	雍丘	河南杞縣	鄄城王	雍丘王		
	太和元年	227	4月，徙封濬儀	濬儀	河南開封	雍丘王	濬儀王		
	太和二年	228	10月，復還雍丘	雍丘	河南杞縣	濬儀王	雍丘王		
	太和三年	229	12月，徙封東阿	東阿	山東陽谷	雍丘王	東阿王		
	太和六年	232	2月，封陳王	陳（未赴）	河南淮陽	東阿王	陳王		
鮑勛	黃初元年	220	勸諫曹丕勿在喪禮期間狩獵			駙馬都尉兼侍中	右中郎將	3年	《三國志·魏書·鮑勛傳》
	黃初六年	225	勸諫曹丕勿征東吳			御史中丞	治書執法	9月	
蘇則	黃初四年	223	好直諫，曹丕憚之，左遷東平相，未至，道病薨	東平國	山東東平	侍中	東平相		《三國志·魏書·蘇則傳》

盧毓	黃初年間	220~226	上表徙譙郡民至梁國，竹曹丕徙民充舊鄉之本意	睢陽	河南商丘	譙郡太守	睢陽典農校尉		《三國志·魏書·盧毓傳》
崔林	黃初年間	220~226	在幽州不事上司；另一說云桓階以崔林非尚書才，貶之	河間郡	河北滄州	幽州刺史	河間太守		《三國志·魏書·崔林傳》
曹據	景初元年	237	私遣人詣中尚方作禁物，削縣二千戶			彭城王			《三國志·魏書·彭城王據傳》
曹琮	景初元年	237	於中尚方作禁物，削戶三百，貶爵爲都鄉侯			鄧哀王	都鄉侯	2年	《三國志·魏書·平陽公琮傳》
范粲	景初三年	239	在武威郡有政聲，以母老罷官，郡既接近寇戎，粲又重鎮輒去職，朝廷尤之，左遷樂涫令	樂涫	甘肅高臺	武威太守	樂涫令		《晉書·隱逸列傳·范粲傳》
夏侯玄	太和三年至景初三年	229~239	觀見時，玄與毛皇后之弟毛曾並坐，玄恥之，面有不悅，明帝恨之			散騎黃門侍郎	羽林監	5年以上	《三國志·魏書·夏侯玄傳》
	正始十年	249	曹爽被誅，夏侯玄被奪兵權，爲大鴻臚，徙太常			征西將軍、都督雍涼州諸軍事	大鴻臚、太常		
鍾毓	正始五年	244	曹爽於酷夏伐蜀，蜀拒守，爽欲增兵，鍾毓勸止云伐蜀輕率，曹爽果無功而返，失曹爽意	魏郡	河北邯鄲、河南安陽等	散騎常侍	侍中、魏郡太守	5年	《三國志·魏書·鍾繇傳》
杜恕	嘉平元年	249	擅殺一胡人而未上表，遭征北將軍程喜所劾	章武郡	河北大城、文安	幽州刺史	庶人	3年	《三國志·魏書·杜恕傳》
夏侯霸子	嘉平元年	249	高平陵政變，曹爽被誅，夏侯霸投蜀，其子被徙	樂浪郡	朝鮮平壤				《三國志·魏書·夏侯淵傳》
張蕃	嘉平元年	249	蕃與何晏交好，何晏黨附爽，高平陵政變，爽、晏被誅，蕃徙河間	河間郡	河北滄州				《晉書·梁孝王肜傳》
曹彪妃、子	嘉平三年	251	彪與王凌謀反，被賜死，妃及諸子曹嘉等皆免爲庶人，徙之	平原郡	山東德州		庶人	3年	《三國志·魏書·楚王彪傳》
夏侯玄、李豐等三族外親屬	嘉平六年	254	李豐與張緝、蘇鑠、樂敦、劉寶賢等密謀以太常夏侯玄代替司馬師爲大將軍，事泄被殺，夷三族，其餘親屬徙樂浪郡（如賈充原配李豐女李氏，武帝踐阼，李以大赦得還，被遠徙11年之久）	樂浪郡	朝鮮平壤				《三國志·魏書·夏侯玄傳》《晉書·賈充傳》
許允	嘉平六年	254	允與李豐、夏侯玄親善，涉謀誅司馬師案，以放散官物，收付廷尉，徙樂浪，道死	樂浪郡	朝鮮平壤	中領軍	鎮北將軍，假節督河北諸軍事		《三國志·魏書·夏侯玄傳》
張皇后	嘉平六年	254	張緝與李豐等謀誅司馬師，事敗被誅，女張皇后被廢			皇后			《三國志·三少帝紀》
曹芳	嘉平六年	254	大將軍司馬師廢芳，遷金墉城，後病逝	金墉城	河南洛陽	皇帝	齊王		《三國志·三少帝紀》《晉書·范粲傳》

姓名	貶謫時間 年號紀年	公元紀年	貶官緣由	貶所古地名	貶所今地名	貶前身份	貶後身份	貶謫年限	所據主要文獻
呂安	景元三年	262	呂安妻貌美，其兄呂巽使其醉而幸之，事發，巽反告安謗己，安遭流放邊郡						《文選》引《晉紀》
鄧艾妻、孫	景元五年	264	艾遭鍾會等誣陷，爲司馬昭猜忌而被收押，與諸子皆被殺，妻、孫皆遠徙西域	西域	新疆、甘肅等				《三國志·魏書·鄧艾傳》

2. 蜀漢貶謫事件（215～263）

姓名	貶謫時間 年號紀年	公元紀年	貶官緣由	貶所古地名	貶所今地名	貶前身份	貶後身份	貶謫年限	所據主要文獻
彭羕	建安二十年至建安二十五年	215～220	劉備拔羕爲治中從事，自矜得遇滋甚，諸葛亮密諫劉備勿重用之，故被貶江陽，聞被貶而出不遜之言，爲馬超告，得誅	江陽郡	四川瀘州	治中從事	江陽太守		《三國志·蜀書·彭羕傳》
費詩	建安二十六年；章武元年	221	詩上書勸止劉備進位漢中王咋旨	永昌郡	雲南保山	益州前部司馬	部永昌從事	4年	《三國志·蜀書·費詩傳》
楊儀	章武元年	221	劉備稱帝，東征吳，儀與尚書令劉巴不睦被左遷			尚書	遙署弘農太守	4年	《三國志·蜀書·楊儀傳》
	建興十三年	235	諸葛亮卒，蔣琬總國事，楊儀自謂年宦先琬，才能逾之，多出怨言，云悔未降魏	漢嘉郡	四川蘆山	中軍師	庶民		
常房四弟	建興元年	223	朱褒誣益州從事常房謀反，諸葛亮誅房諸子，徙其四弟於越嶲	越嶲郡	四川西昌				《三國志·蜀書·後主傳》
廖立	建興元年	223	立徙長水校尉後不滿，遂臧否群士，非議諸葛亮用人	汶山郡	四川茂縣、汶川	長水校尉	庶民	16年以上	《三國志·蜀書·廖立傳》
趙雲	建興六年	228	諸葛亮命趙雲、鄧芝迎戰曹眞於箕谷，兵弱失利被貶			鎭東將軍	鎭軍將軍		《三國志·蜀書·趙雲傳》
李平	建興九年	231	諸葛亮第五次北伐，平因爲督運糧草失職，且以謊言誣陷諸葛亮	梓潼郡	四川梓潼	驃騎將軍	庶民	3年	《三國志·蜀書·李嚴傳》
來敏	章武三年至建興十二年	223～234	諸葛亮總政期間，年老狂悖，議論亂群，前後數次貶削			軍祭酒、輔軍將軍等			《三國志·蜀書·來敏傳》
孟光	章武三年至建興十二年	223～234	諸葛亮總政期間，直言臧否，坐事免官			大司農			《三國志·蜀書·孟光傳》
羅憲	延康九年後	246後	黃晧預政，不附黃晧	巴東郡	重慶東部	太子舍人宣信校尉	巴東太守		《晉書·羅憲傳》
陳壽	景耀元年後	258～263	黃晧專權，不肯攀附，屢遭貶黜			散騎黃門侍郎			《晉書·陳壽傳》

3. 東吳貶謫事件（208～280）

姓名	貶謫時間		貶官緣由	貶所古地名	貶所今地名	貶前身份	貶後身份	貶謫年限	所據主要文獻
	年號紀年	公元紀年							
陸績	建安十三年	208	直道見憚	鬱林郡	廣西桂平	奏曹掾	鬱林太守，加偏將軍	10 年	《三國志·吳書·陸績傳》
徐夫人	建安十六年	211	妒忌，孫權廢之	吳郡	江蘇蘇州	妃子	庶人	11 年以上	《三國志·吳書·妃嬪傳》
虞翻	建安二十四年或稍前	219 或稍前	犯言直諫孫權	丹陽涇縣	安徽涇縣	騎都尉		18 年	《三國志·吳書·虞翻傳》
	建安二十六年	221	論神仙事觸怒孫權	交州	廣東廣州				
	嘉禾元年	232	上表呂岱，反對孫權報聘遼東	蒼梧猛陵	廣西蒼梧				
張溫	黃武三年	224	孫權陰銜張溫稱美蜀政，又嫌其聲名大盛，恐終不爲己用，思有以中傷之，會暨豔事起，遂因此發舉	吳郡	江蘇蘇州	輔義中郎將	庶人	6 年	《三國志·吳書·張溫傳》
周胤	黃龍元年後	229後	縱情聲色	廬陵郡	江西吉安	都鄉侯	庶民		《三國志·吳書·周瑜傳》
甘瓌	建安十五年至黃龍二年	約210～230	瓌以罪徙會稽，無幾死	會稽郡	浙江紹興				《三國志·吳書·甘寧傳》
潘平	建安十五年至黃龍二年	約210～230	以無行徙會稽	會稽郡	浙江紹興				《三國志·吳書·潘璋傳》
顧譚	赤烏七年	244	芍陂之役爭功，且「二宮構爭」中，親附太子孫和，遭構	交趾郡	越南北部	太常、平尚書事		2 年	《三國志·吳書·顧譚傳》
顧承	赤烏七年	244	芍陂之役爭功，且「二宮構爭」中，親附太子孫和，遭構	交州		奮威將軍、京下督			《三國志·吳書·顧承傳》
張休	赤烏七年	244	芍陂之役爭功，且「二宮構爭」中，親附太子孫和，遭構	交州		揚武將軍			《三國志·吳書·張休傳》
姚信	赤烏七年	244	「二宮構爭」中，親附太子孫和，遭構	交州				20年	《三國志·吳書·陸遜傳》《三國志·吳書·孫和傳》
陳恂	赤烏七年	244	芍陂之役爭功，且「二宮構爭」中，親附太子孫和，遭構	交州		典軍			《三國志·吳書·顧譚傳》
朱據	赤烏十一年	248	「二宮構爭」中，親附太子孫和，屢諫被貶，未到被賜死	新都郡	浙江淳安	驃騎將軍	新都郡丞		《三國志·吳書·朱據傳》
屈晃	赤烏十一年	248	「二宮構爭」中，親附太子孫和，屢諫被杖一百，斥還田里			尚書僕射	庶人		《三國志·吳書·孫和傳》
楊穆	赤烏十三年	250	「二宮構爭」中，楊穆弟楊竺等附孫霸，圖危太子孫和，霸被賜死，流竺屍於江，兄穆以數諫戒竺，免死被徙	南州（即廣州）	廣東廣州				《三國志·吳書·孫霸傳》

孫和	赤烏十三年	250	「二宮構爭」，太子孫和與魯王孫霸爭嗣被廢	故鄣	浙江安吉	太子			《三國志·吳書·孫和傳》
	太元二年	252	正月，封爲南陽王，遣長沙	長沙郡	湖南長沙		南陽王		
	建興二年	253	孫峻專權，奪和璽綬，徙新都，後賜死	新都郡	浙江淳安				
孫休	太元二年	252	4月，諸葛恪掌朝，遷休丹楊	丹陽郡		琅邪王		6年	《三國志·吳書·孫休傳》
	建興二年	253	太守李衡數以事侵休，休上書乞徙他郡，詔徙會稽	會稽郡	浙江紹興				
孫奮	太元二年	252	4月，諸葛恪掌朝，遷休丹楊	南昌	江西南昌	齊王		5年	《三國志·吳書·孫奮傳》
	建興二年	253	擅殺封國屬官	章安縣	浙江台州	齊王	庶人		
滕牧	五鳳三年	256	族兄滕胤與呂據謀廢權臣孫綝，失敗被殺，夷三族，牧以服屬疏遠，徙邊郡					2年	《三國志·吳書·妃嬪傳》
孫亮	太平三年	258	孫亮與全公主孫魯班、太常全尚等議誅殺權臣孫綝，事泄被廢	會稽郡	浙江紹興	皇帝	會稽王		《三國志·吳書·孫亮傳》
	永安三年	260	會稽謠傳孫亮將返回建業復辟，孫亮侍從亦聲稱孫亮在祭祀時口出惡言，故被貶，途中自殺；一說被殺	候官	福建閩侯	會稽王	候官侯		
全尚	太平三年	258	全尚與孫亮、全公主等謀誅權臣孫綝，事泄被徙零陵，尋追殺之	零陵郡	湖南永州				《三國志·吳書·孫綝傳》
全公主（孫魯班）	太平三年	258	全公主與孫亮、太常全尚等謀誅權臣孫綝，事泄被遷	豫章郡	江西南昌等				《三國志·吳書·孫綝傳》
濮陽興	元興元年	264	爲萬彧所譖，徙廣州，道追殺之	廣州	廣東廣州	侍郎，領青州牧			《三國志·吳書·濮陽興傳》
張布	元興元年	264	爲萬彧所譖，徙廣州，道追殺之	廣州	廣東廣州	驃騎將軍，加侍中			《三國志·吳書·張布傳》
朱皇后	元興元年	264	孫晧即位，以生母何氏爲皇太后，貶朱太后爲景皇后						《三國志·吳書·孫晧傳》
孫基、孫壹、謝姬	元興元年或二年	264或265	孫晧即位，追和、霸舊隙（指「二宮構爭」），削基、壹爵土，與祖母謝姬俱徙	烏傷縣	浙江義烏	吳侯、宛陵侯			《三國志·吳書·孫霸傳》
孫休四子	元興元年	264	孫休立孫（上雨下單）爲太子，孫晧即位，貶之		元興元年	太子	豫章王		《三國志·吳書·孫晧傳》
	甘露元年	265	孫晧送休四子於吳小城，尋復追殺其中年長者二人	吳小城					
徐紹家屬	甘露元年	265	徐紹因爲稱讚魏國而被殺，家屬遭徙	建安郡	福建建甌				《三國志·吳書·孫晧傳》

「二宮構爭」中參與害孫和者家屬	甘露元年	265	孫晧即位，追和、霸舊隙（指「二宮構爭」），晧以諸父與和相連及者，家屬皆徙東冶	東冶	福建福州				《三國志·吳書·孫晧傳》
王蕃家屬	甘露二年	266	王蕃性直，時或迕意，積以見責，孫晧大會群臣，王蕃醉酒被戮，徙其家屬	廣州	廣東廣州				《三國志·吳書·王蕃傳》
繆禕	建衡三年	271	禕爲群小所疾，左遷衡陽太守，既拜，又追以職事見責，拜表陳謝，因過詣瑩，復爲人所白，徙桂陽	衡陽郡桂陽郡	湖南衡陽湖南桂陽	選曹尚書	衡陽太守		《三國志·吳書·薛瑩傳》
薛瑩	建衡三年	271	晧令薛瑩督萬人鑿聖溪，多磐石難施，罷還	武昌	湖北鄂州	太子少傅	武昌左部督		《三國志·吳書·薛瑩傳》
	鳳凰元年	272	追罰聖溪事	廣州	廣東廣州				
萬彧子、弟	鳳凰元年	272	趁孫晧出遊之際，萬彧與丁奉等謀廢立，事泄被譴憂死，徙其子、弟	廬陵郡	江西吉安				《三國志·吳書·萬彧傳》
丁溫家屬	鳳凰元年	272	孫晧追討谷陽事，殺其子溫，家屬皆遠徙	臨川郡	江西撫州				《三國志·吳書·丁奉傳》
韋昭家屬	鳳皇二年	273	孫晧以昭不承詔命，意不忠盡，遂積前後嫌忿，誅昭，徙其家零陵，韋隆，韋昭之子	零陵郡	湖南永州				《三國志·吳書·韋昭傳》
郭誕	鳳凰三年	274	會稽妖言章安侯孫奮當爲天子，臨海太守奚熙與會稽太守郭誕書，非論國政，誕但白熙書，不白妖言獲罪，送付建安作船	建安郡	福建建甌	會稽太守			《三國志·吳書·孫晧傳》
樓玄、樓據	天策元年	275	玄被誣與賀邵謗訕政事，玄與子據先被流廣州，後又再徙交趾	廣州交趾郡	廣東廣州越南北部				《三國志·吳書·樓玄傳》
陸凱家屬	天策元年	275	凱好直諫，且何定譖構，既以重臣難治，時陸抗爲大將，抗卒後，孫晧徙凱家，陸禕乃凱子，陸胤乃凱弟，陸式乃陸胤子，俱被徙	建安郡	福建建甌				《三國志·吳書·陸凱傳》
賀邵家屬	天策元年	275	賀循父賀邵中惡風，口不能言，孫晧疑其託疾，掠考千所，邵卒無一語，竟見殺害，徙其家屬	臨海郡	浙江臨海			5 年	《三國志·吳書·賀邵傳》
諸姓公孫者	元興元年至天紀四年	264～280	吳有說讖者曰：『吳之敗，兵起南裔，亡吳者公孫也，』晧聞之，文武職位至於卒伍有姓公孫者，皆徙於廣州	廣州	廣東廣州				《三國志·吳書·孫晧傳》
張尚	元興元年至天紀四年	264～280	孫晧在位期間，因言獲罪，送建安作船	建安郡	福建建甌	中書令			《三國志·吳書·張尚傳》

4. 西晉貶謫事件（265～316）

姓名	貶謫時間		貶官緣由	貶所古地名	貶所今地名	貶前身份	貶後身份	貶謫年限	所據主要文獻
	年號紀年	公元紀年							
曹奐	咸熙二年	265	晉代魏，禪位後，被廢爲陳留王，遷金墉城，後遷鄴城，病歿於鄴城	金墉城鄴城	河南洛陽河北臨漳	皇帝	陳留王		《三國志·三少帝紀》《晉書·安平獻王孚傳》
司馬順	太始元年	265	哭晉武帝受禪代魏	武威姑臧	甘肅武威	習陽亭侯	庶人		《晉書·任城景王陵弟順傳》
曹志	太始元年	265	晉代魏，作爲魏宗室降爵，遷章武、趙郡太守	章武國趙國	河北大城等河北邢臺	鄄城侯	鄄城縣公章武太守、趙郡太守	10年	《晉書·曹志傳》
	太康三年	282	司馬攸與太子司馬衷爭嗣，攸當之藩，志勸諫忤旨，免官			國子祭酒	庶人		
劉頌	太始元年	265	滅吳後，諸將爭功，遣頌校其事，帝以頌持法失理被貶	河內郡	河南沁陽	廷尉	河內太守		《晉書·劉頌傳》
山濤	太始四年	268	失權臣（賈充）意	安平國	河北冀州	奉車都尉、新沓伯	冀州刺史	2年	《晉書·山濤傳》
羊祜	太始五年	269	帝欲滅吳，遣祜入荊州，實際爲賈充排出中央	荊州	湖北江陵等	尚書右僕射、衛將軍	都督荊州諸軍事、散騎常侍	9年	《晉書·羊祜傳》、徐高阮《山濤論》
	太始八年	272	與東吳陸抗交戰失敗			車騎將軍	平南將軍		
司馬亮	太始六年	270	秦州刺史胡烈爲羌虜所害，亮遣軍往救不進，先貶爲平西將軍，後免官			扶風郡王、持節、都督關中雍、涼諸軍事	平西將軍	數月	《晉書·汝南文成王亮傳》
	太熙元年	290	武帝寢疾，爲楊駿所排，出鎮	許昌	河南許昌	太尉、太子太傅、侍中	侍中、大司馬、督豫州諸軍事	1年	
賈充	太始七年	271	賈充諂媚，任愷、庾純等咸共疾之，建議晉廷派要員鎮撫邊族，首推賈充，武帝命充都督秦、涼二州諸軍事，荀勖獻計，充得留不出	長安	陝西西安				《晉書·賈充傳》
	咸寧二年	276	夏侯和建議賈充支持司馬攸爲嗣，賈充默然，忤旨，被奪兵權						
楊肇	太始八年	272	與東吳陸抗交戰失敗			荊州刺史	庶人		《晉書·羊祜傳》
夏侯和	咸寧二年	276	支持司馬攸爲嗣			河南尹	光祿勳		《晉書·賈充傳》
司馬睦	咸寧三年	277	募徙封國內逃亡者、假裝免除賦稅者等七百餘戶，被劾招誘逋亡罪	丹水	河南淅川	中山王	丹水縣侯	3年	《晉書·高陽王睦傳》
潘岳	咸寧五年	279	因黨爭被排出外	河陽	河南孟州	賈充掾屬	河陽令		《晉書·潘岳傳》傅璇琮《潘岳繫年考證》、徐公持《潘岳早期任職及徙官考辨》、王曉東《潘岳研究》
	太康三年	282	轉爲懷縣	懷縣	河南武陟	河陽令	懷縣令		
	永熙元年	290	因公事免，閒居	洛陽	河南洛陽	廷尉評			
	元康元年	291	坐楊駿，免死除名			太傅主簿	庶人		
	元康二年	292	攜老扶幼赴任長安令	長安	陝西西安		長安令		
	元康六年	296	遷博士，未拜，因母疾去官，閒居洛陽						

孫匡	太康元年	280	吳平，降爲伏波將軍				伏波將軍		《三國志‧吳書‧孫匡傳》
陳壽	太康三年	282	以母憂去職，母遺言令葬洛陽，壽遵其志，又坐不以母歸葬，竟被貶議，			治書侍御史		數年	《晉書‧陳壽傳》
司馬攸	太康四年	283	攸與太子司馬衷爭嗣，荀勖、馮紞構之，武帝司馬炎令出藩國，不久憤恨病卒	臨淄	山東淄博	齊王、司空、侍中、太子太傅	齊王、大司馬、都督青州諸軍事	數月	《晉書‧司馬攸傳》
王濟	太康三年	282	司馬攸與太子司馬衷爭嗣，攸當之藩，王濟泣請帝留司馬攸在京，忤旨			侍中	國子祭酒	數年	《晉書‧王濟傳》
			出爲河南尹，未拜，坐事免官，被堂兄王祐排擠而遷居北芒山下						
杜宣	晉武帝司馬炎時期	265～290	史籍未載			京兆太守	萬年令		《晉書‧王育傳》
羊琇	太康三年	282	司馬攸與太子司馬衷爭嗣，攸當之藩，琇以切諫忤旨			散騎常侍	太僕		《晉書‧羊琇傳》
張華	太康三年	282	荀勖排擠，加之攸與太子司馬衷爭嗣，華支持攸忤旨	范陽國	河北涿州	散騎常侍、廣武縣侯	都督幽州諸軍事、安北將軍	8年	《晉書‧張華傳》
	太康六年	285	朝議欲徵華入相，馮紞間言，僅任太常，後因太廟屋棟折免官				太常		
司馬奇	太康九年	288	奇亦好畜聚，不知紀極，遣三部使到交廣商貨，爲有司所奏			義陽王	三縱亭侯		
摯虞	太康年間	280～289	晉武帝問「三日曲水」之義，摯虞論答不如束皙論，獲罪	陽城	河南登封	尚書郎	陽城令		吳均《續齊諧記》
李密	太康年間	280～289	爲州大中正，性方亮，不曲意勢位者，失荀勖、張華指，左遷漢中太守	漢中郡	陝西漢中	州大中正	漢中太守	1年	《華陽國志》
阮咸	太始元年至太熙元年	265～290	荀勖每與咸論音律，自以爲不及，疾之，出外	始平郡	陝西興平	散騎侍郎	始平太守		《晉書‧阮咸傳》《世說新語‧術解》
夏侯湛	太始元年至太熙元年	265～290	史籍未載，可能與黨爭有關	野王	河南沁陽	尚書郎	野王令		《晉書‧夏侯湛傳》
楊皇后（楊芷）	永平二年	292	宮廷政變，賈后矯詔廢皇太后楊芷爲庶人，徙於金墉城，凍餓而死	金墉城	河南洛陽	皇太后	庶人		《晉書‧武悼楊皇后》
石崇	元康元年	291	石崇與何攀上表諫權臣楊駿濫行封賞	荊州等	湖北江陵等	侍中	南中郎將、荊州刺史等		《晉書‧石崇傳》
李含	元康元年	291	秦王司馬柬薨，含依臺儀，葬訖除喪，本州大中正傅祗以名義貶含，退爲五品，歸長安	長安	陝西西安	始平中正	五品	1年	《晉書‧李含傳》

司馬繇	元康元年	291	繇誅楊駿時有功，拜右衛將軍等，由是專行誅賞，兄澹屢構繇於汝南王、太宰司馬亮，亮免其官，徙帶方	帶方郡	朝鮮黃海北道或南道或京畿道	郡王、尙書右僕射、散騎常侍		9年	《晉書·東安王繇傳》
愍懷太子(司馬遹)與太子妃及三子	元康九年	299	賈后與賈謐等謀誣太子謀反，將其與太子妃王惠風及其三子虨、臧、尙囚於金墉城，後徙許昌宮，遣黃門孫慮殺之	金墉城許昌宮	河南洛陽河南許昌	皇太子、太子妃及三皇孫			《晉書·愍懷太子傳》
司馬晏	永康元年	300	「八王之亂」中，與兄淮南王司馬允攻篡位的趙王司馬倫，允敗，欲殺之，群臣並諫，倫貶之	賓徒	遼寧錦州	吳王	賓徒縣王	8個月	《晉書·吳敬王晏傳》
賈后(賈南風)	永康元年	300	「八王之亂」中，趙王司馬倫假造詔書，以謀害太子的罪名廢賈后，徙金墉城，毒殺之	金墉城	河南洛陽	皇后	庶人		《晉書·惠賈皇后傳》《晉書·趙王倫傳》
張輿	永康元年	300	「八王之亂」中，父張華被趙王司馬倫誅，坐華誅，遠徙，未至召還	興古郡	雲南彌勒				《梁書·太祖張皇后傳》
裴嵩、裴該	永康元年	300	「八王之亂」中，父裴頠被趙王司馬倫誅，二子嵩、該坐頠誅，遠徙	帶方郡	朝鮮黃海北道或南道或京畿道				《晉書·裴頠傳》
解育妻子	永康元年	300	「八王之亂」中，解育與二兄系、結爲趙王司馬倫害，妻子徙邊	徙邊					《晉書·解系傳》
司馬澹	永寧元年	301	齊王司馬冏輔政，澹母諸葛太妃表澹不孝，乞還繇，由是澹與妻子徙遼東	遼東國	遼寧遼陽	東武公、前將軍、中護軍		3年	《晉書·武陵莊王澹傳》
陸機	永寧元年	301	「八王之亂」中，爲趙王司馬倫機要，倫敗，陸機涉嫌，減死徙邊，遇赦止	徙邊					《晉書·陸機傳》
司馬袞	永寧元年	301	「八王之亂」中，爲司馬倫遷於金墉城，號曰太上皇，後復位，被毒死	金墉城	河南洛陽	皇帝	太上皇		《晉書·孝惠帝紀》
司馬蕤	永寧元年	301	「八王之亂」中，與左衛將軍王輿謀冏，事泄，被廢爲庶人，徙上庸	上庸郡	湖北竹山	東萊王、散騎常侍、大將軍、侍中	庶人		《晉書·東萊王蕤傳》
司馬倫與子荂等	永寧元年	301	「八王之亂」中，司馬冏等起兵反司馬倫，倫兵敗，同四子被幽金墉城，後被賜死	金墉城	河南洛陽	僞帝與子			《晉書·趙王倫傳》
司馬冏三子超、冰、英	太安元年	302	「八王之亂」中，長沙王司馬乂攻冏，殺之，幽其諸子於金墉城，	金墉城	河南洛陽	齊王與子			《晉書·齊王冏傳》
司馬乂	太安二年	303	「八王之亂」中，東海王司馬越執長沙王乂，幽於金墉城，次年被害，	金墉城	河南洛陽	長沙王、撫軍大將軍			《晉書·長沙王乂傳》

司馬羕	永興元年	304	「八王之亂」中，以長沙王父黨，廢爲庶人			西陽郡王	庶人	5年	《晉書·西陽王羕傳》
	咸和元年	326	坐弟南頓王宗謀反免官，降爵	弋陽郡	河南潢川	太宰、太尉	弋陽縣王		
羊皇后（羊獻容）	永興元年	304	「八王之亂」中，成都王司馬穎廢皇后羊氏，幽於金墉城，期間被屢廢屢立，多次入居金墉城，	金墉城	河南洛陽	皇后			《晉書·后妃傳》
司馬穎	永興元年	304	「八王之亂」中，司馬顒廢皇太弟穎，遣送回藩	成都	四川成都	成都王、丞相、皇太弟	成都王	1年	《晉書·成都王穎傳》
司馬覃	永嘉元年	307	「八王之亂」中，司馬岡表立爲皇太子，司馬顒廢爲清河王，司馬越矯詔，囚於金墉城，尋害之	金墉城	河南洛陽	皇太子	清河王	4年	《晉書·孝懷帝紀》
陶侃	建興三年	315	陶侃荊湘軍功與戰績卓著，王敦深爲猜忌，上表貶之	廣州	廣東廣州	荊州刺史	廣州刺史	10年	《晉書·陶侃傳》
陳頵	建興年間	314～317	頵以孤寒，數有奏議，朝士多惡之，出除譙郡太守	譙郡	安徽亳州		譙郡太守		《晉書·陳頵傳》
周嵩	建興五年	317	上書勸諫司馬睿勿急於稱帝，忤旨	新安郡	浙江淳安		新安太守		《晉書·周嵩傳》
石喬	太始元年至太熙元年	265～290	石崇兄喬，有穢行，徙頓丘	頓丘郡	河南清豐				《晉書·石苞傳》
陳輿	太始元年至太熙元年	265～290	坐與叔父不睦，出爲河內太守						《晉書·陳騫傳》
張景後		291～316	史籍未載，可能涉「八王之亂」	漢中郡	陝西漢中				《晉書·閻纘傳》

5. 東晉貶謫事件（317～420）

姓名	貶謫時間		貶官緣由	貶所古地名	貶所今地名	貶前身份	貶後身份	貶謫年限	所據主要文獻
	年號紀年	公元紀年							
孔愉	建武二年至永昌元年	318～322	時帝司馬睿用刁協、劉隗，王導頗見疏遠，愉陳導忠賢，忤旨			中書郎	司徒左長史		《晉書·孔愉傳》
劉胤	大興年間	318～321	王敦素與胤交，甚欽貴之，請爲右司馬，胤知敦有不臣心，枕疾不視事，以是忤敦意，出外	豫章郡	江西南昌	右司馬	豫章太守		《晉書·劉胤傳》
阮裕	大興年間	318～321	阮裕爲王敦主簿，知其有不臣之心，遂酣暢以酒廢職，王敦謂裕非當世實才，徒有虛譽而已，出外，復以公事免官	溧陽	江蘇溧陽	主簿	溧陽令		《晉書·阮裕傳》
謝琨	大興四年	321	王敦將爲逆，謝琨勸止，忤敦意被貶，又留不遣	豫章郡	江西南昌	大將軍長史	豫章太守		《晉書·謝琨傳》

王嶠	永昌元年	322	王敦將殺周顗、戴若思等名士，嶠坐諫貶				參軍	領軍長史	《晉書·王嶠傳》
卞敦	太寧元年	323	不支持友軍抗石勒，以畏懦貶秩三等				征虜將軍、徐州刺史	鷹揚將軍	1年	《晉書·卞敦傳》
	咸和四年	329	蘇峻叛亂，擁兵不討，遭貶，病不之職					安南將軍、廣州刺史		
司馬宗妻、子	咸和元年	326	司馬宗欲謀反，庾亮使趙胤收之，宗以兵距戰，為胤所殺，徙其妻、子	晉安郡	福建閩侯				《晉書·南頓王宗傳》
阮孚	咸和二年	327	自求出外，王導等以孚疏放，非京尹才，出外，未至鎮，卒	廣州	廣東廣州			都督交廣寧三州軍事、廣州刺史	《晉書·阮孚傳》
虞胤	咸和二年	327	坐南頓王司馬宗謀反案，貶桂陽太守，頻徙琅邪、廬陵太守	桂陽郡	湖南桂陽	宗正卿、散騎常侍	桂陽太守	8年	《晉書·虞胤傳》
				琅邪國	江蘇徐州	桂陽太守	琅邪太守		
				廬陵郡	江西吉安	琅邪太守	廬陵太守		
庾懌	咸康四年	338	懌遣牙門霍佐迎將士妻子，佐驅三百餘口亡入後趙石季龍之手，兄庾亮上表貶之				建威將軍		《晉書·庾懌傳》
孔坦	咸康六年	340	晉成帝每幸丞相王導府，坦每切諫，成帝委政王導，坦每發憤，以國事為己憂，忤導				侍中	廷尉	《晉書·孔坦傳》
桓宣	建元二年	344	與後趙李罷戰敗，庾翼貶之，時南蠻校尉王愆期守江陵，翼以疾求代，翼以宣為鎮南將軍、南郡太守，代愆期，未之官，發憤卒	峴山	湖北襄陽	都督司梁雍三州荊州之南陽四郡軍事、梁州刺史、平北將軍	建威將軍、鎮南將軍、南郡太守		《晉書·桓宣傳》
庾方之	永和元年	345	桓溫都督荊司雍益梁寧六州諸軍事、領護南蠻校尉、荊州刺史，以劉憚沔中諸軍事，領義成太守，代庾方之	豫章郡等	江西南昌等		義成太守		《晉書·庾亮傳》
庾爰之	永和元年	345	桓溫都督荊司雍益梁寧六州諸軍事、領護南蠻校尉、荊州刺史，廢庾爰之	豫章郡等	江西南昌等	輔國將軍、荊州刺史			《晉書·庾亮傳》
謝尚	永和八年	352	前秦苻健將張遇降尚，尚不能綏懷之，遇怒，據許昌叛，尚兵敗許昌				安西將軍	建威將軍	《晉書·謝尚傳》
殷浩	永和十年	354	司馬昱提拔殷浩抗衡桓溫，殷浩北伐失敗，桓溫趁機逼晉廷廢黜殷浩	信安縣	浙江衢州	中軍將軍、都督揚豫徐兗青五州諸軍事	庶人	2年	《晉書·殷浩傳》
習鑿齒	永和十年	354	奉桓溫命赴建康，歸來贊司馬昱，忤溫意				荊州別駕	戶曹參軍	7年	《晉書·習鑿齒傳》
	永和十一年	355	職務超拔二舅而屢次陳請惹怒桓溫	榮陽郡	河南鄭州			榮陽太守		

張駿、楊凝	永和十一年	355	桓溫第二次北伐，破姚襄，獲襄將張駿、楊凝等，徙於尋陽	尋陽郡	江西九江				《晉書·桓沖傳》
謝萬	升平三年	359	謝萬與北中郎將郗曇北伐前燕，曇因病退屯彭城，萬以為賊盛致退，便引軍還，眾遂潰散，狼狽單歸			淮南太守、監司豫冀並四州軍事	庶人		《晉書·謝萬傳》
王彪之	興寧三年	365	桓溫移鎮姑孰，聲威震主，時彪之為會稽內史，未如其他郡派人禮敬桓溫，桓溫藉故免之，降為尚書			會稽內史	尚書	數月	《晉書·王彪之傳》
晉廢帝（司馬奕）	太和六年	371	桓溫第三次北伐失敗，欲行廢立事以長威權，廢帝為東海王，翌年降為海西公	吳縣	江蘇蘇州	皇帝	海西公	15年	《晉書·廢帝紀》
司馬晞與子綜、逢、遵	太和六年	371	晞有武幹，為溫所忌，誣以謀逆，免官，又逼新蔡王晃誣稱自己與司馬晞父子等人謀反，遭流	新安郡	浙江淳安	太宰	庶人	9年	《晉書·武陵王傳》
司馬晃	咸安二年	372	桓溫逼其誣稱自己與司馬晞父子等人謀反，遭流	衡陽郡	湖南衡陽	新蔡王			《晉書·武陵王傳》
桓熙	寧康元年	373	桓溫病，謀殺沖，沖知之，徙之	長沙郡	湖南長沙			10年以上	《晉書·桓溫傳》
桓濟	寧康元年	373	桓溫病，謀殺沖，沖知之，徙之	長沙郡	湖南長沙			10年以上	《晉書·桓溫傳》
桓秘	寧康元年	373	桓溫病，謀殺沖，遭廢，居於墓所，放志田園						《晉書·桓秘傳》
謝安	太元十年	385	淝水之戰後，謝安功高遭忌，會稽王道子專權，奸諂頗相扇構，安自請出鎮廣陵，都督北伐軍事，尋薨	廣陵郡	江蘇揚州	督揚江荊司豫徐兗青冀幽并寧益雍梁十五州軍事、太保		4個月	《晉書·謝安傳》
范弘之	太元十三年	388	范弘之議論應恢復為桓溫所攻訐之殷浩贈謚，與桓、謝、王三家交怨	餘杭	浙江餘杭	太學博士	餘杭令		《晉書·范弘之傳》
范甯	太元十五年	390	直言批忤臣王國寶，王國寶借司馬道子譖毀甯，求外任，後為江州刺史王凝之彈劾免官	豫章郡	江西南昌等	中書郎	豫章太守	11年	《晉書·范甯傳》
殷仲堪	隆安二年	398	鍵為太守卞苞於坐勸銓以蜀反，仲堪斬之以聞，朝廷以仲堪事不預察，降號鷹揚將軍；後蜀水大出，以堤防不嚴，復降為寧遠將軍；後仲堪等擁眾數萬，充斥郊畿，內外憂逼，司馬道子貶為廣州刺史，仲堪舉兵拒赴，晉廷與之和解			都督荊益寧三州軍事、振威將軍、荊州刺史、	寧遠將軍、鷹揚將軍、廣州刺史		《晉書·殷仲堪傳》

孫泰	太元十七年至隆安三年	392～399	孫泰誑誘百姓，愚者敬之如神，皆竭財產，進子女，左僕射王珣流之	廣州	廣東廣州				《晉書‧孫恩傳》
司馬道子	元興元年	402	桓玄入京專權，流之，尋毒殺之	安成郡	江西新餘	侍中、太傅		數月	《晉書‧文孝王道子傳》《晉書‧桓玄傳》
司馬恢之	元興元年	402	桓玄入京專權，貶至廣州，途中殺之	廣州	廣東廣州	丹陽尹			《晉書‧司馬恢之傳》《晉書‧桓玄傳》
司馬允之	元興元年	402	桓玄入京專權，貶至廣州，途中殺之	廣州	廣東廣州	廣晉伯			《晉書‧司馬允之傳》《晉書‧桓玄傳》
毛遁	元興元年	402	桓玄入京專權，徙之	交州		太傅主簿			《晉書‧桓玄傳》
王誕	元興元年	402	桓玄入京專權，徙之	廣州	廣東廣州	驃騎長史			《晉書‧王誕》《晉書‧桓玄傳》
王國寶家屬	元興元年	402	王國寶亂政，桓玄入京專權，徙之	交州					《晉書‧王國寶傳》
范泰	元興元年	402	桓玄專權，使御史中丞祖臺之奏居喪無禮	丹徒	江蘇鎮江				《宋書‧范泰傳》
桓亮	元興二年	403	乘亂起兵，桓玄入京專權，徙之	衡陽郡	湖南衡陽				《晉書‧桓玄傳》
司馬遵	元興二年	403	桓玄篡位，建立桓楚政權，貶之	彭澤	江西彭澤	武陵王、金紫光祿大夫	彭澤縣侯	1年	《晉書‧忠敬王遵傳》
晉安帝（司馬德宗）	義熙元年	405	桓玄篡位，貶帝為平固王，又遷尋陽，約半年，復為帝，數日後被俘，九個月後脫離叛軍之手，復為帝	尋陽	江西九江	皇帝	平固王	1年	《晉書‧安帝紀》《晉書‧桓玄傳》
桓胤	義熙元年	405	桓玄被誅，任胤坐被徙	新安郡	浙江淳安			2年	《晉書‧桓胤傳》
殷仲文	元興元年	402	會桓玄與朝廷有隙，玄之姊，仲文之妻，疑而間之，被貶	新安郡	浙江淳安	征虜長史	新安太守	數月	《晉書‧殷仲文傳》
	義熙元年	405	後桓玄專權，為玄所用，玄敗被徙	東陽郡	浙江長山	侍中、左衛將軍	東陽太守	2年	
劉毅	義熙六年	410	毅與起義軍盧循戰，喪師乞解任，降秩			衛將軍	後將軍		《晉書‧劉毅傳》

參考文獻

凡例：一、古籍，按經、史、子、集四部劃分，四部下屬分類大致依據《四庫提要》分類方式排列；二、近今人著作（包括中國臺灣與外國地區），按作者姓名拼音首字母順序編排；三、論文（包括中國臺灣與外國地區），按發表時間順序編排。

一、古籍

（一）經部

1. 〔漢〕孔安國傳，〔唐〕孔穎達等正義《尚書正義》，《十三經注疏》本，中華書局，1980 年。
2. 〔漢〕毛亨傳、鄭玄箋，〔唐〕孔穎達等正義《毛詩正義》，《十三經注疏》本，中華書局，1980 年。
3. 〔晉〕杜預注，〔唐〕孔穎達等正義《春秋左傳正義》，《十三經注疏》本，中華書局，1980 年。
4. 〔魏〕何晏注，〔宋〕邢昺疏《論語注疏》，《十三經注疏》本，中華書局，1980 年。
5. 〔宋〕朱熹注《四書章句集注》，中華書局，1983 年。
6. 〔漢〕許慎撰，〔清〕段玉裁注《說文解字注》，上海古籍出版社，1988 年。

（二）史部

1. 〔漢〕司馬遷撰，〔劉宋〕裴駰、〔唐〕司馬貞、張守節注《史記》（修訂版），中華書局，2014 年。

2.〔漢〕班固撰，〔唐〕顏師古注《漢書》，中華書局，1962年。

3.〔劉宋〕范曄撰，〔唐〕李賢等注《後漢書》，中華書局，1965年。

4.〔晉〕陳壽撰，〔劉宋〕裴松之注《三國志》，中華書局，1982年。

5.〔唐〕房玄齡等撰《晉書》，中華書局，1974年。

6.〔南朝〕沈約撰《宋書》，中華書局，1974年。

7.〔唐〕李延壽撰《北史》，中華書局，1974年。

8.〔北齊〕魏收撰《魏書》，中華書局，1974年。

9.〔唐〕姚思廉撰《梁書》，中華書局，1973年。

10.〔唐〕令狐德棻等撰《周書》，中華書局，1971年。

11.〔五代〕劉昫等撰《舊唐書》，中華書局，1975年。

12.〔清〕張廷玉等撰《明史》，中華書局，1974年。

13.〔晉〕《古本竹書紀年》，齊魯書社，2000年。

14.〔宋〕司馬光等撰《資治通鑑》，中華書局，1956年。

15.〔宋〕蘇轍撰《古史》，文淵閣《四庫全書》本，臺北商務印書館，1983年。

16.〔漢〕劉向編撰《戰國策》，上海古籍出版社，1985年。

17.〔明〕過庭訓編撰《本朝分省人物考》，《續修四庫全書》本，上海古籍出版社，2002年。

18.〔明〕歐大任撰《百越先賢志》，文淵閣《四庫全書》本，臺灣商務印書館，1983年。

19.〔北魏〕酈道元撰，陳橋驛校證《水經注校證》，中華書局，2007年。

20.〔北魏〕楊衒之撰，周祖謨校釋《洛陽伽藍記校釋》，中華書局，2010年。

21.〔晉〕常璩撰，劉琳校注《華陽國志》，巴蜀書社，1984年。

22.〔唐〕杜佑編撰《通典》，中華書局，1988年。

23.〔清〕錢儀吉編撰《三國會要》，上海古籍出版社，1991年。

24.〔清〕楊晨編撰《三國會要》，中華書局，1956年。

25.〔清〕丁耀亢撰，宮慶山、孟慶泰校釋《天史校釋》，齊魯書社，2009年。

26.〔清〕王夫之撰《讀通鑑論》，中華書局，1975年。

27.〔清〕王鳴盛撰《十七史商榷》，上海書店，2005年。

28.〔清〕錢大昕撰《廿二史考異》，上海古籍出版社，2004年。

29.〔清〕趙翼撰，王樹民校證《廿二史札記校證》，中華書局，1984年。

（三）子部

1. 〔戰國〕荀況撰，王先謙集解《荀子集解》，新編諸子集成本，中華書局，1988 年。

2. 〔漢〕揚雄撰，汪榮寶義疏《法言義疏》，新編諸子集成本，中華書局，1987 年。

3. 〔明〕夏良勝撰《中庸衍義》，文淵閣《四庫全書》本，臺灣商務印書館，1986 年。

4. 〔漢〕劉安等編撰，何寧集釋《淮南子集釋》，新編諸子集成本，中華書局，1998 年。

5. 〔晉〕葛洪撰，楊明照校箋《抱朴子外篇校箋》，新編諸子集成本，中華書局，1991 年。

6. 〔漢〕焦延壽撰，尚秉和注《焦氏易林注》，光明日報出版社，2005 年。

7. 〔唐〕虞世南編撰《北堂書鈔》，《續修四庫全書》本，上海古籍出版社，2002 年。

8. 〔唐〕徐堅編撰《初學記》，中華書局，1962 年。

9. 〔宋〕李昉等編撰《太平御覽》，中華書局，1960 年。

10. 〔宋〕王欽若等編撰《冊府元龜》，文淵閣《四庫全書》本，臺灣商務印書館，1983 年。

11. 〔宋〕謝維新、虞載編撰《古今合璧事類備要》，文淵閣《四庫全書》本，臺灣商務印書館，1983 年。

12. 〔元〕無名氏編撰《群書通要》，《續修四庫全書》本，上海古籍出版社，2002 年。

13. 〔明〕張岱編撰《夜航船》，《續修四庫全書》本，上海古籍出版社，2002 年。

14. 〔宋〕李昉等編撰《太平廣記》，中華書局，1961 年。

15. 〔劉宋〕劉義慶等編撰，余嘉錫箋疏《世說新語箋疏》，中華書局，1983 年。

16. 〔宋〕周煇撰，劉永翔校注《清波雜志校注》，中華書局，1994 年。

17. 〔宋〕戴埴等撰《鼠璞 坦齋通編 臆乘》（合刊本），《叢書集成初編》本，上海商務印書館，1935 年。

18. 〔明〕謝肇淛撰《文海披沙》，《續修四庫全書》本，上海古籍出版社，2002 年。

19. 〔清〕何焯撰《義門讀書記》，中華書局，1987 年。

20. 〔宋〕張君房編撰《雲笈七籤》，華夏出版社，1996 年。

21. 《上清大洞眞經》，《中華道藏》本，華夏出版社，2004 年。

（四）集部

1. 〔宋〕洪興祖撰《楚辭補注》，中華書局，1983 年。

2. 〔宋〕朱熹集注《楚辭集注》，上海古籍出版社、安徽教育出版社，2001 年。

3. 〔梁〕蕭統編撰《文選》，中華書局，1977 年。

4. 〔今〕逯欽立編撰《先秦漢魏晉南北朝詩》，中華書局，1983 年。

5. 〔清〕嚴可均編撰《全上古三代秦漢三國六朝文》，中華書局，1958 年。

6. 〔宋〕郭茂倩編撰《樂府詩集》，中華書局，1979 年。

7. 〔清〕彭定求等編撰《全唐詩》，中華書局，1960 年。

8. 〔清〕董誥等編撰《全唐文》，中華書局，1983 年。

9. 〔今〕傅璇琮等編撰《全宋詩》，北京大學出版社，1991～1998 年。

10. 〔今〕曾棗莊、劉琳等編撰《全宋文》，上海辭書出版社、安徽教育出版社，2006 年。

11. 〔清〕黃宗羲編撰《明文海》，中華書局，1987 年。

12. 〔清〕鄧顯鶴編撰《沅湘耆舊集》，《續修四庫全書》本，上海古籍出版社，2002 年。

13. 〔民國〕徐世昌編撰《晚晴簃詩匯》，《續修四庫全書》本，上海古籍出版社，2002 年。

14. 〔魏〕曹植撰，趙幼文校注《曹植集校注》，人民文學出版社，1984 年。

15. 〔晉〕潘岳撰，王增文校注《潘黃門集校注》，中州古籍出版社，2002 年。

16. 〔唐〕李賀撰，〔宋〕吳正子注、劉辰翁評《箋注評點李長吉歌詩》，文淵閣《四庫全書》本，上海古籍出版社，1986 年。

17. 〔唐〕韓愈撰，錢仲聯集釋《韓昌黎詩繫年集釋》，上海古籍出版社，1984 年。

18. 〔唐〕白居易撰，朱金城箋校《白居易集箋校》，上海古籍出版社，1988 年。

19. 〔宋〕蘇軾撰，王文誥輯注《蘇軾詩集》，中華書局，1982 年。

20. 〔金〕元好問撰，施國祁箋注《元遺山詩集箋注》，人民文學出版社，1958 年。

21. 〔元〕洪希文撰《續軒渠集》，文淵閣《四庫全書》本，臺灣商務印書館，1986 年。

22. 〔元〕余闕撰《青陽先生文集》，《四部叢刊續編》本，上海商務印書館，1934 年。

23. 〔元〕貝瓊撰《清江詩集》，文淵閣《四庫全書》本，臺灣商務印書館，1986 年。

24. 〔明〕劉基撰《太師誠意伯劉文成公文集》,《四部叢刊》本,上海商務印書館,1922 年。

25. 〔明〕李東陽撰《懷麓堂集》,文淵閣《四庫全書》本,上海古籍出版社,1987 年。

26. 〔明〕常倫撰《常評事集》,《四庫全書存目叢書》本,齊魯書社,1997 年。

27. 〔明〕顧清撰《東江家藏集》,文淵閣《四庫全書》本,臺灣商務印書館,1986 年。

28. 〔明〕梁有譽撰《蘭汀存稿》,《續修四庫全書》本,上海古籍出版社,2002 年。

29. 〔明〕陸粲撰《陸子餘集》,文淵閣《四庫全書》本,臺灣商務印書館,1986。

30. 〔明〕楊慎撰《升菴集》,文淵閣《四庫全書》本,臺灣商務印書館,1986 年。

31. 〔明〕何良俊撰《何翰林集》,《四庫全書存目叢書》本,齊魯書社,1997。

32. 〔明〕王世貞撰《弇州四部稿》,文淵閣《四庫全書》本,臺灣商務印書館,1987 年。

33. 〔明〕王世懋撰《王奉常集》,《四庫存目叢書》本,齊魯書社,1997 年。

34. 〔明〕黃淳耀撰《陶庵全集》,文淵閣《四庫全書》本,上海古籍出版社,1987 年。

35. 〔明〕敖文禎撰《薛荔山房藏稿》,《續修四庫全書》本,上海古籍出版社,2002 年。

36. 〔明〕皇甫汸撰《皇甫司勳集》,文淵閣《四庫全書》本,臺灣商務印書館,1986 年。

37. 〔明〕焦竑撰《焦氏澹園續集》,《續修四庫全書》本,上海古籍出版社,2002 年。

38. 〔明〕曹學佺撰《石倉詩稿》,《四庫禁燬書叢刊》本,北京出版社,1997 年。

39. 〔明〕徐𤊹《鼇峰集》,《續修四庫全書》本,上海古籍出版社,2002 年。

40. 〔明〕魏畊撰《雪翁詩集》,《續修四庫全書》本,上海古籍出版社,2002 年。

41. 〔清〕王鐸撰《擬山園選集》,《清代詩文集彙編》本,上海古籍出版社,2010 年。

42. 〔清〕彭而述撰《讀史亭詩集》,《清代詩文集彙編》本,上海古籍出版社,2010 年。

43.〔清〕吳偉業撰《梅村家藏稿》,《清代詩文集彙編》本,上海古籍出版社,2010年。

44.〔清〕宋琬撰《安雅堂未刻稿》,《清代詩文集彙編》本,上海古籍出版社,2010年。

45.〔清〕陳維崧撰《湖海樓全集》,《清代詩文集彙編》本,上海古籍出版社,2010年。

46.〔清〕王嗣槐撰《桂山堂詩文選》,《清代詩文集彙編》本,上海古籍出版社,2010年。

47.〔清〕尤侗撰《西堂文集》,《清代詩文集彙編》本,上海古籍出版社,2010年。

48.〔清〕吳兆騫撰《秋笳集》,《清代詩文集彙編》本,上海古籍出版社,2010年。

49.〔清〕王士禛撰《帶經堂集》,《清代詩文集彙編》本,上海古籍出版社,2010年。

50.〔清〕沈德潛編撰《清詩別裁集》,中華書局,1975年。

51.〔清〕梁以壯撰《蘭扃前集》,《四庫未收書輯刊》本,北京出版社,2000年。

52.〔清〕桑調元撰《弢甫五嶽集》,《清代詩文集彙編》本,上海古籍出版社,2010年。

53.〔清〕夏之蓉撰《半舫齋編年詩》,《清代詩文集彙編》本,上海古籍出版社,2010年。

54.〔清〕蔣士銓撰《忠雅堂文集》,《清代詩文集彙編》本,上海古籍出版社,2010年。

55.〔清〕茹綸常撰《容齋詩集》,《清代詩文集彙編》本,上海古籍出版社,2010年。

56.〔清〕祝德麟撰《悅親樓詩集》,《清代詩文集彙編》本,上海古籍出版社,2010年。

57.〔清〕趙希璜撰《四百三十二峰草堂詩鈔》,《清代詩文集彙編》本,上海古籍出版社,2010年。

58.〔清〕百齡撰《守意龕詩集》,《清代詩文集彙編》本,上海古籍出版社,2010年。

59.〔清〕趙翼撰《甌北集》,《清代詩文集彙編》本,上海古籍出版社,2010年。

60.〔清〕楊芳燦撰《芙蓉山館全集》,《清代詩文集彙編》本,上海古籍出版社,2010年。

61.〔清〕沈赤然撰《五研齋詩鈔》，《續修四庫全書》本，上海古籍出版社，2002 年。

62.〔清〕張九鉞撰《紫峴山人全集》，《續修四庫全書》本，上海古籍出版社，2002 年。

63.〔清〕洪亮吉撰《洪亮吉集》，中華書局，2001 年。

64.〔清〕張問陶撰《船山詩草》，中華書局，1986 年。

65.〔清〕劉嗣綰撰《尚絅堂集》，《清代詩文集彙編》本，上海古籍出版社，2010 年。

66.〔清〕曾燠撰《賞雨茅屋詩集 賞雨茅屋外集》，《續修四庫全書》本，上海古籍出版社，2002 年。

67.〔清〕陶澍撰《陶文毅公全集》，《清代詩文集彙編》本，上海古籍出版社，2010 年。

68.〔清〕湯鵬撰《浮邱子》，《續修四庫全書》本，上海古籍出版社，2002 年。

69.〔清〕湯鵬撰《海秋詩集》，《清代詩文集彙編》本，上海古籍出版社，2010 年。

70.〔清〕金德嘉撰《居業齋文錄》，《續修四庫全書》本，上海古籍出版社，2002 年。

71.〔清〕張維屏撰《花甲閒談》，《四庫未收書輯刊》本，北京出版社，2000 年。

72.〔清〕羅惇衍撰《集義軒詠史詩鈔》，《清代詩文集彙編》本，上海古籍出版社，2010 年。

73.〔清〕汪璥撰《隨山館叢稿》，《續修四庫全書》本，上海古籍出版社，2002 年。

74.〔清〕潘衍桐編撰《兩浙輶軒續錄》，浙江書局，光緒十七年（1891）。

75.〔清〕張之洞撰《張之洞全集》，武漢出版社，2008 年。

76.〔清〕譚瑩撰《樂志堂詩集》，《清代詩文集彙編》本，上海古籍出版社，2010 年。

77.〔南朝〕劉勰撰，范文瀾注《文心雕龍注》，人民文學出版社，1958 年。

78.〔宋〕葉夢得撰《石林詩話》，何文煥《歷代詩話》本，中華書局，1981 年。

79.〔明〕王世貞撰，羅仲鼎校注《藝苑卮言校注》，齊魯書社，1992 年。

80.〔明〕張溥撰，殷孟倫注《漢魏六朝百三家集題辭注》，中華書局，2007 年。

81.〔明〕吳淇撰《六朝選詩定論》，《四庫全書存目叢書補編》本，齊魯書社，2001 年。

二、近今人著作

B

· 〔美國〕伯格（Jerry M. Burger）著，陳會昌等譯《人格心理學》（第 7 版），中國輕工業出版社，2010 年。

C

1. 程章燦著《劉克莊年譜》，貴州人民出版社，1993 年。
2. 陳文新主編，汪春泓編撰《中國文學編年史：兩晉南北朝卷》，湖南人民出版社，2006 年。

D

· 杜潔祥編《光孝寺志》，《中國佛寺史志彙刊》本，臺北丹青圖書公司，1985 年。

F

· 方北辰著《魏晉南朝江東世家大族述論》，臺北文津出版社，1991 年。

G

1. 郭紹虞箋《杜甫戲爲六絕句集解 元好問論詩三十首小箋》（合刊本），人民文學出版社，1978 年。
2. 葛劍雄著《統一與分裂中國歷史的啓示》（新版），商務印書館，2013 年。

H

1. 河北師範學院中文系古典文學教研組編《三曹資料彙編》，中《三曹資料彙編》，中華書局，1980 年。
2. 洪武雄著《蜀漢政治制度史考論》，臺北文津出版社，2008 年。

J

· 姜亮夫著《成均樓文錄 陸平原年譜 張華年譜》（合刊），《姜亮夫全集》本，雲南人民出版社，2002 年。

L

1. 呂思勉著《兩晉南北朝史》（新版），上海古籍出版社，2005 年。
2. 陸侃如著《中古文學系年》，人民文學出版社，1998 年。

3. 羅宗強著《魏晉南北朝文學思想史》（第 2 版），中華書局，2006 年。

4. 羅宗強著《玄學與魏晉士人心態》（新版），天津教育出版社，2005 年。

5. 李興盛著《東北流人史》，黑龍江人民出版社，1990 年。

6. 李興盛著《中國流人史》，黑龍江人民出版社，1996 年。

M

· 繆鉞著《讀史存稿》，生活·讀書·新知 三聯書店，1963 年。

S

1. 尚永亮著《元和五大詩人與貶謫文學考論》，臺北文津出版社，1993 年。

2. 尚永亮著《貶謫文化與貶謫文學——以中唐元和五大詩人之貶及其創作為中心》，蘭州大學出版社，2004 年。

3. 尚永亮主撰《唐五代逐臣與貶謫文學研究》，武漢大學出版社，2007 年。

T

1. 湯用彤著《魏晉玄學論稿及其他》（新版），北京大學出版社，2010 年。

2. 譚其驤主編《中國歷史地圖集》（新版），中國地圖出版社，1996 年。

3. 田餘慶著《秦漢魏晉史探微》（重訂本），中華書局，2004 年。

4. 田餘慶著《東晉門閥政治》（第 5 版），北京大學出版社，2012 年。

W

1. 王鎮遠著《中國書法理論史》，黃山書社，1990 年。

2. 王永平著《孫吳政治與文化史論》，上海古籍出版社，2005 年。

3. 王曉東著《潘岳研究》上海古籍出版社，2011 年。

4. 王安泰著《再造封建——魏晉南北朝的爵制與政治秩序》，「國立」臺灣大學出版中心，2013 年。

5 〔瑞士〕維雷娜·卡斯特著，陳瑛譯《羨慕與嫉妒——深層心理分析》，生活·讀書·新知 三聯書店，2004 年。

X

1. 徐公持著《魏晉文學史》，人民文學出版社，1999 年。

2. 謝路軍、董沛文著《中國古代相術》，九州出版社，2008 年。

Y

1. 余英時著《士與中國文化》（第 2 版），上海人民出版社，2013 年。

2. 楊淑瓊著《虞翻〈易〉學研究——以卦變和旁通爲中心的展開》，臺灣花木蘭文化出版社，2008 年。

Z

1. 章太炎著《章太炎全集》，上海人民出版社，1982～1986 年。

2. 章太炎著《諸子學略說》，廣西師範大學出版社，2010 年。

3. 張可禮著《三曹年譜》，齊魯書社，1983 年。

4. 張大可著《三國史研究》（新版），華文出版社，2003 年。

三、論文

（一）期刊論文與集刊論文

1. 徐高阮《山濤論》，《「中央研究院」史語所集刊》，第 41 本第 1 分，1969 年。

2. 傅璇琮《潘岳繫年考證》，《文史》14 輯，中華書局，1982 年。

3. 陳飛之《應該正確評價曹植的遊仙詩》，《文學評論》，1983 年第 1 期。

4. 夏仁波《蜀「國不置史，注記無官」質疑》，《貴州師大學報》（社會科學版），1986 年第 4 期。

5. 張士驄《關於遊仙詩的淵源及其他》，《文學評論》，1987 年第 6 期。

6. 曹文柱《西晉前期的黨爭與武帝的對策》，《北京師範大學學報》（社科版），1989 年第 5 期。

7. 方亞光《釋「百六掾」——兼論北方士族與晉初政治》，《江蘇社會科學》，1990 年第 6 期。

8. 陳飛之《再論曹植的遊仙詩》，《廣西師範大學學報》（社會科學版），1991 年第 2 期。

9. 王曉毅《論曹魏太和「浮華案」》，《史學月刊》，1996 年第 2 期。

10. 孫立群《世族、士族與勢族》，《歷史教學》，1997 年第 2 期。

11. 王曉毅《司馬炎與西晉前期玄、儒的升降》，《史學月刊》，1997 年第 3 期。

12. 尚永亮《忠奸之爭與感士不遇——論屈原賈誼的意識傾向及其在貶謫文化史上的模式意義》，《社會科學戰線》，1997 年第 4 期。

13. 葉舒憲《文學與治療——關於文學功能的人類學研究》，《中國比較文學》，1998 年第 2 期。

14. 林校生《杜恕傅玄與魏晉的儒學人生論》,《華僑大學學報》(哲學社會科學版),1998 年第 4 期。

15. 錢國祥、蕭淮雁《漢魏洛陽故城金墉城址發掘簡報》,《考古》,1999 年第 3 期。

16. 張旭華《東吳九品中正制初探》,《鄭州大學學報》(哲學社會科學版),2001 年第 1 期。

17. 王永平《曹操立嗣問題考述──從一個側面看曹操與士族的鬥爭》,《揚州大學學報》(人文社會科學版),2001 年第 3 期。

18. 徐公持《潘岳早期任職及徙官考辨》,《文學遺產》,2001 年第 5 期。

19. 王兆鵬《一篇博士論文 一個研究領域 尚永亮先生〈貶謫文化與貶謫文學〉讀後》,《博覽群書》,2003 年第 12 期。

20. 陳俊強《三國兩晉南朝的流徙刑──流刑前史》,《「國立」政治大學歷史學報》,2003 年,總第 20 期。

21. 王永平《晉武帝立嗣及其鬥爭考論──以齊王攸奪嫡為中心》,《河南科技大學學報》(社會科學版),2004 年第 3 期。

22. 羅開玉《蜀漢職官制度研究》,《四川文物》,2004 年第 5 期。

23. 孫明君《陸機詩歌中的士族意識》,《北京大學學報》(社科版),2005 年第 6 期。

24. 木齋《論風骨的內涵及建安風骨的漸次形成》,《山東師範大學學報》(人文社會科學版),2006 年第 3 期。

25. 羅開玉《諸葛亮、李嚴權爭研究》,《成都大學學報》(社科版),2006 年第 6 期。

26. 閻步克《阮咸何曾與豬同飲》,《文史知識》,2007 年第 1 期。

27. 孔毅《禮與杜恕〈體論〉》,《重慶師範大學學報》(哲學社會科學版),2007 年第 3 期。

28. 陶春林、馬晶《曹植〈白馬篇〉對魏晉南北朝遊俠及遊俠詩的導向作用》,《江淮論壇》,2007 年第 4 期。

29. 傅正義《中國詩歌抒情品格的確立者──曹植》,《重慶工商大學學報》(社會科學版),2007 年第 5 期。

30. 黃惠賢、柳春新《〈晉書‧習鑿齒傳〉述評》,《魏晉南北朝隋唐史資料》,2008 年第 24 期。

31. 邢培順《曹植黃初初年獲罪事由探隱》,《濱州學院學報》,2010 年第 1 期。

32. 劉慶華《三十年貶謫文學研究的繁榮與落寞》,《湖北社會科學》,2011 年第 5 期。

33. 木齋、李恒《論建安二十二年曹植的人生轉折——兼析〈美女篇〉、〈蟬賦〉、〈節遊賦〉》,《河北師範大學學報》(哲學社會科學版),2012 年第 3 期。

34. 石易之《論曹魏杜恕的政治思想》,《許昌學院學報》,2012 年第 4 期。

35. 曹旭《張華〈情詩〉的意義》,《文學評論》,2012 年第 5 期。

36. 葉植、李富平《習鑿齒左遷、卒年若干問題辨析》,《湖北文理學院學報》,2013 年第 3 期。

37. 木齋《論蘇李詩應主要爲曹植甄后送行別離之作》,《鄭州大學學報》(哲學社會科學版),2013 年第 5 期。

(二) 碩博論文

1. 馬鴻雁《張華集校注》,東北師範大學碩士學位論文,2005 年。

2. 方順貴《張華詩歌校注》,四川大學碩士學位論文,2007 年。

3. 仇鹿鳴《魏晉之際的政治權力與家族網絡》,復旦大學博士學位論文,2008 年。

後　記

　　三年前，我懷著憧憬從桂子山來到珞珈山，未料三年竟如此短暫，此刻又到了總結學業的時候了。此時窗外的櫻花正怒對熙攘的遊人，對他們的騷擾表示強烈抗議。而我，也將在這紛擾之中完成博士論文的最後一筆。

　　來到武大，學校隨機安排宿舍，我有幸入住聞名遐邇的老齋舍，這所老建築有一個詩意的別名——櫻花城堡。我特別想多花點筆墨對這所八十多年前的老建築進行一番描述，因為它承載了我博士求學三年的大部分生活回憶。

　　站在老齋舍樓頂，往南望去是一片林海，目光可及對面的珞珈山，也就是「十八棟」所在地，往北遠眺則是東湖，這裡曾經有屈原來行吟。老齋舍依獅子山而建，碧瓦飛甍，前面是櫻花大道，大道北邊沿路種滿櫻花樹，南邊則是一排參天的銀杏樹，這兩排樹皆有碗口到盆口粗大小不等，它們沿著櫻花大道東西排列開去。櫻花大道下面是被武大學子戲稱為「情人坡」的一片叢林，這裡曲徑通幽，數人方能懷抱的大樹都有好幾棵，我的窗戶正對著這條大道與蔥蘢。每當從圖書館歸來，我會貪圖近道，穿越「情人坡」就是一條捷徑。此時我真有點兒為自己擔心了，一來怕驚擾在此呢喃耳語的戀人，二來擔心某些樹洞裡會不會突然鑽出千萬隻蠕蟲，因此每當我穿越這片深林時，我總是踩著鵝卵石小道踽踽而行。

　　每逢三月下旬，老齋舍前面櫻花爛漫，蝶舞蜂飛，深秋時節又杏葉鋪地，金色滿坡，真可謂春白秋黃，風光迤邐。由於舍友是兼職讀博，常年不在校內，所以我平日皆在這片小天地內度日，無事則足不出戶。2012年4月2日，又是櫻花怒放之時，遊人如織，我欲求靜於鬧中，故雖嘈雜卻不願避匿。當時我觀書正興，忽聞春風擂窗，數片花瓣擊面，遂作《風吹櫻花入室有感》

謂：「舍外遊人正踟躕，桌前怒漢已撓腮。春風踩檻吾不應，破牖狂砸百瓣來。」
現在回想當時的怒漢心境，彷彿就在昨天。

　　每天清晨，數聲鳥鳴傳過來，我便推窗與這蓊蓊鬱鬱中覓食的小生靈們
打個招呼，繼而在它們清脆的回禮聲中開始一天的論文寫作。我之所以選擇
三國兩晉這段亂世作為論文的寫作背景，除了有對華夏文化的整體耽溺，還
有對魏晉風度的特別豔羨。

　　論文的選題與寫作都是在恩師尚永亮先生的指導下完成的，先生以研究
貶謫文學名世，對我這篇論文指導起來顯得特別瀟灑從容。三國兩晉時期的
文獻本就不算多，何況以貶謫視域來進行探討，更顯文獻不足徵，所以我常
有不能暢論斯義之感，時時為史料闕略而苦惱。但在先生的指導下，我盡量
略人所詳，詳人所略，力爭寫出一些新意。先生平日話語不多，給人一種威
嚴感。初入門牆，先生就說：「道德文章，道德第一，文章第二。」這番教誨，
我一直謹記於心。先生授課，娓娓道來，讓我如沐春風。課堂內外，從先秦
到當下的經典詩文，先生都能隨口拈來，這令我對先生的記憶力心生羨慕而
又覺得遙不可及。由於我是文獻學出身，對於文學作品的領悟能力較為欠缺，
先生不止一次提醒我要在這方面多下工夫，三年來，算是小有所成。先生為
人為學，都在點滴之中對我產生了影響。從先生三年，頗受教益，遇見如此
良師，幸甚至哉！讀博三年，曾經給我授課的還有王兆鵬、陳文新、陳順智、
程芸諸位教授。王兆鵬教授講課風趣，在強調為學要有根柢之外，還多授予
我們一些做學問的方法。他所謂學術也是一種道術，既要重道，也要重術。
王教授曾經邀我參加他的科研項目，我對他這份獎掖後進的風度由衷感謝。
陳文新教授溫文爾雅，授課吐字沒有冗言，我們時常在他的授課中體味古代
小說的勾魂之處，同時又被他那睿智的分析所歎服。陳順智教授講的是玄學
與文學，他為人頗有幾分魏晉風度，有時會點上一支香煙，我們就在這吞雲
吐霧中領略魏晉人的玄味。程芸教授年輕有為，我們初次就被他電腦桌面上
兩個孩子的可愛所吸引了，那是他的雙胞胎女兒，聽說小名叫嘻嘻、哈哈……
此外，讀博期間我時常往返於珞珈山與桂子山之間，因為每個月都要回母校
參加碩導張三夕先生組織的讀書會。先生對學生學術方面要求嚴格，他每次
都陪著我們開完四個多小時的讀書會，這種堅持讓我們感動，大家收穫頗多。
先生待我甚厚，時常給予我友善的壓力，博士期間的繼續培育之恩不敢忘。

「嚶其鳴矣，求其友聲。」求學路上一般不會孤獨，有朋友相伴是一件幸福的事情，博士期間我也有緣結識了一些學友，我們曾經一起商榷問題，也曾一起大快朵頤。在這喧囂的世界裏，是對傳統文化的熱愛令我們相識。誠然，我們沒有褒衣博帶的風雅，但我們仍然有著孺慕與理想。

回首博士三年，時間過得很快，但學問卻沒有跟上時間的腳步，它總是讓我越學習越覺得自己無知。最後不得不感謝生我養我的父母，「哀哀父母，生我劬勞」，父母今已年近花甲，兒子卻從未對二老說過一句感謝的話，希望你們身體康健，有朝一日我能陪侍你們來看看桂子山的桂花與珞珈山的櫻花。

悠悠華夏數千載，赤縣文明薪火至今不滅，凝聚了先輩們的苦心孤詣。如今，傳統文化讓我輩為之夙興夜寐，這種耽溺不僅是為了稻粱謀，更是對神州文脈能夠得以賡續的一種期望。祖國文明在史家之鋪敘、詞家之吟謳下，讓我們著迷甚久，我們在這種難以割捨的迷戀中觸摸歷史、感喟古人，就是要讓這薪火能綿延不滅。歷史猶如一座座連綿起伏的山脈，其間溝壑縱橫，溝壑中流淌的是歲月的長河，我們在這長河中徜徉，領略山脈的滄桑。這種領略不是單向的，而是互動的，因為領略能與古人談心，這是一種享受，我想繼續享受下去。

寫到這裡，我的心緒有些不平。起身推開窗戶，櫻花依然怒放，遊人依然接踵摩肩……

羅昌繁

2014 年 3 月 22 日於武漢大學老齋舍地字齋

附　記

　　人文科學研究者，尤其是中國古代文史方向的研究人員大都有一種情結，希望自己的成果不至於受到「素蟫灰絲時蒙卷軸」的待遇。奈何今日眾生步履匆匆，早已不復「數間茅屋閒臨水，一盞秋燈夜讀書」的雅致。我這不揣譾陋所作的文字，恐怕連覆醬糊壁的待遇也沒有。

　　2011 年 9 月，我進入武漢大學攻讀中國古代文學博士學位，焚膏繼晷，未敢懈怠，潛心於魏晉南北朝文獻的閱讀。2014 年 6 月，我憑藉《三國兩晉貶謫文化與文學》獲得博士學位，隨即進入華中師範大學中國語言文學博士後流動站，又轉向了北宋石刻文獻研究，博士學位論文因此擱淺。原本打算沉潛數年，在時間冗餘之時將論述朝代擴至南北朝，進行大修大改，但終究迫於考核壓力而將拙文付梓。於該書而言，所自得者在書末附錄的「三國兩晉貶謫事件年表」，我曾遍檢文獻，仔細統計三國兩晉的貶謫事件，由此生發出各章的論述主題，故而文獻基礎應較爲堅實；所心怯者，在對部分作品的理解與闡釋或許有失偏頗，相關主題論述的深刻性仍顯不夠。

　　雖然希望自己的寫作不至於成爲斷爛朝報，但往往事與願違，我們的筆下產出受眾是極少的，比起暢銷小說而言，它們的銷量簡直有雲泥之別。但素心人在荒江野老屋中所交談的，正是這種沒多少人看的東西，所以足以寬慰自己的是將自己看作素心人，將自己筆下的產物敝帚自珍吧。如何做到素心人，如何不忘初心，也許是今後幾十年需要努力爲之堅持的目標吧！

羅昌繁

2017 年 10 月 8 日於華中師範大學國學院